이로써
영원히
계속
되리

이로써 영원히 계속되리

1판 1쇄 발행 | 2014년 6월 13일
1판 2쇄 발행 | 2014년 11월 20일

지은이 | 김태연
펴낸이 | 김경배
펴낸곳 | 시간여행
본문 디자인 | 서진원

등 록 | 제313-210-125호 (2010년 4월 28일)
주 소 | 서울시 마포구 양화로 6길 9-24 (서교동 동호빌딩 3층)
전 화 | 070-4032-3664
이메일 | jisubala@hanmail.net

종 이 | 화인페이퍼
인 쇄 | 한영문화사

ISBN 979-11-85346-05-2 (03810)

이 도서의 국립중앙도서관 출판시도서목록(CIP)은 서지정보유통지원시스템 홈페이지
(http://seoji.nl.go.kr)와 국가자료공동목록시스템(http://www.nl.go.kr/kolisnet)에서
이용하실 수 있습니다. (CIP 제어번호 : CIP2014016820)

이로써 영원히 계속되리

본격 수학 소설

김태연 장편소설

시간여행

차례

1장 그날 전후

2장 수상한 사람들

3장 한 세계

4장 숨겨진 비밀

5장 수선화(數線話)

1장

그날 전후

세상에서
제일 바보를 위하여

없었다.

아무것도 없다.

1968년 8월 3일, 05시 38분경 일출시간에 구영구가 삼각산 백운대 정상에서 본 것은 정말 없었다. 사방 백 리 지역이 모두 내려다보이는 백운대 정상에서 구영구는 아무것도 보지 못하였다. 허탈했다. 이건 아니었다. 결코 있을 수 없는 일이다. 한없이 떠받든 스승한테 완벽하게 속았음이 분명하다.

"일출 때 정상에서 그것이 안 보이면 정상에서 수직거리로 정확히 8.3 m 아래로 내려와 8시 3분에 무활서기를 하면 보이는 것이 있을 게야."

스승이 제자를 떠나보내면서 마지막으로 한 당부였다.

무활서기란 물구나무서기의 변형이다. 두 팔과 두 다리를 이용해 무쇠솥뚜껑을 아래위로 엎어놓은 모양 혹은 활시위처럼 물구나무서는 것을 말한다.

"명심해야 할 것은 무활서기를 행하기 전에 약간 더 아래로 내려가야 돼. 왜냐? 두 팔과 머리통 때문에 눈 위치가 위로 올라오니까. 그만큼의 거리를 반드시 감안해서 작은 오차도 허용하지 않고 무활 모양이 아래위로 대칭을 이루게 하고, 눈으로 보는 것에 집착하지 말면서 자세히 심안으로 보면 기어이 그것이……."

팔과 다리는 길이와 굵기 등이 다르기 때문에 형태를 똑같이 만들기는 생각보다 쉽지 않았다. 하지만 영구는 자신 있었다. 기계체조를 즐긴 데다 장기간 수련한 관계로 무엇이든 잡을 것만 있으면 다소 위험한 곳에서도 무활서기가 가능했다.

정상에서 못 본 것을 8.3 m 아래로 내려가 8시 3분에 무활서기를 다시 한다고 해서 무엇이 보이랴 싶었지만 오랜 수련이 공염불이 된다면 너무나도 억울해서 믿었다. 그야말로 혹시나 하는 간절한 심정으로 재차 무활서기에 엄숙히 임하였다. 스승 지시를 곧이곧대로 따른 건 그만큼 신뢰도가 높았기 때문이다.

삼각산 도사를 만난 것은 대학 1학년 때였다. 고대사를 공부하기 위해 사학과에 입학한 영구가 '등신等神탐구회'라는 모임에 가입한 게 계기다. 고등종교 이외의 기타 종교를 연구하고 탐구한다는 취지가 무엇보다 좋았다. 또 방학 때마다 민속종교 전시장으로 유명한 삼각산, 계룡산, 모악산 일대를 탐방하는 일정도 매력이었다. 평소 잡신에 대해 관심은 지대하나 혼자서는 접근이 엄두가 나지 않아서다.

삼각산 도사는 여느 도사와 달리 축지법 류의 헛소리를 일절 하지 않았다. 종교를 빙자한 교묘한 돈벌이도, 스스로를 신격화하지도, 제자를 함부로 받지도 않았다. 도사라고 하면 으레 떠오르는 이미지와 닮은 게 하나도 없었다. 다만 당신의 정식 제자가 되어 무조건 믿고 따르면서 하라는 대로만 하면, 물질이라면 물질, 정신이라면 정신, 구하는 것이 그 무엇일지라도 얻을 수 있다고 했다. 특히 영구가 끌린 대목은, 사람이면 누구나 염원하되 누구도 못 본 절대광경을 볼 수 있게 해준다는 장담이었다. 감히, 다른 세계와 다른 우주를, 심지어 사후세계까지도!

보통 사람이라면 웃어넘겼을 일이다. 하지만 영구는 달랐다. 이쪽에 관심이 많아서다. 더구나 망원경과 현미경 역할을 특정 주문이나 수련이 아니라 수학이 한다고 하지 않는가. 마술사가 보여주는 싸구려 눈속임 기술은 아니라고 생각한 것은 삼각산 도사의 독특한 이력으로 말미암아서다. 해방 전에는 연희전문 수물과와 경도제대 수학과, 해방 후에는 김일성대 수학과를 다녔다. 세 학교 공히 한 학기 혹은 1년 안에 더 배울 게 없다며 자퇴한 후 삼각산에서 득도했다는 믿거나 말거나 한 사나이였기 때문이다. 전설 같지만 전설하고는 거리가 멀었다. 일부 과장되긴 했지만 여러 사람의 증언이 일치했다. 김일성대 수학과에서 해석기하학[1]과 미분기하학[2]을 강의했던 수학자 김치영의 평가도 결코 부정적이지 않았다.

사이비 여부를 판별하기 위해 모임 회원들과 함께 삼각산 도사를 처음 찾아갔을 때, 당신은 웃옷을 벗어젖힌 채 털개회나무 아래에 철퍼덕 주저앉아 있었다. 가만히 보니까 땅바닥에 나뭇가지로 ⊠를 그려놓고 제자와 함께 들여다보는 중이었다. 한심했다. 명색이 도사란 사람이 다 큰 제자와 고누 놀이에 빠져 있으니까. 언제 어디서나 쉽게 할 수 있을뿐더러 장기와 바둑의 원초적 형태여서 어른보다는 아이들 놀이에 더 가까웠다.

“정사각형을 홀수 개의 삼각형으로 나누어 각 삼각형들의 면적을 같게 할 수 있겠느냐?”

사이비 판정을 내리고 돌아서려는 순간, 삼각산 도사가 제자한테 문제를 냈다. 그제야 비로소 사태를 오판했음을, 사람 잘못 보았음을 알아차렸다. 고누에 빠져 시간을 죽였던 게 아니라 고차원 수학놀음에 몰입해 있었던 것이다.

“제군들! 삼각산에 온 걸 환영하네. 다른 도형에 비해 삼각형, 삼각법, 삼각함수에 왜 공식이 많은 줄 아는가?”

우리를 환대하며 그가 질문을 던졌다. 신선했다. 중고등학교 때 수학 선생님으로부터 한 번도 못 들은 질문이었다. 회원들은 모두 말을 잃었다.

“임의의 삼각형 안에 왜 반드시 내접하는 정삼각형이 있지?”

두 번째 질문이었다.

영구가 나중에 수학과 사람들한테 물어서 알게 되었지만, 문제의 정리는 증명법이 많기로 유명했다. 자그마치 200개 가까이 되니까. 좌우간, 선사禪士들은 하나같이 자기 안의 부처를 찾으라 하고, 도인들은 하나같이 자기 안의 진인眞人을 찾으라 하는 것과 문제의 정리를 연결시켜 모두 넘어갔다.

“왜 5차원 이상의 모든 유클리드 공간[3]에서는 정다포체polytope[4]가 단 3개만 존재하지?”

세 번째 질문이었다.

질문을 받을 때마다 회원들은 완전히 벙어리가 되었다. 세칭 명문대에

다닌다고 너나없이 자부심이 강했는데 고작 세 번의 물음에 상처를 입었다. 특히 영구의 내상이 가장 심하였다. 중고등학교 시절 내내 수학 공포증에 시달린 탓이다. 삼수를 한 것도 순전히 수학이란 철천지원수한테 발목을 잡힌 탓이라고 해도 과언이 아니었다.

이내 수습 제자가 된 영구는 오랜 수련기간을 떠올리며 정상에서 정확히 8.3 m 아래 지점에 섰다. 8시 3분이란 시간도 틀림없이 맞추었다. 무활서기도 완벽했다. 눈을 부릅뜨고 또 부릅떴다. 지쳐 쓰러질 때까지.

그래도 없었다.

아무것도.

삼각산 도사는 8월 3일과 4일 아침이 대길일 중의 대길일이라고 강조했다. 2천 년도 아닌 물경 2천만 년쯤 후에나 다시 올 절호의 기회라고 못박았다. 오늘이 이럴진대 내일이라고 별수 있겠느냐 싶었지만 그래도 만의 하나, 아니 억의 하나를 믿고 하루 더 장쾌한 경치를 자랑하는 정상에 머물렀다. 부정 탈까 싶어 하루에 적어도 한 갑 이상 태우던 '아리랑' 담배마저 아예 입에 대지 않았다. 만사 조심하며 기다리고 기다려서 재도전에 나섰다. 그러나 절절한 기대와는 달리 어제와 상황이 똑같았다.

"개자식! 아, 개새×!"

결국 구영구는 사지를 허물어뜨리며 다 죽어가는 목소리로, 거의 울먹이며, 욕하고 또 욕했다. 구영구가 자신을 세상에서 가장 못난 놈, 가장 어리석은 병신이라고 자책하며 백운대 암벽 길을 얼마나 내려왔을까. 여인의 애잔한 넋두리가 들려오지 않는가.

"하나님, 해도 해도 너무하십니다. 어려서는 부모 복이 없어서 지지리고생했고, 결혼해서는 남편 복도 없어서 정둘 데 없이 지내다가 겨우 얻은 아들이 천하의 바보라니……."

절벽 방향에서 조용히 신세를 한탄하는 중얼거림이 들려왔으므로 환청인 줄 알았다. 재차 주의해서 듣자 백운대 서쪽의 절벽 위에 한 여인이 서 있었다. 아슬아슬했다. 인수봉을 자주 오르는 영구조차 접근하기가 만만찮은 데였다.

"3년을 내리 가르쳐도 1이란 숫자 하나 반듯하게 못 쓰는 천하에 둘도 없는 반편을, 세상에서 제일가는 바보 새끼를, 등신 새끼를, 축구 새끼를 저한테 주시다니요? 아들 하나를, 그것도 입신양명할 아들 하나를 점지해 달라고 교회에서, 기도원에서 그토록 정성을 들였는데, 하나 둘 셋도 모르는 아이를 주시다니요! 가진 것이라곤 천하에 몸뚱이 하나밖에 없는 이 여인이 어찌 감당하라고……. 무슨 희망이 있어 살겠나이까. 주여, 이 한 몸 받으시옵소서."

영구가 위험을 무릅쓰고 급히 달려가 제지하느라 제지했지만 딱 반발 늦었다. 여인의 애꿎은 치마꼬리만 손에 잡는 데 성공했을 뿐이다. 아쉽고, 안타깝고, 슬펐다. 하염없이 낭떠러지 아래를 내려다보다 뒤늦게 손에 쥐고 있는 치맛자락을 보았다.

난감했다. 생각할수록 어떻게 처리하여야 좋을지 곤혹스러웠다. 사람이라면 모름지기 해야 할 일을 했을 따름이건만 상황이 교묘하였다. 자칫 잘못하면 오해받기 십상이었다. 땟국이 자르르 흐르는 치마가 은근히 골칫거리였다. 버리는 것도, 파묻는 것도, 가지고 가는 것도 선뜻 마음에 들지 않았다.

선운각 뒤 능선과 방학동을 거쳐 창동에서 기차를 타고 서울로 들어갈 때까지는 해결책이 나오겠거니 일단 좋게 생각한다. 해서 치마를 대충 개는데 무엇이 손에 잡혔다. 치마 안쪽에 속주머니가 달려 있는데 거기에 단단한 물체가 창호지에 싸여 있었다. 한 냥 정도의 금붙이 하나와 한 돈짜리 금붙이 11개 그리고 구겨진 창호지에 어설픈 글씨로 쓴 편지가 보였다.

제 시신을 발견하신 분께,

정말 죄스러우나 부탁 하나 드릴까 합니다.

여덟 살 먹은, 일자무식 아들이 지금 삼각산 중턱의 거대한 바위 밑 천연 암굴에 마련된 □○기도원에 있습니다. 교회와 기도원에 질려서 동자승이라도 시키고 싶은 마음이야 굴뚝 같지만 1조차 모르는 천하의 멍텅구리인지라 아무 절이나 불목하니로 맡겨 주셨으면 좋겠습니다. 그리고 이 몸은 화장해서 유골을 중구에 있는 ○○교회 본당 안, 강대상 위 십자가에 몰래 뿌려주면 원이 없겠습니다. 그게 여의찮으면 그 교회 담임목사님 사택 정원에 있는 십자바위에 뿌려주십시오.

김☆☆ 목사님한테는 알리지 마십시오. 그 분은 아무 죄가 없습니다. 그 분은 예수님처럼 평생을 형극의 길을 걸은 성자 같은 분인데, 어찌 저 같은 여인이 누를 끼치겠습니까.

제 부탁, 아무래도 번거롭겠지요? 조금은 귀찮으시더라도 가능하면 담임목사님 몰래 제 뼛가루를 사택 정원 꽃밭에 뿌려주시면 고맙겠습니다. 이 모든 경비로는 당연히 모자라겠지만, 준비한 금붙이들을 썼으면 합니다.

우리 불쌍한 모자 처지를 부디 외면하지 마소서. 비록 지옥에 떨어질지라도, 거기서라도 감사 기도를 오래오래 올리겠나이다.

세상에서 가장 못난 여자 올림

이것이 답이다

1968년 8월 초였다.

속리산 법주사 팔상전에서 정확히 3일 밤부터 4일 새벽 사이에 문제의 사건이 터졌다. 변고 중의 변고가 일어났는데도 불구하고 하나같이 아무도 몰랐다. 오래도록 법주사 본 말사 소속 스님들도 진상 파악은 고사하고, 무슨 일이 있었는지조차 모르고 있었다. 그 큰 사건이 이처럼 완벽에 가깝게 외부에 노출되지 않은 데는 불가피한 사정이 있다.

3일 밤 11시경이었다. 팔상전 안팎은 고즈넉한 여느 날과 분위기가 많이 달랐다.

3층까지 하나의 공간으로 트여 중심 칸 주위를 순회할 수 있도록 꾸며진 팔상전 내부에 스님들이 대거 앉아 있다. 5번째와 6번째 팔상도가 내려다보는 중간쯤의 불단 벽에 가부좌를 틀고 있는 한초韓超선사가 중심이다. 그러나 한초는 힘겨워 보였다. 병이 깊어서다. 한초가 언제든 몸을 기댈 수 있도록 노스님이 바로 옆에서 부축할 채비를 갖추고 있었다.

한초는 경허[5]나 만공[6]처럼 대중에 널리 알려진 스님은 아니었다. 하지만 선승들 사이에서는 선왕으로 통할만큼 도가 높았다. 그 한초 좌우에는 전국의 크고 작은 사찰 선방에서 모여든 늙고 젊은 애제자들이 법랍[7] 순으로 앉아 있었다. 그들은 스승의 입에 시선을 집중시켰다. 어떤 가르침이 떨어질지 몰라 노심초사하였다.

조용했다. 숨소리도 들리지 않는 전각 안과는 달리 문짝 바깥에는 한 스님이 문지기 모양으로 부동자세로 대기했고, 외곽에서는 법주사 요직을 맡고 있는 사판승이 젊은 승려들을 대거 동원하여 파수를 세우느라 분주하다. 잡인은 물론이거니와 심지어 법주사 스님들도 출입을 금하도록 단도리 하는 중이다.

"구 처사님, 드디어 열한 시가 다 되어 가는데요. 가시지요."

한초를 스승으로 모시는 능오能悟 스님이 요사채에서 자고 있는 구영일을 깨운다.

"한초께서 마침내 입을 여셨습니까?"

요사채에서 팔상전으로 향하며 영일이 묻는다.

"아직은……. 위중하셔서 한 말씀조차 더 못 하실지도 모르겠습니다."

한초가 묵언 수행에 들어간 지 벌써 10년째였다. 더도 덜도 말고 부처만큼만 사는 것이 당신 평생 소망이었다. 그러다 그 나이를 넘기자 이제부터는 '나머지 인생'이라고 선언한 후 그날부로 입을 닫았다. 꼭 필요한 말은 필담으로 대신했다.

"은사[8]스님께서 81세 생신날 묵언에 들어가며 저한테 주신 화두가 무엇인지 아십니까?"

"……."

"$\frac{1}{81}$입니다. 0.012345679012345679…가 나오지요."

012345679를 주기로 소수점 아래에서 계속 반복된다는 이야기 아닌가.

"8이 빠진 순환마디가 인상적이네요. 이 순환구조가 윤회를 상징하는 건가요? 팔상전하고도 무슨 관련이 있습니까?"

"글쎄올시다. 제가 이 공안을 소개하는 건 함께 참구해보자는 취지에서……."

8월 3일 밤 11시로 날과 시를 구체적으로 정한 건 꽤 오래 전이었다. 지난 단오 때 직지사가 내려다보이는 황악산 자락 토굴에서였다.

영일은 단오만 되면 해마다 한초를 찾았다. 그날이 당신 생신인 관계로 연례행사가 됐다. 한초가 실제로는 당숙에 불과하나 영일이 어릴 적에 그 집안 대를 잇기 위하여 양자로 들어갔기 때문이다. 그러니까 호적상 아버지한테 예의를 갖추는 차원이었다.

'형도 왔으면 좋았을 텐데…….'

영일이 혼잣말한 까닭은 사촌 형 구영구가 한초를 몹시 따랐기 때문이다. 집안에, 그것도 당숙이 고승이라는 사실에 자부심이 상당히 강하였다. 해서 동행하고 싶어 몇 차례 연락했지만, 소식이 닿지 않았다.

"구 처사, 잠깐만요. 은사 스님께서 정확히 열한 시 정각에 문지방을 넘으라 하셨습니다."

능오가 팔상전 계단 위에서 손전등으로 손목시계를 들여다보며 말한다. 팔상전 안쪽에는 기둥마다 촛불을 켜놓았지만 바깥에서 무엇을 보기에는 좀 희미했다.

한초는 만사에 1분 1초를 아꼈다. 상좌들한테 무슨 일을 시킬 때 1분 1초라도 늦으면 불호령을 내렸다. 단지 말로만 그치지 않고 1초당 꿀밤을 한 대씩 때리는 행동까지 스스럼없이 했다. 그 정도면 병이었다. 하여, 제자들은 한초라는 법명 대신 일초一秒라는 별명을 지었다.

11시 정각에 능오와 영일이 나란히 문을 열고 팔상전에 들어서자 한초는 특유의 참선 자세를 유지하고 있었다. 일자一字 형태인 주장자拄杖子를 어깻죽지 가운데 뒷목 위에 얹고 있었지만 한 치의 흐트러짐도 없다. 그 자세를 취하고 있으려면 누구라도 턱을 앞으로 쑥 내밀어야 하지 않는가. 자칫 잘못하면 우스꽝스러운 꼴을 보이기 쉬운데, 한초는 아니었다. 자연스럽고 숙연한 모습이 위엄을 더했다. 여기에 눈까지 지그시 감고 있자 도도하기 그지없다. 난을 좋아하는 한초를 위함인지 붉은 꽃이 핀 난 화분을 무릎 앞에 놓았다.

곁눈질로 분위기를 파악하다가 영일은 속으로 은근히 놀란다. 한초의 건강이 최근 급격하게 나빠져 혼수상태에 빠지는 날이 잦다는 말을 능오한테서 분명히 들었기 때문이다. 그런데 제법 묵직한 주장자를 어깻죽지 위에 올려놓고 있다니.

한초가 지니고 있는 주장자는 오랜 연륜을 자랑했다. 상단의 손잡이 근처는 둥그스름한 도넛 모양이고 그 아래는 일자 형태를 띠고 있었다. 어릴 적에 멋모르고 주장자를 가지고 놀다가 떨어뜨려 내부에 들어 있던 쇠붙이가 밖으로 떨어지는 바람에 경을 치기도 하였다. 한초가 스승으로부터 법맥의 상징으로 물려받은 물건이라 애제자들도 간혹 보기만 할 뿐 만져볼 엄두조차 내지 못했다. 그만큼 성물이었다. 영일은 양자라는 신분 때문에, 어리다는 이유로 장난감처럼 가지고 놀았지만 경을 친 이후로는 영일 또한 주장자 근처에는 얼씬도 하지 않았다.

구영일은 한초가 처음 팔상전에서 보자고 했을 때만 해도 대수롭지 않게 생각했다. 한초가 젊은 날 법주사 복천암에서 용맹 정진하던 시절을 회고나 하지 않을까? 그렇게 막연히 짐작만 하였다.

'분명히 뭔가 있어. 안 그러고서야…….'

영일이 이처럼 생각하게 된 계기는 며칠 전에 능오로부터 필히 내려오라는 전보를 받아서다. 여름방학 중이라 솔직히 시간은 많았다. 하지만 속리산과 법주사에 여러 번 발걸음 했기 때문일까. 오고 싶지 않았다. 여관비 3백 원이 조금 부담스러운 것도 있었다. 거기다가 문장대 바윗길을 오를 때 옛날에는 스릴이 있어 좋았는데, 재작년에 가보니까, 쇠다리를 엉성하게 설치하고 사용료를 10원씩 받고 있지 않는가. 내년 단오에는 어차피 뵙는다는 생각에 그때로 연기했으면 하는 의사를 전화로 내비쳤더니 어림도 없었다. 한초의 엄명이라고 단호하게 나왔다.

삼배를 올리고 좌정했는데도 침묵이 지나치게 길어지자 입방정을 떨고 싶어 혼난다.

'오도송[9]이라도 읊으시지요.'

만일 한초하고 단 둘이만 있었다면 영일이 벌써 입을 놀렸을 것이다.

평소 한초는 상좌들과는 달리 영일에게만은 살갑게 대했다. 그러나 한초 좌우에 자리 잡고 있는 스님들의 표정이 근엄하고 진지하여 영일은 괜히 주눅이 든다. 앉아 있는 스님들의 숨소리도 들리지 않는 것을 보면 오늘이 무슨 날은 무슨 날인가 보았다.

불편하고 불안한 고요가 계속 이어진다.

'오밤중에 속인을 불러놓고, 말없이 행하는 의식[10]도 유분수지… 아무리 비밀 중의 비밀을 들려주려고 불렀다 해도 이건 해도 해도 너무하잖아.'

스님들의 침묵을 더는 견디지 못하여 말 대신 표정으로 이 같은 의사를 전달했다. 입이 댓 발 나왔음을 공공연히 드러냈다. 혼수상태인지 선정상태인지가 애매한 한초의 말문이 언제 트이는가 하고 기다리며, 법당 한가운데를 중심으로 동서남북을 향해 안치되어 있는 네 분의 석가모니불 중의 한 분을 쳐다보았다. 별 감흥이 없다. 그 위로 보이는 여덟 점의 탱화 역시 마찬가지였다.

"으음, 음!"

한초 법맥을 이을 수제자 중의 한 명으로 거명되는 기골이 장대한 호랑이 스님이 몸을 연신 꼬는 영일을 보다 못해 입소리로 경고한다. 무척이나 위압적이다. 어느 큰 사찰의 선방 책임자로 있는데 부리부리한 눈길이 극히 부담스러웠다.

그래도 기본 생리현상은 억지로 막을 수 없는 법. 어느 순간부터 하품이 연신 밖으로 빠져나오려고 기를 썼다. 초저녁잠이 들기 전 시원한 계곡물에 담가 놓은 '크라운'병맥주를 제법 마신 데다 한여름 밤중이라 더 견잡을 수 없었는지도 모른다. 그렇지만 분위기가 분위기인지라 참으려고 상체를 뒤틀며 오만상을 찌푸렸다. 바로 그때였다. 마른하늘에 날벼락이 떨어진 것은. 아닌 밤중에 홍두깨라더니, 방망이가 날아왔다.

한초가 어깻죽지를 왼쪽으로 슬며시 기울이는 것을 신호로 만상좌 출신 노스님이 눈짓을 하자, 일시에 회랑에서 좌정하고 있던 스님들이 느닷없이 떼 지어 달려들었다. 어떤 이는 영일의 팔을 뒤로 결박하고, 어떤 이는 영일의 눈을 안대로 가리고, 어떤 이는 영일의 입에 솜뭉치를 집어넣었다.

순식간이었다. 이마 정중앙에 방망이로 혹 하나를 만들기까지는. 비록 손은 못 움직이지만 혹을 어떻게든 만지려고 상체를 숙이자 이번에는 방망이가 등짝을 가른다. 인정사정없다. 맞은 부위를 감싸 쥐려고 버둥거리면 다른 부위를 때렸다. 다른 예리한 도구도 동원되었다. 그 즉시 눈물과 함께 별이 보였다.

"분부하신 대로 아홉 대씩 적선하였습니다."

노스님이 한초한테 아뢰었다.

옆에 있는 스님이 영일의 눈을 가리고 있던 안대를 벗기자 한초가 법복상의 안주머니에서 종이쪽지 하나를 꺼내 펼쳤다. '12345679×09=?'라는 곱셈 문제가 적혀 있었다. '8'이 빠졌다는 점과 '111111111'라는 답이 인상적이다. 그러나 모욕감이 앞섰다. 사칙연산을 갓 배운 어린 학생이라면 몰라도 공과대학에서 응용수학을 전공하고 있는 영일에게는 같잖고 우스웠다. 이 문제에 극락 가는 길 또는 우주의 비밀 같은 무슨 대단하고 거창한 의미가 있든 없든, 그건 영일이 상관할 바 아니었다.

봉변, 그 자체였다. 결박에서 풀려나면 곧바로 "이 미친 중놈의 새끼들" 하고 험한 욕을 한 바가지 퍼부은 후 파양 절차를 밟을 요량이었다. 양자 입양 덕에 서울에서 대학까지 다니는 호사를 누렸지만 다 싫었다. 만정이 떨어졌다.

이를 으드득 갈고 있는데 한초의 어깻죽지가 오른쪽으로 조금 기울었다. 이번에는 능오한테 똑같은 행패를 가하였다. 몰매를 놓는 강도가 세고 더 야비하다. 방망이와 함께 고물 쇠자로 사정없이 후려치지 않는가. 물론 능오는 영일과 달리 좋게 받아들일 여지가 많았다. 능오의 큰 깨달음을 위하여 방망이란 채찍을 들었다고 볼 수도 있으므로. 방망이는 고함과 함께 불교에서 깨달음으로 이끄는 쌍두마차였다.

쇠자는 누르스름한 바탕에 때가 많이 낀 상태로 봐서 제작 연대가 옛날로 상당히 거슬러 올라갈 듯싶다. 그제야 아까 맞은 예리한 도구가 쇠자임을 알아차린다. 쇠자가 붓과 먹 역할을 단단히 하였다. 삽시간에 능오 전신에 멍화畵를 그려놓았다. 스님들이 능오에게서 물러서자 이번에는 한초가 '111111111 × 111111111 = ?'라고 적힌 쪽지를 내밀었다.

영일과 능오가 전례 없던 방식으로 호되게 당하고 나자마자 만상좌 출신 노스님이 귀를 한초 입에 댔다. 한초가 노스님 이외에는 아무도 못 알아들을 정도로 입술만 조금 달싹였다.

"억울하면 선사님께서 당신 뺨을 쳐도 좋다 하시네. 두 사람한테 선사께서 왼쪽 뺨 다섯 대, 오른쪽 뺨 다섯 대를 허락하신다고 하네."

예상외였다. 사람을 어리벙벙하게 만드는 제안이었다. 펄펄 끓던 복수심은 별안간 어디론가 약분되어 사라지고 그 자리에 어느새 당혹감만 남는다.

"선사님께서 어서 치라 하시네!"

능오와 영일이 말없이 앉아서 움직이지 않는다.

"어서, 빨리!"

노스님이 다그치자 능오가 마지못해 때리는 시늉을 한다. 이에 만상좌가 노발대발했다. 아프게 때려야 한다고 죽일 듯이 위협하자 결국 능오가 울먹이며 스승 뺨에 시늉이나마 단풍물을 들였다. 하지만 영일은 극심한 위협에도 끝내 손찌검을 하지 못한다. 법적으로 엄연히 아버지였다. 설령 부처님이 시킨다고 할지라도 패륜을 저지를 수는 없었다.

가까스로 영일이 꼭두각시놀음에서 놓여나자마자 한초가 서서히 두 팔을 내뻗었다. 천천히, 정말 천천히. 이윽고 손바닥을 직각으로 곧추세우고, 손가락은 부챗살 모양으로 활짝 폈다.

"이것이 답이다."

10년 묵언 수행을 깨는 첫말이었다. 한초가 가장 입술을 크게 벌리며 말했다지만 노스님 이외의 사람이 알아듣기에는 턱없이 목소리가 작았다. 그래도 제자들은 일제히 스승 손에 이목을 집중했다.

"이, 것, 이… 답, 이, 다."

두 손 아니면 열 손가락이 진리인 양 흔들며 재차 입을 크게 벌렸다. 얼굴 표정과 동작 등을 감안해서 판단컨대 건강했더라면 팔상전 5층 내부에 켜켜이 쌓인 묵은 먼지가 풀썩일 정도로 목소리가 우렁찼을 게 분명하다.

"이것도 답이다."

오른손 검지와 중지만 세우고 다른 손가락은 접고서 서서히 흔든다. 그 후 검지, 중지, 무명지만 세웠다. 이번에는 오른손 다섯 손가락 모두를, 그 다음에는 오른손 다섯 손가락에다 왼손 검지와 중지까지 합해 일곱 개 손가락을 힘겹게 힘들게 일으켜 세운다. 2, 3, 5, 7을 말하는 것이 확실했다.

정신을 놓은 듯 차린 듯하면서도, 호흡이 거칠어졌다가 잦아지는 것을 반복하면서도, 한초는 양손 엄지손가락만 따로 사력을 다해 서서히, 아주 천천히, 세웠다. 11 아니면 1과 1, 그도 아니면 1을 반복해서 강조하려는 의도 같았다. 그 1들이 허공에서 어느 순간, 졸지에 그대로 멈추었다. 영원히.

"잠시 또 혼절하신 줄 알았건만……. '한'이라는 소리를 마지막으로 남기고 열반에 드셨다네. 내가 칠십 평생 여러 스님의 임종을 지켰지만 이렇게 멋진 죽음은 없었어. 임종 장면이 근사하게 포장되어 전해진 고승이 더러 있지만, 속사정을 알고 보면 아닌 게 태반일세. 고승이든 속인이든 임종은 하나같이 고통과 비명, 분노와 앙탈, 그도 아니면 끝없는 혼수상태에 빠져 무기력하고도 허무하게 맞이하지. 허나 우리 한초선사님의 임종은 여러 도반이 보았다시피 기적이고, 이적이네. 죽기 직전에 유언을 남기는 것이 영화나 드라마에서나 가능하지 현실에서는 불가능하건만, 당신께서는 가실 날과 시를 미리 예고하시기까지 하셨어. 더구나 가부좌를 튼 채 가셨으니, 우리가 복을 많이 지은 모양이야."

만상좌 출신 노스님이 직접 사망 사실을 확인했다. 그러고는 슬픔 대신 찬탄을 쏟아냈다.

1분 1초를 병적으로 따지던 양반이라 영일은 그 와중에도 손목시계를 들여다본다. 의미 있는 시각에 돌아가셨는지 확인해보고 싶은 삿된 유혹을 못 이긴 탓이다. 1시 정각을 지난 지 얼마 안 되었다. 노스님이 한초 사망 여부를 확인하는 시간까지 감안하면 대략 4일 새벽 1시에 운명한 것으로 보였다.

고승들이 참선 자세로 열반에 드는 일은 드물기는 해도 이따금 있는 편이다. 보조국사 지눌[11]까지 멀리 갈 것도 없이 근세 고승만 해도 한암[12] 등이 그것을 보여주었다. 그러나 비록 앉거나 선 자세로 열반했더라도 시자 한두 명이 우연히 지켜보는 수준이 대부분이었다. 이에 애제자들은 한초의 해탈도 해탈이지만 앉은 채 엄지손가락을 세운 자세로 육신이 단단히 굳자 경탄하면서도 적잖이 당황했다. 집게손가락 하나가 포인트인 지권인[13] 수인하고도 분명히 달랐다. '한'이라는 최후의 말과 함께 독특한 수인을 어떻게 해석해야 좋을지 몰라 저마다 깊고 넓은 번뇌의 바다로 빨려 들어갔다.

"이러시면 안 되지요, 큰스님. 우리 억수종에 대해 뭐라고 한 말씀 남기시고 가셔야지, 이렇게 가시면……."

누가 조용한 수면에 파문을 일으킨다.

"이 화상이 지금 미쳤나? 어디 감히 누구 안전에서 악취 나는 아가리로 입을 놀려?"

호랑이 스님이 억수종 운운하는 스님 입을 사정없이 틀어막는다.

"우리끼리만 있는데 왜 억수종 얘기를 못한단 말입니까? 누가 엿듣는 것도 아닌데, 산중총회가 열린 마당에……."

"이 돌중이 기어이 된맛을 봐야……."

호랑이 스님이 시비를 건 스님을 끌고 가 아름드리 춰나무 기둥에 머리를 모질게 처박는다. 신음소리가 사뭇 요란하다.

호랑이 스님이 과하게 나오는데도 누구 하나 제지하는 스님이 없다. 이로써 미루어보건대 다 그럴 만하다고 보는 듯싶다. 하면, 영일이 짐작조차 불가능한 모종의 비밀이 있다는 소리 아닌가. 억수종? 조계종 안에 억수종이 있다는 소리는 듣느니 처음이다. 조계종 바깥에는 다른 불교 종파들이 많다. 태고종, 미륵종, 법화종, 용화종, 일승종, 진각종 등이 그 예다. 속인치고는 독특한 인연으로 말미암아 영일은 불교를 좀 안다고 자부했지 않는가. 그러나 대단한 착각이었는가 보다.

모두 호랑이 스님이 입 가벼운 스님을 욕보이는 광경을 보느라 한눈 파는 사이에 누군가가 슬그머니 한초 주장자를 빼돌려 뒷걸음질하자 만상좌 출신 노스님이 마침 용게도 본 모양이다.

"어, 주장자를 감히… 저 땡추 잡아라!"

노스님의 쇳소리와 거의 동시에 호랑이 스님이 갑자기 '억'소리를 내며 고꾸라졌다. 이내 팔자로 널브러진다. 호랑이 스님이 주장자 도둑을 잡으러 비호같이 달려가고자 급히 모서리로 뒤돌아선 게 화근이었다. 입 가벼운 스님이 벼르고 있다 기회를 포착하는 즉시 격분한 강도만큼, 욕보인 정도만큼 방망이로 되갚아주었기 때문이다.

"무식한 일물파 주제에 누구한테 모욕을 줘? 이 새끼야!"

일물파? 억수종 이상으로 낯설기 짝이 없다. 그 이후부터 눈 뜨고는 보지 못할 사태가 일어났다. 주장자가 금덩이로 만들어졌다고 해도 팔상전 같은 청정도량을 그토록 난장판으로 만들지는 않았으리라. 때 아닌 소란에 영일이 어찌할 바를 모른다.

"구 처사, 이 쇠자만이라도 꼭 챙겨서 얼른 도망치십시오. 정말 중요한 물건입니다. 어서요."

덧셈할 때 아무 하는 일 없는 0처럼 한쪽 귀퉁이에 엉거주춤 없는 듯이 서 있자 능오가 옛날 자를 쥐여주며 다급하게 등을 떠밀었다.

"누가 쫓아오면 요사채로 가지 말고 금오선사가 머무시는 사리각으로 가세요. 제아무리 낯짝이 두꺼운 화상일지라도 차마 거기까지 범하진 못할 겁니다."

법주사 최고 어른인 금오선사는 영일도 잘 아는 큰스님이었다. 한초가 오래 전에 인사시켜줬을 뿐더러 두 사람이 만나는 자리에 여러 차례 동석했기 때문이다.

영일이 급히 밖으로 빠져나오기를 잘했다 싶다. 그때까지 팔상전 바깥에서 망을 보던 스님들과 어디에 숨어 있었는지 모르는 스님들도 소란에 앞 다투어 가세해서다. 이어 여기저기, 이쪽저쪽에서 언쟁이 난무하고, 피 터지는 주먹다짐이 벌어졌다. 그야말로 가관이다. 세상을 하직한 스승의 시신이 굳기도 전에 애제자들이 난리법석을 벌일 줄은 정말 몰랐다. 완전히 깽판이었다. 한초 제자로서, 아니 스님으로서, 아니 인간으로서 지켜야 할 최소한의 선마저 넘어도 너무 넘었다. 그 아수라장으로 인해 그만 억수종 법맥의 상징으로 통하던 주장자가 감쪽같이 사라졌다.

영일은 사리각으로 걸음을 재촉하다가 어느 순간 멈칫했다. 잠시 갈등에 휩싸인다. 갑자기 이곳이 지긋지긋하고 진절머리가 났다. 시보레 합승택시라도 불러서 한시바삐 법주사에서 가능한 한 멀리 벗어나고 싶은 마음뿐이다.

하지만, 아무리 그래도 양부가 돌아가셨는데 무책임하게 나 몰라라 외면할 수는 없었다. 도리가 아니었다. 할 수 없이 무작정 산을 오른다. 어제 저녁때 공양주 보살이 '금오선사의 병이 깊다'고 이야기하는 걸 본의 아니게 엿들었기 때문이다. 소란도 소란이거니와 한초가 세상을 떠나기 전에 선보인 일련의 행동이 생각할수록 수수께끼였다. 불가사의투성이다. 오늘 일어난 일들이 너무 충격이었을까. 무엇을 생각할 수도 없고, 아무것도 생각나지 않는다. 발길 가는 대로 몸을 제멋대로 두었다.

정신을 차려보니 천왕봉 정상이었다. 땀을 식힌다고 널찍한 바위에 주저앉는다. 그제야 육신이 녹초가, 파김치가 되었음을 느꼈다. 앉은 자세 그대로 이내 무너진다. 한밤의 한기에도 불구하고 몸을 웅송그리며 새우잠을 잤다.

눈을 슬며시 뜨자 어느덧 날이 새고 있었다.

"이제 열세 살인가?"

한초가 필담으로 여기 천왕봉 정상에서 이렇게 물은 적이 있었다.

그 무렵 한초는 상환암과 상고암 사이의 당신만 아는 석굴에서 묵언수행 중이었다. 왼손바닥에 올려놓고 필기하기 편하도록 대충 둥그스름하게 자른 백지를 여러 장 휴대하고 있었다.

"네."

"열세 개의 콩을 늘어뜨려서 좌우 모양이 같게, 반듯한 직사각형을 만들어볼래?"

당신이 바랑에서 생식용 검은콩을 한 줌 꺼냈다.

영일은 바위 위에 가로 세로, 두 줄과 세 줄로 콩을, 아무리 늘어놓아도 좌우 모양이 같은 직사각형은 만들 수 없었다. 한 줄, 그러니까 직선 모양이외에는 사각형은 사각형이되 반듯한 모양하고는 거리가 멀었다.

"열다섯 개로 다시 해 보아라."

세 줄로 나란히 옆으로 다섯줄을 놓아도, 다섯줄로 나란히 아래로 세 줄을 세워도 이건 직사각형이 이루어졌다.

"13과 15가 같은 홀수인데도 왜 차이가 날까?"

13보다 적은 바로 아래 홀수가 11이어서 열한 개의 콩으로 정사각형을 만들어보았다. 13하고 성질이 똑같다. 9는 15와 같고.

"선조들은 짝수는 여성, 홀수는 남성의 특성이 있었다고 보았단다. 홀수 중에서도 11이나 13처럼 직선 모양, 나 홀로 당당하게 우뚝 서 있는 모습을 연상케 하는 수를 특히 좋게 보았지. 멋진 남자, 사나이 대장부와 같다고 보았으니까. 일부 선승과 도인들은 그래서 '화랑'할 때 쓰는 낭郞을 수數 앞에 붙여서 낭수라고 불렀단다. 일본인들이 'prime number'를 명치유신 때 소수素數라고 번역하는 바람에 낭수라는 명칭은 역사 저편으로 영영 사라졌지. 하여간 진정한 사나이, 완벽한 남자가 되려면 11과 13 같은 멋진 수를 정복해야 하느니라."

1과 자신으로밖에 나누어지지 않는 수, 즉 소수가 그렇게 영일이 가슴에 화살이 되어 날아와 꽂혔다. 강렬했다. 바탕이 되는 수 또는 근본이 되는 수란 뜻을 가진 소수란 이름의 화살이 가슴에 한 번 깊이 박히자 다시는, 영원히 뺄 수가 없었다. 소수 하면 영일이 직선 모양을 자동으로 연상하게 된 건 전적으로 한초 영향이다.

눈을 뜨자마자 소수가 연상된 것은 장소 탓이겠지만 한초의 손짓 여파다. 2, 3, 5, 7이란 소수를 힘겹게, 분명히 손꼽았지 않는가. 소수를 아는 게 극히 중요하다는, 성불하는 구도와 똑같다는 유언임이 틀림없다.

"우리 영일이가 이제 고등학교 1학년이면 열일곱이겠네? 17이라. 17이면 소수잖아. 그래, 소수 공부는 좀 했느냐? 왜 소수는 제 마음대로일까? 왜 규칙적으로 나오지 않는 걸까? 들쑥날쑥 하는 이유가 무엇일까?"

얼핏 보면 쉬운 듯하나 막상 덤비면 덤빌수록 더 어려워지는 문제의 전형이 소수 문제였다. 한초한테 예쁨을 받기 위해 좀 애썼던가. 당신한테 소수 이야기를 접하는 즉시 속살을 더 파고들었다. 늦어도 중학생이 되기 전에는 풀어서 양부를 기쁘게 해드릴 욕심이었다. 하지만 그것이 무모한 일인 줄은 미처 몰랐다. 하룻강아지 범 무서운 줄 몰랐음을 알아차리는 데는 과히 긴 시간이 필요치 않았다.

문제를 푸는 것과 증명하는 것의 차이도 잘 몰랐다가 소수를 공부하는 과정에서 알게 됐다. 소수가 무한히 많음을 2천 년 전쯤 유클리드가 증명을 했고, 그 후 골드바흐도 1730년에 증명[14]했지 않는가. 그 정도는 이해가 되었으나 미분적분학[15]을 이용한 오일러 증명[16]과 위상수학[17]을 이용한 휘르스텐버그의 증명법[18]에는 고개를 내저었다. 국민학교 교육과정을 너무 벗어난 까닭이다. 그래도 자존심이 상하였다. 수학을 아주 잘한다는 소리를 주변인들로부터 심심찮게 들었기에 더욱. 그리하여 독학했다. 그 결과 어린 나이임에도 불구하고 에어디쉬[19]와 셀버그 증명법[20]을 보고 설레는 수준에 이르렀다. 두 증명법이 짝사랑하는 여학생과 똑같을 수 있다는 경험은 소중했다. 두고두고 자산이 됐다.

하지만 일단은 거기까지였다. 소수의 불규칙성 문제는 발꿈치 정도 들고 딸 과일이 아니었다. 저 하늘의 별이었다. 아니, 고성능 천체망원경으로 봐도 보이지 않을 만큼 머나먼 곳에 있었다.

"명문고에 입학하려면 딴 데 한눈팔 수가 없어서 등한시한 게냐!"

사실이었다. 중학교 1학년 때까지는 틈만 나면 수학에 빠졌으나 2학년 때부터는 시간 자체가 나지 않았다. 밤늦게까지 학교에 남아 입시 공부를 해야 하는 관계로. 그 때문에 섭섭했다. 명문고에 당당히 입학한 양자한테 칭찬은 못해줄망정 명문고보다 소수가 백배 더 중요하다는 어조였으니까.

"소수를 일일이 써보면 알겠지만 소수 주기가 아주 이상할 거야. 2, 3, 5, 7 다음에 11, 13, 17, 19까지는 4개씩 이어지므로 그러려니 할 수도 있지. 하지만 그 다음부터는 줄어들었다 늘어났다 해. 그마저도 나중에는 점차 줄어들어. 왜 그럴까."

영일은 대답을 할 수가 없었다.

"공자와 노자, 부처와 피타고라스 같은 성인이 비슷한 시기에 나타나 활약하곤 그 후로는 성인급 인물이 뜸하게 나오듯 소수 역시 그럴까? 이상하게도, 어쩐 일인지는 몰라도 소수 출현빈도와 완전한 인간에 가까운 성인 출현 빈도수가 비례한다는 설이 있어. 과연 이 설이 믿을 만할꼬? 5와 7, 11과 13처럼 서로 간에 수 차이가 얼마 안 나는 연년생 형제 같은 소수 사례들을 잘 알 거야. 묘하게도 노자와 장자, 공자와 맹자, 소크라테스와 플라톤, 피타고라스와 유클리드 조합이 여기에 해당한다는 이야기가 있어. 이 설도 믿을 만한 것일까?"

굉장히 흥미로웠다. 보통 자극제가 아니었다. 만사 젖히고 몰두하고 싶었으나 '오일러-매클로린 합'[21]을 다룬, 길디길고 복잡하고 복잡한 수식

노트를 책상에서 치웠다. 대학입시가 먼저였다. 문제의 수식은 한초가 낸 숙제를 하려면 반드시 통과해야 하는 지루하고 팍팍한 오르막길 중의 하나였다.

"앗, 쇠자!"

능오가 잘 간수하라고 신신당부한 쇠자가 수중에 없다는 생각이 뒤늦게 들어서다. 벌떡 일어나 주변을 살펴보았다. 없었다. 팔상전에서 분명히 가지고 나왔지 않는가. 어디다 두었을까. 상환암과 상고암 사이에 있는 당신이 머물던 비밀 석굴에 갖다놓았을까. 자신이 없다. 항상 함께 갔지, 혼자서는 찾아가본 적도 없는 곳을 무의식중에 간다? 딴생각에 빠져 정신을 놓는 바람에 등산로 어딘가에 그냥 떨어뜨렸을 확률이 가장 높았다.

큰일이었다. 능오가 대단히 중요한 물건이므로 꼭 챙기라 했지 않는가. 절절한 그 어투가 천근만근의 무게로 심신을 옥죄었다. 후다닥 움직이지 않을 수가 없다. 미친 듯이 등산로 좌우를 살피며 하산했다. 그 와중에도 참매미가 맴맴 하고 우는 소리를 듣고 소수를 떠올린다. 참매미는 알에서부터 성충이 될 때까지의 유충기가 5년이다. 다른 매미들도 7년, 13년, 17년 주기로 나타난다고 한다. 매미는 소수를 본능적으로 아는 걸까. 이렇듯 한낱 미물인 매미도 소수를 어떤 식으로든 아는 듯한데, 명색이 인간인 나는?

궁금하면서도 부끄러웠다.

새로운 시작

"따라 써 보거라."

능오가 1을 쓰며 서여수를 시험한다. 한여름 오후에 월출산을 오르느라 어지간히 땀을 흘린 후였다.

여수는 구영구가 데리고 온 여덟 살짜리 남자아이이다. 1조차 모르는 천하의 바보라고 하니 능오는 궁금했다. 부끄러움을 많이 타고 말을 조금 더듬었으나 의사소통에 문제가 있는 건 아닌 듯싶다. 겉으로 봐선 큰 문제가 있어 보이지 않았다. 그런데 1을 쓰라고 하자 갑자기 아이는 희한한 표정을 지으며 저능아처럼 알지 못할 소리를 낸다.

"아아아, 아아, 아……."

어떻게 보면 황홀한 감정에 사로잡혔거나, 무엇인가에 절망한 듯하다.

"왜 그러니! 따라 쓰는 게 싫어?"

아이의 얼굴이 더 심하게 일그러진다. 분명 무슨 말을 하려고 무진장 애를 쓰고 있으나 말이 되어 나오지 않는 모양이다. 그 답답함을 길고 짧은 '아'로 응축해서 대신하는 성싶다.

"스님, 포기하시지요."

한초 분골을 들고 선 영일이 곁에서 보다 못해 참견한다.

"스님. 오죽했으면 어미가……."

영구도 거든다.

"스님, 여수는 여기 있게 하고, 우리만 산에 올라가죠."

그러잖아도 능오는 영일이 생각처럼 할 요량이었다. 아무래도 어린 여수가 월출산 향로봉 정상을 오르기에는 무리였다.

한초가 월출산 향로봉에 자신의 분골 1/3을 뿌리라고 한 것은 묵언에 들어가기 전이었다. 11년 후인 1979년에는 김해 용지봉 정상에 1/3을, 다시 11년 뒤 1990년에는 추풍령 눌의산에 마저 뿌리라고 일렀다. 반드시 양자만 대동하고 둘이서 어떤 의식도 없이 조촐하게 치르라고 한 것이다.

구영구가 장례식에 참석하게 된 건 전적으로 우연이었다. 영구가 서여수를 맡기기 위해 한초를 찾았다가 마침 당신이 세상을 떠났음을 알고 따라나서 부득이했다. 세속 기준으로 한초가 영구한테도 오촌 당숙부이므로 참여하지 못할 이유는 없다. 게다가 영일도 사촌 형의 예기치 않은 참석을 환영하여 능오로서도 그의 동행을 못 말렸다. 하지만 찜찜하다. 한초가 억수종 관계자는 물론이려니와 애제자 스님들까지 유골의 향방을 극비로 하라 한 일에 속인이 입회하게 만들어서다.

"어구구."

향로봉 정상으로 올라가던 중, 시루떡 모양으로 생긴 층층바위에서 영일이 주르륵 미끄러지며 손바닥과 무릎이 심하게 긁혔다. 사람이 못 올라갈 정도로 산길이 험하지는 않으나 얽히고설킨 크고 작은 바위가 영일에게 부담스러웠던가 보다.

"동생, 내가 모시고 갈게."

등반을 즐겨 하는 영구가 영일에게 유골함을 달라고 한다. 다행이다. 영구 덕분에 영일과 능오는 손쉽게 올라간다.

분골을 가운데 두고 능오와 영일이 나란히 앉았다. 능오가 바랑에서 조심스럽게 난을 꺼내 보기 좋게 바로 세운다. 도갑사 뒤쪽에 있는 습지에서 채취한 잠자리난초, 은대난초, 닭의난초였다. 의식을 치른 후 다시 들고 내려가 제자리에 도로 심을 작정이었다. 해서 뿌리가 다치지 않도록 주변 흙을 많이 뜨는 바람에 바랑이 좀 무거웠다. 난을 좋아한 한초를 위해 능오가 준비한 제물이다.

"비가 와서 그런지 석양이 정말 환상입니다."

영구 말대로 석양이 예사롭지 않았다. 그동안 극심한 가뭄에 시달리던 호남 지역에 오늘, 그러니까 8월 8일 새벽에 내린 소나기 탓인지 석양이 더없이 곱다. 산의 부드러운 능선들이 이어지고 겹치는 가운데 석양이 온몸을 불태워서일까. 영일도 서편 하늘의 장려함이 극에 달하자 감탄을 한다.

이토록 황홀한 석양을 배경으로 자신의 뼛가루가 뿌려질 것을 한초는 과연 예견했을까. 당신이 입적할 날을 미리 알고서 억수종 스님들을 팔상전으로 모두 부르는 것으로도 모자라 양아들까지 부른 사실을 고려하면 한초는 충분히 예측했을 것이다.

능오는 신비한 죽음을 맞았다는 일부 고승들의 일화를 삐딱하게 보았다. 가령 신라시대 대중을 모아놓고 가부좌를 튼 채 열반했다는 교각 스님의 전설을 믿지 않았다. 지장보살 후신으로 교각을 떠받드는 과정에서 후인들이 윤색했다고 생각하였다. 일부 못된 스님이 누워서 돌아가신 은사 스님을 억지로 일으켜 벽에 앉혀놓고는 좌탈입망[22] 운운하며 미화하는 경우가 종종 있었기 때문이다. 그러나 한초의 임종을 곁에서 생생히 지켜보면서 시각이 완전히 바뀌었다.

한초가 두 사람이 향로봉 정상에 마주보고 앉아서 분골을 뿌리라고 하여 그대로 따른다. 왜 서면 안 되는지 좀 더 일찍 물어보지 않았을까. 그저 아쉽다. 못난 제자의 불찰이 한없이 죄스러웠다. 당신의 일거수일투족이 천금보다 더 귀한 것임을 그때 알았다면 좋았으련만.

"기분이 묘하네요. 분골이 향로에서 나는 연기와 똑같네요."

능오와 영일이 한 줌씩 뼛가루를 허공에 날리자 구영구가 촌평을 한다. 아닌 게 아니라 향로봉에 한초의 분골이 바람에 휘날리자 연기, 아니 향불을 피운 것 같다. 노을이 어둠한테 거의 먹히기 직전이어서인지 황홀한 석양이 포근히 가라앉는다.

"스님, 지금 말하는 게 도리일 듯해서……."

영구가 혼자 놔둔 여수가 걱정된다며 먼저 내려가자 영일이 느닷없이 분위기를 잡았다.

"우리 사이에 못할 말이 어디 있겠소."

한초가 당신의 오른손과 왼손이 바로 능오와 영일이라고 언젠가 확실히 밝혔다. 단순한 수사가 아니었다. 해탈하기 직전에 이를 공개적으로 보여주기도 했지만 그 전에도 능오한테 여러 방법으로 암시와 눈치를 얼마나 주었던가.

한초 부모가 서울에서도 알아주는 부자인 관계로 양자 후보감은 줄을 서 있었다. 한초의 본가를 제외하고는 친인척들 가산이 대부분 고만고만했다. 하나같이 경제적인 여유는 없었지만 그 대신 모두 아들 부자였다. 자연히 경쟁이 뜨거웠다. 한초는 이래저래 골치가 아팠다. 부모가 외아들 한초의 출가를 허락하는 조건이 반드시 양아들을 세우겠다는 거였다. 단단히 약조한 관계로 그 문제는 당신의 큰 숙제였다.

하여 한초는 틈이 나는 대로 조카들을 절로 불러 이런저런 테스트를 했다. 그러나 11촌 이내에는 마땅한 후보가 없어 21촌 아니, 차라리 고아들 중에서 뽑을까 하고 고민할 즈음에, 네댓 살 먹은 영일이 부모 손에 이끌려 절에 왔다고 한다. 너무 어려 양자 자체를 생각조차 하지 않고 재미삼아 1,2,3,4를 아느냐고 물어봤던 모양이다. 아무것도 모른다고 해서 가르쳤는데 영일의 배움 속도가 어지간히 빨랐던 성싶다.

수를 처음 배운 날 "숫자 1을 4개 써서 표현할 때 가장 큰 수가 무엇이냐" 라는 문제[23]를 냈더니 영일이 풀었다고 한다. 그러니까 1+1+1+1, (1+1)×(1+1), 11+11, 111+1, 11×11, 1111, 1^{111}, 111^{1}, 11^{11}, $\frac{1}{111}$ … 중에서 가장 큰 수가 무엇인지를 한번 쓱 훑어보자마자 풀어버렸다는 것이다. 수에 능한 학생도 아닌 아이가, 그것도 처음 수를 배운 날 네댓 살짜리가 즉석에서 답했다면 수감이 출중하다고 볼 수 있었다. 이 일이 있은 후, 은사 스님은 영일을 양자로 내심 점지했다고 한다.

"나쁜 놈이라 하셔도 어쩔 수 없습니다. 제가 파양을 할까 합니다."

충격이다. 때 아닌 난리법석으로 말미암아 주장자를 잃어버렸을 때만큼이나 예상하지 못한 사태였다.

"왜요?"

"한초께서 해탈하기 전에 스님들을 시켜 저를 집단으로 구타한 일은 도저히 납득할 수가 없습니다. 그날 이후 밤마다 악몽에 시달립니다. 아무리 취지가 좋더라도 폭력을 통한 가르침을 받아들이기엔 제 그릇이 너무 작은가 봅니다. 한초께서 말하고자 한 메시지도 제 눈엔 그저 애들 장난, 애들 숫자놀음 같아서 억수로 유치하고. 양아버님이 이것이 답이라며 내보인 양손도 고리타분합니다. 옛날 구지 스님도 누군가 법에 대해 물어오면 언제나 다섯 손가락 혹은 손가락 하나를 달랑 세워서 보였다지요. 2, 3, 5, 7은 수학에서 이야기하는 이른바 소수인데 당신이 소수의 단순하지만 심오한 측면을 전부 이해한 것 같지도 않고……. 물론 한초께서 수학 애호가이시니까 어느 정도야 아셨겠지만요. 그래도 십중팔구 수비학적으로 접근했을 것이 뻔해 저로서는 하나부터 열까지… 그래도 이건 아니지요."

그렇다면, 한초가 죽는 그날까지 구영일과 힘을 합쳐 풀라고 내린 수많은 화두의 운명은? 심히 염려스러웠다. 은사 스님께서 큰 뜻이 있었다고는 해도 속인한테는, 아무리 만만한 양자일지라도 조금 과했다는 건 능오도 인정한다.

"처사, 그건 오해요. 처사를 해탈시켜 주기 위해서 내린 법매였다니까요."

"몰매를 놓고 법매라고요? 웃기는 이야기도 정도가 있습니다."

영일이 서늘하게 나왔다. 어지간히 정나미가 떨어진 모양이다.

한 번 한다고 하면 하는 영일의 성격이라 신경이 엄청 쓰인다. 오리무중인 주장자만 생각해도 능오는 머리가 지끈거리는데 갑자기 영일마저 고민거리를 무더기로 보태 주저앉기 직전으로 내몰았다. 능오는 향로봉 동남쪽 끝에 있는 두 개의 입석상에서 눈을 뗄 수가 없다. 언젠가 한초와 향로봉에 올랐을 때 당신이 나란히 붙어 있는 입석상을 가리키며 저 입석상처럼 구영일과 떨어지지 말고 형제같이, 솔잎이 땅에 떨어져도 두 잎이 따로 떨어지지 않는 것처럼 부부같이 한 평생을 잘 보내라고 일렀기 때문이다.

"에이, 이 빌어먹을 도깨비방망이!"

향로봉 정상 바로 옆 봉우리에 오른 영구가 큰소리로 외친다.

영구가 배신감에 치를 떨며 삼각산 도사를 찾아가자 세 평 남짓한 수도처는 이미 남의 손에 넘어간 후였다. 삼각산 일대는 온갖 신을 믿는, 혹은 스스로 신이라고 자처하는 사람들이 세운 크고 작은 암자, 기도원, 수도처 등이 난립해 있었다. 그 가운데서도 삼각산 도사 수도처는 명당이어서 욕심을 내는 사람이 많았다고 한다.

구영구가 삼각산 도사에 대해 상소리로 욕하자 새 주인이 '나를 찾아와 욕하는 놈'이 있으면 삼각산 도사가 맡겨놓은 물건을 전하라 했다면서 도깨비방망이를 건넸다. 낡아서 옻칠을 새로 해서 그런지는 몰라도 번들거리는 모양새의 도깨비방망이는 조잡했다. 길이는 1m 남짓하고 두께는 야구방망이 두 배 만했는데 문제는 조각이었다. 구슬 내지 물방울처럼 생긴 혹을 중구난방으로 어지럽게 조각해 놓아서 미상불 한국인이라면 누구나 으레 생각하는 도깨비방망이 이미지와 똑같았다. 옛이야기에 단골

소품으로 등장하는 바로 그것을 마지막 선물이랍시고 남기고 삼각산 도사는 종적을 감추었다.

도깨비방망이가 허공에 떠올랐다가 이 바위 저 바위에 부딪히며 떨어지는 소리가 고요한 산에 작은 메아리를 만들었다.

"이 날도깨비 같은 새끼. 사람을 놀려도 정도가 있지, 어찌 이렇게 사람을 우롱해. 개망신을 시키고 도륙을 내도 시원찮을 놈!"

도깨비방망이를 버리는 것만으로 성에 차지 않았는지 영구가 사납게 욕을 한다.

늘 혼자 자다가 곁에 누가 있어서일까. 서여수가 자꾸 잠꼬대를 해서 좀처럼 잠을 이루지 못하다가 가까스로 눈을 붙였건만 그마저 허사였다. 이상한 인기척에 잠이 달아났다. 여수가 이불 속에서 소리 죽여 훌쩍이지 않는가. 시계를 보니 새벽예불을 올리기 전이다. 안됐다는 생각에 마음이 아프다.

서울 정릉동에 있는 영락모자원과 삼각산에 있는 유명 기도원에서 목사를 위시한 기독교 관계자들 손에서 자라다가, 그야말로 어느 날 갑자기, 낯선 아저씨 손에 이끌려 완전히 딴 세상인 스님 옆에 눕게 되었으니 어찌 이상하지 않겠는가. 아무도 어미의 소식을 전하지 않았지만 의지하던 피붙이에게 무슨 변고가 났음을 아는 눈치였다.

"엄마 생각이 나서 그래?"

"……."

"말 안 해도 다 안다, 그 마음. 너희 엄마가 돈 벌러 만리타국으로 떠나면서 영구 아저씨한테 부탁했단다. 너희 엄마를 잘 아는 이 스님 아저씨한테 맡기라고. 그래서 앞으로 여수는 나와 함께 살 거다. 내가 너희 엄마보다야 못하겠지만 그래도……."

"그 일도 그렇지만 … 그, 그보다는 그 일이, 어제 그 일이 더……."

처음에 능오는 무슨 일事을 말하는 줄 알았다. 그런데 아니었다. 어제 향로봉에서 있은 해프닝이 아주 억울해 죽겠다는 어조였다. 만일 1조차 못 따라 쓰면 동자승은 언감생심이고 절에서 허드렛일이나 하는 불목하니 밖에 할 짓이 없음을 어린 나이에도 직감한 것일까.

여수 어머니와 달리 능오는 여수의 미래를 자꾸, 일부러 좋게 생각했다. 딱히 무슨 근거나 확신이 들지는 않았지만. 너무도 우둔해서 자신의 이름조차 까먹을 정도인 수리반특이라는 부처님 제자가 떠올라서인지도 모른다. 부처님의 배려로 온갖 노력 끝에 수리반특이 결국 깨달음을 얻었으므로 여수도 잘만 하면 가능하다고 보았다. 다만 능오 자신의 인내심이, 열정이, 사람에 대한 애정이, 마음씀씀이와 경지가 부처님 수준에 훨씬 미치지 못함이 두려웠다.

"1 정도는 배울 수 있겠지?"

고개를 끄떡일 줄 알았는데 여수가 도리머리를 한다. 맥이 탁 풀린다. 부처님 마음을 가지려고 방금 전까지 노력했는데 금세 속이 끓어오른다. 마음씀씀이가 좁음을 확인하고 쓰게 웃는다. 이왕 잠이 깬 이상 새벽예불 시간까지는 여유가 있어 바랑에서 종이와 연필을 꺼냈다. 어제 향로봉 정상에 오르기 전 혼자 있으면서 써보라고 준 종이에는 따라 쓰기 대신 온통 낙서투성이다. 종이 한쪽 끝에서 다른 한쪽 끝을 잇는 긴 직선과 곡선들이 어지럽게 난무하고 있었다.

"여수가 1을 얼마든지 따라 쓸 것 같은데… 1을 따라 쓰기가 왜 힘들까? 아무도 보는 사람이 없으니 따라 써볼래? 그래야 국민학교에 들어갈 수 있을 거 아니냐. 틀려도 괜찮아. 설령 못 따라 쓰면 어때. 누구든 처음엔 틀리고 실수하는 법이다. 절대 혼내지 않을 테니 한번 해보자."

좋은 말로 여수 마음을 푸근하게 다독였다. 그러고는 능오 오른편 방바닥에 엎드린 여수에게 1을 써보였다. 보통 사람들처럼 약간 비스듬하게 누운 1을. 그런데 능오가 1에서 손을 떼기 무섭게 여수가 1에다 선을 그어 사람 인人 자를 만들었다.

"왜 1을 1로 두지 않고 이렇게 하느냐?"

종이를 가리키며 능오가 여수에게 묻는다.

"1이 쓰, 쓰러질 것 같아서……."

"왜, 1이 쓰러질 것 같으니?"

"그, 그냥요."

"막대기로 보여서 그래?"

"아니요."

"그럼, 사람으로 보여서?"

"아니요."

"그렇다면 무엇으로 보였기에 그러니?"

"너, 너무 예쁜 무엇으로 보여서… 우, 우리 엄마만큼이나 좋고, 천사처럼 눈부시고, 그래서 쓰러지면 다칠 것 같아서……."

"도대체, 그게 무슨 소리지?"

"아, 아아, 아아아……."

또 시작이다. 소리가 작은 게 그나마 다행이었다.

"똑바로 선 1을 한번 따라서 써보지 않겠니?"

기울어지지 않도록 이번에는 능오가 가능한 한 반듯하게 썼다.

"무, 무서워요."

정말 갑자기, 거짓말같이 여수가 몸을 오들오들 떤다.

"뭐가 그렇게 무섭니?"

"마디풀, 아, 아시지요? 마디가 아주 많은 풀. 그 마디풀의 마디 하나를 뚝 떼어 세워놓은 것 같아서. 제 눈에는 1이 마디풀과 똑같아요. 그 마디풀이 똑바로 서 있느라 힘들어서 울부짖는 것 같아요."

타고난 불심 소유자일까. 그러나 1하고 마디풀의 마디하고 무슨 연결고리가 있는지 알 수가 없었다.

다시 마음속으로 참을 인忍자를 삼세번 쓴 후 여수를 잘 다독인다. 이해가 안 되어도 이해하는 데까지 이해해볼 생각을 하고 또 했다. 헌데 이번에는 여수가 1을 똑바로 쓰되 한없이 길게 썼다. 문제는 종이가 모자란다고 장판으로, 벽지로 계속 1을 그었다는 사실이다.

"지금 뭐하는 짓이냐?"

끝내 참지 못한 능오가 호통을 친다.

"1을 어디서 끊으라 하지 않으셔서. 영원히 긴 1이 눈앞에 떠올라서요. 그것이 보이니까 저도 모르게 자꾸만 '아'란 소리가……. 영원히 끝나지 않는 1하고 스님이 쓴 짧은 1하고 차이가 뭔지, 이 세상에서 가장 짧은 1은 어떤 모습인지, 가장 짧은 1하고 가장 긴 1 사이에 1은 도대체 몇 개 있는지? 왜, 가장 짧은 1하고 가장 긴 1이 있어 가지고 저로 하여금 골머리를 썩게 하는지요? 또 긴 1하고 짧은 1은 왜 생겼는지, 없으면 왜 안 되는지, 구불구불한 1하고 곧지만 긴 1하고는 어떻게 다른지, 마디풀에서 마디를 끊듯이 긴 1에서 꼭 1을 왜 끊어서 써야 하는지. 그냥 가만히 놔두면 안 되나요?"

갑자기, 어느 순간부터 여수의 질문이 질문으로 다가오지 않았다. 우문인 줄 알았는데, 아니었다, 명백히. 비약일지 모르나 화두의 연속으로 들려왔다. 마치 은사 스님이 정진 끝에 법문을 할 때처럼. 처음 듣는 소리지만 거기서 심오한 무엇을 많이 건질 수 있을 듯한 느낌에 사로잡혔다.

"1이 뭔지 알면서, 감쪽같이 속이다니……."

능오는 놀라움을 숨긴 채, 짐짓 화가 난 체한다.

"잘, 잘 모르는데요. 참말입니다."

"1을 따라 쓰라고 했을 때, 무슨 생각이 있어서 따라 쓰지 않았니?"

"억지로, 강제로 하라고 윽박지르면서 그냥, 무작정 따라 쓰라고만 해서요. 짧은 1을 쓰면 마디풀에서 마디 하나를 뗄 때처럼 1이 너무 아플 것 같고 또, 똑바로 서 있는 1이든 비스듬히 누워 있는 1이든 하나같이 힘들고 위태롭게 보여서요. 차라리 1조차 못 쓴다고 제가 한 대 맞는 게 낫겠다고 생각했어요."

능오가 신음처럼 내뱉은 말이 '나무아미타불 관세음보살'이다. 여수가 아까와는 전혀 다른 아이로 보였다. 한초가 저세상으로 가면서 보낸 선재동자[24]일지도 모른다는 생각에 가슴이 한없이 부풀어 올랐다.

2장

수상한 사람들

一

二　二

三　三　三

황악산
여우들

1979년 5월 4일, 그날 아침은 특별했다.

직지사를 품고 있는 황악산 정상 부근에서 능오는 숲에 몸을 숨기고 있었다. 참선하듯 고요히 앉아 있는 건 만약의 사태에 대비하기 위함이다. 누구를 엿보다가 들키면 스님 신분에 망신도 그런 망신이 없으므로 염탐할 의도가 없음을 보여주려는 일종의 위장이었다.

5월 5일은 양력과 음력 모두 억수종에서 중요하게 여겼다. 자연히 그 전날 5월 4일도 능오가 황악산 토굴에 머물 경우 새벽에 올라와 일출 맞이와 함께 성지를 둘러보곤 했다. 그러나 금년에는 바로 내려갈 수가 없었다.

"5월 4일 오전 열 시경만 되면 수상한 여자들이 정상에 나타나 기묘한 의식을 치르더군요."

작년 5월 5일에 만난 억수종 스님이 이렇게 호기심을 불러일으켰다. 마침 능오는 지난 3년 동안 일이 있어 5월 4일에는 황악산 정상에 없었다.

"소승이 등산객한테 방해 받지 않고 좌선삼매에 빠지려고 정상 부근 숲에 일부러 은신하고 있었지요. 헌데 어느 순간 인기척이 나지 않겠어요. 처음에는 등산로가 아닌 숲을 헤치며 무엇인가 나타나서 산짐승인 줄 알았습니다. 가만히 눈을 떠보니 사람이더군요. 그것도 용모가 너무나 화사한 여자들이었어요. 나이든 여인도 예사 미색이 아니지만 아가씨들은 제 평생 직접 본 여자 중에서 미모가 단연 가장 빼어났습니다."

여자들은 스님을 발견하지 못했던가 보다. 그 덕에 스님은 여자들의 행태를 낱낱이 볼 수 있었던 모양이다.

우선 등산로가 아닌 숲으로 올라온 게 별났다고 한다. 3년 전, 처음에는 길을 몰라서라고 생각했는데 3년 내내 동일한 루트를 택한 걸로 미루어 보건대 의도적인 것 같다고 보았다. 정상에 도착한 후 등산복을 한복으로 갈아입고서 나이든 여인의 지시에 따라 아가씨들이 의식을 치렀다고 했다. 간단히, 조용히. 그러고는 다시 옷을 갈아입고 올라왔던 길로 감쪽같이 사라진다지 않는가.

"여우 어미와 새끼가 여자로 둔갑한 거 아닌가 모르겠습니다."

스님의 농담에 능오는 웃었다. 헛것을 보았다고 믿었다. 그도 아니면, 황악산 근동에 사는 사람들 사이에 오래 전부터 떠도는 이야기를 그럴싸하게 각색했다고 보았다. 이런 종류의 전설은 황악산뿐 아니라 명산 자락 어디에서나 흔히 들을 수 있으니까.

"소승 역시 처음에는 망상에 사로잡혔다고 생각했지요. 그래서 사실인지, 망상인지를 확인하기 위해 미행했습니다. 직지사 방향 숲으로 내려간 여인들이 상가 주차장에서 고급 외제 승용차를 타려는 순간, 제가 김천시까지 태워달라고 부탁했습니다. 여인 왈, 스님이라서 태워준다며 동승을 허락하더군요. 제가 짧은 시간 알아낸 건 여인은 미스코리아 대회에 나가 상을 받은 적이 있고, 아가씨들은 미스코리아 대회 참가를 준비 중이거나 배우 지망생이었습니다."

능오가 말없이 듣고 있자 스님이 말을 이었다.

"근데, 능오 스님. 여인이 스님 뵙기를 간절히 청했습니다."

능오가 연유를 궁금해 하자 스님이 넌지시 이야기를 건넨다.

"구체적으로 언질을 안 줘서 자세히는 모르겠습니다. 능오 스님을 어떻게 아느냐고 물어도 애매모호한 미소만 날리더군요. 그저 스님을 무조건 만나게 주선해 달라, 그러면 큰 사례를 하겠다며 주소와 전화번호 그리고 이름을 쪽지에 적어주고 갔습니다."

그제야 능오가 심각해졌다. 오늘을 벼르고 벼른 건 그 때문이다.

서울 성북동 주소와 전화번호, 이름이 적힌 쪽지는 손에 넣었으나 먼저 연락하기는 주저됐다. 이름만 보아서는 모르는 이였다. 안면은 있을지 모르지만 인연이 닿은 사람은 아니었다. 설사 무슨 인연이 있었을지라도 다시 새로운 인연을 잇고 싶지 않다. 그래도 호기심까지 끊을 수는 없었다. 황악산 정상은 억수종 성지聖地 중의 성지이므로, 성지에서 벌어지는 일이라면 억수종과 직접적인 관계는 없을지라도 반드시 확인할 필요가 있었다. 무슨 조치가 필요하다면 당연히 하는 게 도리다. 이는 억수종 법맥을 이은 적통자의 의무였다.

오전 10시가 되자 정말로 여인들이 숲을 뚫고 정상에 나타났다.

"열 시 팔 분 정각에 여기에, 이곳을 한복 치마로 동그랗게 감싸고서 쪼그려 앉도록!"

아는 여자들인지 아닌지를 분별하기 어려운 거리라 아쉽다. 애매한 거리로 인해 무엇을 묻어놓았는지, 묻는지, 아니면 무슨 표시라도 하는지조차 확인하기 어려웠다. 다만 나이 든 여인이 옥색명주로 만든 두루마기를 갈아입은 후 특정 장소에서 모종삽 같은 연장으로 무슨 작업인가를 한참 했다. 그 사이에 아가씨도 사주경계를 하며 조심스레 한복으로 갈아입었다. 한복도 시중에서 흔히 보는 한복이 아니었다. 치마와 저고리 모두 선이, 특히 세로로 일정한 간격으로 누빈 줄무늬[1]가 뚜렷하다. 좌우간 무당처럼 행동하고 있으나 무복巫服은 아니었다.

이윽고 준비를 마친 여인이 지시한 대로 독특한 옷차림의 아가씨가 살포시 앉는다. 흡사 암탉이 알을 품듯 조심스럽다. 기묘한 동작을 하늘과 땅 그리고 자신의 몸에 한동안 취한 뒤 오른팔로 크게 무엇을 그리는 것으로 의식을 마무리하였다.

모르는 여인들이었다. 기억에 분명 없다. 하지만 능오는 이색적인 풍경에 오롯이 홀렸다. 오죽하면 여자들이 하산한 지 제법 지나서야 현장으로 다가갔을까.

아가씨가 치마로 감싸 품었던 땅은 흔적을 지운다고 지웠지만 흙의 수분이 아직 마르지 않아 찾는 것은 어렵지 않았다. 꼬챙이로 파보았으나 어림도 없다. 생각보다 깊이, 생각보다 용의주도하게 무엇인가를 묻어놓았다.

토굴로 내려와 쉬다가 야심한 시간에 정상을 다시 찾았다. 누구로부터도 방해를 받지 않기 위해서였다. 필요한 연장 몇 가지와 손전등 등을 챙겨 온 관계로 현장에 도착하는 즉시 다시 땅을 파보았다. 한 자가량 파자 마침내 쇠붙이가 나왔다. 함이었다. 수건으로 사각형 뚜껑에 묻은 흙을 털어내자 철이 아니라 동으로 된 함이다. 유기그릇 같기도 하고, 오래된 청동그릇 같기도 한 함 뚜껑에 무엇인가 새겨져 있다.

一
二　二
三　三　三

여러 방향에서 생각을 하게 만드는 숫자 피라미드였다. 자세히 살펴봐도 다른 문구나 도형은 보이지 않았다. 무엇으로 함을 바닥에 고정했는지 제아무리 용을 써도 뽑거나 들 수가 없어서 일단 뚜껑부터 열어본다.

함에는 보지 못하던 자물쇠가 채워져 있어서 여는 게 예삿일이 아니었다. 온갖 시행착오 끝에 가까스로 열자 또 놋그릇 같은 작은 함이 능오를 놀리듯 4개 들어 있다. 황금 내지 보석일까. 내심 귀금속을 기대하고 열었다가 능오는 기함한다. 뼛조각이었다. 얼핏 보아서는 너무 자잘하고 약해 보여서 조류의 뼈로 짐작했으나 자세히 살펴보니 아니다. 27개의 뼛조각이다. 다른 함 3개 역시 비슷비슷한 크기의 뼛조각이 27개 들어 있었다.

4개의 함 정 가운데에는 주사위가 박혀 있다. 조심스럽게 뽑아서 살펴보니 흔히 보는 6면체 주사위가 아니라 14면체이다. 예사롭지 않았다. 무슨 뼈인지, 무슨 용도인지 알아야 이곳에 왜 뼈가 있는지 유추할 수 있을 텐데 아무런 정보가 없다보니 그저 황당하기만 했다. 누가, 왜, 어디에 쓰려고 여기에 묻었을까? 그리고 왜 여인들은 자신을 찾는지, 모든 것이 의문이다.

올해도 어김없다. 단오를 앞두고 의문투성이 우편물을 벌써 11년째 받는다. 한초가 세상의 얽매임에서 영원히 벗어난 다음 해부터 지금까지 능오 앞으로 편지가 동봉된 소포가 왔다.

편지 내용은 언제나 동일했다. 한지에 가는 붓으로 '황학유축생黃鶴唯畜生'이라 써놓았다. 자유분방한 서체로 '황학산에는 짐승밖에 없는가' 혹은 '황학산에는 오직 짐승뿐인가'라고 물어온다. 처음 소포를 받았을 때는 무척 당혹스러웠다. 잘 포장된 용기 안에 오른손 검지 첫마디 한 토막이 불에 심하게 그슬린 채 들어 있었다. 엽기였다. 아마도 손가락을 태우는 소지기도를 드린 후 예리한 도구로 잘랐을 것이다. 그 다음 해에는 나머지 검지 두 마디를 보냈다. 이같이 계속 늘어나 올해는 드디어 남아 있는 한 손을 마저 부쳤다.

지독했다. 분명 어떤 스님이 단지고행으로 시위하고 있었다. 아니면, 누군가가 무슨 가르침을 주려는 것일까. 좌우간 능오는 소포를 보낸 사람이 '나는 치열하게 단지도행을 하고 있건만 그대는 구도를 어떻게 하고 있느냐'며 힐난하는 것으로 받아들였다. 소포를 받을 때마다 능오는 난감했다. 발신인이 누군지 도통 알 수 없었기 때문이다. 보내는 이를 추정할 만한 그 어떤 근거도 남기지 않았다. 특정 지역이나 특정 사찰 근처 우체국만 이용해도 발신인을 대략 짐작할 수도 있으련만 해마다 다른 도시의 낯선 우체국 소인이 찍혀 있었다.

'내년에는 혜가慧可대사처럼 한쪽 팔을 잘라 보낼까!'

능오가 혼잣말을 한다.

누구일까. 억수종 관계자일 확률이 높으나 딱히 떠오르는 인물은 없다. 한초 내지 능오를 잘 아는 인물일 것이라고 막연하게 짐작만 할 뿐이다. 발신인도 단오가 특별한 날임을 아는 눈치여서 그나마 상상이 가능했다. 단오 전날에 도착할 수 있도록 해마다 손을 쓴 것이 그 증거다. 자연히 능오는 단오를 앞두고 억수종 관계 스님이 회초리를 든다고 보았다.

아팠다. 왜냐하면 한초로부터 억수종 법계法系를 물려받았으면서도, 그 상징물인 주장자를 아직 찾지 못하고 있으니까. 백방으로 애쓰고 있다는 변명으로 어물쩍 넘어갈 수 있는 사안이 아니었다. 억수종에, 한초에게, 억수종 형제들에게 낯을 들 수 없었다. 그러한즉 편지와 소포는 능오에게 강한 질타였다. 아닌 게 아니라 모든 것이 편지 내용 그대로다. 억수종 적통자도, 스님도, 사람도 아니니까. 한 마리 짐승일 따름이다. 수행력이 제일 뛰어나다고 은사 스님이 법제자로 인정했으면 그 증표인 주장자는 무슨 수를 써서라도 지니고 있어야 하지 않는가. 헌데 현실은 반대다. 낯 두껍게도 끼니때마다 꾸역꾸역 공양은 잘도 하고, 잠도 잘 자면서, 참선이나 휴식을 취할 때만 약간 뉘우치는 생활을 계속하고 있으므로. 염치가 없어도 너무 없다.

"이 주장자가 옛날에 용으로 변해 전 우주를 맛있게, 아주 맛있게, 한 입에 먹어버렸다고 들었다. 그리고 똥을 시원하게 누고 다시 주장자로 돌아갔다. 허면, 그 똥이 현재의 우주일까?"

언젠가 한초는 주장자를 코앞에 들이밀며 이 같은 공안公案을 던졌다. 운문 스님[2]이 유사한 논조로 말한 적이 있어 생경하지는 않았으나 주장자가 새삼 각별하게 다가오는 계기가 되었다. 그 전까지만 해도 조물주하면 사람 비슷한 이미지가 은연중에 있었는데 그날 이후로는 좀 달라졌다.

주장자 문제 이외에도 억수종 법맥 계승자에 걸맞게 매사 처신해야 하건만 제대로 하는 게 없었다. 스스로를 늘 비춰보게 했던 한초라는 큰 거울을 영구히 잃었음을 절실히 느낀다. 하여 심신이 많이 아팠다. 그리고 힘들었다.

"스님! 오빠를 길거리에서 다 만나네요."

직지사 종무소에서 의문투성이 우편물을 수령한 후 주지와 수인사를 나누고 일주문을 나선 지 얼마 지나지 않았을 때였다. 땡볕을 아랑곳하지 않고 자책하며 하염없이 걷는데 구영일과 결혼한 막내여동생 한선미가 환하게 웃으며 능오를 불렀다.

선미는 승용차 조수석에 타고 있었다. 근래 시중에 나오기 시작한 피아트132를 운전하던 영일은 눈인사만 하였다. 영일이 운전 중이라고는 하나 예의상 양손을 모을 법도 하건만 시늉조차 하지 않는다.

"오빠, 어디로 가시는 길이예요? 우리는 오빠 토굴로 가는 길인데……."

한초가 사랑한 난을 구입하고자 김천시로 나가는 길이라고 하자 여동생이 뒷좌석을 손으로 가리켰다. 거기에 춘란 화분이 두 개 있다.

"우리 영일씨가 신경 좀 썼답니다."

한초를 배려했다고 생각하자 안 좋던 감정이 조금은 가신다. 이처럼 여동생이 남편 공치사를 하는 까닭은 오빠와의 관계가 원만하지 못함을 잘 알아서다. 그 때문에 두 사람을 단단히 묶어 두기 위한 일이라면 물불을 가리지 않았다.

의외였다. 여동생 부부가 올해 단오에 토굴을 방문하리라고는 보지 않았다. 무엇보다 사람이 죽으면 죽은 사람의 기일만 챙기고 생일은 잊어버리는 경향이 있지 않은가. 거기에다 올해 단오는 평일인 수요일인데다 학기 중인 5월 30일이었다. 영일이 오랜 미국 유학생활 끝에 금년 봄부터 대학 강단에 서서 정신이 없을 것이라는 점도 고려했다.

"강의 때문에 바쁜 줄 알았는데?"

"오늘하고 내일 이이 학부 1학년 강의가 있긴 한데, 수강생들이 병영집체훈련을 받으러 문무대에 가서 휴강했어요."

구영일한테 물었는데 여동생이 재빨리 답했다. 영일은 이러쿵저러쿵 떠들기 싫다는 표정이다.

적적하고 고요한 산길을 한참 오른 끝에, 토굴 근처에 다가가자 능오가 사람이 드나든 흔적을 지우느라 부산을 떤다. 여동생이 또 가만히 있지 못한다.

"오빠, 꼭 이렇게까지 해야 돼요?"

굳이 궁금해서라기보다는 어색한 분위기를 깨려는 의도가 다분하다.

"한초께서는 '길이 없으면 길 아닌 곳이 없다' 하셨다."

영일이 선미한테 귓속말을 한다.

"길을 한 직선으로 여기면, 한 점을 지나는 직선은 무수히 많아!"

영일의 귓속말이 능오로 하여금 직지사 토굴에 처음 오던 날을 연상하게 한다.

직지사 주지를 맡고 있던 녹원 스님과 차 한 잔을 나눈 후 직지사를 떠나려다 한초가 갑자기 가 볼 데가 있다며 황악산 기슭으로 발길을 돌렸다. 저녁놀이 지는 하늘에 백로 무리가 장관을 연출하고 있었다. 낮에 인근 낙동강과 논으로 먹이를 찾아 나갔던 수천 마리의 백로가 야산으로 돌아오는데 하얀 구름이 이동하는 듯했다.

"능오야, 절경이고, 선경이지? 이런 광경이 저세상에도 있을까?'

"……."

"이승과 저승 사이에 교환법칙이 성립할까?"

"……."

"우리 우주와 다른 우주 사이에도 등호가 성립할까?"

충격이었다. 능오가 세간에 있을 때 수학공부깨나 했지 않는가. 더욱이 교환법칙과 등호(=) 양쪽에 여러 가지 기호와 수를 배열해 놓은 방정식은 잘 알고 있음에도 불구하고 여기와 저기 사이, 생과 사를 한 번도 연결해 보지 않아서다.

"신선한데요, 스님. 어떤 식으로든 성립할 것 같은데요. 변환 또는 사상mapping이란 개념으로 이해할 수 있는 함수만 보더라도 한 수가 주어졌을 때 반드시 다른 한 수를 계산할 수 있도록 해주는 규칙이 있지 않습니까. 다시 말해 이 세상에서 어떻게 하느냐에 따라 저세상에서의 운명이 결정됨을 함수가 보여줄 수도 있겠다는 생각이 드네요. 수 또는 수학적 객체로 이루어진 세상 ㄱ과 다른 세상 ㄴ 사이를 대응시키는 관계가 함수이니까요. 오죽하면 함수를 관수로 번역하는 게 옳다는 사람까지 있겠습니까. 정의역 ㄱ과 치역 ㄴ 대신 이승과 저승을 갖다놓아도 얼마든지 가능하지 않을까요. 계산을 추상화시킨 걸 함수라 할 수 있는데, 그 함수가 이승과 저승 사이의 다리가 될 수도 있겠네요. 함수도 이 세상의 다리 이상으로 종류가 무수히 많으니까요. 이 세상의 다리 또한 얼마나 많습니까?"

"능오야, 이제 가자. 갈 데가 있느니라."

여러 번 당신과 함께 직지사에 왔으나 토굴을 찾은 것은 그때가 처음이었다.

황악산 중턱에 있는 문제의 토굴은 직지사 본 말사 소속 스님들도 정확한 위치는 고사하고 그 같은 토굴이 있는지조차 몰랐다. 직지사 뒤쪽인 황악산 자락의 여러 암자에 있는 스님들도 대부분 토굴 소재를 모르기는 마찬가지였다. 다만 직지사 주지만은 알고 있었다. 주지가 바뀔 때마다 토굴에 관한 사항은 극비로 전하는 게 직지사의 유구한 전통이었다.

토굴의 존재를 비밀스레 전하는 가장 중요한 이유는 용맹 정진하기 위함이다. 한초가 오랜 기간 묵언수행을 할 수 있었던 것은 속인은 물론이고 스님들의 접근까지 원천봉쇄한 공이 컸다. 그 때문에 피치 못할 일이 생겨 토굴을 출입할 때는 드나든 흔적을 깨끗이 지웠다. 완벽에 가깝게. 이처럼 오고 가는 길을 없애고 자연을 최대한 훼손하지 않고 지은 토굴이라 사람이 바로 코앞에 와도 거기에 수행처가 있다는 걸 누구도 알지 못했다. 삼각형 모양으로 생긴 토굴에는 한 평 남짓한 토방이 좌우로 나란히 두 개가 있다. 삼각형 꼭짓점 부근에 해당하는 공간은 부엌이었다. 안에서 불을 지펴도 연기가 얽히고설킨 바위 틈새로 골고루 퍼져 나가기 때문에 안개가 피어나는 것으로 보기 쉬웠다.

"스님, 억수종의 억수가 많은 수를 뜻하는 억수입니까, 많은 손을 의미하는 억수입니까? 아니면 다른 뜻이라도……."

한초가 입적한 이후, 지겹게 반복한 질문을 구영일이 또 한다.

월출산 향로봉 정상에서 1차 장례식을 치른 후 황악산 토굴로 돌아와 헤어지기 직전에도 그랬다. 영일이 억수종에 관하여 자세히 들려주면 파양을 재고할 수 있다는 협상안을 내놓았다. 솔깃한 제안이었다. 하지만 안타깝게도 결코 응할 수가 없었다. 억수종 첫 계율이, 세속의 법으로 치면 제1조 제1항이 '억수종을 공표하지 않는다'였다. 제2항은 '억수종을 공표하지 않음을 절대로 잊지 않는다'이다. 한초가 좌탈입망한 직후 입 가벼운 스님이 억수종 운운했다가 봉변에 가까운 개망신을 당한 연유도 그 때문이었다. 해서 오랜 침묵 끝에 능오가 고개를 단호하게 여러 차례 가로젓자 영일은 오밤중인데도 불구하고 토굴을 박차고 나갔다. 좀 섭섭할 거라는 예상은 했다. 그러나 서운한 감정을 넘어 분노가 얼마나 극심하게 일어났으면 문짝이 다 망가졌겠는가.

기세로 보건대 구영일을 다시 보기 힘들 성싶었다. 그렇다고 '남에게 알리지 마라勿示人'고 하는 억수종 특유의 계율을 어길 수는 없는 일이었다. 계율과 사람 사이에 치여 숨이 다 막혔다. 능오가 이러지도 저러지도 못해 전전긍긍하는 사이에 영일은 파양 문제를 말로만 그치지 않고 법적 절차를 밟기 시작하였다. 한초와 능오에 대한 환멸이 자심했는지 영일은 일체의 대화에도 응하지 않았다. 방법을 강구해야만 했다.

영일을 잃느냐 억수종 계율을 어기느냐 기로에 서 있을 때, 여동생이 미륵보살로 다가왔다. 영일과 나이와 학번이 같은 한선미는 주변에서 메이퀸 선발대회에 나가라고 부추길 정도로 외모가 돋보였다. 만약 영일이 선미와 결혼하여 매제가 된다면 설령 영일이 파양을 한다고 해도 능오 품을 못 벗어날 터이니 무서울 게 없었다. 또한 대학원 진학 및 미국 유학이 영일의 희망사항이기도 하거니와 한초와 능오의 바람이기도 했다. 그러자면 큰돈이 필요한 것은 당연지사. 한초가 남긴 재산이 상당해서 충분히 한초의 뜻을 이어갈 수 있었다.

문제는 영일이 끝내 파양한다면 돈을 주고 싶어도 줄 방법이 없었다. 영일의 형제들을 통해 뒤에서라도 경제적 지원을 할 요량으로 알아본즉 불가능했다. 변변한 학력 소유자 한 명 없는 형제들은 대부분 근근히 살아가는 수준이라서 장기간 거액을 지원한다면 실상이 드러나는 건 시간 문제였다.

그 와중에 한선미가 비장의 카드로 다가왔다. 여동생을 무슨 목적을 위한 수단으로 삼는 것이 께름칙하긴 했지만 영일의 인물이나 능력, 재능이 그만하면 매제로도 손색이 없었다. 여북하면 한초가 양자로 들였을까.

"스님, 이제는 억수종에 관해 말씀해주시지예. 제가 조르기 시작한 지도 벌써 11년쨉니다."

천천히, 건조하지만 단호한 어투로 영일이 압박한다. 능오도 어마어마한 중압감을 느꼈다. 평온하고 담백한 낯빛을 애써 유지하지만 어쩔 수 없이 마음이 흔들린다. 밤이 늦은 시각이었다. 한초가 사용하던 토방에 선미가 자러 들어간 후에도 두 사람은 토방에 마주앉아 차를 마시는 중이다.

"일제 때 총독부의 사찰령 반포로 해산된 원종圓宗과 임제종 전통을 이었습니까?"

대꾸라도 해주고 싶었으나 한번 입을 열기 시작하면 걷잡을 수 없을 듯해 애초부터 입을 봉한다.

"스님이 되려고 해도 행자생활을 거쳐야 하듯, 억수종 스님이 되려면 무슨 통과의례 같은 게 있겠지요?"

수가 높다. 어떤 식으로든 답을 하지 않고는 못 배기게 하려는 작전이다.

능오는 한없이 긴 직선을 재차 그을 수밖에 없음을 잘 알면서도 차마 바로 긋지는 못한다. 고민을 아주 많이, 무진장 많이 했음을 시위하기 위해서라도 시간을 일부러 오래 끌었다. 일단 능오가 직선을 긋는다면 평면에서의 평행선처럼 다시는 못 만날 공산이 크니까. 파국을 단 몇 분이라도 늦추고 싶은 마음이다.

억수종은 철옹성이었다. 입회하기 위해선 긴 세월에 걸쳐 검증을 받아야 한다. 시험은 이론 다섯 번, 실기 여섯 번을 번갈아 치는데 이론은 까다롭고, 실기는 혹독했다. 이론과 실기 모두 사람마다 문제 유형과 방법이 다 달랐다. 사람마다 타고난 자질이랄까, 능력[3]이 다름을 고려한 결과였다. 무슨 인연이 있다고 특정인을 배려하는 법도 없었다.

능오에 대한 첫 시험은 쌍계사 계곡에서 이루어졌다. 계곡물에 발을 담그고 있다가 발가락 사이를 손가락으로 일일이 씻고 있는데 억수종 관계자가 운을 뗐다.

"능오야, 발가락을 잘 보거라. 엄지발가락에서 새끼발가락 쪽으로 1,2,3,4,5로 셈할 수 있겠지? 새끼발가락이 5가 되면 반대로 6,7,8,9,10으로 셈할 수도 있겠고. 이렇게 셈을 줄창 계속 한다고 쳐. 10억에 해당하는 게 어떤 발가락일까?"

관계자는 질문을 던지고 5분 안에 답하라고 했다. 반복되는 문제에는 일정한 주기가 있다는 수학적 속성을 간파하는 게 관건이었다. 수감이 있으면 너무나 쉬우나 없으면 시간이 많이 걸리는 유형의 문제였다. 다행히 능오는 수학머리가 있어서 제한된 시간 안에 문제를 풀 수 있었다.

수많은 수 중에서 하필이면 10억일까. 나중에야 알았지만 그 이유는 여러 가지였다. 우선 대우주에 온갖 세상이 많음을 강조할 때 불자들이 흔히 사용하는 표현인 3천대천세계三千大千世界의 3천이 그냥 3천이 아니라 1000^3=10억임을 은근슬쩍 강조하려는 취지가 있었다. 아울러 10억까지 하루도 쉬지 않고 10시간씩, 1초에 한 숫자씩 센다면 장장 77년이나 걸리므로, 머리를 쓰지 않으면 곤란함을 강조하려는 의도도 있다. 이처럼 간단한 발가락 셈 하나에도 복선이 여기저기 깔려 있었다.

"억수종에선 붓다의 최후 가르침이 기록되어 있다는 《반니원경般泥洹經》[4]을 가장 중시하는 불교경전으로 받듭니까? 거기에 일억 사천 년 후에야 미륵불이 온다고 했으니, 억수와 일억 사천 여 년하고 관계있는 게 분명하지요? 더구나 법주사가 미륵신앙의 요람이므로……."

"……."

"비약일지 모르지만, 억수종이 실은 땡추 집단이라서 말 못하는 거 아닙니까? 불교 해설서 내지 일종의 불교 논문집인 교장敎藏이 뭔지도, 수행이 뭔지도 모르는 돌중들이 모여서 조직한 비밀결사가 땡추들 아닙니까? 땡땡이중, 당취라고도 하는. 점 조직으로, 매우 은밀한 계보로 구성되어 있다는 승려세계의 깡패 집단이 땡추들 아니었습니까. 그 본색이 양부님께서 돌아가시던 날 팔상전에서 백일하에 드러난 게 맞지요?"

능오의 침묵이 길어지자 영일이 드디어 인내의 바닥을 드러낸다.

"세계는 영원한가, 영원하지 않는가. 세계는 유한한가, 무한한가 같은 질문에 붓다는 침묵하였지요. 저는 탁 깨놓고 말하면 붓다가 비겁하다고 생각합니다. 왜냐, 솔직히 모르면 모른다고 하면 될 것이지, 비겁하게, 침묵 뒤에 숨었으니까요. 소크라테스와 공자는 모르면 모른다고 깨끗하게 시인하는 게 학문과 지식, 지혜의 시작이자 끝이라고 했습니다."

영일이 도발한다. 하지만 어찌 반박할 논리가 없겠는가. 그러나 참는다. 일부러 이쪽을 자극하려고 나오는 수작이니까.

"침묵은 금이다? 무기[5]를 쓰시겠다! 입 밖에 낼 수 없다 이건가요?"

더 자극한다. 그래도 가만히 앉아서 평행선을 계속 긋자 마침내 영일이 폭발하고 말았다.

"그딴 거 모르고 살라고요? 한초께서 '어떤 삼각형도 두 변의 합은 다른 한 변보다 크다'고 하시면서 저와 능오 스님이 함께 노력해 생사의 경계선을 넘으라고 하셨지요. 헌데 정 이렇게 나오시면… 좋아요. 오는 8월 4일, 한초 2차 장례식이 열리는 김해 용지봉에서 뵐 때까지 기다리겠습니다. 만일 그때까지도 이렇게 나오시면 어떤 사태가 벌어지든 전적으로 스님 책임입니다."

"처사, 이 산승[6]이 시종 침묵하는 건 결코 약을 올리기 위해서가 아닐세."

정말 오랜만에 벼르고 별러, 지능적으로 집요하게 물고 늘어져도 줄곧 평행선만 긋자 영일이 더는 못 견디고 자리를 박찼다. 11년 전처럼. 토방 문짝을 거칠게 닫고서 오밤중에 혼자서 기어이 토굴을 떠났다.

음력 5월 5일, 단오. 그날 새벽 5시 5분, 오전 10시 10분과 11시 11분에는 억수종 관계자라면 그 시간에 자기 스스로 정한 의식을 거행하는 게 유구한 전통이었다. 따로 정해진 절차는 없다. 각자 편한 대로 하면 그만이다. 만일 불가피한 일로 그 시간을 못 맞추면 그날 오후 그 시간대에 행하면 된다.

단오가 억수종의 거룩한 날이라고 하여 관계자들이 따로 모이는 법은 없다. 무리를 지어 모이는 행태를 계율로 철저히 금하고 있었다. 오직 한 번 있는 산중회합은 수장이 죽기 전에 법맥 계승자가 누구임을 선언할 때뿐이다. 그러니까 법주사 팔상전에서 억수종 형제들이 대거 모였을 때가 바로 그날이었다. 자연히 산중회합 날은 '저 스님도 억수종 형제였어?' 하며 서로가 놀라 어안이 벙벙해지는 날로도 유명하다. 속인들은 물론이려니와 스님들에게도 억수종 정체가 드러나지 않은 데는 이처럼 우연히 억수종 형제임을 서로 알게 될지라도 억수종에 대해서는 절대 논해서는 아니 된다는 계율이 지대한 작용을 했다. 철칙이었다. 만일 입에 올리는 자가 있으면 입을 도마에 올려놓고 그 자리에서 썰어도 좋다고까지 믿는 형제들이 있을 정도니 알 만하지 않은가.

안팎으로 답답한 심사 때문에 능오는 일찌감치 토굴을 나선다. 어차피 밤을 지새워야 한다면 사방이 탁 트인 정상에서 좌선이나 하자는 생각이 들어서다.

황악산 정상으로 가는 내내 능오는 안타까운 감정에서 못 벗어났다. 고민이자 번뇌였다. 문제는 그것을 해소할 방안이 마땅치 않다는 것이다. 억수종이 도대체 무엇이냐고 묻는 구영일에게 억수종 적통자 두 명 가운데 한 명이 구 처사라고 하면 어떻게 나올까. 기가 차서 말이 안 나오는 정도가 아니라 모욕을 받았다고 펄펄 뛰고도 남으리라. 허나 말을 타고 있으면서 탈 말을 찾아 헤매는 경우임을 영일이 언제쯤 알아차릴까.

능오가 법매를 맞았다는 것이 공개적으로 한초가 법제자로 인정했다는 증거였다. 그날 팔상전에서 일어난 난리법석도 따지고 보면 능오가 법제자가 되었기 때문에 벌어진 일이었다. 억수종 관계자들 사이에서 능오는 단 한 번도 법제자로 거론된 적이 없었다. 억수종을 떠받치는 양 기둥인 일심파와 일물파 핵심인사 중에서 계승자가 나올 것이라고 제자들은 믿고 있었다. 제자들 사이에서 은연중 추대한 스님이 법제자가 되는 게 능오가 봐도 옳았다. 순리였다. 그럼에도 날고뛰는 쟁쟁한 제자를 모두 내치고 마지막으로 시봉한 능오를 선택하자 여러 스님들이 한초의 정신 상태를 의심했다. 노망들어서 법제자를 잘못 골랐다고 악담하는 스님도 있었다. 게다가 한초 양아들에게 법계를 전하는 무리수를 두자 제자들이 더 흥분한 측면도 있다. 억수종에는 스님이 아닌 속인도 법제자 자격이 있긴 했다. 하지만 그 경우라도 억수종 법통을 전할 만한, 대단한 인물한테 주는 게 암묵적인 규칙인데 누가 봐도 젖비린내 나는 양아들한테 주었으니 사단이 난 거였다. 자기 자신을 낮추고 마음을 비우는 하심下心 대신 사심을 채워도 너무 채웠다고 본 것이다.

'어찌 하오리까'를 수없이 중얼거리며 산을 오르자 어느새 황악산 정상이다.

아직 다섯 시가 채 되지 않았다. 능오가 정상에서 약간 아래에 있는 다섯 군데 성단부터 살펴본다. 성단이라고 해도 무슨 시설물을 따로 해놓지 않아 모르는 사람이 보면 자연 그대로였다. 마음속에 오각형을 그리고 제단 가운데 앉아서 5시 5분을 기다린다. 그러나 자리가 바늘방석이다. 아릅다운 묘령의 아가씨가 한복 치마로 감쌌던 장소이므로 어색하고 불편하다. 은근히 낯이 뜨겁다. 하필이면 억수종 성단 한가운데 함을 묻어놓고 비밀의식을 치르다니!

함 하나에서 나온 뼛조각 27개는 전문가에게 분석을 의뢰해놓은 상태였다. 답이 오면 그때 어떤 식으로든 처리할 요량이다. 상아로 만든 14면체 주사위는 1975년 경주 안압지에서 출토된 참나무로 만든 14면체 주사위 판박이였다.

"능오 스님, 저 태한太漢입니다."

법주사 팔상전에서 입 가벼운 스님을 징치하던 중 방심하다가 불의의 일격을 당한 호랑이 스님 아닌가.

"도형께서 이 시간에 어인 일로……."

"대선사님께서 능오 스님을 밤길의 달인 양 보필하라 일렀는데 지금까지 게으름 부린 것을 용서하십시오. 선사님 음덕이 있어 다행히 한초대선사 11주기 기일 전에 주장자를 어렵게 입수해서……."

세속 나이로나 법랍으로나 태한 스님이 한참 위인데다 한초 문하의 법형法兄이면서도 능오가 억수종 적자라고 깍듯이 예우했다. 언젠가 한초께서 태한 스님을 원상주존자圓上周尊者[7]가 환생한 놈이라고 말한 바 있다.

능오는 주장자를 받아들자마자 무너지고 만다.

손

"난 해마다 음력 7월 11일에 밥 한 그릇 떠놓는다네. 내가 구식이라 그런지, 양력 기일을 도저히 받아들일 수 없더라고."

한초 여동생이 당신 안방에서 홍차를 내며 말한다. 1968년 8월 4일이 음력으로는 7월 11일이었다. 올해 음력 7월 11일은 양력으로 9월 4일 아닌가.

삼각지 고모가 정성껏 준비한 점심을 즐기긴 했으나 마음은 시종일관 무거웠다. 오는 8월 4일에 중대결단을 내릴지 모른다고 능오한테 단호하게 선언했기 때문이다. 김해 용지봉에서 열릴 2차 장례식을 시한으로 못 박지 않았던가. 파양을 하면 가장 마음에 걸리는 사람들이 바로 7명의 한초 여동생이었다. 그들은 하나같이 영일을 친자식 이상으로 알뜰살뜰 챙겼다. 친정집 대를 잇는 일보다 더 크고 중요한 거사가 그녀들 사전에는 없었다. 서울역에서 7,060원 주고 부산행 새마을호 열차표를 끊은 후 삼각지 고모를 찾은 건 오직 그 때문이다.

"옛날에 오라버니가 어쩌다 서울에 오면 우리 집에 머물며 책을 보곤 했지. 어느새 나도 저승 갈 때가 되었다 싶어서 얼마 전 물건들을 찬찬히 정리하다 보니 오라버니가 보던 책이 나오더구나. 그래서 이건 우리 영일이가 간수해야 할 것 같아서 따로 챙겨놓았다."

자개장롱 옆의 낡은 반닫이로 삼각지 고모가 영일을 이끌었다. 오동나무 상자 안에 들어 있는 고서를 무심코 집어 들었다가 영일이 은근히 놀란다. 묵고 묵은 동양수학의 원조《구장산경》[8] 아닌가.《한산서韓算書》,《제승낭수諸乘郞數》 같은 이름이 낯선 고서도 보였다. 내용은 잘 모르나 제목만은 눈에 익은《해도산경》[9],《수술기유》[10]도 보인다.

"왜 놀라나?"

영일이 고서를 살펴보는 동안 삼각지 고모는 평생 소일거리인 매듭에 손을 대다가 돋보기 너머로 눈을 치켜떴다. 방 하나를 당신의 매듭 작품으로 채울 정도이니 예술성 여부를 차치하고라도 집념 하나만은 알아줄 만하다.

"수학책이라니, 좀 뜻밖이어서요."

"나도 어디서 난 건지 잘 몰라. 오라버니가 수에도 조예가 깊었던 걸로 알아. 수학에 일가견이 있던 이상설 열사하고 오라버니가 교분을 나누었다고 들었어. 친정어머니 말에 의할 것 같으면 수학을 입질에 올려놓고 열띤 대화를 나누었다대."

한초가 이상설하고 알고 지냈다는 이야기를 언젠가 한 적이 있어 놀라지는 않는다. 이상설은 독립운동가이기도 하지만 우리나라 최초의 근대

수학 교과서랄 수 있는《산술신서》[11]를 직접 편찬하기도 했다. 이렇듯 근대수학에 이바지한 공도 커 '근대수학의 아버지'로 부르자는 수학자도 있었다.

"오래된 일본 수학책이 많네요."

금광에 투자해서 요행히 거부를 일군 아버지 덕에 한초는 일본에서 유학할 수 있었다. 의학을 공부하러 갔다가 이 세상에는 근본적으로 해결이 불가능한 문제가 있다는 뒤부아 레몽[12]의 염세주의 철학에 탐닉하면서 학업을 포기하고 유랑하다 스님이 된 사실에서 보듯 학구파와는 거리가 멀었다. 스스로 실패한 의학도, 실패한 철학도라고 자조한 한초가 수학서적을 애독했을 줄이야.

"희귀서를 상당량 모았던 것으로 아는데 지금은 어디에 있는지는 나도 모르겠구나. 아마도 어딘가 절에 있겠지."

이제야 작은 의문 하나가 풀린다. 왜 한초가 날고 기는 다른 제자들을 다 물리치고 능오를 수제자로 점찍었는지. 능오가 출가하기 전 경성광산전문학교를 다닐 때 수학과 물리학에 심취한 경험을 높이 산 것이 틀림없다. 사실 영일은 능오가 지나가는 말로 속세에 있을 때 수학 좀 했다고 하여 얼마나 가소로웠던가. 학창시절, 그것도 국민학교 다닐 때 수학시험 몇 번 잘 본 걸 가지고 자랑하는 부류가 좀 많은가. 영일이 속으로 코웃음 친 데는 이런 선입관이 작용했다.

그런데, 아니었다. 처음 처가에 인사하러 간 날, 오늘 이상으로 질겁했다. 능오가 스님이 되기 전에 쓰던 방의 서가를 장모가 그대로 두고 있었는데 많은 수학책들 중에 독일 수학자 멩거가 쓴 6백 페이지가 넘는《차원론》도 있었다. 버코프와 맥레인이 쓴《현대대수개요》와 프랭클린의《고등미적분학》에도 밑줄을 긋거나 문제를 풀어본 흔적이 곳곳에 보였다.

"제가 아는 수학세계가 웅덩이라면 은사 스님의 수학세계는 바다이지요."

영일이 능오한테 수학 좀 아는 것 같다고 치켜세우자 돌아온 반응이었다. 그때만 해도 솔직히 스승을 떠받드는 예의로만 받아들였지 않는가. 한초가 법주사 팔상전에서 선보인 일련의 산수놀음이 아직도 영일에겐 우스웠다. 유치했다. 아무리 좋게 보아도 수 신비론자의 공리공담으로밖에 보이지 않았다.

"고모님, 부산 갔다가 올라오면서 아버님 유품을 찾아 가겠습니다."

《산수서》[13]같은 낯선 고서들이 침을 고이게 만들었다. 찬찬히 살펴보면 큰 것을 건질 수도 있겠다 싶자 기대가 크다. 고서에 놀라 파양에 관해서는 한마디 운을 떼기는 고사하고 암시조차 주지 못했다. 방문 목적을 잃어버릴 정도로 고서들이 매혹적이었다. 열차에서 볼 요량으로 가벼운 읽을거리를 몇 권 챙겨 삼각지 고모 집을 빠져나왔다.

피곤하다. 얼마나 고단했으면 영일은 열차가 곧 대전역에 도착할 것이라는 안내방송을 들으면서도 눈을 뜨지 못할까. 창 밖으로 펼쳐지는 황악산의 너른 품과 의젓한 자태를 보기 위해 일부러 객차 통로 오른편의 창가 좌석을 예매한 거였다. 대전까지만 잠을 자고 대전에서부터는 한초가 보던 책을 뒤적이다 황악산을 구경할 요량이었다.

여름방학을 이용해서 제대로 된 논문 한 편을 쓰자고 작정한 게 원인이다. 일찍이 한초가 첫맛을 보게 해준 소수에 대한 논문이었다. 소수는 영일의 자의보다는 타의로 맺어진 정신적 배우자였다. 잊을 만하면 한초가 소수의 중요성을 상기시켰으니까. 영일이 대학에 갓 입학했을 즈음에도 마찬가지였다.

"스님, 우리 시공간이 무한합니까? 정말 무한하다면 스님과 제가 죽고 난 다음에도 다시 지금처럼 똑같이 법적으로 부자지간이 되어 이렇게 마주앉을까요. 그것도 한두 번도 아니고 영원히, 끝없이 반복한다는 이야기는 무엇인가 이상하지 않습니까."

"무한, 유한을 알려면 그 방면에 한계를 드러낸 철학이나 종교의 힘 대신 수학의 힘을 빌려. 가령 제타 함수[14]부터 공부하는 게 지름길이야. 제타 함수가 무한을 유한으로 바꾸는 마법의 지팡이니까."

이 제타 함수는 소수가 어떤 규칙으로 분포해 있는지를 밝히기 위한 리만 가설[15]에 단골로 등장한다.

"그래봤자 수학세계에서만 가능하잖아요? 그것이 현재 실재하는 사실이나 상태, 지구, 우주에 적용할 수는 없잖습니까?"

"거꾸로 물어보마. 도대체 리만 가설이 적용 되지 않는 과학, 사회현상, 자연, 우주가 있으면 말해보아라."

오랫동안 아무런 대답을 하지 못하자 독일어로 된 리만 논문 모음집[16]을 한초가 입학선물이라며 내밀었다. 그리하여 구영일과 리만 가설은 지금까지 한시도 떨어지지 않고 동거하기에 이르렀다. 절망에 빠질 때마다 리만 가설이 천재들의 무덤이란 사실에 애써 위로를 받곤 했다.

유명 저널인 「수학 연보」에 게재를 목표로 준비하던 리만 가설 관련 논문은 일단 접었다. 더 매달렸다가는 논문 한 편 제대로 못 쓰고 방학을 보낼 것 같아서였다. 차선으로 트레이스 공식trace formula[17]을 이용한 논문을 작성하고 있는데 이 또한 영일을 몹시 힘들게 했다.

억지로 실눈을 뜨자 옆자리에 앉은 여자의 오른손 손등과 왼손 손바닥이 눈에 들어온다. 가냘프고 아름다웠다. 서울역에서 향수 때문에 여성이 앉는다는 건 알았지만 눈을 감고 있어서 얼굴은 보지 못했다. 손이 고우면 얼굴도 예쁠까. 옆얼굴이라도 보게 되면 실망할지 몰라 손만 조심스럽게 살핀다. 여자가 의자에 탄젠트 곡선 모양으로 걸터앉아 있어서 자연스럽게 엿보기엔 그만이다.

한초가 팔상전에서 손 혹은 손가락이 답이라고 선언했지만 지금껏 영일은 자기 손이든 타인의 손이든 손 자체를 주시한 적이 없었다. 그런데 누군가의 손이 이렇듯 매력적으로 보이기는 처음이다. 다섯 개의 손가락과 5 사이의 관계가 새삼 의미심장하게 다가왔다. 다섯 손가락을 5라는 수로 인류가 추상화하기까지 걸린 시간을 생각하자 그저 아득하기만 하다. 너무 기니까. 천년, 만년, 아니 그 이상의 단위를 동원해야 하지 않는가. 긴 세월이 눈꺼풀을 눌렀다. 눈을 감은 채 고개를 주억거리다가 다시 곁눈질을 한다.

손가락 마디 사이의 비가 예술이다. 황금비가 특히 강렬하다. 사람이면 누구나 손가락 마디에서 황금비를 발견할 수 있지만 그녀 손에서 구현된 황금비가 유독 빛났다. 어느 순간 여자가 바흐의《골덴베르크 변주곡》사이에 끼워 놓은 연필을 꺼내더니 필기를 한다. 가만히 보니 연필을 쥔 엄지와 검지 형태가 오각형이다. 새삼스러웠다. 오각형을 원에 내접시키면 삼각형과 선분이 각각 10개씩 생긴다는 사실이 연상되었다. 확대경으로 손등을 들여다보면 삼각형과 오각형 등을 볼 수 있다는 생각도 난다. 아울러 오각형에 간단히 구현되는 황금비와 손가락이 보여주는 인체 황금비를 비교하면서 즐긴다.

마음껏 감상한 후 이번에는 손가락 마디와 마디 사이의 솜털로 시선을 옮긴다. 비스듬하게 서 있는 모양이 꼭 자연수 1을 손으로 썼을 때와 같다. 오른쪽으로 살짝 누운 1처럼 생긴 털이 다수지만 지수곡선[18]과 유사한 털도 여기저기에 있다. 그 외에도 1차원이라는 이름을 붙일 수 있는 다양한 형태의 선이 손가락에 있었다. 솜털들 사이로 보이는 손바닥 마디와 마디를 잇는 관절을 덮고 있는 주름도 더없이 앙증맞다. 길고 짧은 자연스러운 곡선이 어우러지고, 털과 주름과 혈관이 어우러진 자태도 눈에 들어온다. 사람의 몸에도 푸른 강, 굽이쳐 흐르는 시내가 있고 그 흐름을 담은 높고 낮은 계곡이 있었다. 어떻게 보면 낙엽이 떨어진 나무 같기도 하다. 1차원적 패턴으로 분포되어 있는 문양이. 여기에 포물면[19]처럼 생긴 손톱과 쌍곡선같이 생긴 손톱 모양이 더해지자 환상적이다. 양쪽 엄지손톱이 간격을 약간 둔 채 나란히 붙어 있다. 수학책에서 수없이 본 영락없는 쌍곡선 아닌가. 타원형처럼 생긴 엄지손가락 밑의 근육덩어리, 원뿔대를 연상시키는 손가락이 어우러져 빚어내는 하모니가 예술이다. 다섯 손가락과 오선지 그리고 5차방정식 문제 사이에 모종의 공통분모가 있을지도 모르겠다는 아이디어가 별안간 떠오른다.

더 이상 여인의 손에 시선을 두었다가는 이상한 사람으로 몰릴 소지가 있어 도로 눈을 감는다.

한참 있다 다시 눈을 뜨자 옆자리 여인의 손은 분홍색 짧은 치마 밑단을 건반으로 삼고 있었다. 치마 밑단이 허벅지 중간쯤에서 끊어져 있다. 밑단 주름이 마침 건반 모양으로 처리되어 있어서 연습용으로는 맞춤하다. 치마 밑단에서 좌우로 오가는 손가락이 너무 요란하지도, 꼼지락거리지도 않는, 적절한 선에서 논다. 여인이 음률을 즐기고 있는 모양이다.

엿보는 것을 들키지 않으려고 영일은 삼각지 고모 네에서 가지고 온 책을 꺼낸다. 스피노자의《기하학적 방식으로 증명된 윤리학》[20]이다. 흥미가 없다. 열차에서 읽기엔 어울리지 않았다. 다음 책을 잡으니 라이프니츠의《단자론》[21]이다. 잘 아는 내용이라 넘긴다. 이번에는 칸트의 한 논문에 시선이 고정된다.

손이 주제였다. 우주에 아무것도 없고 손 하나만 달랑 있을 때 그 손이 왼손인지 오른손인지, 무슨 수로 판단할 것인지를 묻고 있다. 출처를 확인하자 1768년에 칸트가 쓴「공간 영역의 식별에 대한 궁극적 기초에 관하여」란 논문이다. 정작 영일이 놀란 건 이 논문이 어느 날 한여름 밤 한초가 별을 가리키며 들려준 '견우와 직녀'처럼 익숙했다. 그런데 전설의 줄거리는 동일했으나 한초 이야기는 말미가 좀 특이했다.

> 직녀가 하느님에게 붙잡혀서 은하수 건너편으로 간 후, 견우도 아이들을 데리고 천신만고 끝에 은하에 도착했어. 그때 지팡이를 쥔 하느님 손이 내려왔어. 은하를 따라 금을 쭉 긋는데 은하수가 되었지. 여기서 잠깐, 하느님이 지팡이를 잡은 손이 왼손일까, 오른손일까?

어린 영일에게 고민거리를 무진장 던져주는 물음표 보따리였다. 이렇듯 칸트의 심오한 질문을 유년기에 들을 수 있었던 게 행운일까. 행운인데, 분명 행운이건만, 행운인 줄 모르고 살았던가 보다.《시경》[22]에 '직녀'란 이름이 등장한 이후, 수천 년 동안 전래된 이야기를 영일처럼 들은 소년은 과연 몇이나 될까.

얼굴뿐 아니라 온몸이 화끈거렸다. 자신이 수학을 또래들보다 잘하게 된 비결이 타고나거나 잘나서가 아니라 실은 한초가 수시로 학습시킨 예습 덕분임을 실감했기 때문이다. 견우와 직녀 전설을 들려준 그날 견우가 거문고자리의 베가이고, 직녀가 독수리자리의 알타이르라고 한 후 백조자리의 데네브를 가리키며 한초는 "저 세 별이 큰 삼각형을 이루지?"라고 물었다. 그 삼각형으로 설명 못하는 수학이 없었다. 뿐인가. 가위바위보 놀이를 같이 하다가 내가 지겨워할 즈음에 가위를 내면 뻗은 검지와 오므린 중지가 직각을 이루는 모습을 상기시키고는 보이지 않는 빗변의 길이를 계산하게 했지 않는가. 단순 계산에서 그치지 않고 직각삼각형의 변화무쌍한 모습과 그 활용도에 대해 동화를 들려주듯 설명했으니 수학을 못하는 것이 오히려 이상했다.

부끄러움이 절정으로 치달을 무렵에 하필이면 황악산이 눈에 들어왔다. 아아하게 이어지는 산줄기 중에서도 황악산의 의젓함이 돋보인다.

음악도는 여전히 손가락 공연에 빠져 있다. 무아지경이다. 손가락 리듬에 따라 상체를 조금씩 흔든다. 사랑스럽다. 우아하면서도 열정어린 그녀의 손가락에서 자꾸만 한초가 마지막으로 선보인 손짓이, 수인이 겹쳐 보인다. 한초가 유언 자리에서뿐 아니라 평소에도 '사람의 손가락을, 그대는 보라君看人手指'고 강조하면서 자세히 살펴볼 것을 거듭 주문하지 않았던가.

부산역에 쏵샘이 마중을 나와 있었다. 쏵샘은 정수의 별명인데, 고교 동창들은 이름보다 별명을 더 즐겨 불렀다. "억수로 훌륭한 쏵샘"이 장래 희망이라고 한 정수에게 어떤 선생님이 "억수와 쏵샘, 잘 어울린다. 억億과 수數 그리고 수학 선생님 사이에 함수관계가, 무슨 교집합이 있을 것 같지 않니?"라고 반문한 이후, 박정수 하면 쏵샘으로 호칭이 통일되었다.

"한 번 내려와. 낙동강과 김해평야 그라고 을숙도 갈대숲의 멋들어진 저녁놀을 보여줄게. 그리고 새들의 군무까지……."

한두 번 자랑한 것이 아니었다. 그러나 학원 강사로 잘 나가는 정수가 속도제한을 무시하며 운전했지만 고대하던 일몰과 새들의 군무와는 인연이 닿지 않았다. 낙동강을 보기도 전에 어둠이 정수의 자랑을 숨겨버렸다. 대신 강 위에서는 바닷바람과 강바람이, 강 아래에서는 바닷물과 강물이 만나는 낙동강 하구에 배를 띄워놓고 갓 잡은 자연산 민물장어를 참나무숯불에 석쇠로 굽는 곳으로 안내한다.

"여수란 놈 가끔 보니?"

능오 밑에서 여수는 동자승으로 지내며 국민학교를 산골에서 마쳤으나 중학교는 부산에서 다녔다. 딸만 여럿을 둔 구영구 누나가 맡겠다고 해서다.

"니가 잘 챙기라 캐서 글마 그걸 짬짬이 안 부르나. 얼마 전에 서면 돼지국밥집에서 만났는데, 여전히 골 때리는 소리만 골라서 하고 자빠졌더

마는."

친구가 세세하게 말하지 않아도 그 정황이 짐작되고도 남는다.

월출산 향로봉에서 한초의 1차 장례식을 거행하고 내려온 다음 날, 능오가 전한 간밤의 해프닝에 영일과 영구도 눈이 휘둥그레졌다. 하룻밤 사이에 둔재가 천재로 둔갑할 수 있을까. 경이로웠다. 누가 봐도 희대의 수학천재가 확실했다. 1에 대하여 여수만큼 근원적 질문을 던진 사람이 또 있었던가. 없다. 더구나 아직 여덟 살짜리 어린아이 아닌가. 세기의 천재가 나온 듯해 흥분을 주체할 길이 없었다. 수학적 재능과 문학적 감성, 종교적 품성까지 갖춘 듯하여 더 탄복하였다. 하지만, 아니었다. 경악한 시간은 짧았다. 찬탄 대신 탄식이 기다리고 있을 줄이야.

먼저 자연수 1이 탄생하게 된 배경부터 설명했다. 긴긴 역사를 요점 위주로 지루하지 않게 들려주었다. 그리하여 1에 관해 수학적으로 잘 정의한 페아노 업적[23]까지 핵심을 친절하게 머리에 집어넣었다. 알아듣는 눈치여서 떠들 만했다. 나아가 1과 직선, 선분 사이의 관계를 구분하지 못하는 것 같아 수학에서 말하는 직선은 양 끝이 없고, 양 끝이 있는 직선은 선분이라 부른다고 여러 번 강조하였다. 한쪽에만 끝점이 있는 직선은 이름이 있느냐는 창의적인 질문도 던져 '반직선'이라고 즐겁게 가르쳤다. 하여간 수학에서 정의의 중요성을 역설하고 또 역설했다.

안타깝게도 거기까지였다.

"제, 제가 보기엔 1을 감옥에 가둔 것 같아요. 1에 온갖 더러운 이름을 붙이고, 살아 있는 1을 낱낱이 해체해서 정육점에 걸어놓고, 1에 똥오줌을 싼 걸로 저는 보이는데요. 누, 누가 저보고도 병신이라고, 이래서 등신이라고 함부로 하면 화가 나듯이…. 하물며 거룩한 1한테 누가 그런 더러운 이름을, 더러운 성질이 있다고 정의 내렸습니까. 미친 것도 아니면서 어찌 그럴 수가 있어요?"

허무했다. 입에서 단내가 나도록 설명한 후 돌아온 대답이라 더 어이가 없었다. 여수는 1에 관한 기존의 모든 지식과 상식을 통째로, 원천적으로 부정하였다. 자신의 수학만 고집하는 비非수학의 무서움을 아이가 보여줘 더 씁쓸했다.

"이놈의 자식, 허튼 개수작 그만 못해!"

이렇게 대놓고 혼낸 후 무시하고 손을 떼면 그만일 수도 있었다. 문제는 그것이 그렇게 쉽지 않았다. 1에 대해 직감으로 아는 지식이, 놀랍게도, 많아서였다. 가령 1이란 단위의 길이 안에 $\frac{1}{2}, \frac{1}{3}, \frac{1}{4}, \cdots, \frac{1}{n} \cdots$ 의 길이를 포함하고 있음을 본능적으로 알고 있지 않은가. 물론 2,3,4 같은 자연수를 아직 배우지 않았고, 분수 같은 유리수 개념을 전혀 모르기에 수식으로 깔끔하게 표현하지는 못했다. 하지만 여수 특유의 긴 1 혹은 일정한 길이의 선분 혹은 직선을 그린 후, 그 반에 해당하는 직선, 또 $\frac{1}{3}$에 해당하는 직선을 분명히 그림으로써 1 또는 1이란 단위 길이 안에 들어 있는, 미묘하고 심오한 속성을 훤히 꿰고 있었다. 예사 재능이 아니었다. 그러면서도 1 다음에 2,3,4가 있음을 아예 배우려고 하지 않았다. 아니, 정확히 말하면, 거부했다. 1 안에 모든 것이 다 있는데 왜 굳이 2,3,4, …를 배우느냐고 따졌다. 모든 것이 1이고, 1이 모든 것이라고 끝까지 우겼다. 영일과 영구, 능오 세 사람이 합세해서 어르고 달래도 2,3,4를 배우지 않겠다는 서여수의 고집을 꺾는 데 결국 실패하고 말았다.

대책이 없었다. 그렇다면 대안이 무엇이냐는 물음에 여수가 특유의 의성어를 섞어가며 한도 끝도 없이 지껄였다. 문제는 그때부터 서여수가 하는 모든 말과 행동, 수식 비슷한 기호를 영일은 갈수록 점점 더 알아들을 수도, 알아볼 수도 없었다는 점이다. 광신도들이 하는 방언이나 중증 정신질환자들의 헛소리와 똑같이 다가왔다.

무한이란 단어의 사전적 의미조차 모르면서도 수학에서 말하는 무한을 알고 있는 서여수를 어떻게 이해하는 게 좋을까. 그 문제는 아직도 영일에겐 수수께끼였다. 영일이 무한에 남달리 애착을 가져서 더한지도 몰랐다. 한초에게 1,2,3,4를 배우던 날 마지막 자연수가 있는지 물었을 때, 한초가 왜 없는지를 간단히 설명했지만 그것으로는 미진했다. 왠지 모르지만 괜히 있을 것 같은 느낌을 떨칠 수가 없었다. 딱히 무슨 근거기 있는 건 아니었다. 무한대에 1을 더해도, 무한대에 무한대를 더하고 곱할지라도 크기가 늘어나지 않는 사실을 너무 잘 알고 있는 현재까지도 이따금 꿈꾸는 백일몽이기도 했다.

"장래 계획은 있대?"

내일 김해 용지봉에서 만날 예정이지만 근황이 궁금하다.

"공대에서 기계설계를 전공하고 싶다 카대. 기계설계를 마스터한 후 인간설계까지 하겠노라 포부를 밝히는데……. 내 새끼 같았으면 정신 차리라고 뺨이라도 때려주고 싶더라."

여수는 학교 부적응아였다. 수학 수업시간만 되면 질문 공세를 무차별로 퍼부었기 때문이다. 그 질문이란 것도 수업 내용과 무관한, 자연수 1과 같은 기초 중의 기초에 대해 쇠심줄 모양으로 물고 늘어졌다지 않는가.

그 덕택에 '1조차 모른다는 것을 자랑하는 병신새끼'라고 친구들에게 욕을 듣는다 했다. 자연히 중고등학교를 검정고시로 마칠 수밖에 없었다.

영일이 해석학[24] 전공으로 박사학위를 받고 귀국한 직후 부산으로 내려가 서여수를 일부러 만났다. 능오와 영구가 여수 상태를 종합적으로 한번 진지하게 점검해 달라고 부탁해서였다. 그러잖아도 영일 역시 여수의 수학적 재능을 놓친 점이 없나 싶던 터라 혹시나 하고 여수를 찾았다. 일말의 기대를 가지고 다가갔더니 여전했다. 여덟 살에 갖고 있던 생각이 달라진 게 하나도 없었다.

여전히 1과 직선 타령이었다. 1에 대한 수학적 정의를 부정하고 자기식 정의를 고집하는 병도 전과 같았다. 그래도 진도가 나가고 싶어 왜 유클리드가 선을 폭이 없는 길이로 직선을 정의했는지, 직선을 항상 확정된 두 점 사이의 거리로 보았는지 따위를 설명했다. 그 당시로서는 처리하기가 어려웠던 무한 개념을 배제하기 위한 고육책이었음도 알아듣게 가르쳤다. 나아가 양쪽으로 끝없이 뻗어가는 직선이 왜 근대기하학의 출발선이 되었는지도. 이 같은 기초를 다진 후, 해석기하 입구에 있는 직선방정식까지 언급했다. 하지만 여수는 그 자명한 직선방정식조차 받아들이지 못하였다. 아니, 온몸으로 거부했다. 차마 못 들을 말을, 차마 못 볼 수식을 본 사람 이상으로, 치까지 떨었다. 지독한 수맹이라 그런가 싶어 잘 구슬려 테스트해보면 꼭 그렇지만도 않다는 데서 고민이 비롯되었다. 적어도 직선과 1차방정식 사이의 관계를 안다고 간주한 것은 두 점 (1,2,3)과 (4,5,6)을 지나는 직선방정식을 구하는 문제[25] 정도는 구구단을 외듯 즉각 풀었기 때문이다. 심지어 오일러 제타 함수에 해석적 접속analytic continuation[26]

을 하면 나타나는 직선까지 단번에 이해했다.

"영일아, 니 대단하더라. 거의 해마다 외국 저널에 논문을 발표하는 게 어디 쉽나. 아마도 국내 수학자들 중, 통틀어 채 열 명이 안 될 꺼구마는."

술자리를 낙동강 일대가 한눈에 내려다보이는 정수의 집으로 옮긴 지 얼마 안 돼 면전에서 영일을 치켜세운다. 정수 발언이 어느 정도 사실이다. 해외의 수준급 학술지에 발표하는 국내 수학자 논문수가 한 해 10편 안팎에 불과한 실정이니까. 그래도 낯간지럽기는 하다.

"국제수학연맹IMU에서 발행하는 세계수학자 인명록에 이름 석 자를 당당히 올린 자네가 자랑스러워. 어디 그게 쉽나."

영일은 정수의 수학에 대한 애정을 잘 안다. 정수는 대학원에 진학해 대代수학[27]을 전공하고 싶어 했다. 그 때문인지 정수는 학원 강사로 분주한 가운데서도 대한수학회지誌는 물론이고 해외 유명 저널에 실리는 대수학 논문을 챙겨 읽음으로써 지적 허기를 달래고 있었다.

"안주 더 챙겨올게요."

곁에서 뜨개질하던 정수 아내가 일어서는 바람에 동그란 털실 뭉치가 구른다. 풀린 털실이 영일을 센티와 미터 같은 길이 개념을 갓 알았을 무렵으로 데리고 갔다.

한초가 일시 체류하고 있던 어느 암자에서였다.

한초와 생부의 이야기가 길어지자 영일은 지루해서 암자 안팎을 들쑤시고 다녔다. 그러던 중, 한초 식사 수발을 드는 공양주 보살 방이 열려 있기에 고개를 들이밀자 방이 비어 있었다. 돌아설까 하는 순간 장난거리가 눈에 띄지 않는가. 뜨개질 대바구니 안에 들어 있던 털실 뭉치가 공으로 보였다. 앞뒤 재지 않고 차고 놀았다. 어느 순간 털실이 너무 많이 풀어져 헝클어진 것을 알았다. 뒤늦게 혼나겠다 싶어 엉킨 실을 수습하려고 나섰다. 하지만 털실을 수습하려고 애쓸수록, 당황할수록 털실은 더 얽히고설켜 영일은 얼굴이 시뻘겋게 달아올랐다. 이 모습을 발견한 생부가 화를 냈다. 그때 한초가 생부를 제지하며 말했다.

"털실을 전혀 건드리지 말고, 도구나 손을 사용하지 않으면서 털실 길이를 계산할 수 있겠니?"

아리송하지만 즐거운 고민거리였다. 당시 무슨 답을 했는지 정확히 기억나지는 않는다. 이 문제는 현재까지도 영일의 연구 주제 중의 하나였다. 얽힌 털실을 수학적 곡선[28]으로 대치할 수 있으므로. 수학적 곡선은 영일의 주 전공인 해석학에서 중요하게 다루는 주제였다. 무한과 함께.

어둠이 걷히기 전에 일어난 박정수는 재첩국 한 사발을 후루룩 비우고 산행을 준비했다. 수입과 체력이 정비례하는 직업을 가진 관계로 유난을 떠는 거라며 웃는다. 지극정성이다. 영일은 김해 용지봉 정상에서 능오와 만날 예정이라 승학산에 오를 계획은 전혀 없다.

"승학산이 해발 몇 m인 줄 아나?"

영일이 냉수로 갈증을 달래는데 정수가 묻는다.

"글쎄, 동네 야산을 무슨 수로 알겠어!"

"496 m다. 496이란 수가 억수로 재미나는 수란 거 알제?"

"……."

"오각수도 되는 삼각수잖아. 3번째 완전수[29]이기도 하고. 31×4×4,

31×2^4은 물론이고 $(2^5-1) \times 2^{5-1}$으로도 분해가 가능하고."

"이 친구 이거, 대수학 애호가답게 수 도사구만."

영일이 익히 아는 상식이지만 친구를 띄워준다.

"어떤 수학자가 짝수 삼각수에 1을 더하고 홀수 삼각수에 2를 뺄 때 소수가 나오는 경우를 발견했다 아이가. 1,7,11,13,19,29,… 이런 식으로 계산되는 것을. 그런데 억수로 신기하게도 496에서 반례가 발견된 거라."

영일이 잘 모른다며 능청을 떤다.

"한초대선사께서 돌아가신 해가 11년 전 오늘이니까, 1968년 8월 4일 아이가. 196884란 수도 496 못지않게 억수로 재미있는 수인 거 잘 알제?"

무대에 올라서게 하자 본격으로 한바탕 놀아볼 기세다.

"대관절 무엇이 재미있는데!"

낯설었다, 솔직히, 196884란 수가. 그러나 정수는 친구가 몰라서라기보다는 추임새를 넣는 것으로 보았는가 보다.

"쌍곡평면에 정의된 함수[30]의 첫 번째 유의미한 계수를 모른다고?"

뭔가 이상했다. 왠지 수상하다.

196884란 수가 등장하는 모듈러 함수[31]는 수학자들이 19세기부터 채굴하기 시작한 오래된 금광이었다. 영일한테 이골이 난 함수이기도 하다. 그 함수를 구성하는 수열도. 그 수열을 고쳐 쓰면 $\chi^{-1}+744+196884\chi+21493760\chi^2\cdots$ 로 이어지는 무한 다항식이 된다는 사실 역시. 그러나 진실로 고백컨대 196884하고 1968년 8월 4일 사이에 무슨 관계가 있으리라고는 꿈에도 생각하지 못하였다. π값 3.14… 하고 3월 14일이 아무

상관이 없는 것처럼. 공교롭게 숫자가 겹쳤을 뿐이지 않는가. 3월 14일을 π의 날이라고 기념할 수는 있을지언정 거기에 무슨 관계가, 무슨 등식이 성립할까. 극히 부정적이었다.

하지만 어마어마한 착각임이 드러나는 데 그리 오랜 시간이 걸리지 않았다. 영일은 자신이 곧 얼마나 부주의했고, 무신경했으며, 편견과 고정관념에 사로잡혀 있었는지, 어리석었는지를 뼈저리게 후회하기에 이르렀다. 우연히 시작된 박정수와의 수 놀음이 신대륙을 발견하는 계기가 될 줄이야.

묻노니,
누구인가

구영구가 경복궁 인근에 있는 누하동 처가에 들어서자 장인이 마당 수돗가에서 수석을 손질하다 말고 사람을 닦아세웠다. 좀 심하다. 평일 대낮에 점심을 같이 하자고 했을 때부터 어느 정도 각오하긴 했지만 예상보다 강도가 세다.

"땅을 매입하겠다고 자네가 나한테 큰소리쳤을 때가 작년 말이야, 작년 말. 이제 9월에 접어들었으니 넉 달 후면 1980년일세. 헌데 아직 아무런 진척이 없다고? 아무리 백면서생이라도 그렇지 이거야 원."

인사동에서 골동품 가게를 운영하는 장인은 영구가 알기로 부동산 투자를 할 사람은 아니었다. 한옥이 우후죽순으로 들어서 있는 누하동 한쪽 귀퉁이에서 수십 년째 거주하며, 집수리도 하지 않고 옛날 그대로 남루하게 살고 있지 않은가.

장인은 신혼 때부터 가게는 장모에게 맡겨두고 툭하면 팔도를 유랑삼아 다녔다. 수석을 좋아해서 전국의 강이란 강은 물론이고 동서남해 바닷가를 훑고 또 훑었다. 적어도 일주일에 삼사일은 취미생활에 몰입하는 장인을 두고 사람들은 천하의 한량이라며 그 팔자를 부러워 마지않았다.

"자네, 청주 우암산 남향받이에 있는 이 땅을 좀 매입하게."

장인이 뜬금없이 지시한 사항이다. 어느 날 한정식을 거하게 사더니 등기부와 지적도를 내밀었다. 의외였다. 경주, 부산, 대구, 공주에서 작은 골동품 가게를 운영하는 네 아들이 있음에도 이처럼 중대한 일을 사위에게 일임하는 저의가 궁금했다.

"저를 대리인으로 세울 땐 이유가 있을 텐데요?"

"배운 게 도둑질이라고, 자식들이 가업인 골동품으로 밥은 먹고 살긴 하지만……."

공부를 못한 처남들하고 아내는 정반대였다. 고등학교와 대학교, 대학원을 가장 좋다는 데를 골라서 다니며 장학금을 받아서일까. 유난히 딸 사랑이 넘쳤다.

"왜 연고도 없는 청주에 땅을 사시려는지요?"

영구 또한 청주에는 아무런 연고가 없었다.

"용한 점쟁이가 내 재물복을 우암만대牛岩萬代 우면청초牛眠青草라고 하더군. 청주 우암산 남쪽 특정 땅은 만대에 걸쳐 복을 주는 금지金地고, 서울 우면산 북쪽 특정 땅은 소가 푸른 풀을 마음껏 뜯으며 편히 쉴 수 있는 길지라는 거야. 그래서 어렵지만 장만할까 하네."

결국 우면산 북쪽 땅은 장인이 직접 나섰지만 청주 땅은 영구가 장인을 등 뒤에 숨기고 앞에 나섰다.

장인이 매입을 지시한 땅은 충북도청과 청주시내 중심가가 한눈에 들어오는 산등성이와 골짜기 일대였다. 수동壽洞 상좌골이란 곳이다. 고려시대에 있었다는 목우사寺란 절터 자리이기도 한 그 땅에는 구정물이 흐르는 냇물과 구질구질한 판잣집으로 대변되는, 도시 어디에서나 흔히 볼 수 있는 전형적인 달동네였다. 일찍이 사찰이 들어섰던 자리이니만큼 주변 산자락 경치는 제법 운치가 있었다.

"아버님, 한결같이 시세보다 열 배도 아니고 백 배 아니면 아예 말도 꺼내지 말라는데, 어쩌지요? 중개인을 세워 아무리 건드려도 팔 생각 자체가 없다는데요!"

장인이 꼭 매입하라고 한 땅은 세 명이 공동 소유주였다. 대지 230평에 딸린 텃밭이 432평, 임야가 1089평이었다. 문제는 백방으로 수소문해도 토지등본에 등기된 사람들과 연락이 닿지 않았다. 거주인이 소유주 한 명과 친인척 관계라 거의 공짜로 살고 있어 중간에서 훼방을 놓는 탓이 컸다.

"이 사람아, 쉬운 일이면 자네한테 맡겼겠나? 이 일을 자네가 해결해야 가게를 자네 부부한테 넘기고 우리가 안심하고 청주로 내려가지."

솔깃했다. 지방에 사는 아들들을 제치고 딸한테 가업을 넘기겠다는 소리니까.

"아버님 뜻이야 감사하지만, 정말 모든 일을 작파하고 죽으라 뛰고 있습니다. 천신만고 끝에 찾은 소유주 한 분은 통도사에 계시는 노스님이더군요. 그 분은 요지부동 그 자체였습니다. 대뜸 당신이 살아 있는 한 절대 파는 일이 없을 것이라고 하는 거 있죠. 한사코 팔 이유도, 팔고 싶지도, 심지어 한국은행에 있는 돈을 다 갖다 줘도 팔지 않겠다고 하는 데야 어찌……."

"……."

"아버님, 꼭 그 땅이어야 합니까. 길도 번듯하게 나 있고 경치가 좋은 산 10번지 일대 땅을 차라리 구입하시는 게 좋지 않을까요?"

정말이었다. 밋밋하지도, 눈부시지도 않지만 그윽하고 아늑한 땅이 있었다. 옛 우암산성 남문 입구인 산 10번지를 위시해 그 위쪽 지역은 예사롭지 않은 골짜기였다. 현재도 크고 작은 암자가 몇 곳 자리 잡고 있지만 신라시대부터 이 골짜기에는 사찰이 많았다지 않는가. 통상 절이나 암자가 들어섰거나 들어설 만한 장소는 경치가 빼어나다는 게 영구 경험칙이었다.

"상좌골 위쪽 계곡이 싫으시다면, 우암산을 등지고 봤을 때 상좌골 오른편 야산인 벼랑새란 곳 너머에 있는 우암동 쪽 수동은 어떠십니까? 같은 우암산 자락이기도 하고, 또 몇 해 전에 순환도로가 뚫리고 해서 교통편도 좋던데요. 순환도로 바로 아래에 있는 전망 좋은 주택 같은 경우, 제 사촌동생 구영일 처가라서, 그 근방 땅이라면……."

누가 봐도 목우사 옛터 추정지보다 두 곳이 경치 전망이나 교통편 그리고 투자 목적에서도 열배 더 좋게 보였다.

"짝사랑하는 처자를 만나고 싶다는데 자꾸 이웃집 처자들 얘기할 텐가?"

"……."

"10만 명 정도밖에 안 되는 도시의, 아무도 관심 갖지 않는, 달동네 구석지기 땅 하나도 사지 못해? 모름지기 정작 필요할 때 잘 하는 게 중요한 것이여! 열심히 하는 게 장땡이 아니야. 주변을 보라고. 평범한 사람들도 단지 평범하게 살기 위해서 어떻게 하고 있나? 죽어라고 일해. 왜 머리를 안 써! 머리가 나쁘면 짐승은 잡아먹히고 사람은 몸이 고생하는 게 만고불변의 법칙인 거 몰라."

최 교수가 주역 관련 이야기를 하다가 느닷없이 제안한다.

"근세기 최고의 역학자가 있는데 구 선생도 같이 가보지?"

구영구는 사주와 팔자 운운하는 역술가의 궤변을 결코 믿지 않았다. 아무리 그럼직한 소리를 해도 코웃음부터 쳤다. 역학자 중의 역학자, 수상관상의 대가, 육임六壬의 황제 같은 과장법을 남용하며 검증하기 어려운 운명이나 미래를 함부로 예언하는 자들을 특히.

등신연구회란 모임에서 온갖 행태의 사기꾼을 수없이 접한 탓이다. 지금도 푸닥거리의 온상인 삼각산 중턱의 폭포암 계곡을 떠올리기만 해도 골이 지끈거렸다. 밤낮을 가리지 않고 산신령에게 치성을 드리는 무당의 기성, 꽹과리소리, 징소리가 어우러져 쏟아내는 건 소리의 쓰레기였다. 그 때문에 영구는 어느 순간부터 점쟁이들을 기본적으로 사람 취급하지 않았다. 사주팔자를 볼 때 산술적으로 조합이 가능한 경우의 수가 51만 8,400가지라는 사실도 그들을 홀대하는데 일조했다. 이는 수 많은 사람들이 동일한 운명을 타고 난다는 소리니까.

"죄송하지만, 전 관심이 없는데요."

영구가 사학과 박사과정에 들어가자마자 박물관 특별연구원으로 자리를 주선한 지도교수의 권유를 거절한다.

"오대산 도사는 보통 점쟁이들이랑 차원이 달라!"

이름부터 사이비 냄새가 났다. 오대산을 통째로 전세 낸 듯한 호칭이 영구에겐 역겹기만 하다.

최 교수가 대학에 입학하자 할아버지의 입학선물이《주역》주석서인 박만경의《심역心易》이었다고 한다. 그러면서 율곡 이이가《주역》을 읽어 길흉과 진퇴, 존망의 조짐을 미리 안다고 했음을 명심하라고 덧붙인 모양이다. 이에 최 교수도 험한 시대일수록 주역이 더 필요함을 실감해 빠지다보니 '역'이란 글자만 들어간 책이라면 값의 고하를 막론하고 무조건 구입했다. 그 과정에서 현재 전해지지 않는 것으로 알려져 있던 고려 때 윤언이尹彦頤의《역해易解》소장자를 찾았고, 그 소장자가 바로 오대산 도사였다지 않는가. 자연히 최 교수는 어느덧 이쪽에 도통했다는 소리를 듣는 경지에 이르렀다. 그런 양반이 재차 '오대산 도사는 다르다'고 극구 강조한다.

"사실 점쟁이들의 전매특허가 앞날을 안다는 것일세. 백이면 백, 다 꽝이라는 거 나도 잘 아네. 정말로 미래를 알면 떼돈을 벌 수 있지 않겠어. 헌데 하고 많은 점쟁이를 보게. 전부 꾀죄죄한 동네, 꾀죄죄한 집에 살면서 판단력이 떨어지는 꾀죄죄한 사람을 등쳐먹고 살지 않는가. 용하다고 소문난 점쟁이라 할지라도 지금껏 하루에 자기가 얼마나 벌지도 하나같이 모르더라니까. 그러면서도 감히 남이 벌 돈 이야기를 낯빛 하나 바꾸지 않고 뻔뻔하게 장담하더라고."

남한강 일대를 1박 2일 동안 탐사하고 상경하는 길이다. 작년에는 북한강을 뒤졌지만 올해는 주말마다 남한강을 훑고 다녔다. 원原삼국시대 이전, 특히 청동기나 신석기 유적지가 있나 싶어 집중 답사하고 있었다.

"내가 몇 년 전 어렵게 구한 비서秘書가《조선역신사易神史》야. 역대로 신의 경지에 오른 역도사를 정리한 필사본인데, 조선시대 복 많은 사람의 대명사 추제 조수삼[32]도 부러워한 인물이 조신선曺神仙이란 도인이야. 그 조신선이란 양반도《조선역신사》에 올라가 있지 않겠나. 그런데 오대산 도사는 거기 나오는 극소수 생존자 가운데 한 명이었네. 오대산 도사가 일반 도사나 점쟁이들과 다른 점은 말이야. 도력을 증명했다는 거야. 앞날을 훤히 꿰고 있음을 증명했다는 사실일세. 오대산 도사를 수소문해보니 그 분이 오대산에서 내려와 서울 시내 주유소와 빌딩을 몇 채나 소유하고 있었어. 그뿐 아니야. 명동 사채시장을 주무르는 큰손이더라고. 그는 도통한 후 어마어마한 부를 축적했어."

대꾸는 하지 않았으되 호기심이 조금 발동한다.

"오대산 도사는 일반인은 몰라. 역학깨나 안다는 강호의 고수들 중에서도 극소수만 아는 인물이야. 어쩌다 일반인이 오대산 도사 명성을 듣고 찾아가지만 바로 만날 수 없어. 적어도 당신을 50번 이상 찾아와 문전에서 50분 이상 머물며 간절히 뵙기를 청해야, 만나줄지 안 만나줄지를 말해준다고 그래. 한번 만나지 않겠다고 하면 설령 500번을 찾아가도 소용없다고 하더군."

"……."

"더 독특한 건 말일세. 점 쳐주는 대가를 받기는커녕 오히려 차비 조로 돈을 챙겨준다나. 점괘가 좋을수록 액수가 커진다고 들었어. 귀한 사람을 알게 되었으니 오히려 돈을 지급하는 게 맞는다고 하는 모양이야."

"참 특이한 사람이네요."

어느새 입맛이 절로 당긴다.

"내가 실은 오대산 도사를 찾아가는 게 오늘이 50번째 되는 날이야. 지난 몇 년 간 얼마나 정성을 많이 들였는지…. 헌데도 오대산 도사를 못 만난다면 도로아미타불 아닌가. 그래서 이쪽 사람들 생리를 잘 아는 구 선생이 재미 삼아서라도 나와 함께 오대산 도사를 만나보자는 걸세."

오대산 도사를 만나러 명동에 있는 빌딩으로 갔다. 7층짜리 건물의 7층 사무실에 오르기 위해서는 1층 수위실에서 용건과 함께 신분증을 제시해야 했다. 그리고 건물 밖의 주변 대로를 인파에 섞여 50분 이상을 서성거려야 한 번 방문한 것으로 쳐주었다. 만일 중간에 어디 가서 적당히 노는 꼼수를 부렸다가는 설령 49번을 채웠을지라도 기회를 두 번 다시 주지 않는다고 했다.

감시는 전 방위로 이루어지는 모양이었다. 시간을 체크하는 수위도 감시자였지만, 감시자가 행인으로 위장하기에 용이했고 또 빌딩에서 내려다보며 방문자를 관찰하는 것도 얼마든지 가능했다. 빌딩이 바로보이는 장소를 벗어나면 안 된다는 주의사항만 봐도 이는 어느 정도 짐작이 되었다.

"위에서 젊은 분만 올라오시라 하시네요."

최 교수가 50번 다 채웠음을 수위한테 상기시키자, 영구를 가리킨다.

"오늘 50번을 채운 사람은 저인데요."

최 교수가 얼굴을 붉히며 착오가 있는 거 아니냐고 항의한다.

"압니다, 알아요. 그런데 선생님은 인연이 아닌 듯합니다."

수위가 들은 척도 하지 않고 영구만 엘리베이터로 안내했다.

안내인 없이는 7층 진입이 불가능한 건물 구조이다. 6층 엘리베이터에서 내리자 젊은 남자가 맞이했는데 7층 접견실에 들어설 때까지 영구가 본 것이라곤 아무것도 없다. 복도와 층간 이동을 하면서 본 건 칸막이뿐이었다.

"선생님께선 속인의 말 자체를 듣기 싫어하는 관계로 질문은 일절 받지 않습니다. 만일 손님이 말씀을 하시는 순간, 죄송하지만 이곳을 떠나셔야 합니다. 아무리 궁금증이 일더라도 참으십시오. 만일 선생님 말씀을 일방적으로 듣는 게 불편하시다면 지금 도로 나가셔도 좋습니다."

"뜻에 따르겠습니다."

접견실은 산 속 암자의 선방을 연상하게 했다. 창호지로 벽을 바른 방에는 아무런 장식도 없이 다탁만 하나 덩그렇게 놓아두었다.

제자로 추정되는 안내인이 찻물을 끓여 차를 잔에 따를 즈음에야 오대산 도사가 마침내 등장한다. 칼칼하고 꼬장꼬장하게 생긴 60대 영감이었다. 한복이 아니라 양복 정장 차림이라 이색적이다. 알 듯 모를 듯한 미소를 머금은 얼굴에 텁수룩한 수염을 기른 백발노인을 막연히 연상했는데, 아니었다. 묘하게도 표정에서 감정을 지움으로써 보는 사람으로 하여금 궁금증과 외경심을 갖게 했다.

"왜, 객을 최소한의 절차도 생략하고 단번에 안으로 들였는지 아시오?"

건조하고 단정적인 어투이긴 하나 태도에서 호의가 느껴진다.

"그건, 우리 객이 보기 드문 팔자를 타고나서라오. 보통 사람은 한평생 한 명 만나기조차 어려운 귀인이 주변에 이렇게 많다니. 객을 보면서 어지간히 놀랐소. 귀인을 자그마치 열 분 이상 만나는 팔자를 타고난 사람은 조선팔도 통틀어 몇 명이 채 되지 않는다오. 인복을 재복에 견주면 재벌가 자식으로 태어난 것과 마찬가지야."

"……."

"헌데, 아쉽게도 벌써 귀인을 두 분이나 놓쳤어."

한초가 떠오른다. 수학머리가 없어 양자가 못된 일이 아직도 가슴에 아프게 박혀 있다. 한초 이외에 누가 귀인일까. 딱히 연상되는 인물이 없다.

"객은 공부하여 도통하는 대축괘大畜卦를 타고나긴 했으되 귀인을 알아보지 못하는 병통으로 구름이 잔뜩 꼈으나 비는 내리지 않는, 즉 밀운불우密雲不雨하기가 쉽소. 만일 이를 만회하고 싶다면 객이 허망하게 떠나보내신 두 분 귀인이 남긴 발자취를 지금부터라도 잘 살펴보시오. 그러면 돈으로 살 수 없는 것을 살 수 있소. 세상에서 가장 가치 있는 게 바로 돈으로 살 수 없는 거요. 세상 누구도, 심지어 나도 못 본, 지금의 세상에 없는 영원한 절경 같은 것."

어디서 들어본 가락이다. 삼각산 도사가 1968년 8월 3일 혹은 4일에 보여주겠다고 한 문제의 장면과 겹쳤다.

그렇다면, 삼각산 도사가 귀인? 웃음이 나온다. 절대 그럴 일은 없다. 예언이 허언이 된 게 부끄러워 몸을 감쪽같이 숨긴 위인 아닌가. 그래도 이 대목에서 삼각산 도사를 아느냐고 묻고 싶다. 같은 도사 계열이라 안면은 없더라도 이름은 들어서 알고 있을 공산이 높아 보였다. 하지만 애써 참는다.

"왜 나를 50번이나 찾아와 50분 이상 머물러야 만남의 호불호를 결정하는 것 같소? 50이 《역경》 '계사'에 나오는 대연수[33]라 내가 이를 신봉

하고 그러는 줄 알지요. 나를 찾아오는 자칭 역 고수들은 대부분. 그들은 통상 내가 역신易神인 줄 알고 각종 역서를 수십 번 읽고 오지요. 객과 함께 온 나이 든 객 역시 아마도 그 부류일 거요. 《역경》을 수없이 읽었음에도 대연수 따위를 믿는 그 어리석음이 얼굴에 쓰여 있어 내쳤다오. 더 어리석은 자들은 점술용 산가지 50개를 의미한다고 대충, 시쳇말로 통밥을 굴리기도 한다니까. 허허, 그런 자일수록 '계사'의 점술 공식인 $3^2+4^2+5^2=(3+4)^2+1$조차 잘 모른다니까."

오대산 도사가 '주역'을 '역경'으로 굳이 부르는 걸로 봐서 주역을 상당히 존숭하는 태도를 취하면서도 반대로 역 자체를 깡그리 무시하는 발언도 곁들여 영구로 하여금 종잡기 어렵게 만든다. 의도적일까.

삼각산 도사 밑에 있을 때 영구가 《주역》을 여러 번 정독한 것은 당신이 숙제를 내주었기 때문이다. 삼각산 도사가 어느 날 《주비산경》[34]이란 옛 수학책을 내밀며 "이 소책자의 골자를 한마디로 정리하면, 하늘의 크기를 해시계와 직각삼각형 3,4,5를 통해 알 수 있다는 거야. 이 직각삼각형 3,4,5가 《주역》 산가지 50과 어떻게 연결되는지를 궁리해 보거라."라고 하지 않았던가. 그 덕에 오대산 도사의 말을 그나마 어느 정도 알아들었다. 천수天數가 25이고 지수地數가 30이라 천지수가 55이고, 여기서 음양의 기본수 5를 빼면 대연수가 나온다는 사실쯤은. 아울러 역 특유의 계산법을 통해 만물의 수가 왜 11,520이 나오는지도.

문제는 거기까지였다. 분명히 만물의 수가 그렇다면 누구라도 '에이'하는 소리를 내뱉지 않을 수 없을 터. 엉터리 수 체계이고 계산법이 뻔한데도 불구하고 왜 말이 안 되는지를 설명하려면 아직도 반벙어리가 된다는 점이다.

한계였다. 영구는 삼각산 도사 아래 있을 적에도 그랬지만 지금도 이런 자신이 싫다. 수에 약한 자신을 그저 쥐어박고 싶을 따름이다. 그 옛날에도 직감적으로 문제점을 느끼고 수에 대해 제대로 공부하려고 관련 서적을 여러 번 구매했다. 하지만 첫 페이지 한두 문장은 간신히 읽었으나 그 이후로는 눈을 옮길 수도, 발을 디딜 수도 없었다. 원리를 제대로 터득한 후 문제풀이에 나섰다면 좀 나았겠지만 영구 같은 경우 중고교 때부터 무조건 들입다 문제풀이 유형만 기계적으로 암기해 점수 따는 데만 골몰해 더 상황이 나빴다. 어디서부터 어떻게 공부해야 할지 몰랐다. 영일에게 가이드가 되어 달라 부탁하기에는 알량한 자존심이 허락하지 않았다. 삼각산 도사가 영구한테 귀가 따갑도록 한 잔소리가 '수식을 계산해보지 않으면 멍청해진다數不算則空'이었건만 별수 없었다.

"왜 현대 한국인들이 역을 제대로 이해하는 자가 없는지 아시오? 수數와 산算을 모르기 때문이오. 옛날 역시 역을 아는 자가 드물기는 마찬가지였소. 조선 5백년 통틀어 성리학자로 대성한 이는 많았어도……. 하기야 그들이 성인 반열에 올려놓은 주희가 수를 몰랐으니 오죽했겠습니까. 수를 이해하지 못했다고《어류語類》에서 주희가 스스로 밝혀놓았지요. 오늘의 수학자격인 수가數家의 이론조차 잘 알아듣지 못하겠다고 실토하였으니, 그 아류들이 오죽하겠소. 불행의 시작은 주희의《주역본의》가《주역》을 주석한 허다한 조선 유학자들의 교과서였다는 점이요. 교과서가 그런 형편이니 부연 설명하는 참고서격인 많은 주석서들 꼴이 어떻겠소. 이류 식자들의 헛소리 잔치상이 될 수밖에요. 심지어 다산 정약용도 그 범주를 못 벗어났다오. 다산 스스로 자기 저서들 중에서《주역사전四箋》을 아꼈지요. 다른 모든 책은 폐기되더라도 이 책만은 후세에 전해지기를 바랄만큼 심혈을 기울인 책이지요. 다산은《주역사전》에서 주희가 계승하고 있는 상수象數적 해석체계를 완전히 배제했소. 역의 기본이 상수라는 건 2천 년 넘게 이어져 온 만고불변의 법칙이었으니 대단한 파격이었다오. 문제는 그 대안을 제시하지 못했다는 거올시다. 박학다식의 대명사인 다산도 수리數理 안목이 부족해서……."

오대산 도사가 영구의 열등감을 다시 일으켜 세운다. 아프다.

"내가 앞을 좀 내다볼 수 있는 건 역과 수를 접목했기 때문이오."

미래의 명命을 알려주는 것이 수數임은 소옹[35]이 일찍이 강조했지 않는가. 그래서 최 교수가 오대산 도사를 현대판 소옹이라 했을까.

"우리 민족은 원래 수에 능했소. 일상에서 우리가 자주 쓰는 재수, 신수, 운수 등의 숱한 '수'자 돌림 예만 봐도 안 그러오? 또 할 수 있다, 알 수 있다, 입을 수 있다, 놀 수 있다, 먹을 수 있다, 이럴 수 있다, 저럴 수 있다, 그럴 수도 있다, 저럴 수도 있다, 무슨 수를 써서라도 등의 예를 보더라도 우리는 하루에도 수십 번, 수백 번 수 타령을 하고 있소. 심지어 '수틀리면 죽인다'고까지 하면서요. 목숨마저 걸었단 말이오. 수에, 수학에. 단지 의식하지 않아서 그렇지 아득한 선조들의 수리數理정신을 우리가 까먹고 있을 따름이오!"

"……."

"여기에 날은 날마다, 달은 달마다, 해는 해마다 반복하는 자연 이치처럼 역사 역시 일정한 주기로 반복하는 걸 안 덕도 큽니다. 삼각함수가 주기함수이듯 역사 역시 일종의 주기함수이지요. 모든 주기적인 현상은 사인, 코사인 같은 삼각함수 합으로 나타낼 수 있듯 역사 또한 그 연장선상에 있답니다. 여기에다 예측이 가능한 수학으로 유명한 미분방정식[36] 덕도 좀 보았다오."

한참을 이야기하던 오대산 도사가 이만하면 되었다 싶은지 자리에서 일어나며 안내인에게 봉투를 건넨다. 그러고는 왔던 곳으로 성큼성큼 돌아갔다. 안내인이 상담이 끝났다며 봉투를 내민다. '묻노니 누구인가問其誰를 앞으로도 계속 하지 않을 자신이 있으면 다시 찾아와도 좋소'라는 메모와 함께 돈이 들어 있었다. 5천 5백 원이었다. 잠깐 보았다고 용돈을 주는 오대산 도사한테 정말 묻고 싶었다. 묻노니 누구인고.

며칠 후, 1979년 10월 17일이었다. 만찬이 끝나자 한국 고고학계의 대부 김 교수가 가볼 곳이 있다며 영구와 최 교수를 인사동으로 이끈다. 저녁에 비가 좀 온 데다 10시가 넘어서인지 인사동 골목에는 사람이 거의 보이지 않았다.

"최 교수, 꼬왕이라고 들어봤나?"

김 교수가 은밀한 어조로 나온다.

"꼬왕이라니요?"

"도굴꾼의 필수품이 뭐야? 소위 말하는 꼬질대 아닌가. 특수 제작된 쇠꼬챙이 말이야. 그 꼬질대로 어떤 무덤이든 어떤 유적이든 몇 차례 쿡쿡 쑤셔서, 안에 무엇이 들어있는지를 귀신같이 아는 도굴꾼들이 왕으로 모신다면 그 고수를 꼬왕이라 부르는 게 맞겠지? 참 대단한 솜씨이지 않는가! 그 꼬왕에 대한 정보를 주려고 지금 가는 걸세. 일제강점기에 신라 고분과 가야 고분, 백제 고분을 턴 꼬왕은 죽었고 지금은 그 기술과 솜씨를 고스란히 전수 받은 아들이 활동하고 있지. 그럼, 꼬왕 2세가 되나? 나와 동료 학자들이 암사동 선사유적지를 발굴하면서 보았더니 이미 꼬왕 2세가 다녀갔더군. 대단한 실력이야. 내가 야심한 시각에 최 교수와 구 선생한테 꼬왕 2세 정보를 주는 건 내 은퇴 논문집 편찬에 도움을 준 고마움도 있고, 또 박물관 일을 해서야. 박물관 예산이 좀 잡혀 귀한 물건을 살 여력이 생기면 꼬왕을 찾아. 국내 최저가로 최고급품을 사려면 반드시 알고 있어야 하는 인물일세. 삼성가에서 대리인을 내세워 꼬왕 2세한테 가야금관과 다뉴세문경 같은 국보급 문화재를 다량 입수했을 정도야."

흥미진진했다. 이때까지만 해도 영구는 그저 남의 이야기인 줄로만 알았다. 그런데 김 교수가 하고많은 골동품점 중에서도 장인 가게를 손가락으로 가리키지 않는가. 저녁 8시에 문을 닫는 관계로 가게는 적막에 잠겨 있었다.

있을 수 없는 일이었다. 도저히 믿을 수가 없다. 한국 고고학계에서 손꼽히는 대부 중의 한 명인 김 교수의 진술이므로 믿지 않을 수도 없었다. 평소 처신이 곧고 언행이 신중하여 '마지막 선비'라는 칭송을 듣는 김 교수 아닌가. 혼란스럽고 곤혹스러웠다. 꼬왕 2세가 다른 누구도 아닌 장인이라는 사실에 반쯤 얼이 나간다.

"꼬왕 2세가 60년대에 인사동으로 가게를 옮기기 전에는 충무로에 있었어. 본정통이라 불리던 충무로와 명동 일대에 골동품 가게가 많았었지."

처조부가 1920년대부터 충무로에서 운영하던 가게를 인사동으로 옮긴 사람이 장인임은 영구도 알고 있었다. 이것만은 사실과 부합했다. 그 나머지는 절대 아니었다. 한 편의 잘 짜인 소설 같아 도대체 믿을 수가 없었다. 삼성가와 국보급 문화재들을 간접 거래할 정도면 장인이 어마어마한 부를 축적해야 상식적으로 맞지 않는가.

하나뿐인 외동딸이 신혼여행을 제주도로 가고 싶다고 했을 때 돈이 없다고 손사래를 치며 법주사로 정해준 사람이 장인이었다. 첫날밤 장소도 속리산관광호텔이 아닌 비로산장으로 예약한 사람도 장인이다. 이처럼 경제적 여유가 없어서인지 장인은 소박했다. 김 교수가 분명 크게 착각하고 있음이 틀림없다. 오해도 단단히 크게 하고 있었다. 하지만 영구는 김 교수가 초특급 비밀이라고 누누이 강조하는 바람에 실은 자신이 꼬왕 2세 외동사위라는 점을 밝힐 수가 없었다. 작년부터 신경통을 앓는 장모 대신 골동품점을 도맡은 아내가 꼬왕 2세 외동딸이라 여기자 새삼 황당했다. 어처구니가 없어도 너무 없다.

어디서 어떻게 김 교수의 말을 검증해야 할지 고민하며 도곡동 주공아파트 집에 들어서자 아내가 호들갑을 떤다.

"당신, 빨리 부산 시누이랑 연락해 봐요. 시누이가 여러 번 전화했어요. 대학생들이 들고일어나서 부산이 난리 났데요."

"자세히 말해 봐. 뭐가 어떻게 되었다고?"

"대학생들이 남포동 등지에서 데모를 하는데 기동 순찰차를 불태우고, 진압 경찰관들이 타고 온 트럭도 탈취했다나. 완전히 전쟁터래요. 그런데 독서실에 간 여수가 돌아오지 않고, 독서실에도 없고, 거기에 휩쓸린 듯하다네요."

누나에게 전화를 걸었더니 학생들의 시위가 대단하다는 거였다. 여전히 서여수한테서는 아무런 소식이 없었다. 여수 근황이 파악되지 않는 상황에서 비상계엄령이 부산지역에 선포되어 이래저래 마음이 싱숭생숭했다.

딸만 여럿 둔 부산 누나는 여수가 양자로서 마음에 들지도, 안 들지도 않는다고 했다. 그렇더라도 여수가 원한다면 양자로 입양할 의사는 있다 하여 여수 뜻을 정확하게 파악할 필요가 있었다. 여수의 신상과 진로를 상의하기 위해 서울로 불렀다.

"삼촌, 아파트 상가에 무슨 교회가 이렇게 많습니꺼?"

여수가 대치동의 한 상가 건물을 올려다보며 이죽거린다. 사실 상가가 크긴 해도 한 상가에 교회가 아홉 개나 들어선 것은 많아도 너무 많았다. 강남 여기저기에 아파트가 우후죽순으로 들어서자 강북 교회들이 대거 이사 온 탓이다.

"몇 점 나왔을 것 같니?"

올해 예비고사 문제가 쉬워 340점 만점에 3백 점은 나와야 서울대, 연·고대 상위권 학과에 응시가 가능하다는 뉴스를 오늘 아침에 들었다.

"잘 받으면 150점요."

"진짜?"

"네."

그 점수를 받고도 당당한 여수의 태도에 오히려 영구가 놀란다. 만약 사실이라면 4년제 대학 진학은 불가능하고 2년제 전문학교도 중하위권 학과나 겨우 넘볼 수 있었다.

천하제일 바보로 안 여수가 수학에 비상한 재주가 있을지도 모른다고 구영일과 능오 스님이 바람을 집어넣어 그동안 여수 성적이 시원찮아도 언젠가는 일거에 만회하겠거니 기대한 것이다. 그런데 역전 만루 홈런 대신 게임을 망치는 병살타를 치다니! 오대산 도사가 주변에 귀인이 많다 하여 여수까지 후보 중의 한 명으로 올린 자신이 한심해서 절로 코웃음이 나온다.

그것도 모르고 역 궤효[37]의 기본이 되는 음양 중에서 '양'을 화제에 올릴 계획을 짰지 않는가. 양효陽爻에 해당하는 실선(—)이 끝없이 이어져 있기 때문에 무한하다는, 무한을 상징한다는 소리를 최 교수한테 얼마 전에 들어서다. 여수와 진지하게 한번 논의할 요량을 한 건 그가 여덟 살 때 1과 관련해 황소고집을 피운 해프닝이 연상된 까닭이다. 양을 뜻하는 하늘天·乾의 무한과 양효의 실선, 수학에서의 직선 그리고 수 1 사이에 굉장한 의미가 숨어 있을지 모른다고 여긴 스스로가 갑자기 우스워졌다. 150점이라는 소리에 바람이 빠진다.

"삼촌, 죄송합니더. 그렇지만 세상 공부가 저하고는 도무지……."

상가 2층에서 돼지갈비를 먹으면서 아무 말도 하지 않는 데다 3층 생맥주집에서도 맥주를 비우는 동안 침묵을 지키자 그제야 여수가 영구의 눈치를 본다.

"실례지만, 혹시 김☆☆ 목사님 자제분 아니신지……."

인근 테이블에 영구 또래 남자들이 예닐곱 명 앉아 있었는데 그 중의 두 명이 다가와 여수한테 묻는다.

"김☆☆ 목사님과 너무 닮으셔서 자제분이 맞다 아니다 하다가, 실은 우리가 술값내기를 했거든요."

"잘못 봤습니더."

여수가 단호히 부인했다. 필요 이상으로 여수가 목소리를 높이는 건 답답함을 버릴 휴지통이 제 발로 찾아왔기 때문이다.

별 생각 없이 지켜보던 영구는 갑자기 옛날 일을 떠올렸다. 여수 어머니가 식모로 있던 집이 바로 김 목사 사택 아닌가. 죽은 여수 생모가 남긴 유서에 김 목사와 은밀한 관계가 있을 수 있다는 뉘앙스를 넌지시 풍겼지만, 교회 관계자들 여러 명과 접촉해서 수소문해본즉, 거리가 멀어도 한참 멀었다. 그 교회 신도들은 물론이고 한국 개신교계 사람들한테 김☆☆ 목사는 성자에 가까웠다. 지독히 못 생긴 식모와 관계해서 사생아를 낳기에는 김 목사의 일평생은 너무 고고했다. 누구도 남자 아랫도리 사정은 당사자 아니면 모른다고 하지만 연결을 짓기에는 무리수가 있었다. 그럼에도 얼마나 외모가 닮았으면 내기 대상까지 되었을까. 다시 확인해봐야겠다는 생각이 들었다. 별 볼일 없어 보이던 여수가 돌연히 별 볼일 있어 보였다.

3장

한 세계

산수개론

헛살았다! 나이가 마흔 중턱을 넘어서서 잘못 살았다는 생각이 들자 구영일은 심신이 힘들었다. 이 점을 얼마 전에 뼈아프게 일깨워준 사람은 스승이었다. 스승의 생신날이면 매번 식사를 모시곤 했는데 스승은 간밤에 꾼 꿈이 좋았다고 하였다. 무슨 이야기인가 여쭈었더니 아끼는 제자가 한국과학상을 수상하더라고 하시며 해맑게 웃었다. 은퇴한 스승이 제자를 책망하기 위해 던진 말은 분명 아니었다. 허나 그 말이 가슴을 날카롭게 찔렀다.

1987년부터 격년으로 시상하고 있는 한국과학상을 수학자가 벌써 3명이나 수상했다. 선두 그룹에 속하는 수학자가 아니라 어중간한 수학자, 무늬만 수학자라는 영일의 위치가 특히 불편하였다. 국내에서 단일 과제로 세계적 연구 성과를 거둔 업적이라는 수상조건 때문에 더욱.

"자넨 내가 가르친 제자 중 가장 똑똑했지. 그래서 내심 필즈상을 받을 줄 알았네."

스승은 의도적이지는 않았으되 상처를 내놓고 왕소금까지 뿌렸다. 수학계 노벨상인 필즈상은 전 세계 모든 수학도의 꿈 아닌가.

1990년 올해 장모님 생신을 축하하러 청주로 가지 않고 대학 연구실로 가기로 한 것은 이대로 교수 생활을 끝낼 수 없다는 자격지심과 위기의식이 작동한 결과였다. 세계 수학계는 아니더라도 적어도 한국 수학계에는 어떤 식으로든 이바지하고 싶었다. 이른 나이에 정교수가 된 탓에 알게 모르게 나태해진 정신 상태를 닦고 조이고 기름칠 필요가 있었다.

압구정동 아파트를 나서기 전에 장모한테 양해 전화를 한 건 아내의 부탁 때문이다. 그 마음 모르지는 않았다. 하지만 죄송하니 어쩌니 하는 언사를 늘어놓기 싫어 머뭇거리다가 가정의 평화를 위해 전화를 걸었다.

"다른 해라면 몰라도 올해는 자네가 꼭 왔으면 했다네. 자네 사촌 형이 자꾸 우리 집을 팔 수 없다면, 상좌골에 있는 땅이라도 넘기라고 거듭 성화여서 상의하려고 했는데……."

극성이었다. 구영구가 상좌골 땅 여기저기를 사고파는 짓을 되풀이하더니 이제는 벼랑새 너머 서쪽 수동 땅까지 탐을 낸다. 1980년대 초반 용케 서울 소재 기독교 계통의 대학교에서 전임 자리를 꿰찼을 때 당연히 청주 땅을 정리할 줄 알았건만, 오히려 거꾸로 움직였다.

"너무 미안해하지는 말게. 올해는 능오 스님이 오대산 석굴에서 나와 팔공산 토굴로 가는 길에 잠시 들린다고 하더라고. 내 생일에 참석하기는 출가 후 처음이야. 어미가 얼마 더 못 살 거 같아서 오는 것이겠지만 별일이야, 별일은."

여느 스님들처럼 능오도 속가하고는 거의 절연하고 지냈다. 다만 영일 부부는 황악산 토굴에서 능오 스님을 때때로 보는 편이었다.

장모가 대화 중 무심코 준 정보가 영일로 하여금 무릎을 치게 한다. 앞뒤 잴 것 없이 학교로 가던 자동차를 오대산으로 급히 돌렸다. 반드시 가봐야 할 곳이 있었다. 그동안 벼르고 별렀지만 마음의 여유도, 시간도, 기회도 없었지 않았는가.

영일이 급히 달려가는 곳은 소금강 계곡에 있는 능오 전용 석굴이다. 한초한테 물려받았다는 소리까지는 들었지만 그 이상 아는 바 없다. 일반 억수종 관계자들이 출입하는 토굴은 오대산국립공원 월정사지구 방향에 있었다. 한초는 물론이고 능오와의 특수 관계 덕에 월정사지구 토굴까지는 영일도 몇 번 출입을 했다. 하지만 소금강 석굴은 턱도 없었다. 여태껏 억수종에 관해서라면 일언반구조차 하지 않는 능오의 무거운 입을 열 방법이 없는 이상, 비상수단을 택한 것이다. 오랜 기간 미행한 끝에 가까스로 작년 겨울에야 위치를 대략 확인하기에 이르렀다.

막상 특급 정보는 수중에 넣었지만 필히 능오 몰래 들어가야 했으므로 부재중일 때를 노려야 했다. 문제는 능오 동선을 파악할 길이 없었다. 하다못해 황악산 토굴만 해도 직접 가보지 않는 이상 소재 파악이 불가능하였다. 직지사 종무소에 연락해보았자 토굴 존재 여부 자체를 모르는 마당에 거기서 수행하는 스님 운운하면 미친 사람 취급이나 받지 않으면 다행이다. 영일이 억수종에 대한 나름의 정보를 얻기 위해 오대산으로 정신없이 달려가는 덴 이 같은 사정이 있었다.

"그 구둣발로 올라가시게요?"

점심을 들기에 이른 시간이나 얼굴이 익은 식당에서 간단히 요기한 후 등산 채비를 갖추자 여주인이 걱정을 한다. 노타이에 세미 정장 차림이라 복장은 그래도 봐줄 만하다. 문제는 신발이었다. 산행하기엔 구두가 신경이 쓰였는데 여주인이 선뜻 남편의 여유분 등산화를 내민다. 이왕 신세를 지는 김에 성능 좋은 랜턴까지 빌렸다.

기암괴석과 폭포, 소, 담이 조화로운 계곡을 한가롭게 감상할 마음의 여유가 없다. 한달음에 만물상까지 갔다. 만 개의 바위로 이루어져 있다는 만물상은 소금강 계곡에서 가장 경치가 근사하다. 능오의 전용 석굴은 만물상과 조금 떨어진 곳에 있는 것으로 추정하고 있었다. 등산로에서 제법 벗어난 장소까지는 일사천리로 갔으나, 막상 석굴이라고 간주한 곳에 도착하자 이상했다. 위치를 잘못 짚었지 않는가. 다시 도전한다. 또 아니었다. 삼세번 석굴을 잘못 짚자 아득하다. 지난겨울에 분명히 능오가 사라진 위치를 확인했건만 눈 쌓인 한겨울이었던 것이 문제였다. 눈이 녹고 초목들이 일제히 잎사귀로 치장을 하자 사방의 풍경이 완전히 뒤바뀌어 어디가 어디인지 종잡기 어려웠다.

듣건대 한초도 곧잘 애용한 석굴은 아주 오래 전에 생겨 유서가 깊다고 했다. 소금강 일원을 청학산青鶴山이라고 부르던 아주 옛날에 억수종 관계자가 오랜 기간 공들여 마련했다고 들었다. 주변의 비슷비슷한 많은 바위가 그저 원망스러웠다. 오월의 황금햇살이 물러갈 즈음에야 천신만고 끝에 드디어 찾았다. 석굴 입구 주변을 회리바람꽃 무리가 자연스럽게 막고 있는 바람에 그토록 헤맨 것이다.

바위 틈새에 모로 서서 1m가량 들어간 후 다시 기어서 2m쯤 들어가자

3평 정도 되는 천혜의 공간이 나왔다. 머리 위 바위 틈새 사이로 공기와 함께 햇빛이 적당량 들어와 안온하기까지 했다. 간단한 취사도구가 입구에 놓여 있었고, 정면 바위벽에는 특이하게도 성인의 키 높이 만한 톱과 두꺼운 봉이 서로 기댄 채 비스듬히 서 있었다. 랜턴으로 자세히 살펴보자 상당히 오래 전에 만들어진 물건이다. 흔히 보는 예사 톱과 예사 봉이 아니었다.

천혜의 공간을 장기간 공들여 쪼고 다듬고 손질한 흔적이 완연하다. 돌을 쪼아 침대와 책상까지 만들어 놓았다. 책상에는 교활할 활猾이란 한문을 큼지막하게 파놓았는데 미감이 제법이었다. 어떻게 보면 갑골문 같고, 청동기시대의 금문金文 같기도 하다. 책상 한쪽 귀퉁이에 두꺼운 대학노트 수십 권이 가지런히 쌓여 있었다. 맨 아래 공책을 빼내 들여다보았다.

> 한초께서 법명을 능오能悟라 한 건 위장용이고 5란 수에 재주와 능력 있으라고 능오能五라 했다고 하신다. 그러면서 '고려시대 때 왜 다섯 인물이 나오는 거울과 다섯 아이가 노는 거울을 제작했을까'라는 공안을 주셨다. 5를 알아라! 특히 55를!! 세상만사에 대한 답이 5와 55에 있다고 했다.
>
> 가까이는 다섯 손가락에서부터 별로 상징되는 오각형에 이르기까지 주위를 세심하게 살피면 온통 오투성이다. 먹을 수 있는 모든 과일 꽃의 꽃잎이 다섯 장이고, 불가사리를 위시해 동물계에도 오각형 모양이 풍부하게 존재하지 않는가. 건축, 미술, 종교, 하다못해 주술세계에서도 5와 오각형, 정오각형 대칭성을 쉽게 찾아볼 수 있다.

그래서, 은사는 5에 답이 있다고 했을까. 1955년 1월 1일

설악산 석굴에 계시는 은사를 찾아뵈었더니 대뜸 물으셨다. 자연수 1과 2만 써서 합으로 분할하여 9를 표현하는 방법의 수가 몇 가지냐고? 긴 계산 끝에 간신히 55가지라고 답하자 아둔한 머리통을 주먹으로 다섯 대 내리치셨다. 꿀밤도 55대나 먹인 후, 재차 비장한 어조로 던진 55란 화두, 55란 대의단大疑團!

누구나 다 아는 1+2+3,⋯ +10 = 55가 답일까. 우습다. 만약 답이라면 세상 모든 사람이 답을 아는 모양새 아닌가. 그럼, $1^2+2^2+3^2+4^2+5^2 = 55$는? 피보나치 수열 0,1,1,2,3,5,8,13,21,34,55,89,⋯에 나오는 5와 55는? 36의 진약수(1,2,3,4,6,9,12,18)를 모두 더하면 55라는 부족수가 나오지 않는가.

이 같은 간단한 산수놀음이 아니라, $x^5+y^5=z^5$가 성립하려면 x, y 혹은 z가 반드시 5로 나눌 수 있어야 한다는, 한 차원 높은 수학놀음에 정답이 있지 않을까. 1955년 5월 5일

5에 대한 물음이 아직 끝나지 않았음은 어제 작성한 메모가 대변한다.

예로부터 중국은 물론이고 한국에서도 인간의 모든 삶에 5란 수가 깊게 스며있다고 보았다. 오행이니 오덕이니 오경이니 오복이니 하는 것들이 바로 그 생생한 증거다. 전통적으로 5는 상서롭고 길한 수였다.

최근 한초께서 머리를 식히실 때 자주 본《구수략》[1]이란 옛 수학책을 읽

다가 새삼 의식하게 된 두 가지가 있다. 하나는 마방진 중에서 가장 애용된 게 가운데 5를 놓는 마방진이다. 다른 하나는, 복희씨[2] 때 황하에서 용마가 지고 나왔다는 그림 하도河圖[3]와 관련해서다. 일부 매니아로부터 천지창조의 이상향을 찍어놓은 청사진이라는 소리를 듣는 하도의 중심에도 5가 자리 잡고 있다. 또 이것을 기본으로《주역》의 이치가 생겼다는 사실에 주목했다. 한초께서 역학도 공부하라는 취지에서 5와 55를 강조했을까?

공교롭게도, 현존하는 가장 오래된 수학책《아메스 파피루스》길이가 5.5m이고, 진시황 봉분 높이가 55m임을 얼마 전에 우연히 알았다. 하지만 m법은 근래에 제정되었으므로 옛날 척尺을 기준으로 삼은 것과 연결시킨다면 어불성설이다. 그렇지만 어떻게든 관련짓고 싶어 하는 이 뿌리 깊은 병을 어이할까.

5와 55라는 수병數病을 중하게 앓아온 지 어언 35년. 그동안 대체 무엇을 했던가? 허공에 도장을 무수히 찍었다는 자책감에 오늘도 밤잠을 설친다.

1990년 5월 4일

이처럼 길게 쓴 일기형 글도 있었지만 일본 전통시 하이꾸俳句처럼 한 줄 또는 극히 짧은 메모 형식도 많았다.

- '귀거래사'로 유명한 도연명이 왜 집에 다섯 그루 수양버들을 심었을까.
- 정신분석학자 융이 자연적 인간의 수로 5를 간주한 이유가 과연 과학

적일까.

- 알파벳 사용빈도 1위인 E 순서가 5번째라는데…….
- 어떤 데이지는 55장의 꽃잎으로 이루어져 있다.
- 지구와 달 사이에 왜 다섯 곳의 라그랑주점[4]이 존재할까.
- 분모가 11인 분수는 5종류의 순환마디를 가지는데, 여기에 무엇이?
- 3차원에 5개의 정다면체밖에 없는 정확한 이유는?
- 두 쌍의 쌍둥이 소수에 반복해 등장하는 유일한 수, 5.
- 1의 다섯 제곱근들이 정오각형 꼭짓점이라는 사실이 범상치 않아 오늘도 밤하늘의 별을 바라본다.
- 플레이페어 암호[5]가 5×5 행렬을 이용하는 이유가 무엇일까?
- 루카스Lucas 수열[6]에서는 어떤 항도 5로 나누어떨어지지 않는다.
- 로저스-라마누잔 항등식[7]에서 왜 5가 신비로운 역할을 할까?
- 5 이상의 모든 소수는 $4n+1$이나 $4n+3$ 형태 가운데 하나가 되는, 이 아름다움.

온통 5와 55에 관한 백과사전적 지식과 그에 대한 논평과 소회가 주를 이루는 수상록이었다. 단행본 대여섯 권 분량을 다 읽으려니 까마득히 높은 산을 아래에서 쳐다보는 기분이다. 그야말로 5로 인해 오만 가지 생각을 다 하게 만든다.

영일이 배낭을 챙기다가《유한군의 아틀라스ATLAS of FINTE GROUPS》를 가지고 갈까 말까, 잠시 망설였다. A4 용지 두 장 크기여서 옆구리에 끼지 않고는 들고 가기가 불편하다. 그럼에도 눌의산 정상에서 이 책을 들여다보며 묵상에 잠기고 싶다.

새삼 군[8]이란 단어에 눈을 박는다. 군은 일종의 대칭 계산법인데 수학자들은 이 군을 또 가환군[9] 등으로 분류한 후 정리하였다. 그러므로 〈유한군의 아틀라스〉는 유한군[10]이란 이름의 대칭 지도책이라고 봐도 무방하다. 영일이 전공 분야가 아닌 이《유한군의 아틀라스》를 일부러 읽으려 할 만큼 유한군에 본격 관심을 가지게 된 건 박정수로 말미암아서다.

우연치고 절묘했다. 그가 11년 전 모듈러 함수의 푸리에 전개에 나타나는 첫번째 계수 196884를 상기시켜 어지간히 놀랐기 때문이다. 문제의 계수가 괴물군을 볼 수 있는 최소 차원인 196883과 가까워도 너무 가까웠다. 단 1만 차이 나니까. 196883+1=196884. 이 신비한 관계를 오죽하면 수학자들이 문샤인moonshine이라는 어여쁜 이름으로 불렀을까. 4차원만 해도 3차원 인간이 상상하기 어려운데 5차원도 아니고 50차원, 500차원도 아닌, 물경 196883차원이라니. 어마어마했다. 수학이란 전천후 도구가 없으면 상상 자체도 할 수 없는, 구조적으로 불가능한 세계였다.

비록 한초가 동양수학에 정통했다고는 하나 1980년이 되어서야 비로소 수학자들이 사상 처음 선보인 몬스터를 그 옛날에 알았다는 건 솔직히 말이 되지 않았다. 19세기부터 수학자들이 군을 연구해 왔지만, 한초가 이를 알고 있었다는 것은 누가 봐도 과장이었다. 물론 1970년대에 들어서면서 앞선 수학자들 일부가 몬스터를 어렴풋하게나마 스케치하긴 했다. 그래도 한초가 알고 있었다는 건 비약이었다. 허나 전적으로 우연으로 치부하기에는 찜찜한 구석이 많았다. 그것이 정확히 무엇인지는 모르나 뭔가 있었다. 그리하여 전후 맥락을 살펴보고자 영국에 갔을 때《유한군의 아틀라스》를 굳이 사가지고 왔다. 그 책 마지막을 몬스터가 장식하고 있는지라 구입하지 않을 수가 없었다.

전공서적《다변수 해석학》[11] 개정판을 준비하랴, 밀린 논문 쓰랴, 대학원생들 지도하랴, 또 소소한 일상사로 여름방학을 분주히 보내는 와중에도 잠시 머리를 식히고자 몬스터군 관련 논문을 곁눈질하였다. 콘웨이, 톰슨, 그리스, 노튼, 보처드 같은 그 분야 전문가들 논문을 오래 전에 챙겨놓고서도 차일피일 미루다 손을 댄 계기는 8월 3, 4일이 목전에 서서히 다가온 탓이 컸다.

한초의 3차 장례식은 눌의산이었다. 한초가 자신의 마지막 분골을 1990년에 뿌리라고 한 눌의산은 추풍령에 있는데 아무리 생각해도 당신의 저의가 파악되지 않는 장소였다. 월출산 향로봉처럼 명산도, 유서가 깊은 산도, 빼어난 무엇이 있는 산도 아니었기 때문이다. 정상이 비교적 넓고 전망이 좋다는 점, 황악산이 코앞에 있다는 점 빼고는 이렇다 할 특징이 없었다. 그 정도 산은 전국에 널려 있었다.

한초와 여러 번 눌의산에 와봤기 때문일까. 아니면 흔한 산이기에 익숙해서 그럴까. 고향에 온 것처럼 마음이 편안하다. 양반자세로 자리 잡고 황악산을 하염없이 바라보았다. 좋았다. 황악산 산선線이 조화로우면서도 푸짐하다.

"장차 황학산 속과 바깥, 그 주변에 금이, 그러니까 줄이, 즉 선이 앞으로 여러 개 생길 것이니라. 아마 우리 영일이 생전에 네댓 개 정도는 생기지 싶다."

황악산이라 하지 않고 항상 황학산이라고 불렀던 한초가 눌의산 정상에서 경부선 철도를 보고 메모지에 이렇게 휘갈겼다. 산정에서 바라본 경부선 철도는 미상불 금이고, 줄이고, 선으로 보였다.

"우리 영일이도 저 선을 공부 많이 했으면 하는구나. 무엇이든 대충하지 말고 끝까지 가보는 게 중요해. 가령 저 철도선을 수학화시켜 양쪽으로 끝없이 늘리면 지구라는 원을 지나는 할선[12]이 그려지잖니. 바로 그거야. 거기까지, 아니 그 이상 가보는 것! 좌우간 짧은 선이든 긴 선이든, 눈에 보이는 선이든 보이지 않는 선이든, 자나 깨나 생각해. 이 세상 모든 것이 선하고 통하게 되어 있어. 무진장 긴 선, 즉 무진장 긴 줄자 하나만 있으면 우리 우주 넓이도 쉽게 잴 수 있는 만큼."

당시에는 어른들이 으레 하는 잔소리 비슷하게 다가온 훈계였다. 지금 돌이켜보니 의미 있게 다가온다. 직선은 중학교 때부터 배우고, 곡선은 수학에서 다양하게 다루는데, 전공인 해석학에서도 곡선은 알파요 오메가였다. 한초 발언을 의식하고 전공을 그 방향으로 정한 건 아니지만 알게 모르게 당신 영향이 컸음을 부인할 수는 없다.

무섭다. 한편으로는 무진장 그립기도 하다.

아무도 없는 눌의산 정상에서 이른 저녁식사를 하고나니 심심하다. 혼자 청승을 떨며 밤을 지새우느니 황악산 토굴에 갔다가 내일 아침에 돌아오기로 한다. 등산지도를 꺼내 찬찬히 들여다보았다. 코스를 몰라서가 아니라 어디서 휴식을 취할지 대충 가늠해볼 속셈이다.

제일 가까운 가성산까지는 산행을 하면 1시간 정도 걸린다. 가성산에서 궤방령, 궤방령에서 황악산 토굴까지 가는 데는 각각 1시간 반 정도. 마음의 준비를 끝내고 지도를 덮는 순간, 눈에 익은 수가 보인다. 강렬하다. 지도에 표기된 눌의산 바로 옆에 산의 높이가 적시되어 있다. 744m. 눌의산 정상에 표지석이 없고 웬만한 등산지도에는 눌의산 같은 고만고만한 산들은 해발이 표시되어 있지 않았는데 최신판 지도라 그런지 제법 자세히 기록되어 있다.

'우연이겠지.'

친구 박정수가 언급한 어떤 무한 다항식에서 196884 바로 앞에 나오는 수가 744 아닌가.

다시 우연이겠거니 하면서도 혹시나 하고 월출산 향로봉을 찾아보았다. 744m였다! 복권이 당첨되었을 때, 당혹과 놀라움이 이런 것일까. 김해 용지봉의 경우 해발이 겨우 1m 더 높은 745m였다. 경악스럽다. 측량상의 문제로 해발이 1,2m 오차는 있을 수 있기에 한초가 744란 수를 명확히 의식하고서 선택했음이 분명하다.

"능오 스님, 왜 한초께서 세 산에, 11년 간격으로, 세 번에 걸쳐 분골을 나누어 뿌리라고 했을까요?"

이 같은 영일의 물음표에 능오는 한결같이 줄임표만 사용했다.

"소승은 어리석은지라 한초라는 선지식 곁에 오래 있었지만 수저 같았다오. 수저가 음식에, 요리에 닿지만 맛을 못 느끼는 것처럼 소승 역시……. 이건 전적으로 소승의 생각이오. 향로봉, 용지봉, 눌의산을 선으로 이으면 삼각형이 되지 않소. 거기에 무슨……."

무슨 말을 하려는지 도무지 알 수가 없었다. 삼각형에는 무한한 수의 중심이 존재한다는 수학적 함의를 강조하기 위해서였을까, 아니면, 임의의 삼각형 안에는 내접하는 정삼각형이 반드시 존재함을 강조하기 위해서? 영일의 들볶음에 능오가 억지로 실토한 언사도 이처럼 도움이 안 됐다. 생각만 더 복잡하게 만들었을 따름이다.

"달과 손가락 비유 알 것이오. 한초께선 달도 손가락도 아닌 제3의 대안을 강조하곤 했지요. 지구와 달 사이에 있는 정삼각형 두 개를 잘 봐야 한다고 했다오. 저도 오랫동안 무슨 헛소리냐고 생각했는데 나중에 보니 굉장한 의미가 있더라고요. 그 정삼각형이 지구와 달 사이에 존재하는 다섯 곳 라그랑주점 중, 가장 안정화된 두 곳이 정삼각형 구조를 이루는 걸 뒤늦게 알고, 당신의 일거수일투족은 물론이고 일언一言조차 처염상정[13]의 거룩함을 보여주는 본보기……."

이해가 되면서도 되지 않는 소리이기는 마찬가지였다.

직감에 불과하나 뭔가 있었다. 확실히. 황악산이 해발 1,111m임을 다시금 인식하고는 더 굳게 믿는다. 황악산 높이가 그렇다는 건 진작부터 알고 있었으나 1111에 주목하지 않은 거였다. 다른 사람들처럼. 그야말로 우연으로, 아니면, 그냥 재미나는 높이를 가진 산이라고만 치부했지 않는가.

만사가 예사롭지 않다. 황악산의 1111이란 수와 11년이란 간격, 한초가 임종 자리에서 강조한 1 혹은 11과 겹쳐지면서 머리가 복잡해 정신이 온통 딴 데 가 있었다.

"어쩐다지요, 능오 스님? 이 일을 어떻게 하면 좋지요? 《억수경》과 《한수경》을 내놓지 않으면 절대 주장자 진품을 내놓지 않겠다고 합니다. 저쪽 협상창구를 맡은 스님 전언에 의하면 맞교환밖에는 다른 수가 없다고 하네요."

황악산 토굴 가까이 다가가자 안에서 목소리가 들려왔다. 호랑이 스님으로 알려진 태한 스님 음성이 주변의 풀벌레 소리를 압도했다. 엿들을 만한 내용이 있을지 몰라 인기척을 죽이고 귀를 기울인다.

"나무관세음보살. 우리의 성전聖典을 노리다니! 후학과 중생을 위하여 잘 간수해야 할 성전을 저들이 요구하다니……. 은송아지를 훔친 도둑이 은송아지를 찾으려면 금송아지를 내놓아야 한다는 격 아니오?"

"정 안 되면, 제가 불지옥에 떨어질 각오로, 저들의 멱이라도 ……."

태한 스님이 11년 전 갖은 고생 끝에 찾아온 한초 주장자는 가짜였다. 정교했다. 여북하면 능오 스님도 처음에는 모조품임을 몰라보았을까. 만일 영일이 지적하지 않았다면 아무도 가짜임을 못 알아볼 뻔했다. 거기에는 그만한 이유가 있었다. 평소 한초 주장자가 제자들 사이에서 거룩한 물건으로 간주되어 하나같이 멀찌감치 구경만 했지 가까이서 보거나 만져본 적이 없어서 생긴 불상사였다.

그 주장자가 위작임은 영일이 감정했다. 전적으로 운이었다. 무슨 신통한 법력이나 심미안이 있어서가 아니었다. 어릴 적 그것이 장난감인 줄 알고 가지고 놀다가 손상시킨 경험이 있었기 때문이다. 함부로 다루다가 높은 곳에서 떨어뜨리는 바람에 주장자 속에 들어 있던 쇠붙이 하나가 밖으로 튕겨져 나왔다. 자처럼 생겼는데 선무늬와 함께 한문이 몇 자 적혀 있는 것을 보았다. 문제의 쇠붙이를 도로 주장자 안에 넣으려고 안간힘을 다하다가 한초한테 발각됐다. 새파랗게 질린 한초 얼굴을 보기는 그때가 처음이자 마지막이었다. 얼마나 화가 났으면 어린 영일의 뺨을 사정없이 후려갈겼겠는가. 그때 한초도 너무 당황한 나머지 영일이 곁에서 지켜보고 있는 것도 모르고 쇠붙이를 주장자 속으로 집어넣고 감쪽같이 메웠다. 그러고는 '휴' 하고 긴 안도의 한숨을 내쉬었다. 돌이킬 수 없을 정도의 파손이 아니라 수습이 가능한 훼손이라 그나마 다행이란 표정이 역력했다. 그 광경을 지켜본 영일을 뒤늦게 확인한 한초가 당황하던 모습이 아직도 생생하다.

묘했다. 만일 그때 그 장면을 똑똑히 보지 않았다면 태한 스님이 가지고 온 주장자를 진품으로 믿을 뻔했으니까.

"도형, 은사 스님께서 입적한 시간이 다 됐습니다. 지금 억수종 예법으로 간략히……."

능오 스님이 시간을 환기시켜 손목시계를 보자 8월 4일 01시가 다가오고 있었다. 당신이 돌아가신 1시경이란 시간마저도 1 혹은 11 혹은 1111 하고 무슨 관계가 있을지 모른다고 여기자 머리가 혼란스러우면서도 어떤 아름다움에 대한 기대가 생긴다. 제타 함수에 1을 대입하면 무한대로 발산하는 조화급수가 나오는 것을 알았던 옛날 어느 날처럼.

보이지 않는 손

영구 인생 최대의 호사는 ○○대학에 조교수로 임용된 일이었다. 정말 꿈조차 꾸지 않았다. 기독교는 물론이고 모든 종교에 대해 원초적으로 반감을 지녔기에 더욱. 그러나 운명은 장난이 심했다. 그 많은 대학 중에서도 하필이면 미션스쿨에 자리가 날 줄이야.

좋은 일에는 마가 끼는 일이 많은가 보다. 임용 전에 세례교인임을 증명하는 서류를 내라고 한 건 시작에 불과하였다. 그 정도 서류는 '가라'로 만들어 제출했지만 험한 고개, 세찬 파도가 한두 번으로 그치지 않았다. 예상을 초월하는 수법으로 뒤를 캐 야비하게 공격하는 일들이 생기고 또 생겼다. 그 많은 말과 그 많은 탈에서 용케 비켜설 수 있었던 건 영구가 잘나서가 아니었다. ○○대학 총장과 이사장을 지낸 김☆☆ 목사가 영향력을 발휘한 덕이다.

"관장님, 아무래도 방비를 하셔야겠습니다. 오늘 또 거동이 수상한 작자와 박물관 1층 로비에서 마주쳤어요."

영구가 박물관 지하 1층 관장실로 들어서자 매장문화재조사팀장이 따라 들어와 귀띔한다.

박물관 소장품이 목표인지, 영구 약점을 캐는 게 목적인지, 또 다른 이유가 있어서인지는 모르겠으나 작년부터 누군가가 박물관을 포함해서 영구 연구실, 심지어 단골 술집까지 미행하고 있었다. 일정 기간마다 사람을 바꿔가며 이쪽 동정을 살피는 탓에 신경이 쓰였다. 난감하다. 영구가 경계하는가 싶으면 일정 거리를 두고, 영구가 방심하면 어느새 바로 곁에 와 있곤 했다.

기분이 더러운 건 올해 초부터는 영구 도곡동 단독주택 주변까지 정체 미상의 인물이 서성거린다는 점이다. 13평짜리 주공아파트를 전세 주고 정원이 꽤 넓은 2층 단독주택으로 이사하자마자 벌어진 일이라 더더욱 불쾌하였다. 죄를 지었거나 딱히 잘못한 일도 없는데 감시당한다는 사실만큼 사람을 언짢게 만드는 일이 또 있을까. 도둑 아니면 형사, 그도 아니면 누군가의 사주를 받은 심부름센터 직원일 확률이 높았다. 문제는 셋 중 어느 쪽인지, 더구나 무슨 목적으로 그러는지 감은 고사하고 짐작조차 되지 않는다는 사실이다.

그런 어느 날 문헌정보학과 왕 교수가 이른 아침에 대뜸 연락해 긴히 할 이야기가 있으니 만나자고 했다. 대학 근처 단골 일식집에서 메밀국수 정식을 먹고 박물관장실로 다시 들어와 작설차로 입을 조금 가신 다음에야 그가 비로소 본론을 꺼낸다.

"구 관장, 어젯밤에 총장이 식사나 하자고 부르더라."

고문헌 전문가인 왕 교수는 등신연구회 선배여서 학부 때부터 막역하게 지냈다. 박물관 운영위원회 부위원장 자리를 영구가 부탁할 만큼 영구가 평소 믿고 따랐다.

“총장이 그런 자리를 만든 건, 실상을 있는 그대로 듣기 위함이었어. 총장 왈, 투서가 들어왔대. 구 관장이 박물관을 사유화하면서 어찌 했다나.”

“네에?”

은근히 긴장이 된다.

“순응실에 소유가 불명확한, 정체불명의 유물들이 많다며? 그 유물들이 구 관장과 선이 닿은 도굴꾼 장물이라고 단정했대.”

하마터면 심장이 덜컥 내려앉는 줄 알았다.

지하 3층 순응실은 박물관 반입유물의 기온과 습도 적응을 위한 예비공간인데 박물관 한 층을 통째로 써서 여유 공간이 많았다. 장인 부탁을 들어준 건 그 때문이었다. 당신이 열쇠를 채워 빈 틈 없이 봉인한 유물을 수시로 맡겼는데 어느새 상당 분량을 보관하는 중이었다. 당신 골동품 가게가 좁아터진 것을 잘 알기에 별 의심도 하지 않았다. 크고 작은 알루미늄 상자가 주종이었고 일정한 온도와 습도를 유지하기에 적격인 오동나무 함도 꽤 많았다. 그것들이 모두 도굴꾼의 장물이라? 그럴 리 없다고 확신하면서도 고고학계의 권위자가 장인을 꼬왕 2세로 지목했던 일을 상기하자 은근히 염려는 됐다.

“학술연구를 위한 위탁보관 형식으로 받은 걸 장물이라니! 잘하면 맡긴 분한테 저렴하게 유물을 구입할 수 있는 기회이건만……. 또 뭐라 하던가요, 선배?”

모함 받은 사실과는 무관하다는 듯 태연을 가장했다.

"작년, '한국고대 묘제문화 특별전'을 하면서 옹관과 석관 따위를 적정 가격보다 3배 이상 비싼 가격에 구입해 박물관 예산을 낭비했다고 하더군."

내막을 알아도 너무 잘 알고 있어서 무서웠다. 특히 순응실에 정체 모를 유물이 쌓여 있는 것을 속속들이 파악하고 있어서 충격이다. 내부 직원 중의 누군가가 외부와 연결되어 있음이 분명했다. 순응실은 말할 나위도 없고 수장고는 관장과 동행하지 않으면 직원일지라도 임의로 들어갈 수 없지 않은가. 열쇠, 보안키, 지문이라는 삼중 안전장치가 되어 있었다. 그만큼 보안이 철저하게 지켜지는 공간을 누군가가 손바닥처럼 들여다보고 있음을 의식하자 한여름인데도 식은땀이 난다.

"선배, 고마워요. 선배 아니었으면 연임 전선에 빨간불이 켜진 줄도 모르고 태평하게 지낼 뻔했네요."

박물관장직은 업무의 연속성과 전문성, 특수성이 필요한 보직이라 별일 없으면 임기보장에 한번은 연임하는 것이 관례였다. 박물관이 설립된 이후 8년을 채우지 않은 관장이 없는 이유도 여기에 있었다. 2, 3차례 연임하는 사례도 흔한 일이었다. 다급했다. 연임은 고사하고 자칫 잘못하면 징계위원회 상정과 형사 고발이라는 최악의 상황에 대비해야 할 판 아닌가.

서울 남쪽 외곽, 숲이 우거진 골짜기에 자리잡은 아담한 주택을 영구는 서둘러 찾았다. 집을 더 넓게 더 높게 더 좋게 짓자는 주변의 권유를 뿌리치고 김 목사는 이곳에 28평짜리 주택을 지었다. 해방 직후 월남하여 서울에서 교회를 세우고 창립예배를 드렸을 때 신도가 28명이었음을 잊지 않기 위해서였다. 그 28명에 더하기와 곱하기를 거듭하여 현재는 신도가 수십만 명을 자랑하는 교회로 성장했다.

구영구가 단층으로 된 빨간 벽돌집 현관문을 오른손 가운뎃손가락으로 톡톡 두드리며 자신의 방문을 알린다.

"목사님, 저 왔습니다."

그 흔한 초인종 하나 없다. 없는 게 그뿐이 아니다. 그 집에는 전화도, 라디오도, 하다못해 흑백텔레비전도 없었다. 집주인은 옷도 계절마다 갈아입을 수 있도록 단 한 벌씩만 준비했다. 유일한 예외는 속옷과 양말이었다. 위생 문제로 몇 벌 여유분을 가지고 있을 따름이다. 사모님이 돌아가셔서 음식을 손수 해결했는데 밑반찬 한 가지와 국, 텃밭에서 가꾸는 채소류를 간단히 곁들이는 게 다였다. 이 같은 청교도적인 삶을 월남한 이후 그는 줄곧 이어오고 있었다.

"목사님, 접니다, 구영구."

구영구가 몇 번이나 김 목사를 불러보지만 아무런 인기척이 없다. 팔월의 땡볕을 피해 영구는 집 모퉁이에 있는 나무 그늘로 간다.

김 목사는 만 70세가 되던 1971년에 담임목사직을 물려준 후부터는 일선에서 완전히 물러났다. 그리고 가능한 한 사람을 피해 이곳에서 지낸다. 직계 가족 이외에 교회와 대학 관계자 중에서도 극소수 인사만 잠깐씩 만나곤 했다. 설교나 인터뷰도 피치 못할 경우가 아니면 되도록 물리쳤다. 세상에 너무 많은 말을 했다는 게 구실이다.

이런 김 목사를 구영구가 언제든 독대할 수 있다는 건 김 목사가 절대적 영향력을 미치는 교회와 대학에서는 대단한 권력이었다. 영구가 80년대 초중반에 사학과 조교수로 임용될 수 있었던 것도, 대학박물관 운영위원을 잠시 지내고 박물관장으로 발탁된 것도 당신의 한마디가 결정타였다.

문득, 서여수의 존재와 생모의 최후를 김 목사한테 알려야 할지 말아야 할지 판단이 좀처럼 서지 않던 옛날이 생각난다. 일찍이 두 사람 사이에 일말의 인과관계도 성립하지 않는다고 보았기에 서여수 생모가 지목한 장소에 분골을 몰래 뿌림으로써 까마득하게 잊고 지낸 사안 아닌가.

오래 전 서여수의 생모와 김 목사 사이에 관계가 없다고 판단한 것은 생모 외모가 못 생겨도 너무 못 생겼다는 점, 무학이란 점 등이었다. 그에 반해 김 목사는 1930년대에 도미하여 유명 신학대를 나온 당대 최고 엘리트였다. 기독교 신자라면 누구나 지성과 덕성 그리고 영성까지 겸비한 목회자로 인정하고 있었다. 게다 여수가 태어날 무렵에 이미 김 목사는 환갑 안팎의 고령이란 점이 고개를 가로젓게 만들었다. 그야말로 극과 극이었다. 게다 후리후리한 키에, 준수한 얼굴, 감미로운 목소리의 주인공이 재색을 겸비한 젊은 여신도도 아닌 가정부와 관계하여 아이를 낳았다는 건 분명 상식선을 넘어도 너무 뛰어넘었다.

재확인에 나섰다. 얼굴이 많이 닮았다는 점 외에는 두 사람의 관계를 파악하는 작업은 지지부진했다. 생모가 타계한 지 오래되어 당신을 기억하는 ㅁㅇ기도원 관계자를 찾는 일이 어려웠다. 그러나 어렵게 수소문한 보람이 있었다. 여수의 생모와 기도원에서 함께 생활한 동료를 찾은 것이다. 그가 말하길 여수의 생모에게 김 목사는 성자였고 예수였다고 한다.

또 다른 지인은 김 목사를 하나님 자체로 여긴 나머지 성령으로 씨를 잉태하였다고 했다.

그래도 미적거렸다. 사탄이라며 마구 몰아붙일 것 같은 두려움과 공포가 자꾸 일어났기 때문이다. 하지만 더 미룰 수 없는 상황이 발생했다. 여수가 부산에서 전문대를 다니다 서울의 4년제 대학교 기계설계학과에 편입하여 다니는 중에 무슨 바람이 불어선지 그마저 포기하고 스님이 되겠다고 하지 않는가. 만일 김 목사가 생부라면 반드시 알아야 할 사안이었다.

마침내 김 목사를 찾아뵙고 서여수 사진을 보여주었다.

"내 젊은 날 사진하고 똑같네. 누가 봐도 내 얼굴이 여기 있구먼."

서여수가 짜리몽땅한 생모를 닮아 키는 또래보다 작은 편이었다.

"자매는, 결코 밧세바[14]가 아닐세. 자매는 나를 예수님 혹은 하나님으로 알았지. 참 지극이었어. 그것이 지나쳐 기도 제목이 늘 예수님 혹은 하나님 아들을 잉태하는 거였어. 좀 어이없긴 했지만 간절했지. 얼마나 오매불망 열망했으면 집사람이 소원을 다 들어주라고 했겠나. 죽은 사람 소원도 들어준다지만 맨 정신으로는 도저히……. 허나 어느 날 기적이 일어났어. 하나님께서 사명을 주셨네. 당신의 대리인이 되라고. 그래서 아이가 들어선 걸 알았지만 따로 금전을 특별히 챙겨주지도 않았어. 집에서 그냥 내보낸 것도 다 뜻이 있어서라네. 자네가 듣기에 조잡한 변명으로 들리어도 할 수 없네. 위선자의 제왕이라고 손가락질해도 도리가 없네. 사실이니까."

아이가 스님이 되겠다고 해서 생부를 찾을 수밖에 없었다고 하자 당신 반응이 뜻밖이었다.

"그래도 어이할 수 없네. 하나님께서 내게 내린 지상명령이 그 아이 생에 직접적으로 일체 관여하지 말라는 거니까. 세상의 어떤 욕도 다 받아들일 작정일세. 손바닥으로 하늘을 가릴 생각은 없다네."

대역전이었다.

드라마도 분명 이런 드라마가 없건만 김이 빠져 싱겁기 그지없었다. 김 목사가 어떤 비난도 모두 감수하겠다고 나오자 오히려 영구가 더 당황스러웠다. 허탈감을 느끼는 영구한테 당신이 등을 툭 치며 종종 찾아와도 좋다고 말했다. 그 순간에는 정말 당신의 그 말이 얼마나 큰 복음인지 영구는 몰랐다.

독대를 몇 차례 하지 않아 영구는 서여수를 양자로 들였다. 그때까지도 서여수 청소년기를 돌본 부산 누나가 양자로 들이는 문제를 장고 중이었다. 하는 수 없이 영구가 나섰다. 김 목사가 대놓고 명시적으로 말하지는 않았지만, 비록 대면은 피했으나 구영구를 통해 간접적으로나마 관리하고 싶은 속마음을 읽었기 때문이다.

문제는 아내였다. 딸만 셋을 둔 상황에서 다 큰 청년을 양자로 들이는 걸 용납하지 않았다. "꼭 그렇게까지 해서 교수가 되고 싶어? 평생 교수질해서 번 돈, 나중에 여수가 다 달라고 하면 어쩔 건데" 하면서 반대했다. 결국 돈이 문제였다. 마침내 장인이 해결사로 나섰다. 만일 그 특별한 인연으로 구 서방이 교수가 되고 박물관장이 되면 처가의 튼튼한 울타리가 될지 모른다며 의미심장한 미소를 지었다. 대를 이어 골동품점을 운영했고 또 자식들을 그것으로 먹고 살 수 있도록 해줘서일까. 장인이 가장 적극적으로 여수 입양을 찬성하고 나왔다.

“자네 노련해. 청빈하게 사는 게 적을 만들지 않는 방법임을 본능적으로 아는 걸 보면 타고났어.”

낯선 목소리가 뒤뜰에 있는 텃밭에서 들려왔다. 김 목사가 고추밭을 지인과 함께 매고 있었다. 다가가서 인사하려다 주춤한다.

“자넨 어떻구. 자기는 약효가 의심스러워 평생 한 번도 먹지 않은 한약을 환자들한테는 만병통치약이라 속이고서 번 돈으로 잘 먹고 잘 살았으니……. 약았어. 하긴 신성한 책이라는《성경》을 한 번도 수정하지 않았듯, 한의학의 성경인《황제내경》도 피차일반이라고나 할까. 세상의 모든 것은 나날이 발전하는데 신학과 한의학 모두 2천 년 전쯤 확정된 텍스트를 재탕 삼탕하는 것이 아니라 오늘도 수만 탕, 수억 탕하고 있으니 이 일을 어쩌누.”

“…….”

“다 인간이 생각하는 동물이 아니라서 벌어진 일이야. 생각하며 사는 사람은 백에 한둘이고 대다수는 생각하며 사는 동물이라고 착각하며 살고 있지. 잘 믿는 동물일 뿐이라고. 고로 인간은 생각하는 동물이 아니라 잘 믿는 동물이라는 게 요즈음의 내 생각일세. 예수든 부처든, 한의학이든 자본주의든, 얼마나 많은 사람들이 돈을 믿고, 무슨 주의를 믿고, 배우자를 믿고, 자식을 믿어? 무조건 믿어야만 마음의 평화를 얻는 희한한 동물이 인간임을 확인한 게 내 일생이야. 여북하면 미국이 1956년 공식적인 모토를 ‘우리는 하나님을 믿습니다.’로 정했겠나.”

‘In God We Trust’라는 문구가 미국의 모든 지폐에, 공공건물에, 각급 학교에 많이 새겨져 있음은 영구도 알고 있었다.

"말 한번 잘했네, 김 목사. 무엇이든 의심하지 않는다는 건 생각하지 않는다는 소리건만 어리석은 자들은 그것도 모르고 오늘도 교회에서 아멘과 할렐루야만 맹목적으로 연호하고 있으니 이 일을 어쩌누?"

두 사람이 잡초를 뽑으며 아무렇지도 않게 파격적인 말을 하고 있다. 영구가 엿들은 사실을 알게 되면 두 어른이 당황할 듯싶어 조용히 뒷걸음질한다.

오늘 처음 본 한의사도 귀인일까. 오대산 도사가 구영구 주변에 귀인이 많다고 한 예언이 갈수록 현실이 되었다. 처음에는 그 계통 인사들의 덕담인 줄 알았다. 김 목사를 귀인 중의 귀인으로 만들 필요가 있었다. 이를 위해 멀찌감치 떨어진 바위 뒤에 숨어 생각을 정리한다. 서여수를 담보로 삼아서 떼쓰는 느낌을 주지 않으려면 합리적인 논리가 필요했다. 장장 25년을 국립박물관장으로 지낸 인물의 사례를 적절히 활용하면 좋을 듯해 쾌재를 부른다. 국립이 이럴진대 사립에서 조금 길게 연임한다 한들 크게 무리가 없을 성싶다.

8월 4일 한낮이었다. 어젯밤 황악산에 다녀오느라 무리했다고 구영일은 완전히 퍼졌다. 텐트에 누워 있는 사촌동생 머리맡에 영구가 엉거주춤 앉아서 쥘부채를 연신 부치며 들고 온 고문서 복사물을 들여다보고 있는데 어느 순간 누가 정적을 깬다.

"여수씨 닮아서, 모두 또라이들 아니야? 이 땡볕에, 별 것도 없는 거지 똥구멍 같은 산에서 인사를 받겠다고?"

여수가 쉬쉬하는데도 말을 거침없이 막하는 여자의 태도로 봐서 문제의 그녀가 분명하다.

"저 자식이 기어이……."

영일이야 손아래니까 그렇다고 쳐도 손이 불편한 능오 스님이 밀짚모자를 눌러쓴 채 좌선에 빠져 있지 않은가.

80년대 초중반에 스님이 되려는 여수 의지를 단박에 꺾은 사람이 뜻밖에도 문제의 그녀였다. 그녀가 부산 완월동 사창가에 있을 때 여수가 친구들과 어울려 찾았던 게 화근이었다. 여수가 스님이 되겠다는 결심을 밝히자 불알친구들이 십시일반 돈을 모아 사창가 방석집을 찾았다. 다시는 여자를 품지 못할 터이므로 총각 딱지라도 떼라고 데려간 것이다. 이것이 보기 드문 신파극의 시작이었다. 쇼윈도에 한복을 곱게 차려입고 다소곳하게 앉아 있는 한 아가씨가 여수 눈에 달로 간 선녀 항아로 다가왔다.

"삼촌, 2백만 원만 좀……."

그러니까 달나라에 간 항아를 지구로 데려올 차비를 달라고 했다.

마침 그때는 여수를 아들로 호적에 올리고, 대학교수에 임용되어 희희낙락할 즈음이라 여수의 웬만한 부탁이라면 들어줬으리라. 하지만 이건 아니었다. 더 가관은 빚을 갚아주겠다는 것도 여수의 일방적 결정이라는 점이다. 항아를 지구로 귀환시켜도 항아는 여수를 사랑할지 말지는 미지수라고 나왔다.

"아부지! 아들의 처음이자 마지막 부탁입니더"라며 무릎을 꿇지 않는가. 바보도 그런 바보가 없음을 뻔히 알면서도 여러 가지 상황이 돈을 만들어주어야 했다.

여수의 기쁨은 잠시였다. 항아를 서울로 데리고 와 동거한 지 몇 달이 안 돼 문제의 그녀는 도망쳤다. 항아는 자신의 하룻밤 꽃값이 얼마인데도 불구하고 완월동에서 빼내준 고마움 때문에 보너스로 굉장히 오래 더 자주었으니 거래가 끝났다는 메모를 남기고 사라졌다. 그럼에도 여수는 자살한 생모 말처럼 세상에서 가장 못난 바보짓을 또 했다. 틈만 나면 항아를 찾아 전국 사창가를 순례하였다.

"능오 스님, 저, 스님이 되려 합니다. 받아주이소."

여수가 드디어 포기한 걸까. 재작년 1988년 한초 입적 20주기 때 황악산 정상에서 진지하게 말했다.

"여자 하나 때문에 중이 되겠다? 어리석은 놈!"

"스님, 법그릇이 그것밖에 안 됩니꺼? 저의 항아가 숱한 남자들한테 몸보시, 몸 공양했다고 볼 수도 있지 않습니꺼? 더러운 웅덩이에 연꽃이 피었다고 해서 연꽃을 더럽다고 하지 않듯이요. 제, 제 이 마음을 다른 사람은 몰라도 능오 스님만은 알아줄 줄 알았는데……."

"요설 한번 방자하구나. 이 돌중한테서 계를 받으려면 수학을 반드시 어느 정도 알아야 돼. 수학과 대학원 석사 수준은 되어야 한다. 수학머리가 어느 정도인지 좀 볼까?"

"좋습니다."

무슨 수로 감당하려는지 일단 도전하는 자세는 보기 좋았다.

"두 자연수 a=11, 111, 111과 b=11, 111, …, 111(1이 1,988개)의 최대공약수[15] 좀 구해봐."

"스님. 이게 답이잖아요!"

문제를 내기 무섭게 여수는 발로 황악산 정상 표지석을 걷어찼다. 그곳에는 해발 1,111m 라고 적혀 있었다.

대입을 앞둔 상위권 수험생도 쩔쩔매는 문제를 너무나도 쉽게, 그것도 빨리 풀어 모두 여수를 다시 보았다. 이어 접선의 길이가 일정한 곡선을 구하는 미분방정식 문제를 필두로 대학원 석사 수준의 문제에 이르기까지 모든 문제를 순식간에 풀었다. 능오와 영일이 머리를 맞대고 문제를 내도 소용없다. 여수에게는 모든 문제가 구구단 수준밖에 되지 않는가 보았다. 수학머리가 비상했다. 수력數力 하나는 타고난 게 틀림없다. 고등수학을 즉문 즉답할 수 있다는 게 수학공포증이 있는 영구로서는 그저 신기할 따름이었다.

"여수야, 아직도 인류 최초의 수인 1을 받아들이기 어렵냐? 1에 대한 기존 수학이, 수학자들의 정의가 아직도 그렇게 마음이 불편해? 1이 연속되는 두 자연수의 최대공약수임을 뻔히 알면서도?"

영일이 좋은 의도로 물었다. 이 답만 흡족하게 하면 수학과 대학원 입학도 주선해줄 수도 있다는 호의가 듬뿍 묻어났다. 여수 하면 1이 연상될 정도였지만 한동안 화제에 오른 적 없어 이제는 다 옛날 얘기라며 웃어넘길 줄 알았다. 허나, 아니었다.

"불가피하게 인간들이 1을 그렇게 이용할 수밖에 없는 측면을 저도 압니다. 까마득한 옛날에 사람들이 거의 본능적으로 사물을 일대일로 대응시켜 셈을 할 수밖에 없는 사정이며, 우두머리와 졸개 관계도 그렇고, 아이가 하나둘 태어나도 그렇고, 차례를 정할 필요가 있어서 1,2,3… 아니면 하나, 둘, 셋… 처럼, 개수와 순서수가 발명될 수밖에 없는 저간의 사정을요"

"헌데, 왜?"

"영일 삼촌, 저도 안다니까예. 모든 수의 기본이자 기초가 자연수이고, 자연수의 기초이자 기본이 1임을. 즉 1=1, 2=1+1, 3=2+1=(1+1)+1에서 보듯 1을 반복하면 어떤 자연수도 나오니까요. 문제는 1의 반복, 1의 재활용을 대부분의 사람들은 윤회와 연결시켜서 사유할 줄 모른다는 사실입니다. 익숙하다는 이유로 잘 안다고 착각하는 인간 특유의 고질병 때문에……. 저는 백번 양보해서 사람들이 3도 아닌 2까지만 배우면 족하다고 봅니다. 모든 자연수는 1과 2의 합으로 표시할 수 있으니까요. 수 1과 함께 배우는 기하의 기초이자 기본인 직선 역시. 기원전 5세기 후반기에 그리스의 히피아스가 직선과 곡선을 최초로 정의했다지만 저로서는 받아들이기가 어렵습니더. 리만이 비유클리드 기하학[16] 세계에 들어서면서 버린 직선의 무한성도 이해는 하면서도 어쩐지 받아들이기가 좀 그렇고요. 리만이 직선의 무한성을 버리는 동시에 한계가 없음을 가정했지만 그 역시 마찬가집니다. 유클리드도 〈원론〉[17]에서 직선이 무한하다고 가정했지만 그 의미는 직선을 한없이 연장할 수 있다는 의미지 무한 직선이 존재한다는 주장은 아니지 않습니까. 그러나 저는 무한 직선이 존재한다는 데 방점을 찍고 싶어요. 수든 기하든 자연이든 우주든 이 세상 모든 것의 밑바탕에는 1과 직선이 있으니까예. 왜 플라톤이 '만일 1이 없으면 아무것도 존재하지 않을 것'이라 했는지, 왜 라이프니츠가 '무에서 모든 것을 얻어내기에 1이면 충분하다'고 했는지를 곰곰 생각해보시면 제 말을 이해해 주실지도 모르겠습니다."

여기까지는 그래도 영구가 알아들을 수 있었다. 그 다음부터는 더 넓고 깊은 세계를 설명했는데 도저히 알아들을 수가 없었다. 델타 함수를 사용한 헤비사이드O. Heaviside 업적[18] 같은, 고도의 전문적인 내용까지 예사로 언급하며 떠들었으므로. 어떻게 보면 고차원 요설 같지만 어떻게 보면 저차원 헛소리 같다.

그동안 여수가 벌인 일련의 갈지자 행보를 범인으로서는 이해하기 어려웠다. 양아버지로서도 마찬가지였다. 염천에 비지땀을 흘리며 눌의산 정상에 오른 커플이 능오 스님한테 먼저 조심스럽게 다가가는 모습을 영구로서는 대책 없이 그저 지켜볼 따름이다.

"능오 스님, 아부지만 허락하면 바로 결혼할 여자를 데려왔습더."

좌선에 빠져 있는 능오에게 다가간 두 사람이 삼배를 올리자마자 여수가 얄밉게 나온다.

"능오 스님, 저한테 항아씨는 -1과 같은 존재입니더. 저는 1이고요. -1과 1을 더하면 나오는 0은, 무無는 이 우주를 있게 만든 창조의 근원이므로 저와 항아씨가 결혼하면…"

여수를 대학원 수학과에 진학시키기 위해서는 영어 공부를 보충해야 했다. 고가의 영어학원에 등록시켜 다니게 만들었다. 그런데 여수가 하라는 공부는 하지 않고 오랫동안 학원비를 빼돌려 달나라 항아를 찾는 데다 썼음을 얼마 전에 알았다. 모 섬에 갇혀 뱃사람을 상대하던 항아를 찾았다며, 결혼을 허락해 달라고 하여 영구를 기함하게 만들었다. 불같이 화를 내며 집에서 쫓아낸 결과가 오늘 이렇게 돌아왔다.

최 교수는 역易 마니아답게 역에 일가견이 있는 사람이 있다고 하면 어디에 있든 달려갔다. 오대산 도사한테 그만큼 정성을 들이고도 문전박대를 당했으면 질려서라도 손을 털 법 하련만 최 교수는 달랐다. 더 집요하게 나왔다. 오대산 도사가 난공불락임을 거듭 확인하자 오대산 도사 제자들로 눈을 돌렸다. 일종의 우회 작전인 셈이다. 만만한 제자를 통해서라도 오대산 도사한테 접근하여 무엇을 얻고 싶다는 열망을 곧잘 드러냈다. 산술가는 최 교수가 비교적 근자에 찾아낸 인물이다. 오대산 도사의 제자 중에 용케 최 교수 손에 잡힌 인물이 바로 자칭 산술가였다.

언젠가부터 최 교수는 산술가를 줄기차게 노래 불렀다. 오대산 도사가 앞날을 내다보고 부동산 투자를 통해 거부를 일구었다면 산술가는 주식을 통해 오대산 도사만큼은 아니어도 상당한 자산가가 되었다고 한다.

그는 1970년대 후반기의 중동 건설경기 호조에 힘입어 증권시장이 유례없는 호황을 누릴 때 돈을 왕창 벌었다는 것이다. 특히 연평균 백 퍼센트 넘는 주가 상승률을 기록한 건설업종에 집중 투자해서 번 거액을 강남대로변 땅에 묻었다고 했다. 타이밍이 절묘한 게 모두 《역경》이라는 책이 있어서 가능했다고 최 교수는 믿었다. 영구가 반신반의해도 최 교수는 산술가가 오대산 도사 밑에서 장기간 역 관련 비서秘書를 연구한 덕이라고 보았다.

그래도 영구는 산술가 만나기를 주저하였다. 이미 오대산 도사가 역보다는 오히려 수학 원리를 바탕으로 미래를 과학적으로 전망하여 돈을 벌었음을 아는 마당이라 신비감이 덜했다. 굳이 자기 직업을 고색창연하게 산술가로 밝히는 사람이어서 심리적으로 부담감을 느낀 탓도 있었다. 학창시절에 생긴 수학공포증의 후유증은 이토록 끈질겼다.

"산술가가 삼각산 도사를 70년대 초까지 팔공산에서 한동안 모셨다고 하던데!"

눈이 번쩍 뜨였다. 며칠 전 최 교수의 이 전언이 마음을 움직였다. 까마득하게 잊고 지내던 스승을 모셨다는 소리에 관심이 가지 않을 수 없었다. 비록 실망감을 삼각산만큼이나 크고 무겁게 안기고 떠났지만 세월이 흐르자 어느새 원망보다는 그리움이 앞섰다.

"주먹구구 아시죠? 그것의 원조가 무엇인지 아세요?"

명함에 자기 직업을 산술가算術家라고 적은 양반이 영구와 최 교수에게 조심스레 묻는다.

"모르긴 해도《주역》에 혐의를 두는 듯합니다만, 전통적으로 사서삼경 학습에서 마지막으로 배우는 게《주역》으로 알고 있습니다. 이유가 많겠지만 심오하다는 이유도 있는 걸로 압니다. 그런데 사이비 역학자들일수록 수시변역隋時變易을 악용한 탓에 문제가 커졌다고 봅니다. 정자程子가 '수시변역은 도를 좇다以從道'라는 논리를 개발한 이후, 그것을 여의봉 내지 전가의 보도로 이용한 일부 몰지각한 사이비들이 하나 둘입니까? 그들이《주역》을 내세워 장담할 때도 그렇고, 잘못 말한 게 들통 나 변명할 때도 그렇고, 그때그때 형편에 따라 이렇게도 해석하고 저렇게도 교묘하게 둘러대서 일반인들이 역이니, 사주명리학이니, 음양오행론이니 하면 고리타분한 미신으로 인식하게 하는 데 일조한 게 바로……. 심지어 역학 대가랍시고《주역》에 주註를 단 선현들도 그렇고, 근대에 들어와서《주역》해설서를 내놓은 전문가들도 괘와 효 해석이 제각각이니 아무리 역易이 '바꿀 역'이라고는 해도 이런 전통이 수천 년 광범위하게 내려온 결과, 일반인들이 주먹구구 하면《주역》을 떠올리는 지경에 이르게 된 건 아닐까요?"

최 교수가 이 분야 마니아답게 자신의 관점을 밝힌다.

"'수시변역이종도'가 문제였지요. 잘 보셨습니다."

산술가의 어조가 아주 조심스럽다. 단지 연배가 아래여서 예의를 차리는 수준이 아니었다. 통상 역 운운하는 자일수록 큰소리를 치는 호언장담형 인간이 많은데 산술가는 다르다. 만사 조심, 만사 겸손이 생활화 되어 있었다.

"최 교수님 그럼, 왜 술수術數[19]를 나쁘게 보지요? 보통 누가 잔대가리 굴리면 '술수 쓰지 마'라고 하잖습니까."

"천하의 수는 이치에서 나온다고 한 걸로 압니다.《황극경세서》[20]에서 이치에서 벗어나면 술수로 들어간다고 했던 것 같은데요? 주자도 수를 술수로 이용하는 잘못을 범했지 않나요? 아니, 어떤 한계를 보이지 않았습니까?"

제법이다. 최 교수의 내공이 상당하다.

"좋습니다.《주역》의 경經과 전傳을 통틀어 등장하는 수[21]가 몇 가지인 줄 아십니까? 그것이 수학에서 의미 있는 수일까요?"

최 교수 표정이 안 좋다. 산술가가 질문을 수학 쪽으로 방향을 틀자마자 취미로 역 관련 고서 수집과 연구에 몰두한 최 교수도 입맛을 다시는 횟수가 늘어났다. 얼굴에 곤혹스러움이 묻어난다.

오종종하게 생긴 데다 행색도 노동자풍인 산술가가 고고학계와 사학계에서 알아주는 최 교수를 한순간에 구술시험을 보는 학생처럼 만들어

재미나면서도 기묘하다. 겉으로 봐선 강남 번화가가 아니라 산동네 판자촌 골목에서 마주칠 법한 인물이 산술가였다. 후줄근한 외모 이상으로 사무실도 별났다. 강남역과 양재역 사이의 강남대로변 나대지에 차려놓은 산술가의 사무실은 옹색의 극치였다. 나대지를 막고 있는 울타리를 공사장용 철판으로 얼기설기 두른 거야 그렇다 쳐도 나대지 안의 울퉁불퉁한 땅조차 평평하게 고르지 않는 저의는 알다가도 모를 일이었다. 좌우에 있는 건물이 수십 층 높이를 자랑하는 빌딩들이라 그 불균형이 유달리 눈에 띄었다. 나대지 한쪽 구석에 컨테이너 박스 세 개를 개조한 가건물이 바로 산술가의 사무실이다.

최 교수 귀띔에 의하면 강남역 근방에 산술가의 건물이 엄연히 있다고 했다. 그러면서도 청승을 떠는 산술가의 행태를 어떻게 이해해야 할까. 색다른 은자 행세? 은근히 도사연? 이은吏隱이라는 이름의 소극적 은둔자? 아까 최 교수 안내로 지저분한 나대지의 허접한 컨테이너 사무실로 들어서며 왠지 속는 듯한 이상야릇한 기분이 복잡미묘하게 든 건 이 때문이다.

"주역이 동양학 권위자들의 전용 학문임은 은연중 다들 알아서 인문학 전공자들이 너도나도 만만하게 다가서지만, 무지렁이 아낙도 흔히 쓰는 신수태평身數太平의 진정한 의미조차 아는 이는 백에 하나 꼴도 안 되지요. 역의 핵심인 수에 능통하려면 수학에서 말하는 순열과 조합에 능해야 합니다. 《역경》 64괘가 중복순열의 예가 왜 되는지, 조합수학이란 수학의 한 분야를 훤히 꿰뚫지 못하면서 감히 역을 안다고 하면, 저는 헛소리라고 생각합니다. 아울러 한자문화권에서 발달한 산수 혹은 산술을 일반화시킨 대수학의 성과와 한계도 알아야겠지요. 여기에 달통하면《주역》에 나오는 수가 수학자보다는 기호학자나 상징학자가 왜 더 잘 이해할 수 있는지도……. 불행은 수학자는 한학을 잘 모르고, 한학자는 수학을 잘 모른다는 게 근본적인 문제이지요. 좌우지간 미래의 명命을 알려주는 게 수임을 제대로 알려면, 구름을 헤치고 달을 보려면 필히……."

《삼각법학요》[22]라는 고서를 만지작거리며 펴는 산술가의 논리가 신선하다. 왜 역에 도통하게 되면 거기에 나오는 일련의 수가 코메디로 비춰지는지를 조리 있게 해명하고 있으므로. 왜 이성적인 인간일수록 역에 절망할 수밖에 없는지를 머리에 잘 들어오게 설명했다.

그제야 영구한테 산술가라는 직업이 우습게 다가오지 않는다. 조금 전 산술가한테 명함을 받으면서도 후한의 역사서《한서》'예문지'에 나오는 산술가[23]란 의미나 제대로 알고 사용하는지 얕잡아보지 않았는가.

"꿈이 무엇인지요? 우리 같은 범인들하고는 어쩐지 다를 것 같아서……."

영구보다 연하인데도 불구하고 벌써 돈을 정복한 사나이라 그의 희망사항에 관심이 간다. 외모와 사무실로 봐서 호의호식하고는 거리가 멀고도 멀어서 더욱 묻지 않을 수가 없다.

"《일역一易》 원본을 입수하는 거랍니다."

"《일역》이라면?"

"사람들은 선천역학 창시자인 소옹이라든지 정역正易을 주창한 김일부는 대개 알지요. 허나 일역을 주창한 무명씨 선생은 잘 모르더군요."

산술가에 따르면 자신의 이름을 무명씨라고 한 은자가 있었다고 한다.

나말여초 혹은 여말선초 때 사람인데《일역》을 남겼다는 것이다.

"연대도 그렇고, 필사본도 아니고 원전을 누가 가지고 있기에는……. 누가 가지고 있다는 소문이라도?"

"네."

"혹시, 그 어르신이 삼각산 도삽니까?"

사실 산술가를 만나는 즉시 삼각산 도사에 대해 물어보고 싶었지만 조급하게 굴 사안이 아니다 싶어 참고 있었지 않는가. 마침 기회다 싶다.

"네. 오대산 도사님 말씀에 의하면 확실할 겁니다."

"그럼 오대산 도사님도 삼각산 도사님을 안다 말입니까?"

"서로 면식은 없지만 잘 아는 사이로 압니다. 두 어른께서 다른 시기에 같은 은자님 아래서 문리를 터득했으니까요. 허나 두 분이 추구하는 바가 달라……. 삼각산 도사는 은자님의 정신을, 오대산 도사는 물질을 추구했다고 할까요. 그래서 삼각산 도사님은 완전한 은둔인 야은野隱을, 오대산 도사님은 이은을……."

좀 충격이다. 어쩌다 영구가 오대산 도사를 찾아갈 때는 항상 중대사를 앞두고 혼자 판단하기 곤란할 때였다. 지금까지 오대산 도사는 소리로 듣는 질문은 아예 받지 않았다. 한 문장으로 된 질문 쪽지만 받아서 답했다. 그마저도 간접적으로 빙 둘러서 말하였다. 그 때문에 엇비슷한 계통이라 혹 삼각산 도사를 아느냐고 묻고 싶었지만 여태 못 물어본 것이다.

"그럼, 삼각산 도사는 지금 어디 계시나요?"

"1972년 8월 3일 아침에 철원 고대산 정상에서 양반자세로 앉아 북쪽 하늘과 남쪽 하늘을 번갈아보며 묵상에 잠겨 있던 모습을 본 게 마지막입니다. 차후로 당신 생각이 나면 청도와 경주에 걸쳐 있는 옹강산, 봉화 형제봉, 포항 근교 매봉 정상에서 매해 8월 3일 아침 8시 3분 아니면 12시 정각에 물구나무를 서서 보라고 일러주었지요."

귀에 익다. 언젠가 많이 들었던 가락이다. 백운대 정상에서 1968년 8월 3일과 4일에 한 헛짓거리를 그렇다면 산술가도 따라했다는 말 아닌가. 하기야 시기는 다르되 같은 스승 아래에서 수학했으니 비슷한 경험을 공유할 만도 하다.

늦더위가 기승을 부리는 8월 하순 오밤중에 영일이 전화를 해서 영구 단잠을 깨운다.

"영구 형, 형이 준 문건들 말이야. 대체 어디에서 났어!"

영일이 무엇인가에 흥분되어 있다.

"그거 뭐하는데 쓰는 문건이야?"

산술가와 안면을 튼 후 한 스승을 모신 인연도 있고 또 사무실이 집에서 가깝고 하여 슬리퍼 차림으로도 편하게 드나들었다. 그러다 산술가가 보지 않는 틈을 타 쓰레기통에서 슬며시 챙긴 문건이었다. 별 기대는 없었다. 그래도 혹시나 무슨 힌트가 있을지 몰라 꿍치고 집에 들고 왔다. 허나, 한 줄도 읽을 수 없었다. 무슨 기호와 수식투성이였기 때문이다.

"일차함수와 기울기 개념으로 주식을 이야기하고, 통계학을 통해 시장 전체의 흐름을 보고 있는 문건이 먼저 눈에 들어오더라고. 그러다 '확산방정식'이 보여 '이것 봐라' 했지. 확산방정식 혹은 열방정식으로 알려진 미분방정식 따위도 보여서. 이것들은 블랙 숄즈 모형Black-Scholes model이라고, 금융수학 하는 애들이 근의 공식처럼 요긴하게 사용하는 거야. 이때까지만 해도 별로였어. 식상한 문건들만 있는 듯해서. 한쪽으로 밀쳐놓으려다 완전 비선형방정식이 나와서 기겁했지 뭐야."

"완전 비선형방정식? 그게 뭔데?"

"선형linear form이란 '직선형'에서 '직'을 뺀 거야. 방정식이 언제나 직선으로 나타나기 때문에 그렇게 이름을 붙였다고 보면 돼. 완전 비선형방정식 해의 규칙적 성질, 수학에서 말하는 정칙성regularity 등등을 전개하고 있잖아. 다양한 각도에서 광범위하게. 아직 세계 최고 수학자들도 손을 못 대고 있는데, 누구야?"

영일조차 손을 못 대는 문제를 능수능란하게 다룬 사람이 산술가라? 사람을 고민하게 만든다.

문득 산술가의 작품이 아닐 수도 있다는 데 생각이 미친다. 그가 고르고 고른 직원이 다섯 명 있었는데 모두 이공계 출신이기 때문이다. 하나같이 학교 성적은 시원찮아도 수학 하나만은 탁월하게 잘한다는 공통점이 있다는 소리를 산술가한테서 똑똑히 들은 바 있다. 누가 봐도 상식을 벗어났다. 산술가가 주식 투자를 위해 상경계 출신 경제 전문가 대신 이공계 출신 수학 전문가들을 특별채용했다고 귀띔했을 때도 그랬지만 이번에도 또.

"영일아, 그걸 어디에 이용하는데?"

"완전 비선형방정식을 완벽히 이해하면 여러 자연현상과 여러 사회현상의 예측이 가능하게 돼."

"주식 예측도?"

"당연하지"

한국 고고학계와 미술사학계의 거목인 김 명예 교수가 침대에 누운 채 한강을 내려다보며 오랜 침묵 끝에 힘겹게 말했다.

"자네 장인이 바로 꼬왕 2세임을 이제서라도 털어놓으니 기분이 풀렸네. 자네가 오랫동안 시침 떼서 좀 섭섭했거든. 고마우이."

김 교수는 후학들을 위해 회고록을 집필하려고 자료를 모으던 중, 췌장암에 걸린 것을 알았다. 대학병원에서도 달리 손쓸 도리가 없다고 하자 동부이촌동 집으로 철수하였다. 자연히 회고록은 한 줄도 쓰지 못하고 한강을 조망하기 좋은 아파트 베란다를 개조하여 거기에 침대를 갖다놓고 누워 지냈다.

"나이 든 세대에선 너무나 익숙한 도깨비가 어느새 신세대일수록 도깨비와 귀신도 구별 못하는 지경에 이르렀다고 혀를 찬 자네 글 좋더군."

안타까웠다. 기본적으로 무생물이 생물화한 것이 도깨비고, 생물이 죽어서 되는 게 귀신인지조차 모르는 세태가. 해서 유력 일간지에 칼럼을 쓴 것이다. 하지만 아쉬움은 있었다. 키가 작으면서도 큰, 그러니까 올려다보면 자꾸자꾸 커지고, 내려다보면 자꾸자꾸 작아지는 도깨비 속성과 구영일 전공인 해석학하고 연결 못 시킨 게 내심 걸렸다. 칼럼을 준비하는 과정에서, 사물이 사라질 듯 작아지거나 임의로 커질 때 일어나는 일을 다루는 것이 바로 해석학이라고, 언젠가 영일이 한 이야기가 인상적이라 메모까지 해놓고도 활용 못했기 때문이다.

"우리 장인이 꼬왕 2세인 건 정말 확실합니까? 11년 전에 선생님한테 그 말을 들었지만 지금도 반신반의하고 있거든요. 솔직히 말해서 아무리 생각해도 뱀을 용으로 착각하는 것 같아서……."

최후의 만남 같아서 고백은 했지만 뒷맛이 개운치 않아 재차 확인한다.

"내가 생사람 잡을 사람으로 보이는가? 재작년 88년부터 국립중앙박물관에서 발굴한 창원 다호리 고분군 알잖은가? 1호분에서 붓이 나왔지. 변한의 세력가가 중국, 일본 등과 교역했음을 보여주는 증거품이 대량으로 나와서 우리 고고학자들이 얼마나 환호했는가. 그 다호리 고분군도 일본강점기에 도굴꾼 손을 탔어. 그 중의 한 명이 꼬왕과 꼬왕 2세야. 내 말이 믿기지 않으면 자네 장인과 처조부 사진을 가지고 가서 그 동네 노인들한테 한번 안면이 있는지, 없는지 물어보게. 연고도 없는 두 사람을 왜 그분들이 안다고 하겠나?"

"……."

"강력부 검사가 조폭 두목을 잘 알 듯 고고학자 역시 도굴왕은 자연히 알게 되지. 옛날에도 말했다시피 꼬왕은 일본강점기에 고분이란 고분은 다 뒤졌어. 꼬왕 2세도 꼬왕 수법을 그대로 배웠다니까. 6.25 전 석촌동에는 돌무덤이 떼로 널려 있었거든. 그걸 뒤진 사람들이 바로 꼬왕 부자야. 6.25 후, 석촌동에 판자촌이 들어서자 판잣집 개축을 핑계로 옛날에 미처 도굴하지 못한 곳까지 깨끗하게 턴 사람이 자네 장인일세. 그곳이 나중에 알고 보니 백제 개로왕이 부왕父王 뼈를 묻은, 집안 장군총보다 더 큰 무덤이더라고. 하여간 풍납토성을 위시해 내가 평생 발굴한 곳마다 먼저 다녀간 양반이 바로 자네 장인일세. 자네 장인은 한국의 전숙田淑이야, 전숙. 틀림없다니까, 전숙이!"

전숙은《사기》'화식열전'에 나오는 도굴왕이라 고고학 관련 사람이라면 누구나 익히 아는 이름이었다. 그 전숙이 바로 장인이라? 누하동의 누추한 주택과 겹치면서 자꾸만 고개를 가로젓게 만든다.

"꼬왕 2세가 청주 우암산 산골짜기 일대를 왜 뒤지는지 아는가? 꼬왕 2세가 검경은 물론이고 관련 기관들의 '요주의 인물'이 된 지 오래라네. 내가 그 사람들 자문에 응해주는 관계로 우연히 들었어."

영구가 기겁한다.

"수동 상좌골과 우암산성 일대의 집과 땅을 샀다 팔았다 하면서 장기간 왜 두더지 짓을 하는지 아는가?"

김 명예교수가 의외로 이쪽을 너무 많이 그리고 깊이 알고 있지 않은가.

문제없는 문제

괴각승으로 널리 알려진 젊은 승려가 제법이었다.

한 손 다섯 손가락만 사용하여 10진법의 어떤 수든 2진법으로, 2진법의 어떤 수든 10진법으로 우습게 바꾸었기 때문이다. 그뿐 아니다. 2진법을 8진법으로, 8진법을 4진법으로, 4진법을 16진법으로, 10진법을 60진법으로, 5진법을 10진법으로도 자유자재로 고치지 않는가. 현란하고, 거침이 없다. 그것도 능오가 문제를 낸 지 반나절 만에, 능오가 북한산 비봉 아래의 승가사 약사전에서 잠시 선정에 들었다가 나온 사이에 손쉽게 문제를 풀었다.

노상路上은 말썽꾸러기 승려였다. 상상이 가능한 모든 기행과 만행을 다 저지른 노상을 능오한테 보낸 스님은 억수종 종단 어른이었다. 당신은 큰중이 될 만한 근기가 있는 듯하다고 보았다. 하지만 길들여지지 않은 맹수인지, 구제가 불가능한 인격 파탄자가 승복을 입었을 뿐인지 살펴보라

하지 않는가. 그래서 노상을 시험하는 중이다.

"어라, 이놈 보게. 거지발싸개 같은 문제를 내서 짜증난다는 듯이 풀고 있네."

한 손만 써서 특정 진법 수들을 서로 고치는 문제는 억수종 입문자가 풀어야 하는 단골 문제 중의 하나였다. 쉽게 할 수 있을 듯해도 의외로 까다롭고 시간을 들여야 했다.

"스님을 뵙자마자 얽매임 없는 행동無碍行이 더는 불가능하다는 것을 직감했습니다. 부디 제가 갈 길을 일러주십시오."

"그놈, 뚫린 주둥아리라고 잘도 주워섬기는구나. 저기 모자바위라 부르는 마애여래좌상 머리를 보거라. 묘하게 생긴 개석을 별도로 다듬어 관으로 얹은 게 보이지? 저것을 고요한 마음으로 관찰하여 무엇을 보았는지 정리해 보거라."

능오가 겉으로는 찍어 누르는 어세로 말했지만 속은 그렇지 않았다. 기대가 이만저만 아닌 건 그동안 많은 스님한테 실망한 탓이다. 오랫동안 제자를 숱하게 검증했지만 억수종을 맡길 재목은 좀처럼 보이지 않았다. 그래서 은근히 조바심을 냈다. 근자에 몸과 머리가 쇠약해짐을 수시로 느꼈기에 더욱.

능오는 혼자서 다시 약사전을 찾는다. 자연동굴인 약사전은 비구니 사찰이 되기 전만 해도 억수종 관계자들의 수련장이었다. 혜인이라는 억수종 고승이 수도하다가 신라 진흥왕이 이곳을 찾았을 때 서로 예를 갖춘 것이 서기 555년이었다. 능오는 약사전에서 수련한 적은 없다. 그러나 한 초는 즐겨 찾은 장소였다. 하여 재차 각별한 마음으로 돌아본 후 노상한테 다가갔다.

“바깥에 드러난 오각형을 보건데 안까지 고려하면 팔각형으로 짐작됩니다. 정확하게 고증하려면 치수를 일일이 재어서 ‘삼각형의 외심’ 원리를 적용하면 되겠지만, 저는 일단 눈에 보이는 오각형에 주목했습니다. 정오각형 한 안각은 180도×3÷5, 즉 108도이기 때문에 한 꼭짓점 주위에 그것을 빈틈없이 깔아놓을 수 없게 되지 않습니까? 평면을, 고대인들은 세상이 평평하다고 생각했으니까, 왜 오각형으로는 못 채울까 하고 고민하지 않았을까요? 전통적으로 우리 스님들은 달마대사가 수학에 능했다는 건 잘 모르므로 그에 대해선 아무 생각이 없을 수도 있겠네요. 허나 억수종 어른들이라면 이야기가 달라지겠지요. 굳이 저 오각형이 아니라도 꽃처럼 자연에서 흔히 발견되는 오각형의 특성을 헤아려 백팔번뇌의 시작으로 보지 않았을까요? 너무 심한 억측이옵니까?”

부지불식간에 능오는 노상을 안아줄 뻔했다. 놀라웠다. 우정 감격한 표정을 짓지 않으려고 무진장 애를 쓴다. 하지만 잘되지 않는다.

능오가 정도 이상으로 반색한 건 한초한테 오래 전에 한 대답을 노상이 거의 그대로 반복했기 때문이다. 장소와 시간만 다를 뿐 알맹이는 꼭 그대로였다. 능오의 경우, 정오각형은 세 개의 삼각형으로 분할할 수 있으므로 정오각형 내각 합은 180도×3=540도가 되고, 정오각형 한 내각의 크기는 540÷5=108도가 된다고 계산했다. 또 지금처럼 능오를 한초가 테스트한 곳은 무등산 서석대였다. 그 서석대에서 한초가 오각형 돌기둥 하나를 지목하고선 방금 전의 능오 모양으로 짬을 조금 준 후 감상을 말하라고 했는데, 노상과 유사한 논조로 대꾸한 거였다.

그때 능오가 오각형 한 안각 108도와 108 번뇌를 연결시킨 건 순간적으로 떠오른 아이디어였다. 성장기를 보낼 때 한옥 창호와 창살을 보면서 수시로 자문한 덕인지도 모른다. 띠살과 정자살, 빗살 등에 사각형 문양이 보이고, 귀갑살에 육각형 문양 등이 보이지만 이상하게 창호와 창살에는 오각형이 보이지 않았다. 일반적인 정오각형으로는 한 평면을 못 채운다는 수학적 사실은 훗날에야 알게 되었다.

불교에서의 백팔번뇌는 말 그대로 번뇌의 가짓수가 백팔 개라는 의미였다. 그 영향은 지대하다. 사찰의 계단 중, 상당수가 108계단이고, 염주 알 개수가 108개이고, 하다못해 신자들은 절을 해도 108번을 기본으로 하니까.

하여간 노상을 능오가 죽은 자식이 살아 돌아온 것만큼이나 반기는 건 억수종 일원이 되기 위해서는 백팔번뇌와 오각형 사이의 교집합 같은 문제 정도는 반드시 남의 도움 없이 스스로 깨칠 것을 요구해서다. 남 도움 없이 스스로 깨치는 재미自得之味를 강조하는 게 억수종의 유구한 전통이었다. 한초가 제자들에게 나반존자[24]를 닮으라고 한 것도 그 연장선상에 있었다. 한초는 은사 스님 앞에서 $1 \times 2 \times 3 = 1 + 2 + 3 = 6$이 되는 이치와 함께 $6^2 + 6^2 + 6^2 = 108$이 됨을 자연스럽게 계산했다고 한다.

"스님, 불교에서 108이 산출되는 과정, 말하자면 전통적으로 불교에서 말하고, 인정하는 여러 설이 모두 그럴싸해도 흔쾌하게 심신에 스며들지는 않았거든요. 딱히 근거는 없지만 껍데기 같다는 생각이 들었지요. 왠지, 더 본질적인 설이 있을 듯하여 은연중 의문이 태산이었거든요. 한데 스님께서 적시에 깨달음을 얻게 하여 체증을 가시게 해주었으니 이 은혜를 어찌하겠습니까? 제 감사한 마음을 천 배로 일단 표하겠나이다. 앞으로도 계속 지혜를 완성할 수 있도록 소승의 등불이 되어주소서."

그 옛날 무등산 서석대에서 능오가 한초에게 삼천 배를 올렸다면 석조여래좌상 앞에서 노상은 천 배를 한다. 능오는 스님이 된 후, 윤회를 이토록 생생히 실감하기는 처음이다.

온갖 막대기형 석순이 오늘도 천장에서 방울방울 떨어지는 물을 먹고 아주 미미하게 자라고 있었다. 모양도 가지각색이다. 석순이 1mm 자라는데 100년의 세월이 소요된다고 했던가.

"능오 스님, 한초 스님 주장자와 닮았지요?"

도깨비방망이를 세워놓은 듯한 석순이 줄지어 있는데 구영일이 어느 한 석순을 가리킨다. 미상불 닮았다.

"아, 주장자!"

억수종 상징물을 아직도 찾지 못해서 능오는 마음이 무겁다. 태한 스님을 통해《억수경》과《한수경》을 주장자와 교환하자는 제안이 들어와 처음에는 펄펄 뛰다가 겨우 진정시켰다.

주장자와 교환하자는 고서는 능오도 겉모습만 잠시 보았을 뿐 그 내용은 알지 못했다. 왜냐하면 두 경은 억수종 적통자일지라도 죽기 직전에 단 한번 열람해야 한다는 불문율이 있었다. 그 정도로 성스러운 경이니만큼 어느 누구도 내용을 알 턱이 없다. 해서 연말까지 말미를 달라고 했다. 구영구 도움을 받아 진짜 같은 위조품을 만들어서 거래할 요량이었다.

"이 석순은 순천 선암사에 있는 대각국사 진영[25]을 생각나게 하는데요.

대각국사가 왼손에 잡고 있는 주장자하고 영락없이 닮았지 않아요?"

곁에 있던 노상도 거든다.

"이건 미국 메트로폴리탄박물관에서 본 지장보살도에 나오는 주장자처럼 생겼는데요."

영일이 미국 유학을 다녀온 티를 낸다.

"왜, 닮았는지 한번 참구를 해 보시게."

능오가 시덥잖은 이야기라는 듯 헤드랜턴을 끄며 좌정한다. 그러나 영일은 스님이 아니므로 굳이 따라할 필요를 느끼지 못해서일까. 그는 한초 주장자와 유사한 석순을 헤드랜턴으로는 성에 차지 않는지 손전등으로도 이리 비춰보고 저리 비춰본다.

대이리 동굴지대는 억수종의 고향 같은 곳이다. 아주 먼 옛날부터 억수종 관계자 중에서도 핵심인사만 이곳을 찾았다. 얼마나 은밀하게 드나들었으면 인근 주민들이 지금도 황금색 지하궁전이 곁에 있는지조차 모르겠는가. 삼척 대이리 동굴지대에 있는 황금색 지하궁전을 노상한테 보여줘도 무방하겠다는 생각을 하게 된 건 노상이 능오의 단수 높은 테스트들을 가볍게 통과했기 때문이다. 소질을 타고난 경우였다. 조금만 더 배우고 닦으면 후계자로 삼아도 손색이 없었다. 노상을 데려가는 길에 영일도 불러야겠다는 생각을 한 것은 영일 역시 엄연히 억수종 한쪽 기둥임에도 그동안 너무 소외시켰다는 생각이 들어서다. 아직도 영일은 자기가 억수종 한쪽 기둥임은 꿈에도 모르고 있었다.

'손, 그리고 직선과 곡선이라!'

영일도 어느새 플래시 비추기를 관두고 좌정하며 혼잣말을 한다. 동굴이라 그런지 말소리 여운이 색다르다. 이것은 지난 8월 4일 이후 영일의 화두였다.

한초 22주기 행사가 끝났을 때 영일의 고민을 듣고 능오는 은사 스님에 대해 새삼 놀라움을 느꼈다. 영일과 마찬가지로 능오도 몬스터군이라는 복선이 깔려 있으리라고는 꿈에도 예상하지 못하였다. 누가 봐도 한초는 몬스터군을 그 옛날에 벌써 다 알고 있었음이 분명했다. 일련의 흔적들을 교묘하게 여기저기 깔아놓고 있었다. 당신이 모르는 것이 없음을 진즉에 알았지만 이 정도일 줄이야. 영일로부터 196884=196883+1이 보통의 수가 아니라 수학의 두 분야, 즉 모듈 형식modular form 이론과 몬스터군이라는 유한단순군[26] 기약표현에 나오는 상수라는 이야기를 듣고 느낀 건, 절망감이었다. 죽어도 한초 경지에는 못 오르겠다는 사실을 재차 뼈저리게 확인한 것이다.

한초가 입적하기 직전에 능오를 조용히 불렀다. 당신이 죽은 후, 22주기 행사를 마치고 양아들에게 전하라며 봉투를 내밀었다. 그동안 봉투를 간수하면서 능오는 뜯어볼까 말까, 좀 머뭇머뭇했던가. 한초 양자이자 억수종의 또 다른 적장자한테 전하는 내용이 궁금했다. 결국 인내심을 발휘해서 보지 않은 것은 호기심보다 한초에 대한 믿음이 앞섰기 때문이었다.

"도대체 이걸 어떻게 이해해야 합니까?" 봉투를 개봉한 영일이 머리를 흔들며 상담을 요청했다.

수학에도, 다른 우주에도, 지옥과 천국에도 문제투성이로다.

문제도 무진장, 답도 무진장.

하나의 답이라도 건질 수 있도록 징검다리와 지도를 남기노라.

이것이 징검다리요,

이것이 지도책이다.

한초의 양손바닥이 인주에 묻혀 선명하게 찍혀 있는 서신이 영일을 난감하게 만들었다. 아울러 직선과 곡선도 붉은 인주로 그려놓아 강렬했다. 붓으로 쓴 검은 글씨와 붉은 인주가 주는 대비감도 인상적이었다.

"스님, 눌의산에서 저한테 주신 서신 말입니다. 부연설명 좀 해주시지요? 소수 관련 난제들처럼 문제 자체는 쉬워도 답은 정반대로 너무 어려워서요."

영일이 능오 곁에 바짝 다가와 속삭인다.

"한초께서 두 손에 답이 있다고 유언을 남기셨으니, 이게 새삼스러울 것은 없을 거고. 다섯 손가락을 세운 채 한 손바닥이 밖으로 향하는 수인手印은 중생의 두려움과 근심을 없애 준다는 시무외인施無畏印으로도 볼 수 있겠지. 또 도는 손을 편 것이요 부처는 손을 쥔 것이라고 보았다는 마조선사 말씀도 참고하면 좋을 듯하이. 이러한 불교적 측면도 좋지만 손을 수학 측면에서 생각하라는 뜻 아닐까. 수학적 손에 대해 제대로 의미 부여한 사람이, 책이 있었던가? 내 기억엔 없네. 하나 분명한 건 인간이 셈할 수 있었던 것은, 그리하여 수학 내지 수리과학으로 발전시킬 수 있었던 원초적

도구는 손과 손가락이었지. 아이들이 세는 걸 처음 배울 때 손가락 꼽는 행동을 보면 어른들은 웃지만, 불과 얼마 전까지만 해도 동서양을 막론하고 손가락셈은 유구한 전통을 가진 관습이었어. 아프리카나 남미 오지에 사는 사람들은 지금도 컴퓨터 대신 계산기 역할을 하는 게 손과 손가락이잖은가. 그런즉 한초께서 손과 손가락을 강조하신 건 수학에서 손의 역할을 잊지 말라는 뜻이지 않나 싶어. 흔히 '뛰어본들 부처님 손바닥 안'이라고 표현을 하지, 왜? 무한히 뻗은 직선이 손바닥 안에 들어가는 작은 원에 불과하니까, 수학하고도 통하잖아. 이것을 설명하는 수학이 있지?"

"네. 한 점 긴밀화one point compactification라고 하지요."

"한국회화는 선으로 표현하지? 인물의 경우, 그 사람의 신분과 감정 등을 모두 선으로 표현하지 않는가. 풍경 또한 직선을 잘 살려 그린 총석정[27]과 곡선을 잘 살린 함흥본궁송[28]을 위시해 숱한 명품들이 있어. 이 모두 화순 대곡리에서 출토된 청동 세문경細紋鏡 전통을 이었다고 보면 돼. 직선미와 곡선미의 절정을 보여주는 청동거울이 좀 많은가. 그림은 기본적으로 선을 면에 채우는 행위잖아. 음악 역시 악기들의 줄이 상징하듯… 토목과 건축은 어떤가. 직선과 곡선의 공학적 결합물이고, 문자와 언어 또한 직선과 곡선의 조합물 아니던가. 수학 역시 직선과 곡선으로 구성되어 있다고 해도 과언이 아니고. 특히 곡선의 무궁무진하게 다양한 모습은 수학자라면 누구나 날마다 생생하게 실감하고 있지 않는가. 은사 스님 유지를 받드는 건 우리 처사가 순수수학과 응용수학의 융합에만 관심을 가지지 말고, 더 넓히라는 거 아닐까. 예컨대 불교와의 융합, 문학 · 역사 · 철학하고도 융합하면 더 좋겠지."

영일이 아무런 말을 하지 않자 능오가 말을 잇는다.

"예컨대 수학을 수식 대신 일상어로 풀어 보는 것은 어떨까? 옛날 인도처럼 수학을 시 형식으로 표현하자는 건 아니야. 미학적 완성미는 거두었을지 몰라도 후대에 그 의미를 오롯이 전달하기는 어려웠으니까. 평면이나 공간에서 직선은 일차함수라는 식으로 접근하는 대신 다른 쉬운 그 무엇으로…. 미분 입구를 장식하고 있는 곡선도 일변수 벡터함수로 표현된다는 식 대신 다른 쉬운 그 무엇으로…. 두 곡선 사이의 넓이를 구하거나 곡선의 길이를 구하는 문제 또한 마찬가지야. 일테면 수학의 또 다른 진면목을 보여주자는 얘기일세."

"말은 좋지만요. 정수를 소인수로 분해하는 것이 쉬워 보이지만 막상 해보면 어렵듯이……."

"라이프니츠 등이 개발한 미적분의 기호와 수식부터 완전히 새로 대체할 시점이 되었다고 보지 않는가. 너무 난삽하지 않아? 미적분도 제대로 모른다는 건 곧 지적 중세인이라는 이야기와 같지 않은가? 동치[29]잖아! 많은 인문학도들이 미적분 맹盲인데 그들을 어리석음에서 벗어나게 해주는 길이야말로 우리 처사가 해야 할 일이지 않겠나."

능오가 은사 스님 유지를 재차 강조하자 영일이 도리머리를 한다.

"말이 쉽지, 그 실천이라는 놈은 사람을 언제나 힘들게 하지요. 스님, 혹시 양부님이 이곳 황금색 지하동굴을 90년도 10월에 구경시켜주라고 했습니까?"

언젠가부터 영일은 능오가 개입된 모든 일을 한초의 꿍꿍이로 보는 버릇이 생겼다. 하기야 몬스터군을 당신 사후계획 속에 감쪽같이 숨겼으니 충분히 그럴 만도 하다.

"아닐세. 은사 스님께서 나한테 시자侍子 노릇을 해도 좋다고 한 장소가 여기여서, 그래서 온 것뿐이네."

사실이다. 억수종에서 요구하는 문제를 능오가 잘도 풀자 당신께서 흡족하였는지 50년대 중후반 이곳에 데리고 왔다. 지하동굴을 처음 본 후 아연실색과 망연자실, 경외감과 외경심이 중첩되어 완전히 혼이 나갔다. 종유석과 코팅된 곰뼈를 발견했을 때는 단군신화가 연상되어 소름이 돋았다. 직지사 산신각 탱화를 보면 한민족 시조가 걸려 있는데 문제의 탱화를 그린 분도 그리기 전 여기서 수도했다는 이야기가 있었다. 어느새 자주 드나들어 이제는 익숙할 법도 하련만 지하동굴에 들어오면 아직도, 완벽한 암흑과 사람을 압도하는 정적 앞에 머리가 하얗게 비었다.

동굴에서 영일의 궁금병이 다시 도졌다. 능오가 글쎄로 일관한 탓에 황금동굴을 나온 영일이 승용차 운전대를 잡으며 치졸하게 나온다.

"고상하고 훌륭하신 두 스님께선 못 보셨겠지만, 남자 거시기처럼 생긴 기형 석순도 멋있더군요. 속세의 삿된 인간이라 그런지 여자 거시기처럼 생긴 것도 눈에 들어오던데요. 자지[30]는 스님들 입맛에 맞을지 모르겠지만 저 같은 중생은 보지[31]를 좋아하는데, 제가 아는 어떤 스님은 노상 자지 타령만 하시니……."

심술을 부리는 사람에게 시비를 거는 일보다 더 어리석은 일은 없기에 능오는 웃어넘긴다.

반 시간가량 달려 추암 해변에 닿자 아직도 사방이 어둑하다. 어둠과 적막 속에서 1박 2일을 보낸 탓일까. 바닷가의 파도소리가 평소보다 더 요란하다.

"저 뾰족하게 솟은 바위를 대중들은 촛대바위라고 부르지만 우리는 일자一字바위라고 부른다."

능오가 곁에 따라붙는 노상에게 슬며시 이른다.

"무슨 이유라도 있으신지요?"

"있지. 우리 형제들은 공부가 막히면 선방을 떠나 대이리 동굴지대를 찾아 몇날 며칠이고 수련하다 여기 추암 해변으로 나와 일출을 구경하는 게 오랜 전통이야. 해돋이를 감상한 후 일자바위를 향해 좌선삼매에 빠져도 깨달은 게 없으면 다시 토굴이나 석굴로 돌아가……."

어느덧 수평선에 붉은색이 어리더니 서서히 펼쳐진다. 둥근 해가 머리를 밀고 올라온다.

"태양과 수평선 모습이 사이클로이드[32] 같지 않습니까?"

따로 떨어져 해변을 걷고 있는 영일에게 노상이 다가가 붙임성 있게 말을 붙인다.

"글쎄요. 학생들한테 수평선을 보고 '상수함수[33]의 그래프'를 자연스럽게 떠올린다면 수학 마인드가 있다고 합니다만……."

"일출 광경을 수학적 눈으로 볼 수도 있겠다는 생각이 드네요. 태양을 원으로, 수평선을 접선으로 볼 수 있잖아요. 접선 자리에 직선을 대입해도 되겠고요. 그러니까 직선 위에 원이란 곡선, 원이란 곡선에 접선이 그려져 있는 도형은 이미 중고등생들한테도 익숙한 거잖습니까. 아니면, 0과 1의 멋진 랑데부 현장으로도 볼 수도 있지 않을까요? 게다가 부드럽게 물결치는 저 파도를 사인 함수로 볼 수도 있고요. 처사님 존함이 구영일이라고 하셨지요? 갖출 구具에 저 태양은 0이고 수평선은 1이므로, 어허 이름 안에 일출 광경을 다 갖추고 계십니다."

"꿈보다 해몽이라더니. 스님 해석이 좋습니다."

영일은 어느 정도 기분이 풀렸는지 노상이 눙치자 마지못해 호응한다.

영 아니다.

금제금강경판[34] 19매와 유사한《억수경》이 말씽이었다. 아무리 위조품이고 시제품이라지만 소재로 쓴 금이 지나치게 번들거리는 게 무엇보다 눈에 거슬렸다. 금제금강경판에 사용된 금 성분을 분석해 그와 똑같이 제작하라고 수차 단단히 일렀건만 이익에 눈멀어 속이려 했음이 분명했다.

"스님 말씀대로 금도금을 영성하게 한 것이 맞답니다. 왜 3류 위작을 만들었느냐고 따지니까 제 처삼촌이 말하길, 데리고 있던 조수가 재료로 쓸 금덩이를 보고 환장해서 그걸 들고튀었다 합니다. 그래서 어쩔 수 없이……."

일전에 전화로 위작의 상태를 들려주자 구영구가 이 같은 결과를 오늘 아침에 알려왔다. 이럴 수도 저럴 수도 없어서 더 어처구니가 없었다. 능오가 본의 아니게 지은 죄가 있어서 영구 처삼촌이나 조수를 신고할 수도 없지 않은가. 능오와 영구 처삼촌의 치명적인 약점을 알고 조수가 작정하고 훔쳐간 관계로 금덩이를 도로 찾는 건 불가능했다. 당해도 제대로 당한 셈이었다.

"뭘 그리 하염없이 보세요, 스님."

능오가 청주 우암산 수동 방향 등산로 입구인 벼랑새에서 좌정하고 앉아 도심을 하염없이 내려다보고 있자 영구가 작업복 차림에 쇠꼬챙이를 들고 다가왔다. 오늘 아침에 통화가 된 영구한테 무조건 한시바삐 보자고 한 건 그만큼 마음이 급해서였다. 도저히 틈을 못 낸다는 영구한테 막무가내로 가겠다고 해서 영구가 찾아온 것이다.

위조품 제작에 든 막대한 경비는 능오를 평소 따르는 재력가 처사들의 도움을 받았다. 그러기에 한 번 더 그들에게 손을 내밀 수는 없다. 별수 없이 청주 땅을 만부득이 팔기로 생각했다. 영구와 영구 장인이 틈만 나면 넘기라고 했지만 들은 척도 하지 않았으나 이젠 한계가 왔다.

"그 쇠꼬챙이는 어디에 쓰는 건가?"

독특한 모양의 쇠꼬챙이를 영구가 들고 있다.

"아, 이 꼬질대요? 땅 속에 무엇이 있는지를 알아볼 때 요긴하게 쓰는 도구랍니다. 어떤 금속유물 탐지기보다도 효율적이어서 명색이 대학박물관장인 저 역시 지표조사를 할 때 애용하고 있지요. 이것도 처삼촌이 만들었답니다."

영구 처삼촌은 금속 유물 모조품을 정교하게 만드는 재주가 있었다. 영구한테 일을 의뢰하기 전에 여기저기 수소문한 결과, 자타 공인 당대 1인자였다. 낙랑시대 유리 분야 가짜 명수인 홍모씨, 고구려 와당 분야 가짜 명수 김모씨와 더불어 골동품 분야에서는 3대 위조 전문가로 통했다.

해가 서산에 걸릴 때까지 본론을 꺼내지도 못하고 근황만 나누었다. 인근에서 대기하고 있던 노상이 궁금한지 다가왔지만 능오가 가까이 접근하지 말라고 손으로 내쫓은 지도 제법 시간이 지났다.

"스님, 한초 대선사의 사상을 한 문장, 한 단어로 압축할 수 있는지요?"

"손이 답이라고 하셨네."

능오가 무심결에 말한다.

아차, 싶다. 하지만 이내 괜찮다고 스스로를 위로한다. 그 말만 듣고 한초의 크고 넓은 심중을 헤아리기는 어려울 것이다. "얼마 정도 돈을 내놓을 수 있겠느냐?"며 단도직입으로 묻고 싶다. 하지만 유서 깊은 옛 목우사 대웅전과 암자터만은 끝까지 팔고 싶지 않았다.

1900년 전후에 전국의 많은 유명 사찰이 폐허가 되었는데 목우사도 그 가운데 하나였다. 이에 억수종에서 돈을 모아 폐사된 절터를 몇 군데 사들였는데 거기에 목우사도 들어 있었다. 남아 있던 불상과 초석 따위를 땅 속 깊이 안전하게 파묻은 건 장차 여유가 생기면 불사佛事를 일으킬 심산이었다. 그러나 옛 목우사를 중창시키겠다는 원대한 꿈은 지금까지 여러 이유로 미루어 왔다.

한초가 1968년에 자기 이름 대신 능오 이름을 넣음으로써 능오도 지분을 갖게 되었는데, 지분을 이처럼 셋으로 쪼갠 건 한 사람이 좌지우지 못하게 하려는 결과였다. 헌데 영구와 그 장인은 이 같은 셈속을 훤히 들여다보고 있었다. 능오 속명을 잘 모르는 바람에 뒤늦게 소유자 중에 의외로 능오가 끼어 있음을 알고 쾌재를 부른 것이다. 집요했다. 무섭도록 지능적이었다. 남북 자오선상上에 일직선으로 들어서 있던 목우사 가람 배치까지 족집게처럼 정확히 찾아냈으므로.

"손이라고요?"

"그렇다네."

"저 달이 아니고요?"

영구가 오른팔을 들고서 검지로 석양 대신 하늘에 어슴푸레 떠 있는 달을 가리킨다. 불가에서 약방의 감초처럼 자주 거론하는 달과 손의 관계, 즉 가리키는 달을 봐야지 손을 보지 말라는 금언을 묻는 거였다.

"손의 자세mudra를 강조하셨다? 부처님 손을 재차 주목하라는 의미인가요?"

"글쎄……."

"선사시대 때 만들어진 서유럽 동굴벽화에 공통적으로 나타나는 한 가지 형상이 손이기는 하지요. 프랑스 페슈메를 동굴에는 다섯 손가락을 활짝 펼친 손 모양을 암벽에 새겨놓았답니다. 손을 벽에 대고 그 위에 물감을 뿜어 손 윤곽을 남기는 방식으로. 문제의 손모양은 시베리아 일대의 샤머니즘하고도 밀접한 관련이 있지요. 아르헨티나 산타크루즈 지역에서 발견된 동굴벽화에도 손 형상들이 겹쳐 있기도 하죠. 충남 예산 동서리에서 발견된 검파형동기에도 손도장 모양을 음각으로 새겨놓았으니 우리 고대사 또한 예외는 아니랍니다. 헌데, 왜 대부분 손바닥과 손가락을 쫙 펴고 있는 모습을 그리거나 찍었을까요? 우리 고고학계에선 동굴화가의 낙관이다, 손도장이다, 주술의 상징이다 등으로 억측만 구구할 뿐이지요. 혹시 선사시대 사람들의 메시지와 한초 사상이 연결되는가요?"

사학자답다.

"발굴 조사를 하다보면 말이지요. 수골, 즉 손가락뼈를 자주 보게 되죠. 한손이 27개, 양손 도합 54개인데 뼈 형태가 생각보다 복잡해서 익숙해지려면 상당히 시간이 걸리지요. 손가락뼈는 좌우 구별이 아주 어렵답니다. 출토 인골을 수습할 때 좌우가 섞여 버리면 구별이 거의 불가능하기 때문에 특히 주의해야 하지요."

"……."

"스님, 혹시 저기 홍덕사와 한초 대선사님이 강조한 손하고 무슨 관계가 있습니까?"

영구가 오리쯤 떨어져 있는 야트막한 야산을 가리켰다.

"……."

고향에 들를 일이 거의 없어 거기에 무슨 절이 들어섰는지 잘 모르고 있었다. 양병산에는 불알친구 밭이 있어서 자주 놀러 갔던 곳이었다.

"모르세요, 홍덕사 옛 절터를요?"

홍덕사? 낯설다.

"5년 전에 홍덕사라는 명문이 새겨진 청동으로 만든 북과 그릇 등이 출토되어 매스컴이 요란했는데……."

능오의 기억에 남아 있지 않았다.

"고려 우왕 3년에 금속활자로《백운화상초록불조직지심체요절》을 인쇄한 곳이 홍덕사 아닙니까? 긴 이름 대신 보통은《직지》라고 축약해서 부르지요."

그제야 기억이 난다. 하권 끄트머리에 청주목 외곽 홍덕사에서 금속활자로 인쇄했다는 책. 부처님과 큰스님들의 말씀을 간추린 그 책은 승려라면 대부분 익숙했다. 능오 역시 행자시절 아궁이에 불을 지피면서 여러 번 읽었는데 우암산 기슭 어딘가에 홍덕사가 있었을 것이라고 막연히 추정하였다. 옛날만 해도 청주 진산인 우암산이 청주 권역이 아니었으므로.

더욱이 사찰은 통상 명산이나 큰 산을 등지고 경관이 수려한 곳에 들어서지 않는가. 정말 예상외였다. 홍덕사가 들어선 곳은 누가 봐도 흔히 마주하는 마을 동산처럼 평범했다.

월악산 신선봉에 있는 오각형 돌웅덩이에서 능오가 가부좌를 취한 채 눈을 감고 있다.

"스님, 성북동 보살을 모시고 왔습니다."

태한 스님이 황악산 정상에서 비밀의식을 집전한 여인을 데리고 와서 인사를 시킨다.

"스님을 뵙다니 다시없는 영광이옵니다."

성북동 보살이 삼배를 올린 후 꿇어앉아도 능오는 여전히 눈을 뜨지 않는다.

이 여인은 성북동 보살보다는 성북동 만신이라는 호칭이 더 합당하다. 그녀는 점집을 차려놓고 궁지에 몰린 중생들을 등쳐먹는 대신 싹수가 보이는 여자 연예인 지망생들에게 희망과 꿈을 팔면서 우아하게 큰돈을 벌고 있었다. 무엇보다 성북동 만신 자신이 미스코리아 대회 입상자 출신이라는 점이 제일 강점이었다. 입상할 외모 정도까지는 아닌데도 불구하고 무슨 기氣를 받아서 됐다는 데 의외로 솔깃하여 알음알음 찾아오는 지망자들이 많은 모양이다. 심지어 출연할 드라마나 영화의 흥행까지 좌우한다는 소문이 돌자 유명 연예인까지 들락거린다고 하였다.

"보살은 소승을 어떻게 아시는지요?"

오랫동안 많이 궁금했다. 잊을 만하면 한 번 뵙는 게 소원이라는 전언이 귀를 간질였기 때문이다.

그런데 뜬금없이 한초와 억수종 법제자 자리를 놓고 다툰 스님 법명을 거론한다. 법제자가 되지 못하자 억수종에 환멸을 느낀 데다 마침 부잣집 딸이 죽고 못 살겠다고 하자 문제의 스님이 결국 환속했다던가. 그 후로 더는 그 스님 법명은 물론이고 후일담조차 들은 적이 없었다. 한데 뜻밖에도 그 스님의 딸이 곧 자기라고 한다. 그제야 비로소 많은 의문과 수수께끼가 풀렸다. 약속 장소로 황악산 정상 운운하여 펄쩍 뛰자 월악산 신선봉 오각형 돌웅덩이를 지목해 은근히 놀란 것이다. 거기 역시 억수종 성소聖所여서 질겁했지 않는가.

"제 일과 아버님을 바라건대 연결시키지는……."

자잘한 뼈 27개를 관련 전문가가 인골이라 고증하여 대경실색했다. 함 하나하나에 각기 다른 아기 손뼈를 통째로 모셔놓았다. 그것도 수백 년 이상 된 아기 손이었다. 이른바 태자혼太子魂 혹은 사지신死指神[35]임을 뒤늦게 알았다. 태자혼을 모시는 악습이 현재는 무당사회에서 자취를 거의 감추었지만 해방 무렵만 해도 제법 널리 퍼진 기이한 풍속이었다.

매매 또는 유괴한 젖먹이 아기를 극도로 굶긴 후 죽기 직전이 될 즈음에 젖이 탱탱 분 여인의 젖가슴을 들이밀면 자연히 아기가 젖꼭지부터 잡으려고 손을 필사적으로 내밀 터. 그 순간에 비수로 단칼에 잘라낸 손이 태자혼이었다. 한이 어린 아기 손을 주술로 다양하게 이용하는 것이다.

"소승이 어떻게 하면 되오?"

능오가 여전히 눈을 감은 채 말한다.

사실 성북동 만신이 데리고 온 유명 여배우한테 기를 넣어주기만 하면 큰 사례를 하겠다고 하여 만나기로 작정했을 때부터 결심한 게 눈감기였다. 비록 급히 목돈이 필요해 삿된 의식에 동참하기는 하지만 최소한의 체면마저 버린 건 아니었다. 평정심을 잃지 않으려는 일종의 발버둥이다.

"여기서 여인의 손만 잡으시고 하룻밤을 보내시면 됩니다."

청주 땅을 팔지 않으려면 이 방법밖에 없다는 현실이 한스럽다.

"숱한 고승들이 미인에게 빠져 파계[36]했건만, 능오 스님이 선지식[37]임을 미처 알아보지 못해 죄송합니다."

아니었다. 그건 아니었다. 실상하고는 거리가 멀다.

진한 화장품과 강렬한 향수 냄새가 일등 공신이자 원흉이었다. 숨이 막혀 견딜 수가 없었다. 평생 담박한 공기에 길들여진 탓일까. 여인이 다가와서 손을 잡을 즈음 이미 상체는 자동으로 넘어가기 시작했다. 거액의 사례금을 생각해서라도 그러면 안 된다는 걸 머리로는 의식하면서도 본능이, 육체는 반대로 놀았다. 게다 여인이 산을 오르느라 흘린 땀 냄새와 특유의 암내까지 겹치자 머리가 아팠다. 완전히 독가스였다. 곡해를 해도 단단히 했다.

"제가 황악산에서 다시 이렇게 뵙자고 한 건, 황악산 정상에 묻은 이 청동함을 돌려드리기 위해섭니다. 아버님이 환속하시면서 가지고 나온 이 청동함을 여기에 묻은 건 제 소행이옵니다. 삿되게 이용할 목적으로다."

"……."

"태자혼은 원래 청동함에 들어 있었던 게 아니라 저로 하여금 이 길로 들어서게 한 신神어미가 신보神寶로 남긴 물건이지요. 청동함과 상아 주사위는 무지 오래된 물건이라고 들었습니다. 이건 아버님께서 손수 적은, 물건을 취득한 경위서입니다."

> 1905년이든가, 1906년이든가.
> 한양에 다녀온 은사 스님이 조선에서도 드디어 수학 잡지가 최초로 나왔다고 자랑스럽게《수리학잡지》를 구해 오셨다. 읽어보라고 권했지만 '1에 1을 더하여 2가 되고…….' 하는 내용이 흥미가 일지 않아 던져놓았다. 수학 애호가인 은사 스님이 언짢게 여겨도 하는 수 없었다. 재미없는 잡지를 재미나다며 시간을 허비할 수는 없는 일. 이런 제자의 약점을 알았을까. 은사 스님께서 첫 화두를 던졌다. 을! 이것이 무엇이냐고? 나는 곧장 답을 손으로 쓰는 대신 몸으로 보여주었다. $1^1 \times 2^2 \times 3^3$이 무엇인지 나는 단박에 알아보았으므로 108번을 절했다. 이에 은사 스님께서 기분이 좋으셨는지 나에게 청동함을 주셨다.

청동함 뚜껑의 숫자 피라미드를 보고도 이렇게 해석될 수 있음은 미처 몰랐지 않는가. 아기 한 손 27개 뼈에 4를 곱하면 108이다. 놀랍다. 백팔번뇌가 여기에도 저기에도 숨어 있다니!

"아버님께서 제가 이 길로 들어서는 걸 보고서 말리시다 안 되겠다 싶으신지, 이 청동함을 주며 신신당부했습니다. 5월 4일이나 5월 5일, 10월 8일, 11월 11일경 황악산 정상에 나타나는 스님들한테 이 시대 최고 선지식이 누구냐며 여쭤보라 했지요. 법명이 확인되면 찾아가 색色으로 시험하라 했습니다. 넘어가지 않으면 그가 이 청동함의 주인이니 그에게 념

기라 했지요."

환속을 한 뒤에도 억수종을 위하는, 인연을 귀하게 여기는 마음이 느껴진다. 가슴이 뭉클하다. 청동함을 안으며 능오는 바르르 떤다. 전율이고, 절정이었다. 아 어쩌란 말이냐, 이 아름다운 , $1^1 \cdot 2^2 \cdot 3^3$이란 자태를! $1^2+2^2+3^2=1+4+9=14$란 상아 주사위 산식[38]을! 절대미라는 게 있다면 바로 이것이 아니고 무엇일까.

"선線이 예술이지?"

난을 보는 노상에게 능삼이 말을 건넨다.

능삼은 일찍이 능오와 함께 한초를 시봉했던 도반이었다. 하지만 그동안 능오와 관계가 소원해진 건 능오가 한초 법맥을 이어서다. 경쟁에서 탈락하자 속된말로 능삼은 배가 아파 능오와 아예 등지고 살았다. 한초마저 원망스러웠을까. 억수종하고도 거리를 두었다. 산 속 선방과 토굴을 마다하고 굳이 도심의 산비탈 판자촌에 암자를 세우고 들어앉아 각종 난을 기르며 수행하고 있었다.

"대다수의 사람은 난을 난으로만 좋아하더구나. 애호가들도 난의 미적인 면, 금전적인 면만 보는데, 정말 고수는 달라."

한초가 난을 유달리 좋아하는 것을 알고 능삼은 은사 스님을 기쁘게 하려고 전국의 산천을 누비며 난 공부를 했다.

능삼의 암자는 부산 초량동, 수정동, 좌천동, 범일동을 관통하는 산복도로 근방의 주택가에 있었다. 법당은 시늉이고, 2층으로 지은 요사채는 모두 난실蘭室이다. 능삼은 낮에는 3000여 분盆의 난을 돌보고 밤이면 난실에 야전침대를 펼쳐놓고 난향을 맡으면서 잠을 청했다.

"한초 대선사가 그랬고, 자네 은사도 그랬고, 나도 난을 보면서 난의 곡선미에 수학적 곡선을 꼭 오버랩시켜. 다양한 수학 곡선하고 결부시키려면 공부를, 수행을 많이 해야겠지? 우리 노상은 어떤가 좀 볼 꺼나. 그래, 삼각형은 좀 아느냐?"

능오는 5에, 능삼은 3에 능하라고 한초가 법명을 지어주어서일까. 능삼은 평생 3과 관련된 수학과 씨름했다. 자연히 3과 맥이 통하는 문학, 역사, 철학에도 조예가 깊다.

능오는 아까부터 능삼의 야전침대에서 낮잠을 자는 체하고 있었다. 11월 11일 오전 11시 11분 1초에 증산 정상에서 억수종 특유의 예를 올린 후 암자로 돌아와 능오와 능삼은 그간 못 다한 이야기를 나누었다. 법담이 아니라 순전히 사담私談으로 일관했다. 그 과정에서 주장자 등에 얽히고설킨 저간의 사정을 가감승제 없이 들려주었다. 한초 제자들 중에서 속세 수완이 좋기로 호가 난 능삼을 찾은 건 능오가 그만큼 절박했기 때문이다. 청주 땅, 특히 목우사 옛 대웅전과 암자 터만은 무슨 일이 있더라도 팔지 않기로 했다. 오죽하면 성북동 만신의 삿된 제안에까지 응했겠는가?

영구가 직접 대놓고 말하지는 않았지만 우암산 일대를 뒤지는 게《직지》와 관련한 유물을 찾는 눈치였다. 만일《직지》상권을 찾는다면 고고학계의 대발견이다. 두 터를 발굴하면《직지》상권이나, 상하권 모두 나올지도 모른다고 생각한 건 모셨던 불상들을 땅 속에 안전하게 파묻었다고 들었기 때문이다. 불상 뱃속, 즉 불복장에 중요 유물을 넣는 것은 불가의 유구한 전통 아닌가. 해서 수단이 좋은 능삼에게 도움을 요청했다.

"노상아, 알다시피 수에 대한 이해가 그 어떤 종교보다 심오한 종교가 불교야. 그럼에도 불교의 《관무량수경》, 《화엄경》에 나타나는 치명적 약점을 극복하기 위해선 초중고생들이 배우는 삼각형, 삼각비와 삼각법, 삼각함수 등으로 이어지는 수학의 삼각세계도 구석구석 탐방해야 한다. 《열반경》에 말이지, 허공의 별을 쳐다보지도 말라고 했어. 주둥아리만 열면 우주의 화엄세계를 논하면서도 우주나 별의 실체적 관측에 관심이 없었다는 건 우주와 별을 허깨비로 간주하였기 때문이지. 부처님이 밝은 별을 보고, 별이라는 물질을 보고 깨달음을 얻은 것도 모르고 어리석은 중들은 유심에만 마음을 빼앗겨 이 사실을 잘 몰라. 백운선사가 초록한 〈직지〉에서도 분명히 석가모니가 별을 보고서 도를 깨달았다고 했거늘. 정작 물질을 떠나선 하루도 살 수 없으면서 입만 열면 마음, 마음을 부르짖지. 마음이 곧 부처라면서도 물질로 된 부처, 금칠한 부처상 앞에서 날마다 전국 사찰에서 아침저녁으로 절하고 있는 꼬락서니를 보면, 에이! 물질을 등한시하는 이 어리석음을 어찌하누? 안타까운 건 답은 물질, 더 정확히 말하면 뇌야, 뇌. 우리 중들이 마음이라고 알고 있는 것이 실은 뇌의 10의 11승 개나 되는 신경세포 사이의 시냅스야. 신기하게도 뇌 신경세포 수와 하나의 은하에 있는 별 수가 똑같이 10의 11승 개야. 그렇다면, 뇌와 마음, 뇌와 사물, 뇌와 하나의 은하 사이에 함수 관계가 성립할까? 아니면, 다른 무슨 수학식이라도? 평생의 화두로 삼을 만할 거야……. 이러한 불교의 허점을 옛날 억수종 어른들이 간파하시고 억수종이라는 비밀 결사체를 결성했지. 별의 움직임을 이해하기 위해 탄생한 게 삼각비와 삼각법, 삼각함수 같은 거 아니냐? 이것을 불교 경전 이상으로 떠받든 억수종 어른들이 있었어. 천 년 전쯤 지구 반지름을 정확히 계산한 비루니[39] 같은 사람이 우리한테도 있었지. 전해오는 문집을 보면 밤하늘의 별과 지구의 모래 사이에 함수 관계가 성립하는지를 묻는 구절도 보여."

이윽고 긴 침묵이 이어졌다.

비록 억수종과 일정 거리를 두고 있었지만 억수종이 추구하는 대의까지 외면하지 않고 있는 옛 도반을 보자 반가웠다. 흐뭇하다. 슬며시 눈을 떠서 머리말에 놓여 있는 자료를 보니 더 마음에 들었다. 1987년 8월 해운대 극동호텔에서 열린 대수학 관련 한국과 독일의 공동 심포지엄 자료 아닌가. 6.25 때 부산에서 전시연합대학이 개설되었을 때 서울공대 박경찬 교수한테 복소함수론[40]을, 연희대 송기선 교수한테 선형대수학[41] 강의를 도강한 전력 소유자다웠다. 그는 또 복소함수가 한 번 미분 가능하면 무한 번 미분 가능함을 알고 이것을 윤회와 연결시켜 은사 스님한테 이쁨을 받기도 했다.

"도형, 오늘 안으로 어떻게 해서든 해결책을 찾아볼 터이니 시내에 나갔다 자정쯤 들어오게나. 그 사이에 난 여기서 좌선 좀 해야겠네. 간만에 부산 왔으니 바람 좀 쐬라고."

능오가 자리에서 일어나자 능삼이 여비가 든 봉투를 내밀었다.

승복 차림으로 시내에 내려가 인파에 섞이기가 좀 그래서 산을 오른다. 한초와의 추억이 서려 있는 승학산까지 갔다가 가야동으로 통하는 가모령을 밟으며 부산을 원 없이 내려다보았다. 밤 11시가 다 되어 능삼의 암자 근처에 돌아왔다.

"스님, 궁금해서 그러는데예. 우리 할머닌 제가 못 생기게 태어난 게 전생에 너무 이쁘게 태어나 남자들을 억수로 많이 울린 죄를 이번 생에서 받는기라 카던데, 믿을 만한 소립니꺼?"

느닷없다. 산복도로 위로 난 계단인데 체감경사가 적어도 50도 정도 되는 곳에서 태연히 앉아 머리를 맞대고 수다를 떨던 여학생들 중의 한 명이 지나가는 능오에게 말을 붙인다.

"글쎄……."

"전생이 어딨다꼬! 예의도 없게 스님을 붙잡노, 이 가시나야."

한 여학생이 괜한 짓을 했다고 친구한테 퉁을 준다.

"전생이 없다고?"

학생의 당돌함에 능오가 재미있어 슬쩍 건드린다.

"스님, 윤회가 정말 있나요?"

아주 목소리가 고운 여학생이다.

"오늘이 있으려면 어제가 있어야겠지? 어제가 있으려면 그제가 있어야 하고. 반복 또 반복하지? 세상에 반복 안 하는 게 있니? 무엇이든. 사람의 생활이든 자연현상이든 우주현상이든, 개별적인 걸로 보이는 현상도 자세히 보면, 한 번 일어난 현상은 모두 반복 또 반복된다는 게 현대과학의 결론인 것으로 알아."

"서양 사람들은 윤회를, 전생을, 심지어 불교를 안 믿잖아예."

불교에 호의적이지 않은 여학생이 신경에 거슬리는 어투로 나왔다.

"무슨 소리? 수학의 아버지 피타고라스도 환생을 믿었거든. 영혼은 불멸하며, 6×6×6 = 216년마다 환생한다고 믿었단다. 심지어 피타고라스는 자기 친구가 강아지로 환생해서 지나가는 것을 보았다고 했어. 소크라

테스도 제자들에게 회상anamnesis이라는 독특한 기억수행법을 통해 전생을 인식하도록 했단다. 플라톤은 또 어떻고. 플라톤이 상기想起의 중요성을 강조한 게 전생을 이야기하는 거야, 바로. 배움을 상기라고 강조하는 것 역시 그 연장선상에 있지. 《파이돈》에서 말하는 '미리 알고 있다 proeidenai' 또한……."

"스님께서 아무리 그럴싸하게 말씀하셔도 제가 아직 많이 못 배워 말빨이 딸려서 그렇지 전생이니 환생이니 카는 건 아무래도……."

종교는 논리가 아니라 믿고 싶은 것을 믿는 행위임을 너무나도 잘 알기에 웃는다. 그래서 '예수 부활도 시각을 좀 넓혀서 보면 결국 윤회의 부분집합이거든'이란 소리까지는 차마 하지 않는다.

"노상아, 잘 보거라. 내가 지금부터 하는 행동을. 어떤 업을 지으면 과가 어떻게 나오는지."

암자에서 기다리고 있을 능삼한테 바로 가려다가 뜻한 바 있어 노상한테 귓속말을 한 후 현금이 든 봉투를 꺼냈다.

"오늘이 11월 11일, 일요일이잖아. 11일이 두 개 들어간 기념으로 우리 11시 11분에 1처럼 생긴 과자나 사서 먹을까?"

능오의 제안에 여학생들이 좋아라 박수친다. 마침 입이 궁금해서일까. 천 원짜리 한두 장이 나올 줄 알았다가 만 원짜리 지폐를 여러 장 내밀자 횡재한 듯 여학생들이 아주 즐거워한다. 인근 구멍가게에 있는 과자 중에서 1처럼 생긴 과자를 모조리 싹쓸이하였다.

"스님, 애가 못 생기긴 했지만 공부는 디따 잘한다 아닙니꺼. 국민학교 때 아이큐 검사에서 만점 받았으니 알 만하지예?"

과자 파티를 열어줬기 때문일까. 전생을 부정하던 여학생도 밝은 목소리로 재잘거렸다.

"신동, 영재, 천재는 전생을 뒷받침하는 강력한 증거일지도 몰라. 안 배우고도 아는 게 그들의 특징이니까. 말을 배우기도 전에 계산을 할 줄 안 가우스[42]나, 내가 죽으면 이 나라에 기하학 씨가 끊어질지 모른다고 걱정한 이가환[43]등이 바로……."

"처음 듣심더. 이가환이 누군데예?"

"수리와 기하학 도사였단다. 천재로 소문난 정약용마저 그가 귀신이 아닌가 의심할 정도였지. 또 어떤 책이든 한 차례 보면 죽을 때까지 한 줄도 잊지 않을 만큼 비상한 기억력의 소유자였어."

여학생들과 헤어지기 전에 용돈을 하라고 만 원씩 더 주었다. 단 내년 11월 11일에도 1처럼 생긴 과자를 사서 오늘처럼 친구들과 나누어 먹으라고 당부했다.

암자에 돌아가자 그때까지 좌선하고 있던 능삼이 복음을 전한다.

"지난여름 5억에 넘기라 한 이 '단엽소심'을 한남동 K 회장에게 가져다주게. 연락은 해 놓았으니 값을 치를 걸세."

어이할 바를 몰라 멍하니 서 있는 능오에게 능삼은 곁에 두고 즐기라며 손바닥난초까지 선사한다.

"내가 그동안 속이 너무 좁았어. 법맥을 잇는 일이 뭐라고 거기에 연연했다니. 자네를 내치고 홀로 있었던 건 '단엽소심'하고 이별 의식을 치르느라 그랬다네."

4장

숨겨진 비밀

억수종

한초가 팔상전에서 육신을 벗어버린 이후, 능오는 팔상전에 한번도 발걸음을 하지 않았다. 돌이켜보니 벌써 33년 전이다. 그 사이에 내부는 몰라보게 바뀌었다. 한초가 열반에 든 직후 대대적으로 보수공사를 했을 뿐더러 화재로 내부가 일부 소실된 탓도 있었다. 능오가 팔상전 안 5, 6번째 팔상도 아래, 오백나한상을 모셔놓은 불단 벽에 등을 기댄 채 눈을 감고 있자 낯선 젊은이가 다가와 합장한다.

"능오 스님! 저는 오늘 오후 다섯 시에 여기에서 스님을 뵙기로 한 정 보살의 손자입니다. 할머니께서 지금 조사전에 계시는데 기도가 길어져서 조금 늦어질 듯하여 먼저 인사드립니다."

"알겠네. 천천히 모시고 오게나."

정 보살 손자를 돌려보내고 능오가 구팔에게 시간을 묻는다.

"다섯 시 오 분 전입니다. 근데 스님, 이 팔상전이 국보 몇 호인지 아세요?"

"……."

팔상전이 국보인 줄은 당연히 알고 있다. 하지만 몇 호인지는 모른다. 굳이 세속에서 부여한 고유번호를 기억할 이유가 없었다.

"제55호이던데요. 오늘이 5월 5일 어린이날이라 더욱 묘한 생각이 듭니다. 팔상전은 5층이고, 법주사에 있는 쌍사자 석등은 국보 5호이고, 또 법주사는 조계종 5교구 본사이잖아요. 법주사 입구와 상가 사이에 나 있는 숲이 오리에 걸쳐 있다 하여 오리숲이기까지 하니……."

"여기서 동북 방향에 있는 경업대 토굴까지도 5.5Km이니라."

문득 팔상전이 국보 55호란 사실을 한초가 분명히 인지했을 것이란 데 생각이 가 닿는다. 1964년 1백척(33m) 높이를 자랑하는 미륵불 점안식 거행일을 언제로 정했으면 좋겠느냐는 법주사 주지의 자문에 단오절이라고 못박은 이가 한초였다.

"오백나한을 보니까, 1부터 500까지의 정수 중에서 3^2의 배수는 55개 존재한다는 생각이 새삼 나는 거 있죠."

"나무관세음보살."

능오가 탄식처럼 염불을 읊조린다. 확실했다. 한초가 굳이 팔상전에서, 또 오백나한상이 있는 곳에서, 그것도 5, 6번째 팔상도 사이에서 몸을 지상에 놓고 떠난 데는 필시 까닭이 있을 터. 혹 어리석은 제자에게 뒤늦게라도 무엇을 깨우쳐주기 위한 세심한 배려였을까.

"큰스님, 8도 의미심장한 수지만 5도 참 인상적인 수라는 생각이 드는 거 있죠."

상좌 법명을 구팔求八로 정한 건 8을 제대로 한번 연구해보라는 취지였다. 예로부터 인도에서는 많은 수를 말할 때 흔히 8만 4천의 수를 들며, 이에 불가에서는 전통적으로 줄여서 8만, 억수종에서는 그마저 8로 축약하여 표현하곤 했다. 그러니까 8 자체에 국한해서 접근하지 말라는 뜻이 법명에 함축되어 있었다. 8이 대각을 이루는 씨앗이라고 강조했을 뿐 아니라 통일신라 때 법주사를 중창한 진표율사의 뜻도 당연히 염두에 두었다.

수비학에 빠지지 않도록 경계할 필요가 있어서 면박을 좀 주려다가 참는다.

"5차 이상의 일반 방정식은 대수적으로 풀리지 않는다는 사실 하나만 봐도 5라는 숫자가 대단히……. 5만이 유일하게 홀수 불가촉수[1]인 것도 그렇고……."

구팔은 구영일의 수제자였다. 영일에게 석사학위를 받고 코넬대로 유학 가서 응용수학을 전공하려고 준비하다 돌연 머리를 깎았다.

"구팔아, 8부터 매진하거라……."

다소 가혹하게 말하려다 가까스로 참는다. 정 보살이 팔상전으로 마침 들어왔기 때문이다. 손자가 보자기에 싼 물건을 양손에 들고 조심스럽게 뒤따라온다.

"스님, 제 고향은 여기 법주사 사하촌인 사내리里입니다. 어릴 때 한초 스님에게 산수를 배웠지요. 그 당시 스님께선 복천암에서 용맹 정진하셨는데 법주사에서 아이들을 대상으로 강습소를 만들자 당신께서 짬을 내 직접 가르치셨지요. 그 덕택에 산수뿐 아니라 세상살이 문리가 틔여 평생을 잘 먹고 잘 살았습니다. 그래서 그 은혜를 갚고자 능오 스님 뵙기를 청했습니다."

정 보살은 통 큰 기부자로 명성이 제법 높았다. 한 대학에 후학을 양성하라고 거액을 쾌척하자 대학은 그의 이름을 건물명으로 지어 그 뜻을 기렸다.

"제가 셈에 유달리 약했습니다. 더하기와 곱하기도 어려워했지요. 한초 스님이 두 수의 곱을 직접 셈하지 않고 선을 그리기만 해도 쉽게 답을 구하는 선긋기 계산법을 가르쳐주셔서 얼마나 고마웠는지. 허나 빼기와 나누기는 영 못하겠더라고요. 제가 속이 상해 어느 날 울었지요. 그때 한초 스님이 제 등을 토닥였답니다. 다른 아이들도 대개는 더하기와 곱하기는 곧잘 해도 빼기와 나누기는 잘 못한다며 너무 염려하지 말라지 않겠어요. 그러면서 공부든 재산이든 지식이든 지혜든 더하기와 곱하기만 하지 말고 빼기와 나누기도 할 줄 알아야 한다 했지요."

능오에게도 은사는 유사한 이야기를 한 적이 있었다. 사칙연산 중 왜 뺄셈과 나눗셈의 경우 자연수 형식체계 내에서 셈이 여의치 않은지를 물었다. 그러니까 1에서 2를 빼려면 음수 개념을 도입하지 않고는 셈이 되지 않는데, 그것이 수체계의 원초적 결함인지, 아니면, 다른 수 체계를 도입하면 되는지에 대해 고민하게 만들었지 않는가.

"한초 스님께 뒤늦게 드리는 수업료입니다. 불사를 해도 좋고, 한초 스님 기념관을 지으셔도 좋고, 능오 스님께서 어떤 명목으로 쓰셔도 좋습니다."

정 보살이 통장과 도장을 능오에게 내밀었다. 서류 봉투 안에는 양도성 예금증서가 여러 장 들어 있었다.

"그리고 이건 고서입니다."

손자가 보자기에 싼 물건을 앞으로 내민다.

"제 선조 중에 동리東里 정윤이라는 분이 계셨는데, 혹 아시는지요?"

"보살님. 여기 속리산 기슭에 머문 은사隱士로, 보던 책을 저승에 가서도 보겠다고 모조리 순장했다 알고 있습니다."

정씨 부자 이야기는 《이향견문록》[2]에도 실려 있는지라 웬만한 식자라면 다 아는 이름이었다. 부자가 속리산에서 평생 은거하며 오막살이에 수많은 책을 쌓아놓고 손에서 책을 놓지 않았다는 전설 같은 인물들 아닌가.

"그랬지요. 단단히 순장을 했지만 못난 후손이 있었답니다. 제 선대에서 그 책에 손을 대 웬만한 책은 다 팔아먹고 남은 것이 이 책이랍니다."

고서라는 소리에 비교적 흔한 편인 문집 종류가 아닐까 했는데 정씨 부자 손때가 묻은 책이라는 소리에 눈이 번쩍 뜨인다. 《술수도적術數圖籍》, 《고사전高士傳》, 《수경水經》이 보였다. 동리가 《시경》과 《역경》 등의 좋은 대목을 베껴 써가며 공부한 흔적이랄 수 있는 초서秒書도 여러 권 눈에 들어왔다.

"이 보자기에는 제 친정아버님이 금쪽같이 아끼던 불서가 들어 있습니다. 제 부친은 여기 법주사 대처승으로 한때 있었지요. 아주 부끄러운 고백입니다만, 동란 후 불교정화운동으로 친정아버지가 비구들에게 쫓겨날 때, 여기 팔상전 부처님 복장에 들어 있던 유물을 갖고 나왔지요. 법주사 측에 돌려드리면 필시 매스컴을 탈 사안이라, 널리 알려지는 게 싫어서 스님을 생각했습니다."

아닌 게 아니라 앞의 보자기에 있는 서책이 일반도서라면 다른 보자기에는 불서가 쌓여 있었다. 원효의 《정리기正里記》를 비롯해 유일본 고서가 부지기수였다. 자정慈淨이 번역한《해장내서경론》도 눈에 띈다.《직지》와 비슷한 시기에 금속활자로 찍은《증도가》와《참법》등도 보여 기함을 했으나 가만히 살펴보니 필사본이다.《법화경》이란 약서명略書名으로 흔히 부르는《묘법연화경》이 주종을 이루었다. 간기刊記가 있는《법화경》과 없는《법화경》사이에, 전혀 예측하지도 못한 고서가 눈에 들어왔다. 아,《직지》였다.《직지》상하권이 고서들 사이에 있었다.

잘못 본 것이 아닌가 하여 눈을 감았다가 보았다. 확실하다. 만약 금속활자로 찍은《직지》라면 세기의 발견 아닌가. 혹 목판본일 수도 있어 손을 움직이기 전에 재차 눈부터 감는다. 도저히 기도하지 않고는 책을 펴볼 수가 없다.

"이 어리석은 놈! 천하의 못난 중."

한초가 주장자로 머리 정중앙을 사정없이 내려친다. 눈에서 별빛이 튀었다. 그와 동시에 극심한 통증이 뒤따랐다. 능오가 부지중에 벌떡 일어나며 정수리를 감싸 쥔다. 한데 꿈이었다. 모처럼 삼매에 빠질 요량으로 좌정했는데 입정入定에 들지 못하고 어느 순간 수마에 빠지자 은사 스님이 꼴보기 싫었는가 보다.

70여 평생을 살면서 머리가 나쁘다는 생각을 해본 적이 있던가. 없다. 허나 자신을 과대평가한데다 어리석기까지 하다고 노상이 뼈아프게 깨우쳐주었다. 능삼의 단엽소심을 거액과 바꾸어오라고 노상에게 일임한 것이 실수라면 실수였다. 아팠다. 돈이 수행에 방해된다고 여겨 가능한 관여하지 않으려 했다가 된통 당한 것이다. 서울에 간 노상이 다시는 능오에게 돌아오지 않았다. 상당한 시간이 경과한 후 미국에서 국제편지가 한 통 왔을 뿐이다.

스님, 무간지옥행 티켓을 예약해 놓은 노상입니다.

죄송합니다. 부처님을 8년이나 모셨지만 결국 모욕을 주고 배신한 수낙캇따[須那察多]처럼 저 또한 그리 되었습니다. 그렇지만 저는 더 나쁜 나찰이 되지 않기 위하여 일말의 양심이라도 지키고 싶었습니다. 물론 스님께선 저에게 양심이 있다고 믿지 않으시겠지요.

전 일물파一物派의 간자였습니다.

제가 능오 스님께서 내신 문제를 척척 풀 수 있었던 것은 다 사전에 철저히 대비하였기 때문입니다. 동화사 말사에 머물며 경북대 수학 전용 도서관에서 수년간 준비한 덕택이었습니다. 경북대는 50년대 말부터 영문으로 수학저널을 발간해서인지 수학 전문서와 수학저널이 많더군요. 덕택에 수학 맛을 음미하는 데 아주 적격이었습니다. 그 덕에《법화경》등의 대승경전에서 누구나 성불이 가능하다며 예로 드는 '일체중생 실유불성'을 수학의 치역이랑 연결시킬 수 있었습니다. 치역이 일종의 선택 받은 자들의 모임이니까요. 물론 저는 일천제一闡提[3]임을 잘 알고 있습지요.

천하에 몹쓸 나찰이 뒤늦게나마 서신을 띄우는 것은 스님께서 한초 대선사 주장자를 찾기 위하여 필사적으로 노력하는 모습이 안쓰러워서입니다. 피나는 노력에도 불구하고 능오 스님은 주장자와는 인연이 없는 듯합니다. 제가 아는 일물파는 절대로 주장자를 내놓지 않을 것입니다.

단오 즈음에 배달되는 편지는 일물파에서 점잖다는 스님이 능오 스님의 구도를 돕기 위해 던지는 충언이고, 소포는 법제자를 놓고 다투었던 경쟁자의 손마디입니다.

일물파든 억수종이든 능오 스님 곁에 두고 왔습니다. 소승은 파계했나이다. 이번 생에서 진 큰 빚은 다음 생에서 갚겠습니다.

소멸 불가능한 악업중죄를 지은 천하 잡승 노상 올림

일물파는 억수종의 상징인 주장자처럼, 그러니까 외형이랄까 형식을 중시하는 스님들을 통칭했다. 이에 반해 일물파에서 한심파라고 비하해서 부르는 일심파는 억수종의 내면, 즉 정신을 숭상한다고 하여 붙인 이름이다. 능오가 억수종에 들어오기 이전부터, 아니 오랜 옛날부터 억수종은 두 파로 나뉘어 때로는 선의의 경쟁을, 때로는 죽고 살기로 싸웠다. 그러다 일심파에 속하는 능오가 적통을 잇자 일물파에서 수용 불가를 선언하고 주장자를 작정하고 훔친 거였다. 다시 말해《억수경》과《한수경》같은 서책을 노리는 건 아예 일물파에서 억수종을 통째로 접수하겠다는 야욕이었다.

일물파에서 능오가 일심파에 속한다고 오해하지만 능오는 사실 중도파랄 수 있는 일중파였다. 양쪽의 장점만 취하자는 게 결성 동기다. 호랑이 스님으로 유명한 태한 스님의 우락부락한 외모만 보고 일물파라 지레짐작하지만 태한 스님 역시 일중파였다. 일심과 일물이 똑같다고 본 휴정[4]을 두 사람이 비교적 높게 평가하는 데는 이 같은 곡절이 숨어 있었다.

"큰스님, 지원승이 바위에서 아까부터 기다리고 있습니다."

상좌로 있는 구팔이 용굴 안으로 들어와 귓속말로 아뢴다. 어느새 새벽 다섯 시가 다 되어 가는 모양이다. 용굴은 김해 무척산 모은암에 있다.

"알겠네. 오늘은 혼자 움직일 터이니 저녁 예불시간에 백운암에서 만나세."

구팔이 동행해도 상관없으나 애제자로 거둔 노상의 완벽한 배신으로 인하여 생긴 내상 때문일까. 만의 하나도 조심하자는 병이 생겼다. 억수종 일을 구팔이 필요 이상으로 알게 되는 것을 원치 않았다.

능오가 산신각을 오르내리는 길목의 큰 바위에 이르자 한 젊은 승려가 합장한다. 공손하다. 억수종에 들어오고자 하는 간절함이 느껴진다. 오늘은 한동안 지켜본 스님들의 자질이 어느 정도인지 알아보는 날이다.

"그동안 보리암에서 달빛 구경은 잘했습니까?"

보리암은 대나무의 고장 담양에서 어디서나 잘 보이는 추월산에 있었다. 능오는 몇 년 전에 그에게 담양에 가서 낮에는 대나무를, 밤에는 달을 마음껏 구경하라고 일렀다.

"네, 큰스님. 큰스님 권유 덕분에 낮에는 죽향에, 밤에는 수직 절벽 위에 자리한 보리암에 찾아오시는 월광보살님 품에서 잘 지냈습니다."

큰 바위의 생김새가 묘하다. 초등학교 저학년 학생이 크레용으로 어설프게 그린 듯한 직각삼각형이다. 빗변에 해당하는 바위를 능오가 어루더듬으며 질문을 한다.

"이걸 옛 한학자들은 무엇이라 했을까?"

"현弦이라 했습니다."

지원승은 대나무 혹은 달 관련 질문을 받을 줄 알았는지 능오의 질문에 당황한 표정이 역력하다.

"혹《주비산경周髀算經》은 보았는가?"

주나라 시대에 그 원형이 엮어졌다는《주비산경》에 나오는 게 현도弦圖였다. 쉽게 말해 피타고라스 정리의 증명을 그림으로 나타낸 게 바로 현도다.

"네. 큰스님한테 이쁨을 받으려면 동서양 고대 산학에도 능해야 한다고 해서 보았습니다."

"그럼, 삼각함수의 고향이랄 수 있는 직각삼각형, 즉 구고형쯤은 쉽게 이해하겠군?"

주세걸의《사원옥감》[5]에 나오는 101개의 직각삼각형 문제 중 가장 어려운 문제를 능오가 약간 응용해서 출제한다. 그런데 능오가 문제를 다 쓰기도 전에 지원승이 자기 왼손바닥에 바로 풀이법을 적지 않는가. 책에 나오는 문제 그대로 출제하면 이미 한두 번은 풀어봤음직해 우정 문제를 상당히 꼬았는데도 쓱싹 답을 내놓았다. 내친김이다. 남병길의《유씨구고술요도해》[6]에 나오는 가장 어려운 문제도 응용해서 냈다. 결과는 똑같다.

"추월산 보리암 동굴법당이 명당인가 보오. 하기야 모은암 용굴 못지않지. 나도 젊은 날 탁발하며 만행할 때 거기를 자주 들렀다네. 5평 남짓한 동굴법당이 눈앞에 삼삼하구먼. 그래, 담양 대나무에선 무엇을 보았는가?"

"……."

"누구나 할 수 있는 말 대신 자네가 아니면 절대 할 수 없는 말로 답해 보게."

"……."

"대나무와 손 사이에 공통분모랄까, 교집합이 있던가요?"

대략 5분을 기다려도 묵묵부답이다. 예전에 '색즉시공 공즉시색'을 수식으로 표현해보라는 문제를 냈을 때 그럴싸한 답을 내놓아 내심 기대가 컸지 않은가.

"3년 후 단오날, 이 시각에 여기서 보세. 일광보살 아래서 대나무 구경도, 월광보살 아래서 손 구경도 좀 더 하시게."

《묵사집산법》[7]에 나오는 등비수열, 최석정의 《구수략》 그리고 《장구건산경》[8]에 나오는 등차수열 개념을 상기해보라는 힌트를 주고 싶은 유혹을 느낀다. 하지만 참았다. 문제를 손만 써서 기계적으로 푸는 수학에만 열중했지, 머리로 생각하는 진짜 수학세계에는 발도 들여놓지 않았음을 확인했기 때문이다.

대나무 마디와 손마디 사이에는 의외로 닮은꼴이 많았다. 등비수열인지 등차수열인지의 살아 있는 본보기였다. 찬찬히 비교해보는 순간, 아, 감탄사를 내뱉지 않을 수가 없다. 여기에 태양계의 수성, 금성, 지구 사이에도 이 원리가 적용됨을 알면 자연을 자연스럽게 볼 수 없다는 게 능오의 경험칙이었다.

바위 통로에서 한 스님을 하산시킨 후 대웅전 앞 큰바위에 도착하자 또 다른 젊은 스님이 기다리고 있다가 합장한다.

"스님은 그동안 주로 어느 아란야처[9]에 있었나요?"

"영주 부석사에서 좀 오래……."

"부석사 좋지요. 배흘림기둥으로 유명한 무량수전의 아름다움에 넋이 제법 나갔겠는데요. 천하미녀를 데리고 살지라도 막상 익숙해지면 아름다움을 못 느끼는 게 인간의 병폐이긴 하지요. 하여간 다 좋습니다. 그렇다면 왜 무량수전이 문화유적 답사객들에게 그렇게 인기가 많은 것 같소? 불교미술식 접근 말고 우리 수학적으로 한번 다가가볼까요?"

"무량수전을 정면으로 바라보고 그 높이를 1로 놓았을 때 양쪽 처마까지 포함한 폭이 약 1.618이 되는 걸로 압니다. 인간이 원초적으로 아름다움을 느낀다는 황금비례, 즉 황금비가 구현되어 있어서……."

"좋아요, 좋습니다. 또 다른 기하幾何적 이유는요?"

"……."

무량수전 용마루를 기준으로 할 때는 가로, 세로의 비가 약 1.414가 된다는 사실은 간과한 모양이다. 아니면 모르거나. 소위 말하는 금강비례, 금강비도 구현되어 있음을 놓쳤지 않는가. 아쉽다. '대칭'이라는 두루뭉술한 답만 했어도 어느 정도 점수를 땄을 텐데.

"석굴암이 금강비가 잘 구현되어 있는 대표적 건축물임을 중님이 되어가지고서도 여태 잘 몰랐다니 좀 그렇습니다. 그럼, 석굴암 석탑 알지요? 거기를 조성한 사람들이 필요로 했던 수학 지식이 어떤 게 있었을까요?"

"……."

정삼각형과 수선의 길이, 정팔각형과 내접원 개념도 거론하지 못한다. 이런 상식도 없는 자에게 비례중항($\sqrt{2}:2:2\sqrt{2}$)까지 적용했음을 알기 바라는 건 연목구어일 터. 결국 사정없이 돌려보낸다.

두 스님을 하산시킨 후 만난 또 다른 스님에게는 수학적으로 엄밀하게 정의하려면 어려움이 많이 뒤따르는 곡선에 관한 질문을 한 후 "죽음이

내감內減 : 빨셈일까? 빨셈이 덧셈을 원상태로 돌려놓듯 죽으면 우리도 원상태로 돌아갈까? 그렇다면, 원상태의 참모습을 그려보게나. 진수眞數 : 진짜 해를 보여주게"라는 문제를 냈는데, 답이 영 시원찮아 내쳤다.

능오는 지원승을 마저 돌려보내고 무척산에 오른다. 정상에서 일물파에 속하는 한 동년배 스님이 기다리고 있기 때문이다. 크고 작은 절의 주지 소임을 다 거친 사판事判승 출신인데 현재 조계종 모 교구 본사 방장이었다. 젊은 시절 같은 선방에서 몇 철을 난 적이 있어 겉으로는 친했다. 하지만 일물파 도반들에게 수십 년째 당해서일까. 문제의 스님이 만나자고 했을 때 많이 주저하였다. 꼼수를 부리려는 일물파의 계획이 무엇인지 몰라서 망설이다 만나기로 한 것이다.

"이보게 능오, 반가우이. 여전히 보기 좋네."

"……."

"여기 오다보니, 척尺, 그러니까 자가 없는 산이라는 의미의 무척산無尺山인 줄 알고 있었는데, 지도나 표지판 그리고 가이드북 등에는 다른 뜻을 가진 '척'을 중구난방으로 쓰고 있더군. 우리 억수종 적통자께서 바르게 잡아주어야 하시는 거 아닌가. 여기가 억수종 성지라고 이제 공표해야 한다고 보는데 어떻게 생각하시는가?"

억수종이란 단어 자체를 쉽고 가볍게 예사로 내뱉는 옛 도반이 역겹다. 용건을 듣기도 전에 신경전을 할 필요가 없어 억지미소를 짓는다.

"무척無尺이 창덕궁 유물관에 있는 놋쇠로 만든 영조척하고 비슷한가?"

"무척이라니?"

도통 영문을 모르겠다고 잡아뗀다. 이쪽을 떠보는 의도가 빤히 들여다보였다.

무척은 가락국시대 도가 높았던 무척대사가 제작했다는 전설 속의 자였다. 자는 자되, 눈금이 없는. 그 무척은 현이 없는 거문고인 무현금, 줄이 없는 낚시 정신세계와 등식이 그대로 성립했다.

"이러지 마시게. 우리 적통자도 한때 나와 같은 도반이었잖은가. 단도직입적으로 말하겠네. 무척하고 한초 주장자를 맞교환했으면 하네. 어떤가?"

억수종 적통자 이외에는 친견조차 하기 어려운 성물 중의 하나가 무척이었다.

"내가 억수종 상징물을 우리가 가지고 있는 건 문제가 있다고 오랫동안 어른들을 간곡하게 설득했네. 하지만 내 뜻을 관철하기가 어려웠지. 허나 세월이 흘러 어느새 나도 노장스님이 된 탓인지 이제야 수뇌부 회의에서 맞교환하자는 안을 받아들였네."

무척대사는 억수종의 중시조급 어른이다. 무척대사가 손수 제작한 전설의 무척을 노리는 일물파가 징그럽다 못해 소름이 돋았다. 자신이 할 이야기를 통고하듯 건네고 돌아가는 옛 도반을 향해 살의가 일어난다. 모르면 모르되 한초 주장자는 억수종에서만 신성시하고 사부대중이 전혀 모른다는 어떤 한계를 간파한 듯하다. 그에 비해 무척은 달랐다. 세속에서는 누가 봐도 무척을 더 귀중하게 여긴다는 현실을 인식하고 욕심을 내는 게 분명하다. 만일 방사성 연대측정이나 전문가의 고증 결과 전설이 사실로 확인되면 무척은 국보급 문화재로 등록이 되고도 남았다.

구름처럼 무척산을 떠돌다가 능오가 백운암 옆에 딸려 있는 한 절간에 도착하자 구팔이 바닥에 쪼그리고 앉아 무엇인가를 반복해 쓰고 있었다.

"뭐하는 건가?"

구팔이 하던 일을 멈추고 일어나 합장한다.

"다녀오셨어요, 큰스님. 산신령의 지팡이와 나반존자의 주장자를 탱화에서 유심히 보다가 나반존자 두광頭光에서 원주율이 생각났습니다. 지팡이와 주장자가 상징하는 1과 두광이 상징하는 0, 그러니까 선과 원 사이를 다리 놓은 게 3.14159…로 영원히 이어지는 파이 아닙니까? 이 원주율에 심오한 무엇이 있을 듯해서요. 곱셈과 덧셈 사이에 다리를 놓은 로그*log*처럼 그 무엇이……."

어디까지 이야기가 이어질지 더 경청할 심산으로 능오는 구팔의 이야기에 침묵한다.

"크고 작은 원에는, 원주율에는 무한이 숨어 있잖아요. 원은 곡선이지만 무한히 작게 나누면 직선이 나오잖습니까. 이게 미분에 숨어 있는 본래 정신 아닌가요? 뫼비우스 변환에 의하면 원은 직선이 되지요. 직선으로 상징되는 시간이 순환적임을 괴델[10]이 증명한 것 역시…. 원을 그릴 때 누구나 원을 똑같게 그리려고 하지 않는 점도 예사로 볼 일이 아니라는 생각이 드네요. 우리 우주와 다른 우주, 천국이든 극락이든 만일 그곳이 유클리드 공간이라면 파이 값만은 똑같잖아요. 고로 다른 근본 상수 값들은 바뀔 소지가 있지만 이 원주율 값만은……. 도대체 수학 공식과 물리학 공식 중에 파이가 안 등장하는 공식이 있던가요?"

전각 밖으로 나와서도 구팔의 요설은 그칠 기미가 없다.

"큰스님, 저 낙동강 좀 보세요."

백운암은 가야시대 고찰이라는 수식어와는 달리 후줄근한 행색이지만 낙동강은 예나 이제나 편안한 곡선을 그리며 홀로 흐르고 있었다. 유장했다.

"제가 대학원에 다닐 때였으니까 96년이었을 겁니다. 그날도 여느 날처럼 도서관에서 공부를 하다 머리가 아파 잡지 코너에 갔습니다. 두뇌가 잘 회전되지 않는다 싶으면 국내외 과학잡지를 들춰보며 머리를 식히는 게 제 버릇이었거든요. 건성으로 이 잡지 저 잡지를 보다가 외국의 어느 저널을 본 순간, 눈이 번쩍 뜨였습니다. 강의 발원지에서 하류까지 강물이 흐르는 경로를 따라가면서 측정한 길이와 지도상에서 측정한 직선거리의 비율을 계산한 결과가 놀라웠습니다. 강마다 비율이 약간씩 달랐지만 강의 실제 길이가 직선거리보다 세 배가 약간 넘는 3.14였습니다. 360도 지날 때마다 같은 모습을 보이는 사인 함수 같은 데 제가 유달리 주목해서 그런지는 몰라도, 그때 정말로……."

낙동강 칠백여 리가 마침내 끝나가는 모습과 능오 자신의 세속 나이인 칠십여 고개가 겹쳤기 때문일까. 능오는 자신의 삶이 어인 일인지 씁쓸했다. 무심결에 구팔에게 이른다.

"계속 놀라 보라구. 그러노라면 어느 날, $\frac{\pi^2}{6}$ 같은 무리수도 극히 단순한 분수들의 합으로 표현 된다는 사실쯤을 알게 되겠지. 소수의 분포와 원이 관련돼 있음을 증명한 오일러처럼. 열심히 참구하다보면 수학사史라는 탑에 돌 하나 보탤 수 있을 것이다."

밤늦게 다음 행선지인 양산 통도사로 한참 달리던 중에 갑자기 마음이 바뀌었다. 도로 무척산 입구 주차장으로 돌아왔다.

"흔들바위에 좀 다녀오마."

혼자서 야간산행하는 게 미덥지 않았을까. 구팔이 모시고자 했으나 능오는 차에서 기다리게 했다.

멀리서 보면 작은 보석이 산에 박혀 있는 것 같은 흔들바위는 사람이 한 손가락으로 살짝만 밀어도 바위의 움직임을 감지할 수 있다는 풍문이 떠돌았다. 그래서 호기심 많은 사람들이 흔들바위를 민다고 낮에는 수시로 시끌벅적했다.

몇 년에 한 번씩 억수종 지원승들의 자질을 무척산에서 테스트한 후, 마지막에 들리는 곳이 흔들바위였다. 단오 날, 밤 11시경에 거기서 자기 손가락 하나를 보고 법열에 겨워 울고 있는 승려를 보기 위한 발걸음이었다. 지난 수십 년간의 실패 탓인지 괜한 행보를 했다는 생각이 든다. 1968년 이후, 단 한 번도 그런 승려를 볼 수 없었다. 번번이 헛걸음이었다. 이번에는 아예 흔들바위 행을 여북하면 포기하려 했을까.

헌데 있었다. 아무도 없는 줄 알았는데 이번에는 있다. 유난히 머리통이 둥글둥글하게 생긴 비구 한 명이 흔들바위를 등진 채 앉아서 오른팔을 뻗고 있었다. 자세히 보니 검지가 허공을 힘차게 향하고 있지 않는가. 직시하자 직지하는 모습이 선명했다. 틀림없다. 승려는 감격하여 눈물을 폭포수처럼 쏟고 있었다.

얼마나 고대하고 고대하던 모습이랴. 아름다웠다. 능오도 조용히 다가가 승려처럼 오른손 검지를 허공으로 뻗었다.

그 손가락은 명백히 황금손가락이었다. 종지가 온축된 대의였다. 정말 고대하던 손가락이다. 살아생전에 혹여 보지 못할까 얼마나 전전긍긍했던가. 죽을 때까지 설령 한초 주장자는 손에 못 넣는 한이 있더라도 용서받을 여지가 있지만 법제자를 못 찾고 입적한다는 건 용서 받지 못할 일이었다.

사흘은 양산 통도사 암자 선방에서, 또 사흘은 부산 범어사의 선방에서 황금손가락의 주인공 금선金鮮이 깨달은 세상을 구경했다. 때로는 칼같이 날카롭게, 때로는 솜사탕처럼 감미롭게, 때로는 구두시험을 보듯 진지하게 선문답을 주고받았다. 그 결과, 금선이 큰 깨달음을 얻어 마음과 눈이 활짝 열렸음을, 식견이 뛰어나 스승의 경계를 뛰어넘은 경지[11]임을 확인할 수 있었다.

범어사 선방에서 나와 금선을 승학산으로 데리고 왔다. 굳이 승학산으로 이끌고 온 데는 이유가 있었다.

"금선아, 오른손 검지로 말한 것이 참으로 많았음은 잘 안다. 그래도 혹 토로하지 않은 말이 있는가?"

금선은 자타 공인 국내 최고 선지식한테서 한 소식했다는 소리를 듣는 순간, 선을 말로는 표현할 수 없다고 하면서도 정작 말없이는 표현할 수 없는 모순을 느껴, 그 영원한 딜레마 때문에 유명 선지식을 떠나 궁극의 진리를 찾아 헤맸다고 한다. 화두놀음이 허깨비놀음임을 벼락같이 본능적으로 안 것이다. 속인이든 중이든 흔히 영원한 게 없다고 입버릇처럼 떠드는데 어인 일인지 있을 것 같다는 느낌이 들었다고 한다. 청담과 성철 스님도 읽은 봉암사 뭇 불서佛書를 두루 보고, 탁발 수행도 하고, 도가 높은 이를 차례로 방문하던 중 우연히 선방에서 같이 정진한 스님을 만났는데, 억수종에 대해 귀띔한 모양이다.

"영원 내지 불멸 타령을 하는 저한테 도반이 일갈하더군요. 수학에 '문 없는 문'이 있다 하여 처음엔 얼떨떨했습니다. 수학에서는 새로운 발견을 하더라도 그 전의 내용을 전혀 부정하지 않는다고. 다른 분야처럼 뺄셈과 나눗셈이 있느냐고? 수학이야말로 만물의 으뜸, 음양의 부모, 만물의 조종이라고《손자산경》[12]에서 이르고 있다 하는데, 눈이 번쩍 뜨였습니다. 오직 덧셈과 곱셈만 있는 유일무이한 학문이 바로 수학이란 소리에 비로소……. 〈탄니쇼歎異抄〉[13]에서도 이 세상에 진리가 없지만 유일하게 수학은 예외로 두었지요."

수학의 영원불멸성을 강조한 스님은 능오도 잘 아는 이였다. 억수종 입문시험조차 십여 년째 통과하지 못하고 있기에 더욱. 잘하고 싶다는 것과 잘하는 건 엄연히 다름을 잘 보여주는 스님이었다.

곧장 능오를 찾아 억수종 문중에 노크하려다가 관둔 건 나반존자가 연상되어서라고 한다. 답이 수학에 있음을 확인한 이상 굳이 누구를 찾아 배울 필요성을 못 느껴 수학책을 한 아름 안고 어려운 문제들에 집중 또 집중했다지 않는가. 밥이 드나드는 구멍 이외엔 출입문까지 봉쇄한 방에서 외곬으로 정진하는 무문관無門關 고행까지 마다지 않았다고 하였다. 도봉산 천축사 무문관을 필두로 무문관이 운영되는 전국 사찰을 순례한 끝에 드디어, 더위로 인해 숨이 막힐 즈음에 한차례 소나기가 퍼붓고 났을 때 느끼는 상쾌함이 찾아왔다고 했다.

"어허, 말 안 한 게 있을 터인데. 혹 구지俱胝화상 손 흉내를 내려하지 않았던가?"

"큰스님, 농이 지나치십니다. 손가락으로 글씨를 쓴다고 다 명필입니까?"

"구지와는 차원이 다르다!"

"구지화상도 손가락 하나에 온 우주가 들어 있고, 이 세상 모든 것이 손가락 하나에서 전개된다 했지요. 바로 보긴 보았지요. 나뭇가지 하나로 대중을 깨우치려 한 비마秘魔화상도 마찬가지고요. 문제는 그들한텐 그걸 언어 이외로 표현할 무기가 없었습니다. 부산에서 서북쪽으로 가면 서울이 나온다는 건 알았지만 구지와 비마한테는 두 다리가, 말과 마차가 없었단 말입니다."

"너한테의 두 다리는?"

"그야 산학이고 수리數理지요."

"그것이 무슨 수로?"

"손가락 하나가 전지전능하니까요. 하나, 즉 1이 말입니다."

"1이, 어떻게?"

"네, 1로 안 되는 게 있습니까? 그 어떤 수든, 모든 수에는 1이 다 들어 있는 것만 봐도……. 저 이래봬도 일일여일[14] 정도는 압니다요!"

"우리 억수종에서 선형함수 혹은 선형방정식을 중시하는 이유는?"

"원인과 결과, 말하자면 인과를 제대로 알기 위함 아닌지요? 선형함수 또는 선형방정식은 결과가 원인에 비례하는 상황을 수학적으로 모형화한 것이니까요."

"좋다. 다시 묻겠다. 흔들바위에서 감격에 겨워 흐느낀 이유 중에서 아직 토로 안 한 게 혹 있느냐?"

통도사와 범어사에서 수없이 확인하고 점검했지만 또 확인을 한다. 일종의 노파심이다. 당첨된 복권이 실감나지 않아 번호를 다시 맞혀보고 또 맞혀보는 속인의 심리와 같다고나 할까. 금선이《직지》짝이 날까봐 은근히 염려가 되기도 한다. 법주사 팔상전에서 기증 받은《직지》가 잠시나마 얼마나 사람의 기분을 붕붕 띄웠던가. 하지만 유감스럽게도, 심히 아쉽게도 목판본이었다. 목판본도 귀했으나 아무래도 금속활자본에 비하면 희귀성이 많이 떨어졌다.

"밀었나이다. 그랬더니 미미하지만, 정말 미미하지만 다른 우주가 조금 움직이더군요. 저한테 손가락은 벡터[15]였습니다."

"니 손가락이 물리학자들이 말하는 전자도 아닌데 무슨 수로 벡터연산을?"

우주 이쪽 끝에 있는 전자와 저쪽 끝에 있는 전자가 신비롭게도 즉각 연결된다는 것이 물리학자들이 내린 결론 아닌가.

"큰스님도 옆에서 당신 우주를 움직였지 않습니까? 우리 우주와 대칭되는 우주를 큰스님께서는 안 움직였나요? 벡터연산을 하지 않았습니까? 크기와 방향이 있다는 점에서 힘으로 인한 변화가 벡터연산 아닌지요? 제가 명색이 선승입니다. 손가락 하나가 상징하는 1에서 천하장관을 보았노라고 그만큼 말씀드렸으면, 손톱 만한 옛날 기와 파편 하나를 보고도 역사학자들이 천하장관 운운하는데 이제 그만 하시죠. 자꾸 저 김해평야를 바라보고도 그 옛날 김수로왕이 파이 값을 알았을까, 2차방정식을 알았을까, 간단한 삼각함수 문제 정도는 풀었을까 못 풀었을까 확인하려 하십니까?"

말문을 막는다. 금선이 언급한 기초수학 정도는 김수로왕이 알았음을 《삼국사기》'신라본기'는 뒷받침하고 있었다.

"금선아, 여기 승학산 정상이 해발 496m다. 무슨 생각이 나느냐?"

"큰스님, 그만 하시지요. 496이 완전수이고 완전수는 삼각수임을 굳이 확인하시려 하십니까? 496 $=1^3+3^3+5^3+7^3$이란 것도 굳이 밝혀야 속이 시원하신지요?"

"좋다. 홀수 완전수는 있을 것 같으냐?"

완전수가 몇 개인지, 무한히 많은지, 홀수 완전수가 있는지는 아무도 모른다. 미해결 문제였다.

"저는 없다는 쪽에 심증을 둡니다. 완전수에서 약수의 역수들, 가령 6의 경우를 봐도 $\frac{1}{1}+\frac{1}{2}+\frac{1}{3}+\frac{1}{6}$의 통합은 2입니다. 짝수가 나오잖아요. 그래서……. 만일 홀수 완전수가 존재한다면 그 수는 최소 11개 소수 인수를 지닌다는 사실이 밝혀진 걸로 압니다."

"그렇다면 완전인간은?"

"완전인간은 완전히 불가능하다고 봅니다. 기독교에서 하나님이 완전존재라고 보는 모양인데, 완전존재는 비존재잖아요. 완전하다는 건 먼지 한 점 덧붙일 것도, 뺄 것도 없다는 뜻이니까, 이렇게 되면 빛을 못 반사하잖아요. 다시 말해 완전존재가 설령 있다고 해도 절대 우리 눈에 보이지 않겠지요."

"수학의 완전성에 문제를 제기한 괴델의 불완전성 정리[16]는 아는가?"

"조금은요."

"아 마침, 저기 거사가 오는구먼. 괴델의 불완전성 정리를 머리가 아닌

몸으로 이해하는지 보여주게나."

잘 아는 거사한테 능오가 자갈치시장에서 고래고기를 각 부위별로 골고루 구하고 양주 한 병도 가져 오라 일러둔 것이다.

"스님, 말씀하신 대로 사오긴 했습니다만……."

거사는 구영일 고교 동창이라 능오와도 허물없는 사이였으나 파격 주문에 당황해서 허둥거렸다.

"금선은 법주法酒 한잔 받거라."

종이컵을 건네주고 그득 독주를 따른다.

"큰스님도 한잔 드시지요."

"오냐."

금선과 능오가 술을 서로 따르자 구팔과 거사는 사주경계를 서려는 듯 외부로 시선을 돌린다.

"건배하자."

"네, 큰스님. 법주와 법육法肉을 준비해주셔서 고맙습니다."

두 사람 모두 단숨에 양주를 입에 털어 넣었다. 능오가 가장 맛나게 보이는 고래고기 한 점을 금선 입에 넣어주려는데 금선이 선수를 쳤다. 금선은 능오가 집어주는 한 점 이외에는 아무리 권해도 더 들지 않았다. 불완전성 정리가 무엇인지를 제법 그럴듯하게 몸으로, 행동으로 보여준다.

"나머진 거사님께서 드세요."

깨친 제자를 위해 스승의 지도를 면제받는 의식인 이른바 파참제가 끝났음을 능오가 알린다.

"거사님, 왜 큰스님이 떡 대신 고래고기를 굳이 준비시킨 줄 압니까? 손가락과 달, 지월指月 사이의 함수 관계를 제가 알았기 때문입니다. 수중생물한테는 달이 태양 아니겠습니까? 달의 음덕을 가장 많이 입은 물고기가 바로 고래입니다."

능오가 파안대소를 한다. 즐겁다. 귀한 고기에 비싼 술을 준비한 보람이 크다. 이만하면 법맥을 물려줄 만하다.

두 사람의 돌발행동에 얼떨떨했던 거사가 구팔에게 혼잣말하듯 뇌까린다.

"능오 스님께서 저를 재귀함수recursive function로 쓰실 줄은 알았지만 이렇게 극적으로 활용하실 줄은 미처 몰랐습니다."

재귀함수는 귀납함수라고도 불렀다. 아주 간단한 기본 함수의 결과를 이용하여 다른 결과에 이르도록 하는 함수이다. 거사의 그럴싸한 논평에 두 사람은 호탕하게 웃는다.

능오가 오랫동안 말없이 한란을 보고 있었다.

"자네는 왜 한초께서 난 중에서도 하필이면 제주 한란을 유독 아꼈는지 아는가?"

능오가 영일에게 슬그머니 묻는다. 영일은 짐짓 한란을 외면한다. 한라산 백록담 방향의 울창한 산림과 애월 방향의 넓은 들판에만 번갈아 시선을 둘 뿐이다.

한란을 들고 온 이는 한초와 능오도 잘 아는 재가 제자였다. 한라산 남쪽에 위치한 남제주군 산기슭에 살았는데 대대로 한란을 보호하며 애지중지하는 가풍이 있었다. 그는 조선 초기 육지에서 건너온 대처승의 직계 후손이기도 했다. 제주도 승려들은 여러 이유로 조선 초기부터 처자식을 거느리고 살았다. 하지만 재가 제자의 직계 조상이 제주로 온 건 단지 일신의 안락함만 추구해서가 아니었다. 억수종에서 다목적으로 파견한 경우였다.

재가 제자와 능오의 상좌 구팔은 멀찌감치 떨어진 곳에서 억새에 빠져 있었다. 장관이었다. 푸짐한 능선을 수놓고 있는 억새가 언제 보아도 눈을 즐겁게 만들었다. 능오가 부르지 않는 한 가까이 오지 말라 하여 떨어져 있는 중이다. 큰노꼬메오름에 오른 것은 한초 유언을 받들기 위함이다. 33주기 때 영일과 함께 큰노꼬메오름에 올라 한란을 완상하라고 했기 때문이다. 무슨 의식이나 절차를 생략한 채 산정에서 오직 한란 선을 마음껏 즐기라 주문했다.

"구팔을 미국으로 유학 보냈으면 하는데 ……."

"경비는 있는가요?"

"뜻이 있으면 이루어지지 않겠나."

정 보살이 내놓은 기부금 사용처를 놓고 고민하다가 툭하면 구팔이 밤새워 무엇을 끄적거린 대학노트를 몰래 엿보고 나서 결정했다. 뜻밖에도 리만 가설을 증명하기 위해 은근히 오랫동안 고민했지 않는가. 가상했다. 법명에 충실하려고, 홀수 완전수가 실제로 존재한다면 서로 다른 소수 약수를 적어도 8개는 가져야 한다는 사실 따위를 검토하다가도, 틈만 나면 리만 가설에 매달렸다. 작년 5월에 리만 가설을 풀면 미국에 있는 클레이 수학연구소에서 상금으로 100만불을 주겠다고 해서 도전하는 게 아니었다. 오로지 수학왕, 수학황제가 되고 싶다는 세속적 욕심보다는 구팔에겐 절대지식에 대한 갈증이 있었다.

하여튼 능오는 반가웠다. 리만 가설이 억수종에서 증명에 나서도록 독려하는 문제들 중에서도 왕중왕급이니까.

"구 처사가 보기엔 어떤가?"

"보내기만 하면 큰일을 저지르고도 남을 놈입니다. 학부 1학년 가을학기 수강 신청할 때였지요, 아마도 그때가. 이 녀석이 제 연구실로 찾아와 여름방학 때 쓴 스케치북을 몇 권 내놓더군요. 거기에 수식이 빽빽하게 차 있었답니다. 가만히 보니까 편극텐서였습니다. 물체를 나타내는 모양을 숫자로 바꿔놓은 행렬[17] 말입니다. 편극텐서를 알면 물체의 모양을 측정할 수 있거든요. 이놈이 대뜸, 우리 우주 모습을 바깥에서 보면 이렇게 보일 것이라며, 계산 결과와 함께 그림을 보여주는데 기가 차서 참……."

"그래, 검토해보니 어떻던가?"

"몇 가지 사소한 실수와 논리적 비약이 있었으나 이미 실력은 대학원생 수준이더군요."

"프린스턴 대학교 수학과 정도는 갈 수 있을까?"

리만 가설 연구의 메카 중의 한 곳이 프린스턴 대학교였다.

"가능할 것입니다. 헌데 조건이 있습니까? 귀국해서 도로 스님이 되어야 한다면 좀……. 기껏 R·H[18]와 같은 고등수학을 배워놓고 써먹지 못하면 아무래도……."

"없네. 구팔이 원한다면 환속해도 괜찮아. 다만 나의 정신적 아들만 된다면 그걸로 족해."

능오는 구팔에게 영일 역할을 맡길 요량이었다.

"머리 깎은 제자 모습이 상당히 불편했는데 이제야 마음이 편안하네요.

어젯밤 호텔에서 제주도 동굴을 소개한 소책자를 보는데 소천굴의 상어 이빨처럼 생긴 용암 종유석이 눈길을 끌더군요. 언젠가 한초께서 무슨 말 끝에 언급하신 것 같아서……."

영일이 능오를 은근슬쩍 떠본다.

한 십년 전쯤이던가. 능오는 오대산국립공원 소금강지구에 있는 억수종 적통자 전용 석굴을 누군가가 무단침입한 걸 발견했다. 일물파 스님들이 뒤를 밟았을지 몰라서 처음에는 당혹스러웠다. 역추적 끝에 범인을 좁혀보니 구영일이었다. 강력한 경고장을 날리고 싶었으나 고민 끝에 모른 척했다. 따지고 보면 구영일도 출입이 가능한 곳이었으니까. 이번에도 능오가 침묵 작전을 펴려다가 영일한테 지나치게 비밀을 고수했다는 데 생각이 미친다.

"소금강 석굴 벽에 있는 큰 톱과 큰 봉 말일세. 얼핏 보면 톱과 봉 같지만 자세히 보면 아니야. 상징물이거든. 한 변의 길이가 1인 정삼각형, 그것의 절반 크기인 두 개의 정삼각형, 다시 그것의 절반 크기인 네 개의 정삼각형, 이게 끝없이 반복되면 마침내 직선이 됨을 보여주지. 거꾸로도 가능하겠지?"

"알고 있었습니까? 제가 거기를 몰래 들렀다는 걸."

"그래, 내가 그것도 모르는 바보로 보이나?"

"그 상징물을 한초께서 만들었습니까?"

"은사 스님은 아닌 듯하네. 하지만 나도 정확히 누군지는 몰라. 소천굴도 마찬가지지만, 1969년 발견되었으나 아직 일반에 공개하지 않고 있는 황금굴도, 강원도 황금동굴과 함께 우리 억수종 어른들한테 옛날부터 인기 있는 수련장이었다네."

"그놈의 억수종? 그 말을 들은 지 자그마치 33년 지났습니다. 그런데 억수를 한자로 무엇으로 쓰는지조차, 1이 9개씩 이어지는 수를 곱하는 문제에 나오는, 그러니까 111111111이 억 단위라서 억수라고 하는지조차, 아직도 확인해 주지 않는 스님의 심보는 대체 무엇입니까? 어쩜 그리도 고약하신가요?"

"뭐라? 자네는 은사 스님한테서 소수 이야기를 언제 들었나? 국민학교 6학년 때 아닌가. 벌써 44년째야. 그래 44년 동안 자넨 무얼 했나. 자네가 해놓은 것을 보여주면 그에 상응하는 걸 내놓음세."

"스님은 예나 지금이나 사람 말문 막는 데는 일가견이 있다니까요. 좋습니다. 기왕지사 말이 나온 김에 저도 한번 따져보겠습니다. 스님은 한초 법맥을 이었다면서 대관절 스승을 위해 한 게 뭡니까? 명색이 수제자이면서 한초의 도道와 선禪의 경지가 어느 정도였는지 일반에 알리기는 고사하고, 누가 이름만 거론해도 쉬쉬하기 바쁜 그 처사가 도대체 무엇입니까? 조계종 종단 차원에서 한국 선, 선원院, 선승, 역사와 현황 등을 집대성하고 있다는 이야기를 우연히 어떤 스님한테 들었습니다. 아마 내년 초에는《선원총람》이라는제목으로 발간한다지요. 천수백 페이지에 이를 정도로 방대한 종합자료집이라고 들었습니다. 그래서 양부님 이름도 당연히 있겠거니 하고 물었더니 도통 모르겠다고 하더라고요. 그런 스님이 누구시냐고? 한초께서 빠질 게 확실한데도 능오 스님은 대체……."

"그 주둥이 못 닥칠까!"

양자인 아들이 양아버지를 몰라도 너무 모름에 능오는 정말 화가 났다.

억수종 스님들이 가장 경계하는 게 이름병病이었다. 모름지기 중다운 중이 되기 위해서는 여자와 돈을 멀리해야 하듯 억수종은 그것에 더해 이름병을 특히 경계했다. 아무리 도력이 높아도 만약 법명 두 자가 승속 어느 세계에서든 회자되는 순간, 삿된 짓을 했다고 보아 가차 없이 내쳤다. 깨달음을 얻었다고 정신적으로든 물질적으로든 이익을 구하면 장사치와 무엇이 다르냐는 소리였다. 철저했다. 절대 용서하는 법이 없었다. 엄혹하기 이를 데 없기 때문에 오늘도 세상을 피하여 물밑에 숨은 억수종 형제들은 연못이 맑아지는 것을 가장 두려워했다. 그 결과가 현재의 억수종 모습이다. 수많은 일반 스님들 가운데 억수종이란 말 자체조차 들어본 사람이 지극히 드문 건 이 같은 비밀주의 덕분이었다.

"어디 소수뿐인가? 선線, 하다못해 직선만이라도 어떻게든 정복하라고 은사께서 수없이 일렀잖은가!"

"그리 만만하지 않습니다. 오죽하면 천하의 라이프니츠도 직선을 그리기는 쉽지만 직선의 성질과 파급 효과는 상상을 초월한다 일갈했겠어요."

"……."

"곡선은 몇 술 더 뜬다고도 볼 수 있잖아요. 2차 곡선인 원뿔곡선은 기본 형태가 4가지뿐이지만 3차 곡선은 78가지입니다. 4차 곡선은 그 종류가 폭발적으로 어마어마하게 늘어나 아직 아무도 분류할 엄두조차 내지 못하고 있습니다."

"그래서 포기할 건가?"

능오가 냉정하게 묻는다.

"이 세상에 와서 아무 흔적도 못 남기고, 밥만 먹다 똥만 싸고 간다는 게 제 스스로도 화가 납니다. 그래서 포기 못하겠습니다. 수학자라면 누구나 무슨 가설을 증명한 후 QED[19]로 마무리하고 싶은 열망을 품고 있지요. 그러나 어쩝니까, 능력이 안 되는데요. 리만 가설을 증명한 후, 증명 마지막 줄 아래 오른쪽 여백에 QED를 적고 싶었지요. 한데 번듯한 보조 정리[20] 하나 못 생산하고 수학자 인생을 마감하려니 한심합니다. 만약 끝내 아무것도 성공 못하면 현대수학의 대중화 작업이라도 하겠습니다."

어지간히 자존심이 상한 모양이다. 언젠가부터 만족할 만한 논문을 쓰지 못하자 학과장, 영재교실원장 같은 소소한 보직 순례를 했다. 안타까웠다. 학사 행정에 시간을 낭비하기에는 그의 재능이 특출났기 때문이다. 그래도 아직 늦지 않았다는 게 능오 생각이다.

진지하게 마지막 생을 불태우겠다는 구영일의 모습에 능오 가슴이 뭉클하다. 한초 유언을 이행할 수 있게 되어 기껍다. '억수종 대의를 아들이 33주기 때까지도 잘 받들고 있다면 이 오동나무 상자를 전하거라. 단, 엄수해야 될 사항은 일단 봤으면 되돌려줘야 하고, 본인 이외의 사람에게 절대로 보여주지 않아야 한다.' 상자에 이러한 필담 쪽지까지 넣은 건 구영일이 한초의 뜻을 그대로 행하게 하려는 능오의 계산이었다.

"처사의 궁금증을 고칠 수 있는 만병통치약일세."

전설이,
전설을 이야기하다

내 인생 마지막 모습은 어떤 그림일까? 영구가 진지하게 자신의 최후를 상상한 건 여수로부터 받은 전화 때문이다. 김 목사가 마지막 인사를 나누었으면 한다는 의사를 피력했다지 않는가.

구순을 넘긴 나이지만 겉으로 보기에 김 목사는 정정했다. 하지만 봄부터 눈에 띄게 기운이 떨어진 모양이다. 하나님 부르심을 예감한 것일까. 당신께서 주변 정리를 한다는 이야기는 여수로부터 전해 듣고 있었다. 그래도 영구에게까지 면담 신청이 올 줄은 미처 몰랐다.

"아버지 오셨어요?"

김 목사 우거처 현관문을 가만히 노크하자 여수가 맞이한다.

여수는 김 목사가 우거처 아래에 새로 설립한 신학교의 1회 졸업생이었다. 현재 신학교 부설 연구소 연구원으로 근무 중이다. 신학교 부지를 빼고 김 목사 우거처 및 그 주변 지역 수천 평은 서여수 앞으로 등기했다.

파격이었다. 4남 4녀 자녀들 중에 김 목사 재산을 받은 이가 아무도 없었기에 더욱. 목회직 세습이나 재산 상속을 노리는 자녀가 혹 있을지 모른다 싶어 일찍 미국으로 등 떠밀어 보낸 사례는 개신교 인사들에게는 유명한 이야기였다. 귀국하는 즉시 혈연관계를 끊겠다는 김 목사의 단호함에 자녀들은 미국 시민권자가 됨으로써 아버지 뜻에 부응했다.

"구 관장, 어서 오게."

침대 위쪽을 30도가량 올린 채 누워 영문판 성경을 보던 김 목사가 눈길을 주었다.

"하나님이 부르시기 전에 마지막으로 성경 주석이나 달다가 갈 작정일세. 원래 성서에는 진본이 없어. 몇 가지 권위 있는 판본이 있을 뿐이거든."

"……."

"구 관장이 남 같지 않아. 하기야 한 자식을 둔 아버지니까."

김 목사가 물 한 모금을 천천히 마신 후 다시 말한다.

"내가 본의 아니게 예수님보다 거의 세 배쯤 더 살았어. 이제서야 33년 산 예수가 알면 뭘 알았겠느냐는 생각이 드는 거 있지? 이렇다 하게 배운 것도 없고, 집안이 좋은 것도 아니고, 무슨 학문에 천재성을 보인 것도 아니고……. 더구나 제 어미를 '여자여'라고 부른 싸가지 없는 자를 우리는 왜, 무엇 때문에 과대망상과 신비주의에 빠진 한 팔레스타인 청년의 헛소리에 꼭두각시 춤을 추었을까? 왜 철학자이자 수학자인 화이트헤드가 기독교가 인류의 재앙이라고 했는지 이제야 알겠어."

노망일까? 망령들었다고 보기에는 정신이 너무 멀쩡한 것 같다.

"평생 어리석은 백성을 위해 헌신했다고 믿었는데 어느 순간, 나와 우리 신도들이 무속과 미신에 빠져 있더라고. 옥황상제나 칠성님에게 비는 내용과 개신교인들의 기도 내용이 하나도 다를 게 없더라고. 옥황상제와 칠성님 대신 하나님과 예수님으로 이름만 바뀌었을 뿐이야. 질병치료를 위해 안수기도하는 목회자들을 봐. 무당들의 푸닥거리와 무엇이 다른가. 부흥사가 바람 잡아 하나님의 축복을 돈으로 교환한 후에, 그렇게 해서 번 돈을 담임목사와 사이좋게 나눠먹는 작태가 사기와 무엇이 다른가? 한국의 가짜 박사학위 소지자 중 다수가 목사라는 점 등 목사 허물이 어디 한두 가지라야 다 말하지. 다 내 죄야. 내가 원죄를 지었지. 한국인들이 예수를 믿어도 더럽게 믿는, 복음주의라는 이름의 근본주의 기독교 직수입상 원조가 바로 나였다네. 나는 옥황상제와 칠성님, 석가모니와 공자를 하나님과 예수님으로 대체하면 지상천국이 건설되는 줄 알았어. 소위 말하는 성탄절을 국경일로 정할 즈음에 기독교인이 우리나라 인구에서 몇 퍼센트 차지했는지 아는가? 미미했어. 겨우 1퍼센트밖에 안 될 때 내가 말뚝을 박았지. 미군정과 제1공화국 인사들을 뒤에서 조종해서 한국인들이 성탄절을 자연스럽게 받아들이는 길이야말로 민족복음화를 위해 놓는 고속도로다 싶어 무리했지. 그 결과, 세계의 50대 교회 가운데 23개, 세계의 10대 교회 가운데 4개 교회가 우리나라에 세워졌어."

김 목사는 눈물을 흘리며 참회한다. 충격이었다. 소천을 앞둔 김 목사의 미증유 고백을 어떻게 받아들여야 할까. 난감하다. 최고의 자리에 오르면 뉘우침만 남는다는《주역》이 맞는 것일까.

2001년 9월 9일 일요일 오후 3시 그리고 강진 무위사 극락보전. 예고된 날이고 장소였다. 산술가는 삼각산 도사가 어쩌면 납실지도 모른다는 일말의 가능성을 연초부터 몇 차례 암시했다. 영구가 만사 제치고 사위 승용차를 타고 어제 내려온 것은 이 때문이다. 아침 겸 점심을 인근 경포대에서 즐긴 후, 무위사 극락보전을 여유롭게 돌며 이모저모를 살피던 산술가가 영구를 위시한 일행들에게 묻는다.

"극락보전 정면이 왜 3칸일까요?"

"선도 내지 풍류도의 3, 9, 81로 이어지는 3배수 세계관이 불교와 절충된 결과가 이렇게 나타난 것 아닐까요? 도교 쪽 경전인《도덕경》,《운급칠첨》,《태평경》,《태현경》등이 3배수 세계관을 드러내니까요. 3을 세계 여러 문화권에서 성수聖數로 치지만 3의 제곱수인 9, 9의 제곱수인 81이 동시에 성수가 되는 건 북방 샤머니즘의 고유한 사유체계로 알고 있습니다.《천부경》,《삼일신고》에 이러한 생각이 잘 드러나 있지요."

영구가 자신의 유식을 자랑한다.

"수로 동양종교사를 보면 재미있지 않나요? 유교는 2, 4, 8, 64로 이어지는 2배수 세계관에 입각해 있으니까 말입니다.《주역》은 음양이라는 2배수 세계관과 천지인이라는 3배수 세계관이 혼재되어 있고……."

최 교수가 말을 슬쩍 돌린다. 그는 정년퇴직한 후 더 정열적으로 역에 몰두했다.

"2배수든 3배수든 기본으로 하고 있는 2와 3이 낭수라는 거 아시지요?"

"낭수요?"

산술가 말에 유 서방이 어리둥절한 표정이다. 사위가 변호사이긴 해도 학창시절 수학을 곧잘 해 자부심이 상당했다.

영구는 아직도 가능만 하다면 영원히 작별하고 싶은 대상이 수학이다. 고대사를 전공하는 관계로 남들은 수학하고 담쌓고 사는 줄 알지만 실상은 약간 달랐다. 주업이 청동기시대 등의 유적을 발굴하는 일 아닌가. 그 과정에서 번번이 만나는 게 $\sqrt{2}:1$이란 비율이다. 주거지의 가로, 세로 길이를 측정하고 비율을 구하면 그것이 나왔다. 암사동 움집이 대표적이고 부여 송국리에서 출토된 청동기 단검에는 $\sqrt{5}$라는 무리수도 숨어 있었다. 하다못해 인간의 도구제작 진화과정도 시간이라는 가로축과 진화라는 세로축으로 구성된 평면 위에 그것을 표현하면 탄젠트 곡선이 그려졌다. 심지어 유물의 연대측정에 미분까지 필요했다. 그뿐 아니었다. 다변량 통계학[21]이나 선형대수학 지식도 요구했다.

"그래요, 소수가 낭수이지요. 일부 극소수 선승이나 도가 계열 은자들 사이에서 은어처럼 통용됐답니다. 한데 왜 2, 3을 기본수로 인식했으면서도 서양처럼 소수 연구로 이어지지 않았을까요?"

"……."

"유 변호사는 한자문화권 수학의 문제점이 뭔지 아시오? 수의 상징성에 너무 과도하게 몰두했다는 거요. 서양은 수학의 유용성에 무게중심을 둬 현대수학의 밑바탕이 되었지만 동양은 예로부터 지나치게 상징적으로 받아들이고 접근하는 바람에 지리멸렬하게 되었지요. 그 대표적인 인사가 소옹 혹은 소강절입니다. 그는 수 또는 숫자를 신神이라고 했는데 이때의 수 또는 숫자가 바로 상징적인 수 또는 숫자를 가리켰지요. 그러니 고금의 유학자들이 설령 수에 관심을 가졌어도 일체 진전이 없었던 것은 상징의 굴레에서 못 벗어났기 때문입니다. 허나 어디에나 예외가 있듯, 이 무위사 뒤쪽 낭주郎州에서 낭수를 연구한 일부 옛 선현들이 바로…….”

“낭주요?”

유 서방이다. 영암이 고려 때 낭주였음을 모르는가 보다.

“어르신, 그렇다면 리만 가설을 우리 선조들이 연구할 수도 있었겠네요?”

“글쎄…….”

리만 가설이 사촌동생 영일의 평생 연구 주제라 영구도 대충은 알고 있었다. 하지만 수학사적 의미나 파급효과는 잘 몰랐다.

“유 변호사가 한때 수학선수였다니까 힌트를 하나 주지. 지식인들이 우습게 생각하는 우리 민족 고유의 신앙대상인 칠성신앙의 성수가 7이었답니다. 동명성왕 고주몽이 칠각형 주춧돌, 그러니까 정칠각형에 혜안이 있었다는《삼국사기》의 표현처럼 7은 선현들이 여러 방법으로 접근한 수였습니다. 견우와 직녀가 일 년 열두 달 중에서 그냥 아무렇게나 칠월칠석, 즉 7월에 만나는 것이 아니랍니다. 그러니까 수에서 7이 연결 역할, 다리 노릇을 하는 걸 간파했기 때문입니다. 1부터 7까지 곱한 값과 7부터 10까지 곱한 값($1\times2\times3\times4\times5\times6\times7 = 7\times8\times9\times10 = 5{,}040$)이 같지요. 이왕 말이 나온 김에 또 하나 강조하면 2와 3 배수를 비롯해 4,5,6,8,9 배수 판정법은 초등학생도 간단히 구할 수 있지만, 7배수 판정법은 아니란 것입니다. 또 7은 소수이자 홀수라는 데 주목해야 합니다. 전통적으로 짝수를 선호하는 중국인보다 홀수를 선호하는 민족이 한민족이니까요.”

유 서방은 산술가가 수학으로 거액을, 일반인의 상상을 초월하는 부를 일구었다는 사실을 알고 난 후, 지대한 관심을 가졌다. 산술가가 경제와 경영에 달통해 거부가 되었다면 영구도 그러려니 했을 것이다. 하지만 역학도 아닌 수학에 도통해 어마어마한 자산을 축적했다는 사실은 좀처럼 납득하기 힘들었다. 상식에 반해서다. 그러나 수학계의 괴짜 에드워드 소프가 70년대부터 금융시장에서 눈부신 수익률을 거두었고, 제임스 사이먼스라는 수학계 거물은 월가에서 수학으로 세상에서 가장 많은 돈을 벌 수 있음을 증명했다는 이야기를 대학 동료교수에게 들은 후로는 산술가를 보통 사람 이상으로 여겼다.

산술가는 용의주도했다. 산술가 자신이 외부 노출을 극히 꺼려서일까. 돈 버는 노하우는 물론이고 사무실의 휴지 한 장조차 밖으로 유출하지 않았다. 비밀 유지를 위한 장치를 교묘하게 해놓고 있었다. 철저했다. 하루는 정도가 너무 과해 따졌다. 유능한 연구원 한 명을 당신의 허락 없이 책상 서랍을 열어보려 했다는 이유만으로 해고하는 현장을 본 직후였다.

"미안하지만 우리 연구원과 직원들은 내 수족일 뿐입니다. 도구가 두뇌 노릇을 하게 두고 볼 수는 없지요. 전 한국 주식시장에서 통하는 법칙을 오래 전에 발견했습니다. 우리 금융 시스템에 딱 들어맞는 주가 수익률에 대한 수리적 모델을 만들었지요. 문제는 그 모델이, 그 법칙이 과학 법칙과는 달리 만사형통이 아니어서 문제랍니다. 만일 다른 사람들이 다 알게 되면 휴지조각이 되거든요. 왜냐하면 말이오. 그것을 본 다른 사람이 그 효력을 상쇄시키는 반대전략을 짤 수 있기 때문이지요. 이 모두, 주식시장과 금융 시스템이 관찰자, 제3자 입장이 아니라, 어디까지나 참여자 입장에서 게임 룰이 정해지는 관계로……."

영구가 대단하다고 치켜세우자 당신이 말을 이었다.

"우리가 몰라서 그렇지 고수는 의외로 주변에 많습니다. 예로부터 와룡이나 잠룡이 두려워하는 건 맑은 물이라 했지요. 자본주의 세상은 자본, 즉 돈 세상 아닌가요? 학생들이 하는 공부도 결국 따지고 보면 돈으로 교환하려고 하는 행위 아닙니까. 연예인들은 인기를 돈으로 바꾸고, 노동자들은 노동을 돈으로 바꾸고자 하는 열망이 있어서이고, 저는 단지 돈이 표시되는 수를 더 큰 수로 바꿨을 뿐입니다. 금융자본주의라는 게 숫자가 모든 것을 좌지우지하니까요. 제가 현재 전 세계 주식시장에서 사용되는 '캔들 챠트'나 '사케다 전법'보다 한수 높은 걸 고안한 것도 다……. 사실 수학머리가 조금만 있어도 어떤 자연현상이나 경제현상을 몇 개의 선형 방정식으로 간단히 표시할 수 있거든요. 알고 보면 별거 아닙니다."

겸손과 함께 뿜어져 나온 것은 그 누구와도 다른 산술가의 아우라였다.

"아무래도 삼각산 도사님께서 세 시에는 오시지 않을 모양입니다."

김이 샌다. 외진 곳에 자리 잡고 삼각산 도사가 나타나기를 얼마나 학수고대하였는가.

"아홉 시에는 어떤 식으로든 오실 겁니다. 재작년 99년에 일본 가와구치코에서 분명히 그렇게 언질을 주셨거든요."

"같이 귀국했습니까?"

영구가 급히 묻는다.

"아니요. 당신께선 남미로 갔습니다. 그 후에 귀국했다는 소식은 아직까지 듣지 못했습니다."

"……."

"삼각산 도사님은 유달리 3에 주목하셨지요. 일찍이 삼각산에 오래 머무신 것도 그렇고, 가와구치코에 머무신 것도 후지산의 모양이 삼각형이어서랍니다. 북방 샤머니즘의 3배수 세계관에서 3은 1을 대리하는 완전수이기도 하지만 변화의 계기수數이기도 하지요. 9는 변화의 완성수이고."

"그럼, 9×9=81은요?"

유 서방이다.

"우주적 완성수이지요."

삼각산 도사를 아홉 시가 되어야 볼 수 있을 것 같다고 하자 최 교수와 제자가 경포대 일대의 드넓은 차밭 구경을 하다가 시간에 맞춰서 오겠다고 자리를 뜬다. 남은 사람들은 극락보전이 한눈에 보이는 야산으로 자리를 옮겼다. 유 서방이 돗자리를 깔고 하시라도 낮잠을 잘 수 있도록 준비하자 산술가가 낡은 배낭에서 띠지가 벗겨진 생수 페트병을 꺼냈다.

"한 잔 하시겠소,"

담근 과일주이겠거니 생각하며 종이컵 소주잔에 따라주는 술을 받았다. 그런데 고가의 꼬냑이다. 혀와 목이 춤을 춘다.

"선가와 도가에서 말하는 무위無爲 알지요?"

구영구가 술에 취해 자리에 누운 직후였다.

"삼각산 도사님을 스승으로 모시게 된 직접적인 계기는 무위에 대한 당신의 독특한 견해를 들은 직후였습니다. 전 무위를 일종의 말장난으로 알았지요. '아무것도 하지 않지만 하지 않는 것이 없다'는《도덕경》, 술잔만 있고 술이 없어도 취한다, 현이 없는 거문고 소리를 듣는다 등은 다 지적

허영에 가득 찬 현실 패배자들의 넋두리거나 자칭 풍류객들의 헛소리로 치부했지요."

"……."

"헌데 어느 날 스승님은 무위사로 저를 데리고 와서 신라시대 무위사를 세운 사람들이 스님이 아니라 실은 낭가郞家라고 합디다. 기존 설과 달리. 낭가가 한민족 역사를 개척했다고 했습니다. 선랑仙郞, 화랑은 낭가를 일컫는 다른 이름이었고요. 한국불교는 알고 보면 우리 전통종교인 선도와 그 수행자인 선가와 낭가들에 의해 잠식당했다고 했습니다. 그 증거가 사찰마다 있는 칠성각, 산신각, 독성각이 대웅전보다 더 높은 곳에 자리잡은 것이라 하셨지요."

"삼각산 도사께서 무위에 관해 어떤 말씀을 하셨기에 그리도……."

산술가가 장광설을 펴는 듯해 제지한다. 유 서방이 귀를 쫑긋 세우고 듣지 않았다면 진작 말허리를 잘랐으리라.

"무위랑 수학에서 말하는 항등조작identity operation하고 연결시키지 않겠어요. 놀라웠습니다. 신선했지요. 대칭조작symmetry operation하고 무위가 연결될 줄은……."

"충격입니다. 도교, 선도 논리와 수학 논리가 그대로 연결되는 게."

유 서방이 산술가의 이야기에 감격한다.

도통 무슨 말인지 몰라 영구가 난감한 표정을 짓자 유 서방이 항등조작을 말로 풀면 아무것도 하지 않는 것이라고 한다. 영구가 고개를 내젓자 유 서방이 가령 어떤 사람이 골프공을 들고 있다가 상대편이 눈을 감은 사이 몇 번 돌리더라도 몇 번 돌렸는지를 말해주지 않는 이상 상대편이 못 알아차리는 것에 비유했다. 대칭조작 역시 같은 맥락에 있는 용어라고 하였다. 어떤 행위나 변형을 가해도 겉으로 봐서 아무런 변화가 없다고 할 때 쓰니까. 말장난 같지만, 변하지만 변하지 않는 것이 대칭성이었다. 다시 말해 내가 어떤 행위를 해도 상대가 못 알아차리니까 무위와 등식이 성립한다는 이야기였다.

사위가 찬탄할수록 영구 속이 쓰렸다. 영구가 수학공포증에 시달리는 걸 삼각산 도사가 알고 배려했을까. 무위를 이렇게 표현한 적이 있던가. 기억에 없다. 설령 말해줬어도 알아듣지 못했을 것이다.

"어느 날 삼각산 도사께서 곡기를 끊고 물만 마시며 24시간을 월출산 향로봉 정상에서 좌정하고 계셨지요. 무위 그 자체를 행하였답니다. 무위를 끝내는 선생님한테 무엇을 하셨느냐고 조심스레 물었지요. 그랬더니 당신 왈 '수학으로 만든 우주선을 타고 온 우주를 돌아다녔는데도 니 눈에는 가만히 있은 것 같지?' 하지 않겠어요. 말장난, 수數장난이 아니었습니다. x대신 어떤 값을 입력하더라도 다시 자신, 그러니까 x가 나오는 항등함수identity function를 거론하며 차근차근 설명하시는데, 환상적이었지요. 실제로 우주여행에 필요한 수학이 무엇인지를 일일이 곁들였답니다. 삼각법, 미적분학, 벡터해석학[22] 등을요. 거기에다 우주선이 더 적은 연료로 더 멀리 여행할 수 있도록 해주는 '저에너지 고속도로'라는 게 있다며, 그 존재를 동력학계[23]라는 수학으로 설명하셨지요. 어찌 혹하지 않겠습니까. 또 한 경로에서 다른 경로로의 연속변환을 다루는 호모토피[24]와도 연결시켜 우주여행을 논하시고, 순간이동조차 초함수[25]로 설명하시니 그보다 더 완벽한 모의실험이 없었습니다. 한여름 깊은 밤에 구질구질하게 내리던 비가 멈추고 상쾌한 바람이 불면서 맑게 빛나는 달을 보는 듯했습니다. 오묘한 이론도 그런 오묘함이 없었지요."

그때의 감회가 아직도 새로운지 산술가의 표정이 몽상가처럼 바뀌었다. 영구로서는 다 요령부득이었다. 수학 기초가 부실해선지 곧이곧대로 머리에 들어오지 않는다.

수학에서 교환 가능한 부분을 가지고 있으면 전체를 대칭으로 본다고 유 서방이 해설했다. 굉장히 근본적인 개념이라고 덧붙였다. 점, 선 등이 $x=x$ 꼴의 항등식으로 표현되기에 더욱. 영원불변하는 진리 중의 진리가 항등조작, 대칭조작, 대칭성이라 하면서 우주의 탄생부터 인간의 탄생에 이르기까지 대칭이 존재하지 않는 곳이 없다고 한다. 생명을 분석해보면 결국 자기복제 현상이기에 여기에도 필히 대칭이 개입된다는 것이다.

알고 보니 우리를, 우주를 지배하는 것이 대칭 아닌가. 수학 공식과 물리 법칙, 생명 현상 밑바탕에 대칭이라는 대지大地가 있었다. 문제의 대칭을 계산하는 법이 바로 군론이라는 수학 분야라고 하여 또 한 차례 영구는 심한 콤플렉스를 느낀다. 병일까. 사촌동생 영일이 언젠가 196883인가 196884인가 하는 수가 군론의 무엇하고 관계있다고 한 기억이 어렴풋이 떠오른다. 하지만 그것하고 오늘 산술가와 유 서방이 말하는 대칭하고 연결할 다리가 불행하게도 영구 앞에는 놓여 있지 않았다.

"제가 여지껏 살면서 삼각산 도사님처럼 가까울수록 멀고, 멀수록 가까운 분도 못 보았습니다. 마치 산같이. 마치 수평선처럼. 그런 분이 밤 열시가 다 되어가는 데도 안 납시는 걸 보니……. 아무래도 안 나타나는 게 나타나는 것이라는 역설적인 가르침을 주시려는가 봅니다."

구영구 장인은 하마터면 비명횡사할 뻔했다.

애초에 노구를 이끌고 속리산 골짜기 깊숙이 들어간 게 실수였다. 80대 중반 나이에 등산로가 아닌 곳, 그것도 바위와 암릉이 첩첩인 험지에 들어간 게 잘못이다. 당신 말을 액면 그대로 믿으면 귀신에게 씌어, 행선지를 누구에게도 알리지 않고 혼자 갔다. 그만하면 무리수도 보통 무리수가 아니었다. 게다가 절벽과 절벽 사이를 뛰어넘으려고까지 한 것은 더더욱 무리수였다. 도약대 발판으로 삼으려던 말단 부분 돌이 깨지면서 벼랑 아래로 떨어졌으니까. 그 다음은 정해진 수순대로였다. 목뼈까지 다쳐 소리마저 못 낼 상황이었기에 누가 봐도 찾아올 방문객은 저승사자밖에 없었다. 하루, 이틀, 사흘째에 그러나 기적이 일어났다. 장인이 거꾸로 처박힌 장소가 해마다 송이가 나는 곳이라 그해도 어김없이 송이 채취꾼이 나타난 거였다. 천운이었다. 이렇듯 극적으로 구조된 것이 벌써 1년 전이다.

"구 서방, 여기가 흥덕사란 절이 들어설 자리로 보이나?"

청주 시내에 위치한 고인쇄박물관이 내려다보이는 언덕배기까지 휠체어를 밀어서 올라오자 장인이 영구한테 천천히 말한다.

"글쎄요."

장인이 수동에 있는 옛 목우사에 주목한 건 어쩌면 목우사가 흥덕사일지 모른다는 일말의 가능성 때문이다. 절이든 사람이든 개명은 흔한 일이므로 얼마든지 그럴 수 있다. 또 과히 오랜 시간을 거슬러 올라가지 않아도 청주읍성邑城 바깥에 수동이 위치했으므로. 더욱이 청주 인근에서, 청주 진산인 우암산 골짜기 중에서도 수동이 풍수지리로 보면 가장 적합한 절터였다. 실제로 흥덕사지에서 출토된 '계향지사桂香之寺'라는 명문 기와가 우암산 관음사에서도 수습된 바 있지 않은가. 더구나 우암산은 구석기와 신석기, 청동기 유물이 두루 출토되는 것을 보면 고대국가 치소로 비정할 정도로 유서 깊은 데였다.

좌우간 장인이 70년대 후반부터 수동 상좌골을 시작으로 그 주변 땅을 사고 판 건 오직 《직지》와 그것을 찍은 주자소 유구 내지 금속활자 실물을 찾을 수 있을지 모른다는 희망 때문이다. 1985년 흥덕사가 확인된 후에도 장인이 관련 유물 찾기를 포기하지 않은 것은 흥덕사지에서 금속활자 실물이 한 점도 수습되지 않은 영향도 있었다.

"왜 《직지》를 하필이면 청주에, 그것도 청주 진산인 우암산도 아닌 조선팔도 어디에나 있는 야산에서 간행했을까?"

장인이 우암산에 시선을 고정한 채 묻는다. 그랬다. 아무리 봐도 세계최초란 수식어가 들어갈 장소로서는 어울리지 않았다. 누가 봐도 큰 가람이 들어설 곳이 아니었다.

"옛날에는 여기 청주가 서원경이니 뭐니 하면서 중부권에서 인구밀집도가 높긴 했지만 저로서도 도무지……. 참, 아버님이 도굴계 큰손이라는 소문이 도는 건 아시는지요?"

김 명예교수가 장인을 일찍이 '꼬왕 2세'라고 지목했지만 아직도 확인을 못하고 있었다. 평소 성정으로 미루어보건대 펄펄 뛰는 것으로 그치지 않을 공산이 커 여태 눈치를 보았다.

"알지. 이제야 묻다니 자네도 어지간하이. 자고로 사내라면 그 정도는 돼야지."

"……."

"고고학계나 고대사학계, 고미술계, 골동품계의 거두인지 아닌지를 판가름하는 시금석이랄까 기준이, 나의 실체를 아는 여부라고 알고 있네."

"아버님이 꼬왕 2세라는 것도요?"

숨도 못 쉰다. 지금껏 얼마나 묻고 싶던 질문인가. 벼락이 떨어질지, 선선히 인정할지, 딴소리를 할지 몹시 궁금하다.

박물관장직 연임전선에 먹구름이 끼었을 때 그날도 오늘처럼 숨 막히는 일전을 벌였다. 언젠가부터 다시 시작된 미행이 사람을 아주 피곤하게 만들었다. 대책이 필요했다. 마음고생을 오지게 하는 것도 정도가 있었다. 통 큰 베팅에 나섰을 때 장인이 꼬왕 2세라는 제보가 적잖은 힘이 되었다. "아버님, 우리 박물관에 보관 기탁한 물품 중 3분의 1을 저한테 안 넘기실 거면 물건 빼십시오." 인사동 가게 및 골동품 소유권을 넘길 듯하면서도 넘기지 않자 아내도 섭섭했는지 영구 편을 들었다. "문화재 절도죄 공소시효가 10년입니다. 아버님이 학술연구용으로 활용하라며 보관 형식을 빌렸지만, 실은 공소시효를 넘겨 처벌을 면하기 위함이지요? 그런데 저도 살아야 할 것 아닙니까. 장물 은닉죄도 아마 공소시효가 10년이죠? 만약 문제가 되면 박물관장직은 물론이고 교수직까지 잃게 되는데 저도 리스크를 부담하는 보람이 있어야 하지 않겠습니까."라며 정면 승부를 걸었다. "내가 죽고 나면 자네들한테 다 줄 건데 그것도 못 기다려서 3분의 1만 달라? 좋아, 3분의 1만 먹겠다니 주지, 줘."라고 서운해 했지만, 상당량의 골동품을 수중에 넣을 때도 입에 올리지 않은 별칭이 꼬왕 2세였다.

"꼬왕 2세라… 사위에게 들으니 기분이 묘하구먼. 맞어. 내가 이 동네 검은손 제왕이야."

예상 밖이다. 당신 말마따나 생애 마지막이 될지도 모르는 외출을 나와서 일까. 선선히 모든 것을 털어놓을지도 모른다는 생각에 은근히 긴장이 된다.

대학병원에 일 년가량 장기 입원해 있는 상황에서, 몇 해 전 간암이 발견되어 제거 수술을 했는데 어느새 다른 장기로까지 전이되어 있음을 확인한 것이 8월말이었다. 명이 과히 길지 않음을 직감한 당신이 얼마 전부터 영구한테 노래를 불렀다. 특히 9월 4일에《직지》가 유네스코 세계기록유산에 등재되자 더 조바심을 냈다. 마지막으로 흥덕사 옛터에 세운 고인쇄박물관과 우암산을 한 번 보고 싶다 하여 별 도리 없이 모시고 내려온 것이다.

"애초에 선친이 도굴을 시작한 건 왜놈들 때문이야. 이자들이 한일합방을 전후해서 조선팔도 분묘란 분묘를 죄다 파헤치는 것을 보고, 저들한테 고스란히 털리는 것이 싫었지. 우리 수중에 있으면 귀중한 문화재가 최소한 바다는 건너지 못할 거란 생각을 했어."

그럴싸한 변명이다. 90년대 중반이던가. 부산과 경남 지역의 3천여 고분을 조사했더니 7할이 이미 도굴된 상태였다. 그 주인공들이 바로 처가 사람들이라 묘한 감정이 들었다.

"창원 다호리 삼한사회 유적을 아버님이 먼저 손대셨지요?"

"그랬지."

"석촌동 백제 적석총도 1974년 서울대 조사단에서 살펴보기 전에 먼저 다녀오셨고요?"

"괜히 꼬왕 2세였겠나. 발굴 전문가조차 구조상 도굴이 불가능하다는 신라의 적석고분까지 손댔다네. 그밖에도 암사동 신석기시대 주거지, 부여 송국리 청동기시대 주거지 등 일일이 다 말하자면 종일 걸릴 걸. 항상 몇 발 먼저 알짜배기를 손댔지. 아버님이 삼국시대 왕릉과 가야시대 왕릉을 죄다 뒤졌듯 나 역시 수석을 줍는다는 핑계로 전국 해안가와 강가까지 모조리 뒤졌어."

"유물은 어떻게 처리했어요?"

"절반은 삼성가家에 넘겼고, 2, 3할은 그 외 재력가들한테, 나머지 2, 3할은 잘 모셔놓았네."

이병철 회장 같은 경우 친형을 중간에 내세워 값비싼 고미술품을 저렴하게 입수한 경위는 세간에 어지간히 알려진 일이었다. 설령 아무리 싸게 넘겼더라도 2대에 걸쳐 전국 산천을 뒤져 절반을 넘겼다면 당연히 거부여야 옳다. 그런데, 아니었다. 여전히 누하동의 낡고 허름한 동네에서 옹색한 집에 기거하고 있었다.

"그럼 돈은 어찌하셨어요?"

장인도 오대산 도사나 산술가 같은 계열일까? 의식주 사치를 하지 않는다는 점은 똑같았다. 하지만 장인은 도심의 은자들과는 거리가 멀었다. 공부머리가 부족하고, 장사 수완이 없다는 이유로 자식들을 대놓고 무시하는가 하면 처남들이 문화재범으로 전과 기록을 세우자 당신의 불신은 하늘을 찔렀다. 아마도 꼬왕 1세와 2세의 명예를 훼손했다고 보았을 확률이 높다.

"부부든 부자든 형제든 서로의 속을 다 알면 좋을 것 같지만 때로는 모르는 게 약일 수도 있어. 더는 알려고 하지 말게."

장인이 씩 웃는다. 능글능글하다. 평생 불법을 저지르고도 콩밥 한 번 먹지 않는 걸 보면 일재간이 보통이 아닌 사람임에는 틀림없다.

"아버님, 저는 손 안 대겠습니다. 그러니 귀띔이라도."

"자네는 속물이라서 안 돼. 박물관 보관료로 받아간 유물을 처분해서 건물을 사지 않았는가."

낯이 뜨겁다. 사실이니까.

"구 서방, 경고하네. 이제부터 자기 몫을 계산하면 자넬 사위로 보지 않을 걸세."

단호하다.

"아버님, 작년 이맘때 대체 속리산에는 왜 가셨는지요?"

"신미信眉 대사를 찾아서."

유교가 국시인 조선에서 스님이 왕의 침소에 출입했다는 건 보통 사이가 아니라는 반증이다. 세종은 왜 신미를 대접했을까? 일매지어 말하면 신미가 한글 창제에 혁혁한 공을 세웠기 때문이라고 보는 사람이 많았다. 법주사 복천암은 그런 신미가 주로 머문 곳이다.

"내가 잘 아는 신미 전문가가 어느 날 자기가 원하는 물건을 주면 내가 혹할 특급 정보를 넘기겠다고 하지 않겠나. 그래서 거래했다네. 불경이 한문으로 되어 있어서 백성들이 잘 이해하지 못하는 걸 안타까워한 신미가 세종을 꼬드겨 한글을 창제했다고 했지. 긴가민가했더니 한글을 창제한 후, 왜 불경부터 언해본으로 발행했는지 반문하더군. 《월인석보》와 《훈민정음》이 왜 108장과 33장으로 각각 구성되어 있는지 물으면서,

불교적 상징이라 하지 않겠나."

그럴싸하다. 실제로 훈민정음 최초 완성에서부터 창제 반포에 이르기까지 정확한 날짜를《세종실록》에서 확인할 수 없음에 그 개연성은 충분했다. 그날그날 일어난 일을 사관이 모두 적는 왕조실록에 위대한 발명 과정이 쏙 빠져 있다는 점도 의구심을 키웠다.

"내가 속리산에 혼자 들어간 건, 신미 전문가가 건넨 고지도 한 장 때문이야. 그 지도로 찾아가면 고려 때 금속활자로 찍은《증도가》와 신미 대사가 주를 모아 책으로 간행한《증도가》가 있다고 하지 않겠나. 하나같이 무가지보無價之寶인《능엄경 언해본》과《훈민정음 해례본》도 있다하니 내가 왜 미치지 않았겠나."

만일 기해년(1239)에 금속활자로 찍은《증도가》진본이 발견된다면 세계적 뉴스거리 아닌가.《직지》이상의 대발견인 이유는《증도가》가 문헌상 금속활자로 간행된 최초의 책이기 때문이다.

"아버님, 뭔가 석연치 않은데요. 신미 전문가와 어떤 거래를 어떤 식으로 했는지 정확히 모르지만, 국립중앙박물관에 있는 모든 국보급 문화재와 맞바꿀 만한 보물지도를 아버님한테 선뜻 내놓은 저의가 아무래도 이상하지 않습니까? 자기가 찾으면 되지 굳이……."

"걱정 말게나. 아직 노망은 안 들었으니까. 백전노장이 되어 가지고 그 정도 판단력도 없었겠나. 닥종이에 그린 고지도를 자네한테 넘길 터이니 자네가 대업을 완수해줬으면 하네."

아무래도 미심쩍다. 일단 너무 거창한 보물지도였다. 금속유물 발굴이라면 꼬질대 하나로 당대 최고 소리를 듣는 당신이어도 서적 관련 유물에는 한 번이라곤 하지만 참혹한 실패로 끝나지 않았는가.

"자네와 마지막 외출을 나온 건 이곳에서 자네한테 '꼬왕 3세'가 되어 달라고 부탁하기 위함일세. 자식들 중에서 고르려고 했다만 영 주변머리가 없어서 글렀어."

아쉬울 것 없는, 명색이 교수에게 이 무슨 망발? 이렇게 생각하며 삐딱하게 쳐다보는 순간, 당신이 품에서 보석함을 꺼낸다.

"살펴보게."

"아니, 이건 낱개 활자單字 아닙니까?"

금속활자였다. 밀랍주조법에 의해 낱개로 제작되어 있는 한 일一자였다. 우암산 일대를 뒤지며《직지》를 많이 연구한 덕에 단번에 알아볼 수 있었다.《직지》원본에 일一을 오식해서, 그러니까 거꾸로 식자植字된 예가 있어서 더 눈여겨본 터라, 그것이 확실하다.

"이것까지."

'나'를 지칭하는 '我'였다. '吾'보다 구어적이고 가벼운 느낌을 주는 '我'라는 일인칭은《직지》특징 중의 하나였다.

"정말 믿어지지 않는군요."

낱개 활자는 엊그제 만든 것처럼 잘 보존되어 있었다.

"놀랍지? 이 두 활자가 이제껏 온전히 보관된 건 비단으로 꽁꽁 싸서 공 모양으로 압축한 후 왁스로 코팅한 덕택이야. 고대 중국에서 극비 문서를 전달할 때, 비밀 유지를 위해 쓴 방법이지."

"대체 어디서, 이것을."

영구는 말까지 더듬거린다.

"일제강점기, 선친이 청주에서 유명한 요릿집인 '승난염'과 요정인 '태평관'에 종종 들렀는데,《직지》간행에 참여한 사자원寫字員 직계 후손을 그곳에서 만났다네. 그에 따르면 옛날에《직지》간행에 참여한 사자원들이 불서를 찍은 금속활자를 신성시했다 하더라고. 죽은 후에 몸에 지니면 극락에 간다고 믿었대나. 그 결과 후손들한테 자기가 죽으면 두 손에 한 자씩 쥐어 달라고 부탁했다고 하지 않겠나. 아버님이 유언으로 이 말을 남기시며 기회가 되면 우암산 일대 묘지를 뒤지라 했어. 한 이십 년 헤맨 어느 날 저녁, 여기서 마주보이는 저 산 있지, 이 양병산과 오른손 왼손처럼 마주보이는 수동 벼랑새 산비탈의 무성한 잡목 아래, 무너진 봉분에 이것이 있었어. 땅 아래 직사각형 석재로 만든 무덤에 고려 시대 특유의 묘지명조차 없는 것으로 봐 문제의 사자원이 빈곤했던 모양이야. 하지만 그 양반의 소박한 믿음이 오늘날 이렇게 빛을 발휘하게 될 줄은 당사자도 몰랐겠지? 이걸 양손에 쥔 사자원의 뼈는 흔적도 없이 사라졌건만 이것만은 이렇게 고고히 남았으니…."

영구가 태어난 이후 가장 충격적인 순간이다.

"자네도 알겠지만《직지》에 쓰인 단자가 최소 수천 자, 수만 자 이상이야. 이제 두 개니까 시작이야. 시작에 불과하다고. 이걸 기념으로 줄 터이니 꼬왕 3세가 되겠다고 맹세할 수 있겠나?"

산수 고수들

"벌써 아침입니까?"

영일이 자고 있는데 인기척에 눈을 떠보니 능오였다. 속리산 상환암과 상고암 사이에 있는 석굴에 온 건 어젯밤이었다. 능오가 오늘 아침 일찍 이곳에서 보자고 하여 어제 저녁 늦게 도착하여 아예 잠을 잔 것이다.

"그렇다네. 예서 잤는가."

따스한 온기가 남아 있는 슬리핑백 속에서 나오고 싶은 마음이 없다. 가을이 깊지는 않으나 벌써 산중의 새벽은 싸늘했다. 태한 스님과 함께 셋이서 긴히 의논할 일이 있다고 하여 청승을 떠는 거였다.

"오동나무 상자 말일세. 진즉에 열어보았을 텐데, 왜 여태 아무 말이 없나? 그건 처사 물건이 아니네."

영일이 제주도에서 오랜 궁금증을 한꺼번에 풀 수 있는 상자를 능오에게 받고 얼마나 좋아했던가. 그러나 보고난 후 돌려줘야 한다는 이야기를 듣곤 천천히 돌려줄 요량으로 개봉을 최대한 미루고 있었다.

"아직 열지도 않았어요."

"그렇게 조를 땐 언제고."

"막상, 절대미녀가 수중에 들어오자 옷고름을 푸는 게 머뭇거려지는 거 있죠."

영일이 웃으며 느물거린다.

"소리 낮추게. 행락철이라 등산객이 많아. 특히 새벽엔 목소리가 먼 곳까지 퍼진다네."

능오가 주의를 준다. 석굴은 화강암과 변성 퇴적암으로 이루어진 자연 동굴이었다. 출입문의 위장막이 감쪽같아 코앞에 설령 누가 와도 여기에 석굴이 있으리라고는 예상할 수 없는 곳이었다. 오대산 소금강 석굴보다 더 은밀했다.

"비밀상자 때문에 저를 여기까지 불렀습니까?"

"그것도 있지만, 그보다는 구 관장 때문에……."

집안의 형제들 중, 영구는 유달리 영일과 오랫동안 얽히고설켰다. 어렸을 적 한초 양자가 되기 위해 뜨겁게 경쟁한 이후, 친인척들은 모이기만 하면 두 사람을 저울에 올려놓고 비교했다. 그 때문일까. 만사에 서로가 서로를 견제하는 병이 생겼다. 영구가 이야기를 들으면 펄쩍 뛸지는 모르겠지만, 형이 한때 삼각산 도사한테 빠진 것도 따지고 보면 영일이 한초 양자가 된 데 대한 일종의 보상심리가 작용했다고 영일은 믿었다.

매사 의식하며 살아야 하는 대상이 있다는 것이 은근히 스트레스였다. 운명이라고, 팔자라고 받아들이려 아무리 애써도 영구 이름만 들어도 영일은 긴장했다. 특히 처가 땅을 영구가 탐낸 이후로는 좋지 않은 감정이 쌓였다.

"구 관장이 요즘 속리산에서 거의 살다시피 하는 거 아는가?"

"왜요?"

그 속셈을 구영일이 어떻게 알겠는가.

"사흘이 멀다 하고 내려와서 며칠씩 속리산 구석구석을 뒤지는 모양이야. 내가 법주사에 오면 복천암에 주로 머무는 걸 알고, 내려올 적마다 구 관장이 복천암에 들리는 것 같아. 복천암 스님들과 공양주가 하도 얼굴을 보이니까 정들겠다고 하더군."

"왜, 자주 찾는지 아시나요?"

"복천암 주지가 말하길 구 관장이 찾아와 신미에 대해 광범위하게 질문했다 하더라고. 호기심 차원이 아니라 신미에 관해 연구하는 것 같아. 주지는 신미 예찬론자인 탓인지 그런 구 관장이 흡족한 모양이야."

신미는 영일하고도 친숙하다. 일찍이 한초에게 귀동냥 눈동냥을 하지 않았던가.

"자료가 필요하다면 복천암 주지한테 요청하면 될 터인데, 왜 굳이 속리산을 헤매지요?"

"글쎄, 그것이… 아마 이곳 석굴을 찾는 것 같아!"

"이곳을요?"

"신미가 애용했거든."

"신미도 억수종 인물입니까?"

"억수종에서 수학에 가장 능했다고 들었네."

"티벳어, 산스크리트어까지 능했음은 압니다. 인도 토착어인 드라비다어와 우리말이 일부 유사한 것도 신미 스님 때문이라는 말도 있고요. 하지만 수학에도 조예가 깊었다는 사실은 금시초문인데요."

한글에 역易사상, 음양론, 삼재론, 오행론 등이 결합되어 있다는 이야기는 들었지만 수학 원리가 숨어 있다고 하니 어리둥절하다. 능오가 손가락으로 동굴 벽에 새겨진 무늬를 가리키며 말했다.

"이것을 은사 스님께서는 다섯을 의미하는 산스크리트어 판트차pantcha와 손을 의미하는 페르시아어 펜트차pentcha라고 하셨어. 인도에 다녀와서 법주사를 창건한 스님 작품이라는 설도 있으나 은사 스님께선 신미 스님이 남긴 것이라 생각하셨지. 신미 스님은 아라비아어를 능수능란하게 구사할 수는 없었어도 서책을 읽는 수준은 되었다고 들었어. 어쩌면 유클리드의《원론》을 읽었을지도 모르지. 이건 내 추정이야. 8세기 말에《원론》이 라틴어나 영어보다 아라비아어로 먼저 번역되었으니까. 확실한 건 명철한 당신께서 수리정신 소유자였음은 분명해. 억수종 적통자였으니까."

한초가 몬스터군이 수학계에 발표되기도 전에 훤히 꿰고 있었음을 알았을 때만큼이나 충격적이다.

"세종이 혜각존자란 시호를 내리고, 세조가 말끝마다 존자로 불렀던 스님이 왜 하필이면 믿을 신信과 눈썹 미眉를 법호로 택했을까? 왜 신미로 지칭했을까? 눈썹을 믿는다! 무슨 의미 같은가? 한쪽 눈썹을 一의 상징으로 볼 수는 없을까? △, □, ○을 수학에서 어떻게 부르나? 삼각형, 사각형, 원이라고 부르지 않는가. 기하학 도형이잖아. 반치음 △이 한때 발달되긴 했으나 현재는 음소 △가 없어진 게 개인적으로 매우 아쉽긴 하지만…….

수학세상 입구에 놓여 있는 게 점과 선이잖은가. 한글은 하늘을 뜻하는 •, 땅을 뜻하는 ㅡ, 사람을 뜻하는 ㅣ가 좌우, 상하로 조화가 되도록 대칭 구조를 갖고 있지 않는가. 이 세 모음의 글자 모양을 보고 하도河圖의 수하고만 연결시키는 건 짧은 소견이라 보네. 잘 알다시피, 대칭이 쌍대와 함께 수학이란 몸통을 떠받치는 두 다리잖은가. 한글의 ㅏ와 ㅓ가 좌우 대칭, ㅗ와 ㅜ가 상하 대칭이지? 그뿐인가. 한글은 긴 직선과 짧은 직선, 즉 수학적으로 표현하면 직선과 선분, 반직선 등을 동원해 대칭을 비롯한 온갖 조화를 부리도록 사각형 모양으로 배치해 놓았네. 심지어 대수구조도 존재하지. ㄱ과 ㄲ, ㄷ과 ㄸ 등이 보여주는 것처럼 같은 자음을 반복해서 사용하니까."

친구를 잘 안다고 생각했다가 무슨 일로 전혀 몰랐음을 확인했을 때처럼 당황스럽다.

"《훈민정음 해례본》에 나타나는 수학적 직선이 얼마나 아름다운가. 《월인천강지곡》에서 강직하게 그은 직선미는 또 어떻고. 한글이 직선미의 극치인 건 한자하고 비교하면 금세 알 수 있지. 대부분의 한자는 한 글자에 얼마나 많은 직선을 동원하고 있는가? 반면에 한글은 최대공약수等數처럼, 기약분수처럼 최소한의 직선으로 경제성을 갖춘 수학적 사고의 산물이야. 1607년 마테오 리치와 서광계가 유클리드의 《Elementa》를 《기하원본幾何原本》으로 번역하기 약 2백 년 전에 마치 본 것 이상으로 활용했으니, 이만하면 신미의 수학정신이 좀 이해가 될 것 같은가?"

"그렇다면, 《훈민정음》 제자 원리에 그런 내용이 왜 없지요? 이건 어떻게 설명할 수 있죠?"

세종이 집현전 학자들의 도움을 받아 직접 창제했다는 한글은, 지구의 모든 문자 중에서 제자 원리를 설명할 수 있는 유일한 문자이긴 하지만 능오의 해석이 아무래도 자의적이라는 느낌을 지울 수 없다.

"조선의 국시가 유교였어. 조선시대에 불교에 가해진 박해의 역사, 통한의 역사를 알고 있지 않는가? 겉으로 드러난 한글 창제의 주역은 어디까지나 세종이야. 하지만 우리 억수종에서는《산학계몽》[26]을 배운 세종이 한글 창제를 대외적으로 이끌었다면 그 막후에는 신미 스님이 있었다고 생각해. 이 둘 사이엔 수학이란 교집합이 있었어. 그 영향으로 세조는 산학 관제를 정비하고 관직까지 두었다네.

신미에게는 궁극의 소원이 있었지. 일차 소원은 한문으로 된 불경을 백성들이 쉽게 이해할 수 있는 방안을 강구하는 거였어. 어리석은 백성을 가엾게 생각하여 만든 문자라는 공표를 액면 그대로 받아들인다면, 국가 차원에서 진행한 사업이니만큼 국시를 떠받치는《논어》같은 유교 경전을 먼저 번역했어야 하지 않겠는가. 찬유가가 나오는 게 정상 아닌가? 그럼에도 찬불가인《석보상절》,《능엄경》,《월인천강지곡》을 왜 먼저 번역하여 언해본으로 발행했을까. '나라 말쌈이'로 시작하는 한글 어지御旨가 108자이고,《월인석보》제1권이 108쪽인 것은 우연일까. 사찰에선 새벽에 33번, 저녁에 28번 종을 치는데,《훈민정음》이 33장 28자로 되어 있는 것은 우연일까. 더구나 신미대사는 불교 경전을 27종도 아닌 28종을 번역했어. 28, 33, 108은 불교에서 신성하게 여기는 수지? 신미대사는 28이 수학적으로 완전수란 점을 고려해서 한글 스물여덟 자를 만들었건만, 일제강점기 때 '한글맞춤법 통일안'을 제정하면서 넉 자를 제외하는 바람에 표현할 수 있는 음절자 수를 엄청 줄이는 실수를 저질렀어. '한글맞춤법 통일안'으로는 로마자의 B와 V, R과 L을 구별하기 힘들지만 훈민정음으로는 가능하니까.

한글 자음에서 보듯 90도로 꺾이는 선이 왜 많은 것 같은가? 이것 역시 억수종 어른들한테서 신미대사의 혜안이라고 들었네. 성대에서 입술과 콧구멍으로 이어지는 통로를 잘 보면 구강과 인누강이 합쳐지는 지점이 90도 각도로 휘어지네. 이것을 한글 창제를 궁리할 때, 자음 제자에 그대로 대입[27]했다고 하더군. 직선을 유달리 강조하는 억수종 영향도 있었지. 하다못해 우리말의 주어가 발달하지 않은 것도 불교의 무아[28]와 연결해서 이해하면 쉽게 이해할 수 있어. 우리말에 시제가 불분명한 것도 불교의 과거 현재 미래란 삼세관하고 연결해서 보라고. 과거 현재 미래가 피상적으로 보면 나뉘어져 있는 것 같지만 관점의 문제라는 건 상대성이론이 잘 설명하고 있지 않는가. 나의 현재가 다른 별에 사는 어떤 존재에게는 과거가 될 수 있으니까. 그런 점에서 우리말의 주어가, 시제가 발달하지 않았다고 얕잡아 보는 일부 지식인은 하나는 알고 둘을 모르고 하는 소리지."

영일은 능오 스님 이야기를 솔깃하여 듣는다. 한글 자음 기역ㄱ이 경사대수[29] 기호로 사용된 것이 갑자기 예사롭지 않게 다가온다. 1984년 간행된《경사대수와 그 응용》이란 책에서 그 사실을 우연히 확인했을 때는 별 생각이 없었지 않는가.

"그럼, 궁극의 소원은 무엇이었나요?"

"오늘날 수학 공부하는 사람들은 기호법이나 필산법의 고마움을 잘 몰

라. 옛날 동양 산학에는 그것이 개발되어 있지 않은 데다 한문으로 산학 서적이 쓰여 있는지라 이중고를 겪었지. 서양 역시 수와 미지수, 산술연산을 나타내는 표기법이 없어서 중세의 대수학이 갈피를 잡기 어려웠어. 신미 스님은 백성들이 산학서를 쉽게 접하도록 하는 게 궁극의 꿈이었지. 처사가 소수의 불규칙성 문제를 해결하지 못할 것 같으면 수학 대중화 작업이라도 해야 한다고 내가 종용한 건 바로 신미가 꿈꾼 궁극의 소원하고도 연결되어 있다네. 고도로 추상화되고 전문화되어 자기 전공이 아니면 이웃 분야 수학도 알기 어렵게 된 현대수학의 맹점을 극복하기 위해선, 세종과 신미의 도전정신을 되살릴 필요가 있어. 한글 같은 수학언어, 한글 같은 인공언어가 필요한 시점이지. 수학이 어떤 의미에서 지구의 대표언어이자 보편언어잖아. 영어권이든 아랍어권이든 어떤 언어권이나 공통으로 배우니까. 수학을 언어의 굴레에서 해방시킨 문자 기호 같은 발명품이 다시 필요하다고! 수학이 하나의 언어임을 명심 또 명심해야 돼. 사람들 사이의 의사소통 형식 가운데 가장 아름다운 게 수학이야. 플라톤이 왜《국가》에서 모든 시민이 수학을 알고 세계의 본성을 이해해야 한다고 했겠나."

능오는 신미대사가 이 석굴 어딘가에 한글 창제 막후 주인공임을 보여주는 증거품, 즉 신미대사가 읽은 산학서적들과 직접 언해한 불경 등을 남겨 놓았다고 했다. 영일을 급히 보자고 한 것도 태한 스님과 함께 억수종에 전해지고 있는 유물을 어떻게 할 것인지 논의하기 위함이라 한다. 그런데 무슨 영문인지는 모르나 태한 스님이 끝내 얼굴을 보이지 않았다.

놀라운 점은 영구가 이 석굴을 찾는 이유였다. 능오 스님은 신미대사의 유품을 노리는 것이라 확신했다. 영일이 더 질겁한 건 억수종 일물파 측 어떤 인사가 영구와 모종의 거래를 했을지도 모른다는 능오의 추측이었다.

단풍이 절정인데다 날씨 좋은 휴일이라 고속도로가 긴 주차장으로 변했다. 압구정동에서 경부고속도로로 진입하기까지 거북이걸음이다. 이미 마음의 준비는 어느 정도 하고 있었으나 막상 비보를 듣자 가슴이 서늘하다. "청주에 왔으니 청주清酒 한잔해야지."라는 장모의 한결같은 인사를, 이제는 다시 들을 수 없게 되어 만감이 교차한다.

영일의 장모는 사람을 맥 빠지게 하는 데 선수였다. 결혼식 전에 첫날밤을 미리 치를지 모른다고 여겨서일까. 당신의 막내딸 단속이 유별났다. 한번은 작정하고 청주 최고급이던 금수장호텔 3층 객실을 빌렸다. 주머니 사정이 넉넉하지 않던 대학원생 주제에 무리해서 고급 룸까지 예약했건만 오기로 한 여자가 아무리 기다려도 나타나지 않았다. 무슨 일인가 하여 한밤중에 그녀 집으로 가 살펴보자 장모가 막내딸 방문 앞에서 수를 놓고 있었다.

"외할머니 하면 무엇이 제일 먼저 생각나니?"

큰딸이 운전하는 승용차 뒷좌석에서 눈을 감은 채 묻는다.

"한."

"무슨 한?"

"무슨 한이겠어요, 그냥 한恨이지. 입만 여시면 외할머니는 큰외삼촌이 출가한 것이 한 중의 한이라 하던데요."

그 영향일까. 큰딸은 현재 정신과 레지던트 과정을 밟고 있다.

"그래, 한병 치료 전망은 있니?"

곧 전문의가 될 예정이다.

"글쎄요, 아빠. 그제 아침 개별환자 집중연구case conference 시간에 한병 운운했다가 과장님한테 왕창 깨진 거 있죠. 과장님은 화병火病이라는 호칭을 더 선호하거든요. 하지만 저는 화병은 초기 증세, 한병은 말기 증세에 어울린다고 우겼죠. 예로부터 우리가 우리 자신을 정의한 이름이 '한'이니까. 나라이름 한韓 또는 한나라 한漢으로 표기된 건 차음 관계 때문이고 '한'은 고유한 우리말이지요. 그래서 그런지 '한'만큼 다양한 의미로 쓰이는 글자도 드문 거 같아요."

큰딸이 아마도 한병을 연구하는 과정에서 1 내지 한 그 자체에도 많은 관심을 가졌던 모양이다. 우리의 '한'이 중국의 도道, 인도의 무無만큼 다양하게 해석되고 응용되고 있음은 영일도 익히 알고 있다.

"언니, '한 많은 이 세상…'이란 노랫말도 있잖아, 왜? '한 많은'이라는 표현에서 한을 하나로 보면 '1이 많은'이 되잖아. 모순되면서도 재미나지 않아? '나'를 '우리'라 부르고, '우리'를 '나'라 부르는 것처럼."

서울을 벗어나기 전 신사동에서 동승한 처조카가 말을 받는다.

"그러니까 하나인 1을 본능적으로, 원초적으로, 무의식적으로 우리는 숭상하는 민족인 것 같아. 오죽하면 입만 열면 '한겨레'라고 하겠어. 태극기의 태극도 1을 상징하잖아."

이종사촌끼리 죽이 제법 맞다.

"참, 이모부! 이모 매듭 전시회 열어줘야 하는 거 아닌가요."

아내가 장모를 따라 미혼일 때부터 수예로 소일하더니 결혼 후에는 매듭에도 손을 댔다. 삼각지 고모 영향이 컸다. 당신이 영일뿐만 아니라 조카며느리까지 잘해주지 못해 안달하자 거기에 호응하느라 그랬는지 매듭마저 배워 두 가지를 병행했다.

"아마추어가 무슨 전시회? 실제로는 아마추어이면서도 너도 나도 모두 프로인 양 하는 한국사회가 나는 싫다."

"이모는 프로예요, 정말 프로라고요. 제가 중요무형문화재 기능보유자인 매듭 장인하고 인터뷰할 기회가 있었거든요. 그때 이모 작품을 슬쩍 보여줬더니 전래되는 33종 매듭을 완벽하게 재현할 줄 아는 이가 소수라며 눈이 휘둥그레지던데요. 이걸 매듭진 사람이 누구냐고 엄청 반가워했어요."

영일로서는 꿈에도 생각하지 않은 사안이다. 아내가 매듭에 몰두하면 영일도 본의 아니게 구경하는 경우는 잦았다. 고도로 정신집중하고 매듭을 짓는 아내의 모습이 보기 좋았다. 어떤 때는 현란한 손놀림이 무의미해 보이기도 했다. 마치 수식을 끝없이 기술하는 수학자처럼. 그러다 완결된 매듭을 보는 순간 군더더기 하나 없이 자명하게 증명한 수학 논문 같아 입을 벌리곤 했다.

별안간 아내가 매듭으로 수학놀이를 했다는 생각이 든다. 완성된 매듭은 좌우 대칭이니까. 19세기 중반부터 매듭은 수학자들 연구 대상이었다. 하지만 아내의 작업을 한 번도 수학하고 연결시켜 생각해본 적은 없다. 노리개의 매듭 부분과 짧은 저고리의 길이, 술 부분과 긴 치마 길이 사이에 함수 관계가 있음을 뻔히 알면서도. 왜 그랬을까.

능오 스님 지적처럼 관찰력에 문제가 있는 모양이다. 애초부터 아내가 수학 문외한임을 알았다고는 해도 이는 변명에 불과했다. 수학 공부할 때 문제를 손으로 직접 풀거나 증명해야 소기의 성과를 거두듯 매듭 역시 눈으로 아무리 보아도 직접해보지 않으면 무의미하다는 공통점 정도는 파악하고 있었으므로.

"매듭 작업할 때 사용하는 끈 있잖아요. 그 끈이 물리학에서 말하는 끈하고 관계있나요?"

영일이 전공이 해석학이라 물리학에도 능함을 아는 처조카가 던지는 질문이었다.

원자보다, 양성자와 중성자보다, 쿼크보다도 더 작디작은 끈이 진동해서 생긴 것이, 이 우주라는 게 끈이론 물리학자들 주장이다. 끈이 마치 한처럼 다양한 패턴으로 진동하면서 온갖 종류의 입자들을 제조한다고 그들은 수학을 통해 증명하고 있었다.

"일상의 끈을 수학적, 물리적으로 추상화시킨 끈이라고 보면 돼. 끈string이 일차원 선처럼 굵기가 없고 길이만 있으니까. 95년에 다섯 끈이론을 통합한 M-이론에서는 공간이 10차원이라, 끈은 11차원에서 살고 있대. 그 11차원 끈으로, 매듭 작업을 하는, 더 높은 차원에 사는 너네 이모 같은 사람이 있을지도 모르지."

특정 수 10과 11이 자주 나와 영일이도 다른 물리학 논문들보다 더 유심히 살펴보곤 했다. 10과 11은 억수종에서 주목하는 수라 관심이 갔던 것이다.

영일이 끈이론 반半전문가가 된 건 그쪽 전문가들의 수학언어를 잘 아는 탓도 있지만 친하게 지내는 물리학과 교수 영향도 컸다. 그를 위시한 몇몇 국내 전문가들이 물리학 저널에 투고하기 전마다 영일한테 자문을 구했기 때문이다. 대부분 끈이 강하게 상호작용하는 문제를 다룬 논문들이었다. 그때마다 계산이 너무 어렵고 복잡하여 영일은 곤욕을 치르곤 했다. 특히 루프loop 혹은 고리 양자중력 우주론에 관해 쓴 물리학 논문은 머리를 쥐나게 만들었다. 루프 혹은 고리 양자우주론에서는 우주가 순환한다고 보았다. 지금까지 물리학계에서는 빅뱅 이전에 대해서는 아무것도 말하지 못했는데, 아니 말할 수 없었는데 루프 혹은 고리 양자우주론에서는 전사前史를 방정식으로 들여다볼 수 있음을 논하고 있었다. 획기적이었다. 빅뱅 전에 만일 우리가 살았다면 거울을 통해 사물을 볼 때처럼 모든 것이 반대 방향으로 보인다는 사실에 전율했다. 이로써 세상이 생겼다가 없어지기까지의 사겁四劫을 의미하는 성주괴공成住壞空[30]이 허튼소리가 아님을 이해할 수 있다.

평소보다 서너 배의 시간이 걸려 마침내 수동 처가에 도착했고, 장례도 무사히 잘 치렀다. 백수를 누린 호상이라 조문객들도 입을 모아 '당신처럼 살다가 죽어야 될 텐데…….'라고 총평했다. 다 정리하고 떠날 채비를 하는데 큰처형이 안방으로 부르더니 종이함지 하나를 건넨다.

"제부, 어머님이 남긴 유품입니다."

함지를 열자 초록으로 물들인 비단에 분홍색 색실을 사용하여 수를 놓은 게 먼저 눈에 들어왔다. 한 땀 한 땀 꼼꼼하게 수를 놓아 쓴 것은 '우리 막내딸과 사는 구영일 씨에게'로 시작하는 편지였다.

편지를 읽고도 차마 접을 수가 없다. 바늘구멍과 바늘구멍 사이를 잇는 실, 그러니까 점과 점을 잇는 직선의 행렬이 새삼스럽다. 정체된 고속도로 위의 승용차 행렬 같기도 하고, 수數직선에 표시된 정수 같다는 생각도 든다. 바늘과 실만큼 직선과 곡선을 잘 보여주는 도구도 드물었다. 여러 개의 직선을 이용해 곡선을 만들고 때로는 직선 여러 개를 겹쳐서 곡선을 만들기도 했다. 바느질이 직선과 곡선의 합작품임을 처음 제대로 실감한다.

"세상에나!"

바느질에 빠져 멀뚱하게 앉아 있는데 작은 처형이 들어와 다른 유품을 보고 탄복한다.

전지 반 장만한 크기의 천에 수를 놓은 건 π값이었다. 자그마치 1만 자리까지 일일이 하나하나 수를 놓았다. 천 테두리에는 π값을 산출하는 고금의 공식들이 사각형 모양의 직선으로 형상화되어 있었다. 뿐만 아니었다. 소수도 π값과 똑같은 형식으로 수놓았지 않는가. 능오의 영향이다. 후생에 필요한 현생의 유일한 지식은 나무관세음보살 같은 염불이 아니라 수학지식임을 강조하여 장모가 자수품으로 승화한 거였다. 수예繡藝가 아니라 수예數藝의 절정이었다.

과연 장모가 다음 세상에 태어난다면 이 세상에서 가지고 있던 것 중에서 어떤 것을 가지고 있을까? 불변량[31], 그렇다. 불변량이 궁금했다. 불변량이 어쩌면 극락이나 천국보다 더 실질적으로 중요하지 않을까. 영일이 처음 강단에 서기 전 능오가 "수학교육 초점을 단순한 수학지식, 즉 알고 있는 것을 해설하고 전달하기에 급급해서는 안 돼. 학생들로 하여금 의미 없는 수식을 수학 그 자체로 착각하게 가르치면, 그건 죄악이야."라고 한 충고가 다시금 기억났다.

영구가 할 말이 있으므로 짬을 내달라고 노래 부르던 어느 날, "어디 손수제비 잘하는 데 없나"라고 무심코 대꾸한 것이 사단이다. 결국 큰어머니 수제비국 솜씨가 일품인 관계로 영구네 집에서 만나기로 했다. 큰어머니가 끓인 수제비를 내오자마자 영일이 국물 조금과 수제비를 맛보고는 감탄한다.

"정말 이 맛이야."

얼마나 서둘렀으면 뜨거운 국물에 놀라 수제비 한 점을 그만 상에 떨어뜨린다.

"나중에 치우지."

영일이 냅킨을 찾자 영구가 일어서기 귀찮은지 손을 내저었다.

"수학 원리라도 숨어 있어? 수제비 식으면 맛없다."

영일이 떨어진 수제비를 망연히 바라보자 영구가 수제비를 어서 먹자며 재촉한다. 수제비 한 점이 팔공산 갓바위 부처의 갓을 연상케 했다.

"형, 만일 수제비에 어떤 수학 원리가 숨어 있다면 어쩔래?"

영구가 수학를 거론하는 순간, 영일은 어떤 수학 개념을 떠올린다.

"둥그스름한 곡선으로 둘러싸인 이 수제비를 누구나 원반 혹은 원판 모양으로 만들 수 있겠지? 등각사상[32]을 쓰면 수학적으로도 가능해. 떨어진 이 수제비 안에 구멍만 나 있지 않다면 원반 혹은 원판으로 바꿀 수 있다는 것이 리만 사상 정리mapping theorem야. 여기에서 더 확장된 개념이 리만 균일화 정리고. 이 모두 리만이 아벨 함수[33]를 연구하는 과정에서 발견했지."

장모 별세를 계기로 많이 생각하게 된 불변성 문제와도 연결된다고까지 하지 않은 건 아무래도 지나치다 보아서다. 영구가 이쪽에 기초 소양이 없는 것을 뻔히 알면서도 굳이 조금 장황하게 이야기한 까닭은 기를 좀 죽일 필요가 있었기 때문이다. 영구가 번듯한 상가 건물을 매입한 후로 눈에 띄게 거만해졌음을 여러 차례 느꼈지 않는가.

큰어머니가 안주용으로 메밀묵과 메밀전을 내놓는다. 메밀 씨앗을 요리 주변에 두서너 줄 둘러 품격이 남다르다.

“설마, 이 메밀 씨앗에도 수학이?”

“있지, 왜 없겠어.”

형이 손들기를 바라는 눈치여서 영일이 일부러 약 올리는 어조로 받는다.

“정사면체 모양을 한 이 메밀 씨앗을 보면 수학도라면 누구나 4차방정식 네 근을 메밀 네 꼭짓점에 대응시킬 수 있지.”

약간 거리를 두고 본 메밀 씨앗이 피라미드처럼 생긴 사면체 같았으나 막상 가까이에서 들여다보니 말라서 그런지 현수선처럼 살짝 굽어 있다. 4차 곡선의 하나인 오일러 삼각형 모양이다.

“삼각산 도사가 옛날에 삼각형 비스무리하게 생긴 도형을 가지고 날 놀린 적이 있었어. 하루는 백운대, 인수봉, 만경대 세 봉우리 가운데쯤 되는 장소로 나를 데리고 가더니 온종일 세 봉우리를 번갈아가며 감상하라고 하더군. 경위도 모르고 산봉우리들을 보았지. 지친 나한테 삼각산 도사가 백지에 이런 을 그리지 않겠어. 변의 길이가 무한하다 가정하고 보라고 하더군. 그리고 우리 우주가 혹은 특정 개인이 혹은 특정 영혼이 그 한가운데 있을 경우, 어떻게 하면 빠져나올 수 있을까 하고 물어왔어.”

문제의 삼각형은 로바체프스키 삼각형[34]이었다. 영일도 유사한 경험이 있다. 법주사 팔상전에서의 집단구타와 난리법석으로 인해 만정이 떨어져 양자고 무엇이고 다 집어치울 작정을 할 무렵이었다.

보다 못한 능오가 어느 날 상경했다. 만나주지 않으려고 했으나 학교까지 찾아와 일단 만났다. 스님하고 시내를 돌아다니기가 저어되어 무조건 가까운 산으로 향하다보니 문제의 세 봉우리가 눈에 들어왔다. "한초께서 삼각산 세 봉우리를 가리키며 삼각행렬 문제를 내셨지. 평생의 숙제로. 모든 유한행렬은 삼각행렬로 변형할 수 있는데 이것이 무한행렬에는 어떻게 되겠느냐!" 이른바 해석학 분야에서 미해결 문제로 유명한 불변부분공간 문제[35]였다.

그때까지만 해도 영일은 대학원에 진학해서 무엇을 전공할지가 미정이었다. 막연히 정수론[36]과 해석학 두 분야를 공부해야겠다고 생각만 하고 있었다. 한초가 일찍이 내준 과제인 리만 제타 함수 문제가 두 분야를 아우르기 때문이다. 그날 능오와의 만남으로 인해 해석학을 공부해야겠다고 마음을 굳혔다. 그리하여 장차 리만 가설은 물론 그 미해결 문제까지 기꺼이 해결하리라는 큰 꿈을 꾸었다.

한숨이 절로 나온다. 만 55세가 되도록 리만 가설은커녕 불변부분공간 문제조차 손도 못 대고 있었다. 못난 사람 특유의 자위는 하고 있다. 1987년 불변부분공간 문제에 일보 진전을 보인 논문이 수학계에 선보인 이후 아직 제자리걸음을 하고 있으니까.

"우리 양주 한잔할까?"

소주가 떨어지자 영구가 양주를 찬장에서 꺼내려고 했다. 영일이 강하게 만류한다. 마시고 싶지 않아서가 아니라 그것을 마시게 되면 영구가 그만큼 부담스러운 부탁을 할 게 뻔해서다.

"참 얄밉게 만들었어. 둘이서 마시면 꼭 한 병 더 마시게 한단 말이야. 일곱 잔이 뭐야, 일곱 잔이."

영구가 냉장고에서 가지고 온 소주병 뚜껑을 따며 투덜거린다. 양주를 거부하는 영일이 속을 들여다보고 애꿎은 소주한테 화풀이하는 건지도 모른다.

"두 사람이 마셔도, 세 사람, 네 사람이 마셔도 꼭 한 잔이 남거나 부족하게 만든 소주회사 마케팅이 대단하지 않아? 7은 소수이기 때문에 2, 3, 4, 5, 6의 수로 나누어도 나머지가 남게 되는 소수 성질을 비즈니스에 기가 막히게 이용한 거야."

"세상 모든 것에 수학이 머리카락을 숨기고 있는 것 같네."

"잘 봤어 형. 자기 수학의 한계가 자기 세계의 한계임을 직시하지 못하는 지식인이 의외로 많아. 로저 베이컨[37]이 '수학을 모르는 자는 세계를 이해하지 못한다. 이 같은 사람은 자신의 무지함을 인식조차 못한다.'고 그랬어. 또 어떤 이는 '수학을 다룰 줄 모르는 인간은 온전한 인간이 아니다. 유인원일 뿐이다'라고 했지. 왜, 그들이 이토록 심한 말을 했는지 알지 못하는 사람은 영원히 2류가 된다고 나는 생각해."

술을 핑계로 더 야비하게 나가려다 이 정도에서 그친다.

"동생, 누가 뭐래도 우리는 사촌이잖아, 사촌. 우리도 호의호식 하면서 살아보자고. 동생만 동의하면 그렇게 할 수 있어."

"……."

"신미대사가 은밀히 드나든 속리산 석굴 좀 가르쳐 줘. 억 대 현금을 내놓을 게."

낮술에 취한 척하는 건지 몰라도 술기운 가득한 목소리로 영구가 제안한다. 만일 신미대사가 석굴 어딘가에 숨겨 놓았다는 보물을 손에 넣을 수 있다면 영구가 제안하는 가치는 강아지도 웃을 금액이다.

"십억 단위도."

영일이 어이없어 영구 얼굴을 쳐다본다.

"백억 단위도 가능해. 당장 현금이 없으니까, 내 상가 건물을 먼저 넘길 수도 있어."

진심인가 보다. 비로소 영일도 심각해졌다.

능오 스님이 10시 10분에 자세를  모양으로 취하더니 그대로 오랫동안 유지했다. 보통 사람 같았으면 쥐가 나서라도 그렇게 오래 유지하지 못하련만 능오는 다르다. 한두 번 해본 솜씨가 아니다. 직선 4개를 강조하는 것일 수도, 꼭짓점을 선으로 연결하면 오각형이 만들어지므로 5를 강조하는 것일 수도 있었다. 영일이 황악산 표지석에 기댄 채 사방을 둘러보는 사이에 능오가 갑자기 기합소리와 함께 팔다리를 쫙 폈다.

"한!"

11시 11분이 되자 또 기합을 넣은 후 가만히 온몸을 최대한 서서히 움직인다. 직선을 유지하던 육체가 어느 순간부터 기묘한 곡선을 만들었다. 춤이되 춤이 아닌 춤을 추었다. 선무線舞일까.

음력 11월 11일에, 그것도 아침에 황악산 정상에 서 있으리라고는 사흘 전까지만 해도 영일은 예측하지 못했다. 일정대로라면 한초가 남긴 오동나무 상자를 이날 개봉할 예정이었다.

사흘 전 능오가 대뜸 오늘 하루는 무조건 함께 보내자고 나왔다. 어리둥절했다. 무슨 일로 그러느냐고 묻자 11월 11일 밤 11시 11분을 기점으로 영원히 묵언에 들어가겠다고 조용히 선언하지 않는가. 죽기 직전에 금선 스님과 유학 가 있는 구팔 스님한테 한두 마디 화두를 남길 수도 있겠지만, 어쩌면 죽음에 임해서 남기는 고별시인 유게遺偈만 남길지도 모르겠다고 담담히 말하였다. 마음이 급해졌다. 필담을 나눌 수도 있겠지만 능오가 거부하면 다른 방도가 없지 않은가. 억수종을 비롯해서 모든 궁금증을 해소할 수 있는 마지막 날일지도 모른다.

불가피하게 오동나무 상자 개봉을 앞당겼다. 11월 11일 능오를 만나는 길에 돌려주면 두 번 걸음을 하지 않아도 되기 때문이다. 서재 문을 걸어 잠그고 볼까도 생각했으나 괜히 아내 호기심만 자극할 듯싶어 청주로 방향을 틀었다. 장모가 돌아가신 후 처가가 비어 있기도 하거니와 수동 상좌골의 공동 주택도 마침 개축을 갓 끝낸 상태라 집보다는 거기가 좋을 듯했다.

처가의 소유권은 능오가 포기하여 아내가 물려받았으나 상좌골 주택은 능오가 자신의 지분 3분의 1을 금선 스님에게 넘겼다. 이름 모를 사람 지분 3분의 1은 뜻밖에도 영일한테 떨어졌다. 능오가 나중에 누구한테 넘기라면 가타부타 토를 달지 않고 응해야 한다는 조건은 있었다.

수동 상좌골에서 오동나무 상자 봉인을 뜯자 또 상자가 나왔다. 비밀스러운 것이 들어 있다는 의미인지, 보관상의 문제인지 얼핏 감을 잡기 어려웠다. 상자 안에는 또 상자가 있었고 위에 봉투 하나가 놓여 있었다. 한초가 한지에 세필로 쓴 메시지였다.

크도다! 0이여!大哉零也

크도다! 1이여!大哉一也

네가 숟가락을 알고 있느냐?

숟가락을 보고도 0과 1이란 황금고기 뼈를 추릴 수 없다면 고기반찬 먹을 자격이 없느니라.

네가 0을 아느냐?

네가 1을 아느냐?

한글 자음 중에서는 ㅇ이, 모음 중에서는 ㅣ의 사용빈도수가 가장 높다는데 0과 l하고 관계가 없을까?

0과 1을 아는 사람은 없는가?

이 세상 그 누구도 0과 1을 제대로 이해한 사람은 없는 것으로 알고 있다. 부부가 관계를 하면서도, 0과 1을 서로에게 제공하여 하나가 되면서도, 정작 0과 1을 모른다는 게 말이 되느냐? 그 어떤 위인도 0과 1을 완벽하게 알지는 못했다. 0과 1을 바탕으로 전자공학을 융합하여 만든 컴퓨터의 무한한 변신에 정신이 없을수록 0과 1의 기본으로 돌아가야 한다. 알겠느냐? 0과 무한 한가운데 우뚝 서 있는 1을.

1과 2는 아느냐?

1에서 2로 가려면 단절의 강을 건너야 한다. 1과 2 사이에 있는 수많은 수를 뛰어넘는 도약이 필요하다. 함수 값이 돌발적 비약을 보이는 불연속함수 모양으로. 그것이 없으면 2로 가지 못한다. 동시에, 다리 모양으로 연결도 되어 있어야 하느니라. 연결이 되어 있지 않으면 헤아리거나 셀 수 없게 되니까. 연속과 불연속, 불연속과 연속의 가교 역할을 하는 행렬을 깊게 공부해야 하는 이유가 여기에 있다. 고로 무단절의 단절이 수數임을 항상 기억해야 할 것이야.

아울러 1과 2 사이에 허공이 있음을 직시해야 한다. 허공을 삼도천三途川, 요단강, 차원, 저승길, 우주공간이라 해도 좋다. 다만 1과 2를 자연수라는 돋보기 대신 실수라는 현미경으로 들여다보아야 하느니라. 수數직선을 그려보면 알겠지만 실수가 일목요연하게 한눈에 들어오지 않는가. 자연수 사이에 유리수, 무리수가 무진장 들어 있는 모습이 우주 이상으로 장관일 게다. 무한소라는 실수 성질을 바탕으로 토대를 구축한 미분적분학을 염두에 두고 내 말을 곰곰이 생각하면 헤아릴 거리가 많을 것이야.

1을 생, 2를 사라고 가정하자. 그럼, 1과 2 = 생과 사, 1과 2 ≒ 생과 사일까?

그도 아니면, 애초에 가정부터 잘못됐거나 성립 자체가 되지 않는 것은 아닐까? 이 모든 것을 무시하고, 1 다음에 2가 오는 걸 자연스럽게 받아들이듯 생과 사 역시, 이번 생이 1이었으니까 다음 생은 2라고 받아들이는 게 답일까? 어떤 숫자에서 그 다음 숫자로 넘어갈 수 있다는 산술학arithmetic[38]의 암묵적 가정에 대해 근본적인 재검토와 깊은 사유가 필요하겠지? 가령 어떤 수가 있으면 반드시 다음 수가 있다는 것하고 윤회를 연결할 소지도 있으니까. 다음 세상 존재 여부를 이것과 연결시켜 숙고해보도록. 이를 행할 때, 고요한 곳에 가만히 앉아 호흡에 맞춰 하나에서 열까지 헤아렸다가, 다시 열에서 하나까지 세는 일을 반복하면, 어느 순간 선정[39]에 다다른다고 하는 방법을 한번 활용해 보거라. 또 항상 다른 수보다 더 큰 수가 있지만, 어떤 수에서 더 큰 수로 넘어가는 다음 수가 없다는 사실도 기억했으면 좋겠다. 수를 어떤 존재로 가정하면, 윤회 따위는 없다는 논리와도 연결될 소지가 있으니까. 수로 도를 실으려면數以載道 이처럼 철저하게 점검해야 하겠지? 어떤 수와 어떤 수의 두 배 사이에 적어도 하나의 소수가 존재하는 사실도 상기하면 도움이 될 게야. 자연수 입구에 놓인 1과 2만 해도 이럴진대 정수, 실수, 복소수, 그 이상까지 고려하면….

이 모든 복잡한 수를 간단히 아우르는 수체계가 정녕 없겠느냐? 이 같은 내 말이 가소롭게 다가오리라는 것을 뻔히 알면서도, 할 수밖에 없는 이 양부의 심정을 이해해 다오. 다음 상자를 열 자격이 있는지의 여부는 전적으로 네 양심에 맡기마.

다음 상자를 개봉하기 위해 큰 상자를 바깥으로 빼내자 바닥에 문제의 사유에 도움을 주려는 듯 참고 노트가 들어 있었다. 당신의 손때가 묻어 해질 대로 해진 노트이다. 살면서 한 번도 생각해보지 않은 것을 생각하게 하는 잠언투성이다. 다 보려면 시간이 많이 걸릴 듯싶어 급한 마음에 다음 상자를 뜯는다. 또 봉투가 기다렸다.

간단한 메모에 첨부한 내용물을 보니 일본 이와나미岩波서점에서 1954

년 펴낸《수학사전》과 1965년 평양의 과학원 출판사란 곳에서 발행한《수학사전》이 들어 있다. 60년대 중반 경 우리는 조악한 재생지로 만든, 이른바 말똥종이 같은 질 나쁜 종이로 만든 책이 대다수일 때 질 좋은 종이에 1,100 페이지에 이르는 책을 북한에서 발간한 게 신기했다. 사전은커녕 제대로 된 수학책 한 권 없을 때의 성과란 점에서 그저 놀라웠다.

부담스럽다. 수학 대중서를 집필하라는 능오의 성화만으로도 심신이 고달픈데 이 같은 수학사전 편찬을 고민하라니? 한국에서도 70년대에《수학사전》을 발행했으나 시늉에 그친 문제점이 제기되어 영일 또한 필요성 자체는 오래 전부터 느끼고 있었다. 하지만 한 개인이 손대기에는 너무 방대하고 벅찬 작업이었다.

한초에게 약간 미안했으나《수학사전》편찬은 현재로선 전혀 고려 대상이 아니었다. 이와나미서점에서 1990년부터 간행하기 시작한, 수학 현상을 파악하기 위한 시리즈물이라면 몰라도. 그렇다면, 더 이상 상자를 개봉할 자격이 없었다. 하지만 눈을 질끈 감기로 한다.

더 작은 상자 안의 봉투 내용을 보고는 가슴이 뜨끔했다. 첫 장을 반으로 선을 그은 후 손권총, 그러니까 아이들이 장난칠 때 갖고 노는 손권총을 그려놓았지 않는가. 그것도 쌍권총으로. 영일이 당신 의사를 무시하고 상자 개봉을 강행할 것으로 예상하고 손권총을 그렸을까. 자세히 보니 손권총이 아니라 검지만 영일을 향하고 있었다. 자격지심에 쌍권총으로 착시한 거였다. 모르긴 해도 '직지'를 강조하는 듯하다.

이 검지를 직시할 것!

이 검지가 그리는 선이 보이느냐?

선을 아느냐?

평면을 분리하면서도 연결하는, 연결하면서도 분리하는 선을. 과거와 미래를 분리하면서도 연결하는, 연결하면서도 분리하는 현재를. 과거 현재 미래라는 이름의 시간하고 긴 선 사이에 등식이 성립할까? 사후에도 인간이 그 선 안에 있게 될까, 바깥에 있게 될까. 아니면 그 선 자체가 될까?

55년을 살고서도 여기에 대한 답을 구하지 못했다면 다음 상자는, 경고하는데, 10년 후에 개봉해야 할 것이다.

당신의 평이하지만 정심精深한 글은 생각거리를 무진장 던져주었다.

선은 수학사 전체를 통해 주목한 개념이다. 특히 실수까지 수직선 하나에 표현이 가능함을 알게 되면서 각광을 받았다. 데데킨트[40]가 직선을 두 부분으로 갈라놓는 점이 하나 존재하고, 유일하다고 한 이후로 더욱더. 불교의 윤회와 어떻게 연결될지는 잘 모르겠으나 수학에서의 선은 모든 연속적인 것의 표현 수단이다.

그뿐 아니었다. 만일 두 검지가 평행한 직선을 그린다면 쌍곡기하학[41]과 연결되지 않는가. 한 직선에 평행한 직선이 많이 존재하는 기하학이 그것이므로. 공간의 경계선이나 외부 공간이라는 관념이 존재하지 않는 곳이 쌍곡기하학이었다. 따라서 우주가 쌍곡기하학적이라고 보는 과학자들이 상당한데 그들의 주장을 세밀히 점검해볼 필요성이 느껴졌다.

능오 스님이 12시가 되자 춤 아닌 춤을 끝내고서 이번에는 느닷없이 물구나무를 선다. 그러고는 한 자리에 가만히 있지 않고 주변을 조금씩 돌며 무엇인가를 찾았다. 눈에서 핏발이 서도록 골똘히 무엇인가를 주시했다. 땀이 눈가에 시나브로 스며들어도 아랑곳하지 않고 집중 또 집중한다.

영일은 '이게 억수종 의식입니까?'라며 비난하고 싶은 충동을 간신히 억눌렀다. 가소로웠기 때문이다. 일련의 행동이 너무 힘들었는지 능오는 뱃살이 드러나도 여밀 생각조차 않고 널브러진다. 영일의 눈빛에서 어이없음을 느꼈음인가.

"의식 없는 의식이 억수종 의식이라네. 이건 그냥 내가 하고 싶어서 하는 의식일 뿐, 억수종하고는 상관없네. 그러니 이상한 억측이나 어떤 의미 부여는 삼가게."

"체조 비슷한 몸동작은 직선을, 무용 비스무리한 건 곡선을 상징 내지 승화한 건가요?"

"제법일세, 구 처사."

"스님은 압니까, 선을!"

선을 다룬 봉투에서 양부 겸 스승에 대한 예의로 상자 개봉을 일단 멈추었다. 그러나 극히 유감이었다. 감정이 실려 퉁명하게 따지듯 묻는 것은 그 때문이다. 억수종을 한자로 어떻게 쓰느냐는 질문에 억수億數일 수도, 억수億手일 수도 있다는 것이 능오 답변이었다. 삼십 년 넘게 시간을 끈 뒤에 얻은 답이 그 모양이라 허무했지 않는가. 그 기억까지 갑자기 오버랩 되자 비아냥거리는 어조가 저도 모르게 나왔다.

"몰라."

"정말 너무하십니다. 오늘밤 11시 11분 이후로는 입을 폐쇄하겠다는 마당에 이러실 겁니까?"

"처사처럼 나 역시 은사 스님한테서 똑같은 공안을 받았지. 어느 날 조선 중종 때(1536) 연기사寺에서 간행한《목련경》을 펴더니 본문에 삽입되어 있는 총 18매의 판화를 하나하나 보여주셨어. 직선미의 극치를 보여주는 목판화였지. 이처럼 당신께서 선禪 대신 선線 공부를 강조하셔서《원론》에 나오는 직선부터 다시 공부했지. 그래도 유클리드 기하학에서 가장 많이 등장하는 직선조차 잘 모르겠더라고. '직선만 써서 곡선을 그릴 수 있겠느냐' 같은 질문에서부터 막히는 걸 보면. 10개의 직선이 등장하는 데자르그 정리와 독일 수학자 플뤼커가 만든 선기하학을 들여다보아도 영 모르겠더군. 종이 같은 평면과 축구공 같은 구에 폐곡선 하나를 그려놓고, 폐곡선이 우리 우주의 바깥 경계라 가정하면서 상상의 날개를 펴기도 했어. 직선이 무한정 뻗어나가지만 길이가 무한하지 않은 이중타원 기하학을 연구하기도 하고, 하다못해 입에서 항문에 이르는 내장을 크고 작은 곡선으로 단순화 및 추상화시켜보면서 장고를 거듭했지. 어떤 때는 물리학에서 강입자 스핀과 질량의 제곱 사이의 관계를 나타내는 레게 궤적 그래프를 그리면 나타나는 직선까지 넘겨보았다네. 나름 무지 애썼건만, 아직도 잘 모르겠어. 알 듯하면서 모르겠다는 게 내 솔직한 답변일세."

"좋습니다. 선에 대해 줄잡아 10년 더 열공하겠습니다. 그러면 그때 다시 오동나무 상자를 들여다볼 수 있게 해줄 겁니까?"

문제의 상자를 이번에 가져오려다 한 번 돌려주면 그만일지 몰라 상황을 지켜볼 셈으로 일단 가져오지 않았다. 오동나무 상자 제작에 능오가 필시 관여했을 게 분명해 슬며시 의중을 떠보았다. 만일 부정적으로 나온다면 무단점유도 적극 고려 중이었다. 법은 잘 모르지만 법적으로 아버지 유품이니까. 설령 돌려주지 않더라도 법적 하자는 상식적으로 없을 듯했다.

"고마우이. 대선사가 계시지 않는다고 해서 마음대로 하지 않아서. 억수종에 관해 궁금한 게 많을 테지. 가능한 한 다 말해줌세. 그동안 수십 년 어지간히 애먹여 미안하네. 에둘러 가는 길이 너무 길었지? 이젠 뭐든 직선으로 가자고."

급기야 어떤 질문이든 하라고 하자 말문이 막힌다. 중요한 순간에 어리벙벙해지는 건 고질병이 확실하다. 그토록 고대하던 순간 아닌가.

영일이 스타일을 아는 능오가 서두르지 말라고 분위기를 조성했다. 아직 점심때밖에 안 돼 아닌 게 아니라 시간은 충분하다. 천천히 마음을 가다듬고 생각을 정리한다. 무엇부터 시작할까. 묵고 묵은 질문들이 앞다투어 서로 영순위를 차지하겠다고 난리다.

"출출할 터이니 요기나 좀 하고 하산하세."

배낭에서 먹거리를 꺼내 급한 불부터 끈다. 한겨울 새벽에 토굴을 출발해서일까. 영일도 허기가 져 맛나게 먹었다. 위가 어느 정도 채워지자 추위도 가시고 한결 여유가 생긴다.

"'직지사전곡노하直指寺前曲路何'라는 재담시詩를 혹 들어보았는가?"

"듣지 못했는데요."

"저기 괘방령을 넘거나 추풍령을 지나가는 옛 길손들이 직지사를 보면서 이렇게 너도나도 읊었다 하더군. 대충 옮기면 '직지사 입구의 길은 어이하여 굽었는가'쯤 될 거야. 사람에 따라 '손가락 곧게 펴서 가리키는 절'이란 수식어를 앞에 붙였다지."

손가락의 직선 그리고 직지사 앞길의 곡선이 영일한테는 때가 때이니만큼 예사롭게 다가오지 않는다.

"억수종에서는 직지를 어떻게 보나요? 핵심 술어인 지指가 명사로는 손가락이지만 동사로는 가리키다, 지시하다 아닙니까. 그러니까 직지는 '똑바로 가리키다'는 뜻인데, 액면 그대로 손가락과 달을 착각하지 말라는 것인가요?"

"아닐세. 손가락 그 자체, 검지 그 자체에 의미를 두었어. 검지가 일一일 수도, 선일 수도 있지. 좌와 우가 있는 건 전前, 즉 앞을 보기 위한 것이란 말이 있듯, 손과 달이라는 정반正反을 뛰어넘은 합合으로서의 손가락이라고나 할까. 이는 우리 억수종뿐 아니라 '제물론'에서 장자도 강조했고, 천 년 전에 법안法眼 스님도, 《구수략》을 지은 최석정도 똑같은 취지로 강조했지."

"……."

"검지 안쪽을 들여다보면 세 마디가 나오잖은가. 이 세 마디, 대나무 세 마디, 수성 · 금성 · 지구의 거리 사이에 등호가 성립하는 게 우연일까? 필연일까? 천지가 즉, 우주가 하나의 손가락이라는 건 《장자》에서도 말하고 있지 않나."

"청주 흥덕사 《직지》와 억수종에서 강조하는 '직지' 사이에 무슨 관계가 있습니까? 《직지》를 옛날에 얼핏 읽어본 기억으로는 완전히 다른 것 같던데요."

"잘 보았네. 흥덕사 《직지》가 철저히 불교적이라면 억수종에서 중히 여기는 '직지'는 수학적이야. 흥덕사가 폐사가 된 데에는, 백프로 믿을 건 못

되지만, 설 하나를 소개하지. 억수종 일물파 측에서 수학적인 '직지'를 금속활자로 간행하고자 나서자 흥덕사 측에서 반대가 심했다고 해. 그 과정에서 다투다가 그만…. 그렇게 들었어. 약간의 과장과 억측이 개입되었음을 감안해야 할 게야. 시간이 워낙 많이 경과되었으니까. 우리 억수종에서는 그때 발간하지 못한 서적을《직지본전本傳》이라 하네. 나도 원전은 보지 못했고 필사본을 보았는데, 바르고 해정한 구양순체로 써놓은 필사본 내용을 하나만 소개하지. 불가에서의 합장, 즉 두 손을 가지런히 모으는 취지를 적어놓았어. 공경이나 반가움 같은 의미보다는 억수종에서는 잘 절차탁마하고 있느냐고 묻는다고나 할까. 양손가락 다섯 개가 그대로 겹침을, 1대 1 대응임을, 요즘 수학용어로 말하면 전단사bijection임을 의식하고 살았느냐, 그렇게 살자는 의미더라고. 비록 함수, 대칭 같은 용어는 안 썼지만 손가락 맞대기 예법을 통해서……."

"김천 직지사와 억수종과는 어떤 관곕니까?"

"고려 초기에 직지사를 중창한 능여能如 스님이 억수종 법맥을 이었어. 그때부터 여기 토굴이 억수종 성굴聖窟이 되었지. 토굴 자체는 물론 그 전부터 있었다고 들었어. 1950년대 말부터 대대적으로 불사를 일으킨 녹원 스님에 이르기까지 토굴은, 직지사 주지들이 알고도 모르는 척 넘어가는 미덕을 발휘하였다네. 어쨌든 능여를 잘 모르는 사부대중은 당신께서 자를 쓰지 않고 손가락으로 터 닦을 장소를 가리킨 데서 직지사가 유래했다는 설을 믿지. 허나 실상은 조금 다르다네. 중창할 때 자를 쓰지 않았다는 건 무척無尺을 써서 오해한 거고, 손가락과 터를 연결시킨 것 역시 억수종에서 강조하는 손가락의 진정한 의미를 모르는 관계로 빚어진 오해라네."

"능여, 능오! 무슨 연결고리가 있나요?"

"한초께서 능여는 일一부터 십十까지 모두 능했다고 하셨어. 천년 후쯤 태어난 나한테는 5 하나만이라도 능하라는 의미에서 능오라고 지어주셨지. 내 자질을 은사께서 잘 보신 것 같아."

"아직도 5를, 55를 모른다고 생각하십니까?"

오대산 석굴에서 훔쳐본 명상노트가 상기됐다. 그 후에도 지금까지 두 수에 대해 오랫동안 고심했지 않는가.

"전혀 모르지는 않고 잘 몰라. 겸손은 아닐세. 5보다 큰 홀수를 세 소수의 합으로 나타낼 수 있는지 없는지조차 아직 모르는 마당이니……."

문제를 읽기만 해도 누구나 풀 것 같지만 막상 소매를 걷어붙이고 책상머리에 앉으면 머리가 땅에 닿을 듯이 한없이 무거워지는 문제 중의 하나를 거론함으로써 논리적 근거를 댔다. 고수였다. 만 55세가 되는 해여서일까. 영일은 유달리 5와 55에 민감했다. 하다못해 5번 마을버스나 55번 시내버스를 봐도, 55사이즈 옷을 입은 여성만 봐도 무심히 넘기지 못하였다.

"양부께서 임종하실 때, '이것이 답'이라며 내민 두 손 혹은 열손가락 말입니다. 어떻게 받아들이는 게 좋겠습니까?"

"당나라 때 법장 스님이 왜 불교에서 말하는 자성수, 즉 자연수에 주목했을까? 자연수의 본질이 무엇인가? 처음 시작이 있고 그 다음이 있고 또 그 다음이 끝없이 한 줄로 이어진다는 것 아닌가. 이처럼 영구히 계속되는 것하고 무엇이 닮았을까? 하여간 우주가 손에 있다고 강조한《음부경》과《구수략》등을 검토한 후 다시 대선사 손을 떠올려보라고."

"가령 당신께서 10을 강조한 걸로 받아들이면, 왠지 피타고라스 학파가 1, 2, 3, 4를 테트락티스라 하여 엄청 의미 부여를 한 것이 떠올라서요. 아마 그 때문이었을 겁니다. 일련의 억수종 행태가 피타고라스 학파 한국 버전 같아서 한때 되게 역겨웠습니다. 억수종의 억도 못 꺼내게 철두철미하게 억압하는 행동 따위가."

"억수종 철칙이 '억수종에 대해 말하지 않는 것'과 '억수종에 대해 묻지도 말라'야. 그래서 어쩔 수 없었다네. 한 그루 나무도 절의 대들보가 되려면 저잣거리 목수 눈에 띄지 않아야 되거늘……."

"비밀을 얼마나 용의주도하게 지켰으면 제가, 억수종 수장으로 있던 분을 양부로 둔 아들조차 감쪽같이 몰랐겠습니까. 그 바람에 유학하면서 개망신을 당했지요. 아직도 그 생각만 하면 열불이 나는 것 있죠."

영일이 유학한 대학은 마침 교수진 중에 세계적인 수학자 반열에 오른 일본인, 중국인은 있었지만 한국인은 없었다. 그 점을 평소 은근히 의식했는데 가깝지도 멀지도 않게 지내던 일본인 동료 유학생이 어느 날 한 말은 곱씹을수록 짜증나는 일이었다. "이씨조선에 수학이 있었나? 기껏 중국 산학서나 가지고 놀면서 마방진 몇 개 그려놓고 그게 무슨 대단한 수학인 줄 알았더라고. 요즘 코흘리개도 푸는 천원술[42] 몇 개 끄적거린 수준이더라고. 중인 수학자들도 수학 수준이 유치하기 짝이 없고." 똑같은 말도 같은 나라 유학생이 했으면 실상이 그러니 수긍했을 테지만 이상하게도 일본 유학생이 깐죽거리자 속이 뒤집어졌다. "한데 우리 일본은 말이야. 중국과 한국이 소소한 계산이 필요해서 수학을 했다면, 에도시대 수학 연구자들인 우리 화산가 집단은 멋있게도 수학 자체, 진리 자체, 아름다움 자체에 파고들었어. 중국과 한국보다 일본수학이 몇 년 정도가 아니라 몇 백 년 앞섰다고 해도 할 말이 없는 건 이 때문이야. 무용無用의 용! 이 얼마나 미학적인 말인가. 에도시대 화산가들은 무용의 용에 빠져 있었지." 확인 결과, 사실이었다. 그 당시 화산가 집단은 여러 소집단을 이루며 학파별로 제자를 기르고 스스로 연구하고 경쟁하며 수학을 발전시켰다. 특히 한 사람이 난해한 문제를 출제하고 다음 사람이 그 해법에 관해 연구하여 결과물을 쌓아가는 유제遺題나 수학 문제를 풀고 나면 나무판에 새겨 사찰, 산사 등의 벽에 걸어놓고 자랑한 산액算額이 등장한 건 인상적이었다.

"내가 처사한테 억수종에 관해 웬만한 건 토로해도 되겠다고 안심한 계기가 뭔지 아나? 몇 해 전 안식년 때 왜 미국에 1년 간 가 있었지 않았는가. 그때 유학시절 같이 공부한 일본인 유학생을 다시 만났다며? 한동안 같이 지낼 때 우리한테도 억수종이라는 은밀한 수학 전통이 있었다는 자랑이 하고 싶어 좀이 쑤셨지만 끝까지 참았다는 소리를 들어서야."

유학시절 만난 문제의 친구 역시 일본에서 대학교수로 있었다. 국제학회 같은 곳에서 가끔 만나도 눈인사만 줄곧 나누었다. 그러다가 이런저런 이야기를 많이 하게 된 것은 뉴욕에 있는 꾸랑 수리과학연구소에서였다. 장단기 방문연구자들이 많은 그 곳에서 함께 지내며, 전 세계 모든 요리를 맛볼 수 있는 식사를 즐기면서, 시시콜콜 오만 가지 이야기를 다했지만 끝내 억수종에 관해서는 함구했다. 옛날처럼 그 자가 약 올리는 소리를 해도 "우리도 겐쇼오源性[43] 정도의 스님은 많았어. 겐쇼오가 저술을 남기지 않았듯 우리 스님들도 '불립문자 이심전심' 정신 때문에 산서를 남기지 않아서 그렇지……." 정도로만 받아친 것이다.

무용의 용을 무언의 언, 무수의 수로 갚는 게 좋겠다는 생각은 의도적이지 않았다. 우연히 그렇게 표출되었을 뿐이다.

즉문즉답으로 이어지는 선담線談에 빠져 걷는 것을 잊을 정도였다. 한반도, 특히 남한에서 볼 때 중앙에 위치해 노른자위라고 흔히 일컫는 황악산에서의 소요는 언제나 일품이었다. 험한 곳이 거의 없고 넉넉함만 있는 산이라 더욱. 한없이 넓은 어머니 품처럼 푸근한 산세가 주는 안온감이 좋았다. 등산로를 일부러 피해서 하산했는데 호젓한 장소가 나타나면 수시로 쉬어가기도 했다.

"억수종 시조는 누굽니까?"

한동안 침묵의 시간을 보낸 후였다. 이미 두서가 없더라도 생각나는 대로 물음표를 던질 여산을 했다.

"나도 모르네. 정확히는. 연대가 굉장히 올라간다는 건 확실하네. 처사 예상보다 너무 거슬러 올라가서 놀랄지도 모르겠네. 내가 오늘 밤 입을 닫기 직전에 시조와 관계된 증거품을 보여줄 터이니 당장은 그것에 대해 너무 조르지는 말게."

"좋습니다. 보여주신다니……. 그럼, 중시조는요?"

"여러 명이 계시는지라 중시조라 할 만한 이는 따로 없고……. 그 중의 한 분을 굳이 소개하면 무척 스님일세. 가락국시대 인물인데, 수로왕대代 전후에 지금의 김해 무척산에서 수행했지."

영 낯설다. 듣느니 처음이다.

"무슨 기록이 남아 있습니까?"

"있지. 그 분이 직접 제작하신 자, 그러니까 무척을 오늘날까지 고이 간

직하고 있다네."

언젠가 소소한 민속자료를 모아놓은 개인박물관에서 본 어떤 척尺을 생각나게 만든다. 숫자 혹은 눈금 표시도 없는, 쫄대처럼 생긴 나무판 좌우에 같은 모양으로 네다섯 군데 자른 형용이라 어설프기 짝이 없던 기억이 났다. 자라고 하니까 자로 보이지 그러지 않았다면 용도 불명의 물건이지 않던가. 거칠고 막된 것이 정교함이나 세련된 맛하고는 거리가 멀었다. 한심했다. 무척이 그 연장선상에 있을 듯해 다른 질문으로 넘어가려는 순간,

"무척대사의 무척은 처사도 본 적이 있다네."

라고, 하지 않는가.

"네에?"

사람을 놀려도 유분수다. 기억력이 눈에 띄게 쇠퇴했음을 연일 확인하는 나이이긴 해도 그렇게 중요한 물건을 보고도 아무 기억이 없다는 건 있을 수 없는 일이다.

"1968년 8월 3일과 4일 사이 법주사 팔상전에서 처사와 내가 맞은 쇠자가 바로 주인공일세."

엉겁결에 황망히 천왕봉을 오르느라 잃어버려 산길에서 그것을 찾느라 고생하게 했던 자가 바로 무척이라는 소리에 헛웃음이 나온다. 너무 어이가 없다.

"특징이, 무슨 별난 점이 있습니까? 제가 맞고, 보고, 만지고, 들고 있기도 했지만 하도 오래 전의 일이라 잘……."

"딴 표시는 없고 한가운데에 직선이 아래로 한줄 그어져 있다네."

"좌우 대칭을 노렸나? 그렇다면, 수數직선의 원형 같아 가치가 꽤 있겠

는데요."

수직선 개념은 정확히 누가 언제 어떻게 제안했는지 분명치 않지만 인류사에 있어 정말로 획기적인 아이디어였다.

"근데 스님, 그 역사적인 귀중품을 한낱 매타작에 사용하다니요? 모셔 놓아도 시원찮을 판에 개념 없이, 너무 야만적이지 않습니까?"

"어허, 뚫린 입이라구 마구잡이로 말하는 저 조동아리를 어이할까."

뒤이어 실토한 능오 이야기는 잘 짜인 한 편의 역전극 같았다. 능오가 억수종 관계자라면 누구나 무척한테 무척 맞는 게 소원이라는 첫마디부터 사람을 해연하게 만들었다. 억수종 법맥을 계승한 걸 억수종 관계자들 앞에서 보여주는 일종의 선서식이라지 않는가. 미국 대통령이 취임식에서 성경 위에 손을 얹듯 억수종에서는 무척한테 억수로 맞는 행사로 대신한다고 했다. 무척을 보호할 목적으로 때로는 방망이도 동원되지만 어디까지나 무척이 중심이었다. 구태여 가학 행위를 하는 이유는 화두를 평생토록 잊지 않게 하려는, 어디까지나 계산된, 각인 효과를 노렸기 때문이라고 한다.

전후 사정을 듣고 나자 수십 년 치욕으로 간주했던 하나의 부조리극이 일순간 영광스러운 의례로 둔갑했다. 현기증이 일어난다. 나아가 영일이 능오와 함께 억수종을 떠받치는 양 기둥으로 선발됐다는 발언은 서울역 노숙자가 알고 보니 재벌 회장 혼외자식이었다는 이야기만큼이나 현실성이 없다.

예상보다 충격의 강도가 크고 세다.

정삼각형 모양을 한 토굴로 돌아와 누웠다. 다른 때 같았으면 낮잠을 달게 잤으련만 오늘은 피곤해도 잠은 오지 않는다. 지난 세월을 반추하지 않으려고 해도 않을 수가 없다.

"최후의 만찬으로 국수를 먹으려고 며칠 전부터 준비했네. 처사도 누워 있지만 말고 소승을 좀 거들게나."

산행한 뒤끝이라 삼겹살에 소주 생각이 간절하던 참이다.

"웬 국숩니까?"

간이 부엌으로 나가자 조릿대와 싸릿대를 이용해 만든 건조대에 정말로 국수를 말리고 있다. 미처 못 본 광경이다. 50, 60년대까지만 해도 전국 방앗간 곳곳에서 흔히 보던 풍경을 축소해 재현하는 중이었다.

"국수가 어때서 그러는가? 최후의 만찬으로 너무 소박하고 조촐해서? 한초께서도 기나긴 묵언에 들어가기 직전, 마지막으로 손수 국수를 만들어 자셨네."

"하필이면 왜 국수를……."

"세상 사람들이 잘 모르지만, 한국식 국수는 우리 억수종에서 퍼뜨린 걸세. 먹으면서 배우라고."

"에이, 스님도 참, 그건 좀……."

"거짓말이 과하다고, 천만에. 《고려사》에서 국수가 절간 음식이었다가 여염으로 퍼져나갔다고 전하는데도? 한국학 연구로 이름이 높던 이규태도 고려의 선사들이 중국에 가서 요리법을 배워와 한국식으로 제조법을 변형해 절간에서 퍼뜨렸을 가능성을 언급했는데도?"

"……."

"내가 억수종을 앞에 내세울 이유가 어디 있나? 우리는 자랑할 것도 감추는 걸 미덕으로 아는 사람들인데, 안 그런가? 처사가 알아야 할 건, 예로부터 중국인들은 국수를 늘인다伸라 하고, 일본인들은 썬다切라 하고, 우리는 뺀다고 했어. 전통국수 만드는 법은 도구에 구멍을 동그랗게 총총히 뚫어놓고 반죽한 밀가루나 메밀가루를 거기서 빠져나오게 하여 만들지. 이 방법은 억수종 교육용으로 국수 제조법을 이용했기 때문일세. 촘촘한 원 모양 구멍을 통과한 국수를 건조대 줄에 올려놓으면 어떻게 되는가. 긴 직선이, 직선이 생기지 않는가. 그것을 일정하게 끊어 끓는 물에 넣고 양념을 하면 면이 온갖 형태의 곡선으로 바뀌지 않는가. 그것을 두 직선 모양으로 생긴 젓가락으로 먹는다? 그림이 안 그려지는가? 곡선이 된 국수가 입으로 들어가 곡선으로 된 내장을 통과해 밖으로 나오면 또 다른 곡선 모양을 그리지? 다 선線 행위이지 않은가."

선식線食의 대명사가 국수였다. 더 놀라운 정보는 일본의 대표음식인 소바도 억수종에 그 기원이 있다는 것이다. 에도시대 초기에 조선의 스님 원진元珍이 일본 동대사東大寺로 가 메밀국수 요리법을 전함으로써 비로소 일본에 소바가 보급되기 시작했다는 기록이, 우리 문헌도 아닌 《본산적주》라는 일본 문헌에 있는 만큼 누가 부정하고 말고 할 사안이 아니라는 게다.

"드세, 처사."

나무 상床에 국수 두 대접과 대나무젓가락이 놓여 있다. 나란히 놓인 젓가락 4개가 황악산 정상 표지석에서 본 1111을 떠올리게 한다. 1111×1111=1234321 아닌가. 4를 기준으로 양쪽이 대칭을 이루는 모습이 귀엽다. 공통점을 자꾸 찾아서일까. 두 사람을 곁에서 지켜보고 있는 난의 우아한 곡선과 국수 가락이 국물 속에서 그리는 곡선이 닮은 듯도 하다.

젓가락을 집자 절로 11이 연상된다. 11^2=121=1+3+9+27+81이란 셈도 저절로. 또 10을 9로 나누면 1.111…이 무한정 나온다는 사실도. 이어 11의 배수가 55이고, 111111111은 3·3·37·333667로 분해된다는 생각이 밑도 끝도 없이 떠오른다. 1968년 8월 팔상전에서 능오 몸에 명화畵를 그리고서 한초가 낸 문제가 111111111×111111111 아닌가. 그 답이 12345678987654321이므로, 9를 중심으로 좌우에 대칭을 이루는 모습이 자연스러우면서도 환상적이다. 1만 9개씩 서로 곱했는데 양쪽에 십진법으로 사용되는 아라비아 자릿수가 모두 등장하여 대칭적으로 나란히 줄을 서고 있는 모습이야말로 아름다움의 극치 아닐까.

"왜, 11이죠? 어째서 11월 11일에 그토록 의미를 두지요? 억수종에선 왜 경배합니까?"

"복합적이라네. 다층다양한 의미가 중첩되어 있지. 첫째는, 1과 1을 각기 하나의 사람으로 보는 관점이 있다네. 1이 직립보행을 시작한 인간을 상징한다는. 사지와 몸통이 90도에서 180도로, 즉 직각에서 직선으로 펴짐으로써 비로소 인간이……. 1과 1 사이가 뭔가? 인간人間 아닌감. 인간이라면 모름지기 1을 알아야 한다는 취지랄까. 부연하면, 나는 나를 못 보기에 나를 보려면 다른 나가 필요하다는 의미도 있을 수 있다네. 주관적 '나'와 객관적 '나'를 좌우에 둬야 앞을 제대로 볼 수 있다는 의미랄까. 둘째는, 태어나는 즉시 삶이라는 선이 그려지기 시작하면 죽음의 선도 동시에 출발함도 강조하려고 했다는 설도 있다네. 셋째는, 선과 선으로 보는 시각도 있다네. 두 직선을 아는 게, 선과 선이 대칭을 이루는 모습을 알아야 제대로 된 인간이라는 의미랄까. 대칭이 이 세상, 이 우주의 바탕이니까. 또 두 직선은 평행이 아니라면 한 점에서 만나므로, 두 직선은 하나의 점을 규정[44]하지 않는가. 이 명제를 두 점은 하나의 직선을 규정한다로 고쳐 쓸 수도 있어. 처사와 내가 여기서의 두 점이 되라는 게 바로 한초의 뜻이었다고 보면 되네. 넷째는, 11을 액면 그대로 수를 수로 보는 설이네. 5.5+5.5=11이라든지 1×1=1임을 강조하기 위해서라는. 또 11까지의 소수를 다 더하면 28이란 완전수가 나오는데 완전수 같은 인간이 되라는 의미랄까. 자연수 속에 다양한 모습으로 나타나는 게 피보나치 수열 아닌가. 연속하는 피보나치 수열 10개를 더할 경우, 그 합은 11로 나누어떨어지기 때문에 11에 주목했다는 이야기도 있어. 또 2차방정식 $x^2-y^2=0$을 그래프로 표시하면 두 개의 직선을 그리기 때문이라는 말도 있고. n이하의 수로 n과 서로소인 수가 몇 개인지를 구하는 오일러 함수 문제를 알 거야. 오일러 함수를 $f(k)$라 할 때 $f(11)=10$이 되기 때문이라고 하는 설도 있는 걸로 알아. 다섯째는, 국보 78호 금동반가사유상하고 관련 있다는 설일세. 그 사유상을 유심히 보면 알겠지만 오른손 검지와 중지, 두 손가락을 볼에 가볍게 댄 채 생각에 잠겨 있어. 두 손가락이, 즉 11을 나타낸다는 거지. 생각이, 사유가 무엇보다 중요하다는……. 석굴암 등에 있는 11면 관음보살상하고도 일부 연결 짓는 사람이 있는 걸로 알아. 하지만 내가 알기로 이 설은 소수에 그쳐. 이보다는 오히려 두 발에 더 주목하는 걸로 아네. 두 발로 만행하면서 사유를 실천하라는 의미라고나 할까. 그렇게 되면 1111은 네 발, 즉 도반과 함께 나란히 소요하는 모습을 축약한 걸로도……. 여섯째는, 기본적으로 1의 중요성을 재차 강조하는 의미가 있다는 시각일세. 《천부경》에서도 1을 강조하느라 《천부경》 81자字 중 1

을 11번 쓴 걸로 아네. 여기서 1을 11번 쓴 게 우연이 아니고 계산된 필연이라는 거지. 억수종을 도교 내지 선도하고 공통분모가 많다는 점을 강조하려는 사람들이 주로……. 심지어 그쪽 일부 인사들은 대전 괴정동에서 출토된 초기 철기시대 농경활동을 보여주는 '농경문 청동기' 문양의 이랑이 11개란 점하고도 연결시키지만, 그건 누가 뭐래도 좀……. 일곱째는, 가장 중요한 포인트가 여기에 숨어 있을지 모르니 잘 듣게나. 11이 1을 상징한다면 고개를 갸웃거리겠지? 왜 1을 뜻하냐고? 1과 1 사이의 구간이 1이기 때문일세. 납득이 안 되는 눈치네그려. 예컨대 말뚝 다섯 개를 박으면 구간이 4개 나오지 않는가. 그 이치일세. 서양이 수직선에서 정수점을 보았다면 억수종은 정수점 사이의 구간을 보았다고나 할까. 거듭 강조하면 11은 결국 1을 의미하기도, 10을 뜻하기도 한다고 보면 돼. 듣건대 전 세계 고인돌 절반이 한반도에 있다며? 만일 고인돌 덮개돌이 1을 표상한다면? 조금 떨어진 곳에서 고인돌을 보면 한 일一자처럼 생겼지 않는가. 앞에서 언급했듯 받침돌 두 개 역시 1을 상징하니……. 결국 고인돌이 눕혀 놓은 11이란 이야기 아니겠나. 여덟째는, 쌍둥이 소수와 관련이 있다네. 11과 13, 17과 19처럼 나란히 있는 소수를 쌍둥이 소수라 부르지 않는가, 왜. 억수종에서는 소수를 선수線數라고도 자주 부른다네. 콩이나 모래 등으로 소수 문양을 만들 때 선 모양밖에 안 만들어지는 관계로, 아마도……. 좌우간 선수는 낭수郎數와 함께 소수를 지칭하는 용어였다네. 그러니까 선수의 끝이 있는가, 즉 수학적으로 말하면 쌍둥이 소수가 무한히 있는가 하는 문제가 억수종에서도 긴 세월동안 항상 중요시한 문제 중의 하나였다네. 허나 혼자서 해결하기 힘든 측면이 있으므로 쌍둥이같이 좋은 관계인 두 사람이 머리를 맞대고 풀라는 의미도 거기에……. 억수종 법맥을 잇기 위해 재가 대표로 우리 처사를 지명한 것 역시 나와 처사가 쌍둥이 소수 정신을 실천하라는……. 쌍둥이 소수 서로 간에 2 차이가 나는 걸 선현들은 이렇게 의미를 결부……. 다른 의미도 더 있지만 이쯤에서 그칠까 하이. 이만하면 어지간히 납득됐을 법하네만."

"네, 어느 정도는요. 참, 아까 낮 12시가 되자 물구나무를 서서 무엇을 골똘히 주시하는 것 같던데요. 왜 물구나무를 섰으며, 무엇을 보았는지요."

"쌍둥이 소수 11과 13 사이에 끼인 게 12 아닌가. 일상생활에서도, 수학에서도 12가 중요한 수로 활용되는 걸로 아네. 동양에서도《회남자》가 편찬되기 이전인 은대殷代에 이미 12에 주목했다고 들었어. 12지支가 그 증거지, 바로. 하여간 그 12를 약간 변형시킨 $-\frac{1}{12}$을 몸으로 표현했다고 할까. 무한을 유한으로 바꾸는 제타 함수 한 계산에 나오는. $1+2+3\cdots=-\frac{1}{12}$ 말일세. 계산하면 -0.083…이 나오는."

"……."

83이란 수가 이상하게 눈에 밟힌다. 무엇과 당장 연결되지는 않지만 어딘지 낯익다. 제주도 큰노꼬메오름의 표고가 833m였다는 생각이 나긴 하지만 그것과 연결시키기에는 좀 무리가 있다.

"자연수 끝을 보려고 노력했다네. 만일 우리 우주가 유한하다면 특정 자연수로 표시할 수 있게 되겠지? 원자든 쿼크든, 항성이든, 은하든, 뭐로 표시하든."

"……."

"그 표시되는 자연수가 홀수일까, 짝수일까, 소수일까, 완전수일까, 뭘까? 혹 -0.083…과 관계 있을까?"

"우주를 제조한 하나님한테 물어보면 간단히 끝날 일 가지고 뭘 그리 고민하십니까? 어리석은 크리스찬일수록 기도하면 하나님이 응답한다고 믿는 걸로 압니다. 그들한테 부탁하시지요, 지금 당장 산을 내려가서."

시종일관 너무 심각하고 진지해 유머를 던진다. 처음으로 두 사람이 파안대소한다. 그러나 웃음꽃은 곧 지고 말았다. 묵언에 들어가기로 선언한 시각이 코앞으로 다가오고 있어서다.

"스님, 아까 보여주기로 했잖습니까. 억수종 시조 등과 관련한 유품 등을……."

"그랬지, 억수종 법맥을 잇는 사람만 드나들 수 있는 성역으로 이젠 가세."

방을 나선 능오가 부엌 아궁이 뒤쪽 바위로 다가가더니 영일이한테 뒤돌아서서 잠시 눈을 감으라고 당부했다. 무슨 장비로 바위 특정 부위에 끼우고 맞추고 돌리고 하더니 장비를 치운 후에야 눈을 떠도 좋다고 한다. 어느새 거석이 서서히 밀리고 있었다. 신천지였다. 토굴이 삼각형같이 생겼다면 성역은 역삼각형 모양이었다. 그러므로 토굴 전체 모습은 ⧖ 모양이다. 성역 안의 물건 수는 그다지 많지는 않았다. 그러나 하나같이 명품, 절품투성이다.

"문제의《직지본전》일세. 감색으로 물들인 종이에 금니로 아름답게 장엄되어 있지? 그 옆에 있는 이건《직지본전》해설서를 쓴 한초 원고인데 첨삭한 것을 보면 은사께서 얼마나 고심했는지를 알 수 있지."

《직지본전》 옆에 《철경》, 《수술기유》, 《제승낭수》, 《삼등수》[45], 《사시事始》, 《할원팔선해割圓八線解》[46] 같은 고서가 보였다. 들어본 제목보다는 처음 듣는 제목이 훨씬 더 많았다. 보물창고에 들어온 사람이 무엇부터 자루에 담을지 몰라 허둥거리듯 영일 또한 눈을 두리번거리느라 정신이 없다. 능오가 일일이 설명하려고 했으나 영일은 극도로 흥분되어 귀에 잘 들어오지 않는다.

성역 한가운데 모셔놓은 빗살무늬토기 두 점이 가장 눈길을 끌었다. 압권이다. 토기 정중앙에 있는 무늬가 매력적인 여성의 거기처럼 눈길을 자꾸만 붙잡았다. 하나는 ⧖가 한 개 그려져 있고, 다른 하나는 두 개가 나란히 붙어 있다. 비밀 장소 모양과 그대로 겹치지 않는가. 필시 중요한 표식 같다.

"억수종 시조와 관련한 유품이라네. 억수종 상징 그 자체라고나 할까. 이 토기 두 점이 수천 년 전부터……. 비밀스러운 예언인 기별記別이 있을지 모르니 잘 살펴보라구."

"아니, 스님. 한초 주장자가 여기 있는데, 왜 그 난리를 피웠습니까?"

빗살무늬토기도 다른 날 같았으면 이모저모 살펴보고 이것저것 질문했을 테지만 때가 때이니만큼 시선을 더 사로잡는 보물이 눈에 띄어 딴소리를 하지 않을 수 없다.

"잘 보면 알겠지만, 이건 잃어버린 주장자와 쌍둥이처럼 생긴 것일 뿐이라네. 우리 억수종 종지를 대대손손 무사히 전하기 위해 스님 대표, 재가 신자 대표 두 사람을 뽑듯 법맥의 상징인 주장자 역시 삭고 썩어서 갈 시점이 되면 똑같은 걸로 두 개 제작하는 전통이 있다네."

"뜯어봐도 되겠지요? 어렸을 적 가지고 놀다 떨어뜨렸다가 우연히 본, 속에 들어 있던 쇠붙이 하나가 갑자기 보고 싶네요. 쇠붙이에 무슨 한자와 노란 무늬가 있었는데, 어쩌면 능오 스님도 모르는 중요한 메시지, 소위 말하는 기별이 있을 수도 있지 않겠어요? 부탁합니다, 스님!"

능오가 마지못해 허락한다. 능오도 주장자 안에 억수종 상징물이 들어 있다는 사실 자체는 알고 있었다. 하지만 워낙 성물이라 감히 뜯어볼 엄두조차 못 낸 것이다.

문제의 쇠붙이는 자처럼 생겼는데 금으로 선을 새긴 문양과 글자가 정치하게 장식되어 있었다. 한쪽 면을 반으로 나눈 후 좌측에는 수직선이, 우측에는 사선이 그려져 있다. 왼편의 수직선에는 일정 간격마다 짧은 선분으로 끊은 표시가 보인다. 무슨 의미를 내포할까. 자세히 들여다보다가 이내 무릎을 쳤다. 100까지의 소수 간격을 표시해놓았지 않는가. 수를 동원하지 않고 수직선과 짧은 선분으로 표시한 혜안이 보통 아니다. 오른편의 사선은 무슨 의미일까 고민하다, 사선 밑의 억선億線이라는 문구가 상황을 명쾌하게 정리하게 만들었다. 억까지의 소수를 그래프로 표시하면 나오는 사선을 형상화한 거였다.

다른 면은, 영일이 세상에 태어난 이후로 가장 놀라운 장면이 기다리고 있었다. 쇠붙이에 금을 박아 넣은, 즉 금상감金象嵌한 그것은, 그것은, 그것은 도저히 입술이 떨어지지 않는다.

5장

수선화

數線話

XX

도깨비방망이

여수가 '이왕 부산에 온 김에'를 내세우며 자갈치시장에서 소주 한잔하자고 졸라 영구가 따라나선다. 입만 축이겠다는 애초의 다짐은 이내 유야무야되고 말았다. 꼼장어 안주가 자꾸 입맛을 돋게 하다 보니 연신 술잔을 비웠다. 낮술에 취기가 오른다. 한때 여수를 키운 부산 누나가 2012년 5월을 보지 못하고 별세해서 상을 치르고 돌아가는 길이다.

"에덴공원에 한번 가시지요?"

"거기는 왜?"

"에덴공원에서 바라보는 낙동강과 을숙도 풍경이 환상적이거든예. 에덴공원 한 바퀴 돌고 와도 KTX 탈 수 있으니, 한번 가 봐요, 네에?"

여수가 팔을 끌자 영구가 마지못해 또 따라간다.

택시 기사가 에덴공원에 다 왔다고 대로에 내려주었건만 곧장 에덴공원으로 들어갈 수가 없었다. 큰 골목길과 작은 골목길을 돌고 돌아서야 겨우 입장이 가능했다. 그것도 지나가는 행인한테 여러 번 물어서. 명색이 공원이라면서 왜 변변한 안내판 하나 없는지 의아했는데 공원 안에 들어서자 대충 짐작이 간다. 에덴공원이 유원지이긴 하되 사유지임을 밝히는 글이 입구에 걸려 있지 않은가. 출입자들이 시립공원인 줄 알고 시에 이런저런 신고를 많이 하는데 불필요한 간섭을 삼갔으면 좋겠다는 소유주의 안내문이 있었다.

"제가 학교 다닐 때만 해도 공원 주변이 갈대숲이었지요. 오리가 둥둥 떠 있고 갈대 무논이 낙동강 방향으로 쭈욱 펼쳐 있었고요. 그 갈대로 지붕을 이은 토속주점들이 곳곳에 들어서서 영업했지요."

에덴공원과 낙동강 사이를 아파트 단지가 턱 가로막고 있었다. 전망은 고사하고 공원 전체가 주택과 아파트에 갇힌 거대한 감옥 같았다.

항아로 흠모하던 여자와의 결혼을 결사반대한 결과 여수는 현재 법적으로는 총각이었다. 항아는 여수가 백날 찾아서 데리고 와도 곧 떠나버리기를 반복하다 지금은 연락두절 상태였다. 그 기간이 길어져 어느덧 십년이 넘었음에도 여수는 한사코 그녀를 기다렸다. 어려서는 1과 선에, 나이가 들어서는 한 여자만을 좋아하는 집착이 상식선을 넘어도 너무 넘어섰다.

"성경을 개작하겠다는 야심찬 프로젝트는 그만 두었니?"

오늘날 한국 개신교 목사들이 성경을 자기들 마음대로 해석하는 행태가 도를 넘었다고 보고 여수 생부가 마지막으로 한 사업이 새 신학교 설립이었다. 목사 양성도 양성이지만 성경 자체 연구에 초점을 맞추었다.

"무슨 말씀을요. 아버님 유언이 바로 그건데 어찌……. 아버님 마지막

선물이 뭔지 아세요? 당신의 손때가 가장 많이 묻은 성경이었습니다. 그 성경에는 창세기에 나오는 '하나님'의 '님'을 모조리 화이트로 지워 놓았더군요."

기독교 대학에서 가짜 신도 노릇을 장기간 하여 면역이 생겨서일까. 분명 파격적인데 그게 얼마나 파격적인지를 영구는 제대로 실감하지 못한다.

"우리말로 1은 '하나' 아닙니까. 하나는 하늘과 등가를 이룬다고 옛날에는 천일天一이라고 했다지요. 일一이 큰大 게 하늘天이고 이 하나를 인격화시키면 '하나님'이 탄생하지예. 아버님께서는 기독교의 근본 불행은 이 하나를 인격신으로 둔갑시켜 창세기를 비롯해 구약을 창작한 것이라 보았죠. 실제로 창세기 1, 2장은 어느 무명작가가 바벨론에 포로로 잡혀 있을 때, 낮에는 노예생활을 하면서 밤에는 노예해방을 꿈꾸며 쓴 작품이거든요. 그가 하나님이라는 전지전능한 슈퍼맨을 창작하는 바람에 소설과 팩트를 구별 못하는 어리석은 사람들이 예나 지금이나 많은 관계로 온갖 문제가 일어났지 않습니까. 하기야 지나치게 단순화시키는 위험이 있지만, 기본적으로 이(2)님을 믿는 게 유교와 《주역》 숭배자들이고, 삼(3)님을 믿는 게 도교와 선도 그리고 샤먼들이고, 영(0)님을 믿는 게 불교이니만큼 기독교가 1을 이상화시켜 좀 떠받든다고 타박할 건 없는지도 모르겠습니다."

야유가 도저하다. 하나(1)를 체득하고 있는 자가 천하의 모든 움직임을 통제한다고 본 왕필[1]을 소개할까 하다가 관두었다. 1을 강조한 사람은 많고 많았다. 의상의 화엄사상도 한 줄로 요약하면 '1에 대한 근본적인 강조'라고 한 사람이 능오 스님이었다. 부석사 조사당에서 의상이 들고 있는 주장자가 1자형 막대기처럼 생긴 데는 이 같은 연유와 무관치 않다고 보았다.

"1과 하나님과 조물주가 같다는 게 제 생각입니다. 일정한 길이의 선분 하나를 적절히 계속 삼등분하면 만들어지는 코흐 곡선[2]이란 프랙탈 구조[3]만 떠올려도 그렇고요. 또 1 자체는, 수 그 자체는 무게나 질량이 없고, 무슨 용도로 쓸 수도 없고, 어떤 가치도 없고, 우리 우주 너머에도, 심지어 죽은 후에도 수만은 있으니, 1이란 수가 자조물이 아니라면 무엇이 자조물이겠어요? 피조물이 아니잖습니까. 조물주 도움 없이 존재할 수 있는 건 수 자신이 조물주이기 때문인지도 모르죠. 해서 아마 그랬을 겁니다. 13세기 송나라 수학자 양휘楊輝가[4] 천지 창조 이전부터 수가 존재하였노라고."

그럼직하긴 하다.

"듣건대, 아인슈타인도 인격신을 거부한 걸로 아는데……."

생부의 인격신 거부를 과도하게 띄우는 것 같아 우정 심드렁하게 초를 친다.

"아인슈타인뿐 아니라 헤겔, 샤르댕 같은 지적 거인들도 인격신 관념을 우습게 보았죠. 만일 인격신 관념을 고집하면 인간의 자유의지가 설자리 없어지니까요. 진짜로 전지전능한 신이 세상만사에 일일이 간섭하여 좌지우지한다면 신의 심판이라는 것 자체가 모순 아닌가요. 진리는 의외로 간단하고 단순한지도 모릅니다. 만일 하나님이 이 세상 모든 것을 안다면, 즉 전지全知하다면 당연히 전지라는 게 존재해야 되잖아요. 어떤 수학자가 칸토어 대각정리를 차용해서 이 논리를 일거에 깨부쉈답니다. '집합 S의, 주어진 집합의 모든 부분집합을 원소로 가지는 집합[5]은 항상 S보다 크다'로, 이 세상 모든 것을 아는 사람은 없노라고 증명했으니까요."

영구는 사주명리학을 믿지는 않지만 '하나님을 믿지 말고 하나님이 되어라'는 말은 공감했다. 나아가 '하나님은 믿는 게 아니라 부리는 것이다'라는 말 역시 좋아하는 편이다.

"스스로가 유태인이기도 했던 아인슈타인이 성경을 두고 '상당히 유치하고 원시적인 전설의 집대성'이라고 정의한 걸 아버님도 뼈아프게 받아들였다 합니다. 그래서 아담이 930년을 살았다든지, 이성 대신 믿음만 무조건 강요하는 천민신앙의 원조인 예수를 하나님이라고 주장하는 말씀은 물론이고, 요한복음 1장 1절의 '태초에 말씀이 계시니라. 이 말씀이 하나님과 함께 계셨으니 이 말씀이 곧 하나님이시니라'에서 말씀word 대신 비율ratio로 반드시 고치라 하셨지요. ratio의 그리스어가 로고스인데, 로고스에는 말씀이라는 뜻도 있지만 비 혹은 비율이 더 여기선 적확한 표현이라는 게 당신 의견이었답니다. 아닌 게 아니라 언어보다 수가 먼저라는 게 역사학자들의 대다수 의견이지요. 과학적으로도 지구와 달 궤도가 비례관계에 있지 않습니까. 아버님께선 또 공자가 《논어》에서 '하늘이 어찌 말씀을 하리天何言哉'란 대목을 예시했지요. 하나님이 말씀으로 우주 삼라만상을 창조하였다는 것이야말로 진짜 거짓이라는 겁니다. 특히 저주와 살육을 일삼는 유태인 부족신 야훼를 하나님으로 보는 시각은 반드시 수정되어야 한다 하셨습니다. 나아가 당신께선 비이성적으로 하나님과 예수를 믿게 하는 원흉인 근본주의라는 이름의 복음주의도 타파

해야 된다고 보았지요. 장로교의 기본 교리인 '계속 개혁되어야 한다.'[6]에 충실하기 위해서라도……."

"……."

"하나님과 예수님을 개신교인은 변하지 않는 것으로 알지만, 상수라도 매개변수[7]라면 변하듯, 하나님과 예수님 역시 마찬가지 아닐는지요. 매개변수를 조합하는 방식은 무수히 많거든요. 수학에서 어떤 명제와 그 명제 반대되는 명제가 동시에 참일 수 있듯 예수와 부처 모두 어쩌면……. 아버지도 아실 겁니다. 예수隸首가 신화시대에 수학을 만들었다는 〈세본世本〉[8]이란 고서 기사를. 우연이겠지만 기독교의 예수와 발음이 똑같아 재미있지 않나요. 웃기는 건 제 이름 여수도 경상도식 발음으로 하면 예수란 뜻이란 겁니다. 실제로 경상도 할머니들은 예수님이라 하지 않고 여수님이라 하지예. 미쳤다고 할지 모르겠지만 경상도 출신 어머니가 당신의 구세주 혹은 진짜 예수가 되라는 의미에서 그렇게 작명하지 않았을까 하고 추측합니다. 아니 할 말로 제가 그리스도가 되지 말라는 법 있습니까? 순환소수가 모습을 달리한 기하급수인 것처럼 2천 년 전의 예수가 서여수란 사람으로 환생, 아니 부활했는지도 모르는 일 아니겠습니까. 예수가 유대교를, 석가가 베다교를 억수로 비판했듯 저 역시 그 연장선에 있다고 보십시오. 제가 아버지 양자가 되면서 호적에 구세일一로 굳이 개명해서 올린 것도 다 먼 미래를 내다보고… 저는 구세주가 아니라 구세일一로 살 생각입니다."

일자무식인 서여수가 일체지자知者를 잡은 것일까. 헛소리 좀 그만 하라고 제지하려는 순간, 일자무식인 마호메트와 혜능이 각각 이슬람교와 선

불교를 창시하였다는 생각이 별안간 났다.

영구는 평생 81이 9×9로만 되어 있는 줄 알았다. 3^4이 81이 되는 것 정도는 알고 있었던 듯하다. 그러나 , $(1+2+2+4)^2$, $1^3+2^3+2^3+4^3$이 81이 되는 줄은 모르고 살았다. 그랬기에 1+2+3+4+5+6+7+8+9+8+7+6+5+4+3+2+1이 81이 되는 줄은 당연히 모를 수밖에 없었다.

"아니 그것도 모르셨어요? 젊은 날 한때 전설의 삼각산 도사님을 모셨다면서."

둘째사위의 지적에 낯을 들 수가 없다. 월출산이 보이는 경포대 앞 음식점에서 봄밤을 즐기며 닭백숙을 먹던 중이었다.

"그럼, 강력수powerful number도 잘 모르시겠네요? 어떤 양수를 인수분해할 때 소수 인수가 두 번 이상 반복되어 등장하는 수를 강력수라 하는데, 《주역》에서 중요시하는 64와 노장사상에서 중요시하는 81이 강력수이지요."

둘째사위와 81을 가지고 왈가왈부하게 된 건 식탁보를 장식하고 있는 디자인이 사단이다. 저녁을 먹다 말고 둘째사위가 문득 식탁보 무늬를 주시하더니 "일정한 크기의 정삼각형 안에 다시 정삼각형을 그리고 빼는 작업을 반복해서 만드는 시어핀스키 삼각형이네요."라고 하였다. 일찍이 삼각산 도사 밑에서 수련한 관계로 '삼각'이란 수식어가 붙는 것이라면 아무리 사소해도 예사로 넘기지 않은 덕에 시어핀스키 삼각형이 프랙털 구조의 좋은 예임을 알면서도 막상 그것을 보고도 인식하지 못하는 우를 범하고 말았다.

"나 수학 부족증 환자야. 수치라고."

둘째사위한테 콤플렉스를 선선히 인정하는 이유는 사위 셋 중에서 가장 편한 사위였기 때문이다.

둘째사위는 산술가가 아끼는 연구원이었다. 산술가 사무실을 드나들던 영구가 마음에 들어 사윗감으로 점찍은 경우다. 그는 막노동판에서 미장을 하면서도 학업의 끈을 놓지 않아 방송통신대에서 컴퓨터를 배운 후 야간대에서 역사로 석사를, 일반대 대학원에서 수치해석[9]으로 박사학위를 받은 특이한 경력 소유자였다.

"참 자네, 역사 쪽 석사논문은 무엇을 다루었지?"

관심을 주지 않았던 논문이 이제야 생각난 영구는 미안한 마음으로 묻는다.

"아버님에게 말씀드리긴 쑥스러운데요. 삼국시대 유물 중에서 세 발이 달린 것에 주목했습니다. 몽촌토성에서 출토된 고구려 5세기 원통형 세발항아리, 백제 5세기 세발대야, 신라 5~6세기 세발청동초두 등에 관심을 두었지요."

"세 발?"

약간 신경질적인 어투가 저도 모르게 나온다.

"동양산학의 총서랄 수 있는《산경십서》[10]를 검토하면서 선조들이 세 발을 수학적으로 의식하고 제작했는지를 따졌습니다. 몽촌토성에서 출토된 유물 중 세발토기가 많은 비중을 차지해서 세 발에 특히 주목하는 계기가 됐습니다."

"결론은?"

"유보했습니다. 의식했을 수도, 안 의식했을 수도 있더라고요."

그때까지만 해도 영구는 둘째사위를 역사에 관한 한 몇 수 아래로 내려다보았다. 허나 세 발은 밑바닥이 어떤 모양을 하고 있더라도 안정적이지만 네 발은 바닥이 편평해야 안정이 된다고 하지 않는가. 이내 겉으로 표현하지 않았으나 영구에게 부족한 DNA가 있음을 발견했다.

"왜 그렇지?"

"세 점은 한 평면을 결정하지만 네 점은 특수한 경우에만 한 평면을 결정하기 때문이지요."

두 손을 들었다. 사위는 영구가 절대 못 쓰는 성격의 논문을 썼으니까. 잘났든 못났든 사람은 누구나 필살기 하나쯤은 다 가지고 있다는 속언이 실감나는 순간이다. 장인이 선산에 가묘를 조성해서 도굴한 문화재를 숨겨 놓은 것처럼.

"제 할아버지는 자칭 수가數家라 칭했습니다. 사람 탯줄이 세 가닥으로 엮여 있다면서 도가와 선가의 3에 주목했지요. 어려서 이런 이야기를 들을 때만 해도 할아버지의 개똥철학이라 생각했는데, 지금 생각해보니 제법 그럴싸한 것 있죠. 수가라는 자칭 역시 겉멋에 빠진 할아버지가 작명한 것으로만 알았지 뭐예요. 근데 아니더군요. 《구수략》을 쓴 최석정이 《산학원본》[11] 서문에 쓴 글을 보니 '수가'라는 용어가 나오는 거 있죠. 그제야 다 근거가 있었음을 알고 할아버지를 다시 보았지요."

둘째사위 고향은 월출산과 가까운 영암군 구림면인데 선조들이 산수서당을 운영했다고 한다. 19세기 말경에 상업이 발달해 계산 수요가 상당히 있었던 모양이다.

"최석정이 숙종시대에 여덟 번이나 영의정을 지냈으니 정치 거물인 건 인정해. 하지만 수학은 소일거리로 한 거 아닌가?"

"소일거리로 했을 수도 있지만 누구도 부정하지 못하는 빛나는 업적이 있습니다."

"과장 아닌가?"

"최석정이 완성한 9차 마방진은 서양보다 무려 60년이나 앞서 있었습니다."

"향토사학자들이 우리 것이 최고여 하는 차원 아닌가?"

"아닙니다, 아버님. 2007년 이전까지만 해도 유럽의 오일러가 직교라틴방진[12]의 첫 연구자로 인정을 받았죠. 하지만 오일러 이전에 최석정이 먼저 연구했다는 사실이 2007년 출판된《조합론 디자인 편람》2판에 게재되면서 세계적으로도 공인받았습니다."

최석정이란 이름은 삼각산 도사에게 들은 적이 있었다. 아울러 '큰 의심이 없으면 큰 깨달음은 없다'고 한 홍대용도 당신은 툭하면 언급하였다. 홍대용의《주해수용》[13] 과 함께 이상혁[14]이라는 이름도 수시로 입에 올렸다. 역삼각함수의 급수전개법이 특히 장관이라고 칭찬했지만, 그때나 지금이나 수학을 보는 눈이 없기는 매한가지였다. 눈이 없는데 아름다움은 무슨 수로 느끼며, 전통 산학자들의 점수는 또 무슨 수로 매기리. 애초에 불가능했다.

고대사를 전공하면서 수학 공부의 필요성을 얼마나 자주 느꼈던가. 수시로 접하는 고서만 해도 그랬다. 고서를 묶을 때 우리는 전통적으로 구멍을 다섯 개 뚫지만 중국과 일본은 구멍을 네 개만 뚫는다는 차이점이 있었다. 그 연유를 정확히 몰라 동료 사학자에게 자문을 구해도 별반 도움이 되는 소리를 듣지 못했다. 이에 반해 수학자들은 수는 알지만 인문학을 잘 모른다는 함정이 있었다. 그럴 적마다 수학을 공부해야겠다는 생각은 했지만 미루고 미룬 결과 수학세계는 영영 남의 나라, 별세계가 되고 말았다. 그러다가 아차 싶은 일이 바로 어제 저녁에 일어났다. 여느 날처럼 산술가와 단 둘이 일식집에서 저녁을 먹으며 이런저런 옛날이야기를 하다가 백운대 정상에서 1968년 8월에 일어난 해프닝을 전하자 산술가가 정색을 하지 않는가.

무활서기에 수비학 그 이상의 무엇이 숨어 있는 줄은 꿈에도 몰랐다. 무활서기가 입자 상호작용을 나타내는 도표, 그러니까 파인먼 그래프 모양과 똑같다고 지적하지 않는가. 정말 의외였다. 다리를 벌린 채 만세 부르는 모양 혹은 두 개의 바지를 붙여놓은 모습을 연상케도 하는 무활서기를, 고리 또는 끈이론 물리학자들이 자기들 이론을 설명할 때 자주 사용한다고 했다. 그뿐 아니었다. 염색체 모양하고도 연결시켰다. 똑같았다. 몇 발 더 나아가 왜 거기에 $-\frac{1}{12}$이 숨어 있으며, -0.083…과 관련 있는지를 설명할 때는 죽고 싶었다. 8월 3일, 오전 8시 3분에 무활서기를 해놓고도 평생 이를 의식하지 못했으니까. 삼각산 도사가 보여주겠다고 한 절대광경 또한 그 연장선상에 있었다. 영상image을 함수로 보면 연속된 영상, 즉 물체의 움직임을 벡터장으로 나타낼 수 있으므로, 수학적 상상력을 동원하면 얼마든지 가능하다고 보았다. 하여튼 산술가도 다소 놀라기는 마찬가지였다. 삼각산 도사가 정상에 앉았거나 당신과 관련 있는 산들인 옹강산 등의 해발이 하나같이 833과 관련 있었다. 심지어 산술가가 일본에서 삼각산 도사를 만난 가와구치코란 장소까지도. 알고 보니 삼각산 도사의 일거수일투족이 모두 못난 제자들을 가르치기 위한 계산된 포석이었다.

그래도 그때까지만 해도 무신경 정도로 치부할 수도 있었으므로 괜찮았다. 하지만 196883과 196884에 숨어 있는 고차원 수학을 듣고 난 후에는 부끄러웠다. 제5칙 연산이라고 할 정도로 중요한 군을, 몬스터군에 대해 아무것도 몰랐다는 건 변명의 여지가 없었다.

"구 관장님, 혹시 삼각산 도사님이 떠나기 전에 남기신 거 없나요?"라고 물어오기에 대수롭지 않게 도깨비방망이를 받았는데 버렸다고 하자 산술가는 영구가 얼마나 어리석고 바보 같은 행동을 했는지 신랄하게 지적했다.

"구 관장님, 도깨비방망이 겉이든 속이든 어디든, 분명히 삼각산 도사님의 메시지가 어떤 식으로든 들어 있을 겁니다. 왜냐? 삼각산 도사는 지난 세기 한반도 최고의 선가 어른이었으니까요. 선수자善數者였단 말입니다.《열자》에서 신비적인 수를 취급하는 스승을 지칭했던 선수자가 바로 삼각산 도사님입니다. 수에 관해 보통 통찰력을 가지신 분이 아니었지요. 가령 20세기 들어와 물리학자들이 밝힌, 물질과 반물질이 만나면 퍼펙트하게 쌍소멸하는 현상을, 수학에는 이미 오래 전에 그 원리를 설명할 수 있는 개념이 정립되어 있었다고 밝힌 것 하나만 보아도요. 양수正와 반대 부호를 가진 음수負가 만나면 0이 되는 것에 바로……. 과문한 탓인지는 몰라도, 물질과 반물질을 이렇게 정수로 깔끔하게 정리한 이는 아마도 삼각산 도사님이 처음일 겁니다. 해석적 접속, 경로적분[15], 복소함수 같은 어려운 수학 개념 하나 쓰지 않고, 리만 가설을 삼각함수와 로그 같은 기초 개념으로 된 식으로 변환해서 연구한 것 하나만 보아도 대단하지요. 83, 833, 833…이란 수만 해도 당신이 제자들을 가르친 온갖 산들 표고뿐 아니라 콘웨이군群에도 83과 유사한 8.3…이 첫머리에 나오는 만큼……. 백운대 정상에서 무활서기할 때 8.3을 유달리 강조했다고 했지 않습니까? 이렇듯 수에, 수리에 도통한 어른이 설령 제자한테 장난을 쳤더라도 예사 장난을 쳤겠어요? 찾으십시오. 당장, 그 도깨비방망이를. 당신한테 수학 보는 눈이 없는 관계로 못 알아보았을 뿐 거기에는 틀림없이……. 도깨비 방망이에 옻칠이 되어 있었다고 했으니 어디 비가 들이치지 않는 바위 밑에라도 떨어졌으면 의외로 오늘날까지 멀쩡할지 모르니까요. 혹여 삭거나 썩었더라도 실물을 보면 거기에는 몇 천 년의 비의秘意가 담겨 있을 확률이 높습니다. 장담컨대 구 관장이 지금까지 본 그 어떤 유물이나 골동품보다 그게 더 고가일 겁니다. 《훈민정음 해례본》 따위를 찾느라 속리산을 뒤지는 것보다 이게 천 배 만 배 더 값어치 있는 일입니다. 4년 전, 2008년 7월에 《훈민정음 해례본》이 속리산 인근 경북 상주에서 나와 구 관장 눈이 번쩍 뜨였잖소, 왜. 간송미술관이 소장한 국보 70호와 같은 판본이었으니, 속리산 석굴에서 그것이 발견될 소지가 높다는 건 저도 인정합니다. 그래서 2008년 이후로 더욱 열심히 찾아가는 열정도 십분 이해합니다. 하지만 《훈민정음 해례본》만 해도 이미 수부나 존재해서 유일본이 아니잖습니까. 허나 삼각산 도사님의 도깨비방망이는 제가 알기로 이 세상에 단 하나밖에 없습니다. 구 관장님, 이 세상 최고 호사가 뭔지 압니까? 뭐니 뭐니 해도 이 세상에 딱 하나밖에 없는 것을 소유하는 겁니다. 제 재산을《일역一易》하고 맞바꿀 용의가 있다고 하는 것도, 제가 평생 찾고 있는《일역》에 대한 암시도 어쩌면 거기에 있을지 모르겠다는 생각이 별안간 드는 것 있지요. 제가 언젠가 왜 술회했잖습니까. 그때《일역》원전을 삼각산 도사께서 소장하고 있노라고. 삼각산 도사님께서 저한테까지《일역》에 관해 운도 안 띄우고 영영 종적을 감추어서 답답했는데, 어쩌면 서책이 아니라 그 도깨비방망이일지도 모르겠다는 생각이 드네요. 일역을 우리말로 풀면 '一이 둔갑한다'는 의미도 있으니까, 도깨비방망이보다 더 유력한 후보가 없겠다는 생각이 드는 거 있지요. 역易은 무체無體, 즉 일정한 형태가 없다고 했으니……. 아, 자탄건곤子呑乾坤 (우주를 삼키다)했을지도 모르는 도깨비방망이를 필히……. 삼각산 도사님께서 간혹 '형체도 없는 도깨비방망이로無形無體棒 우주의 버팀목을 쳐부수었네打破乾坤柱'라고 혼잣말했으니만큼 더더더욱!"

아닌 밤중에 홍두깨라더니, 그야말로 아닌 밤중에 도깨비방망이였다. 그 도깨비방망이를 향로봉에서 찾으려고 부랴부랴 오늘 내려온 것이다. 월출산 근처가 고향인 둘째사위한테 그것을 찾을 때까지 무기한 출장을 보낸 사실만 보아도 산술가의 관심이 얼마나 지대한지를 알 수 있었다.

한, 일, 선

정년퇴직 기념논문집과 수학 관련 단행본 도서 원고를 들고 직지사 토굴로 찾아올 때까지만 해도 구영일은 즐거웠다. 하지만 한초가 유품으로 남긴 오동나무 상자를 다시 개봉하고 또 벽에 부딪히자 사정이 달라졌다. 다섯 번째 마지막 상자 위에 출제해놓은 문제를 끝내 풀지 못했다. 해법을 제시할 수 없으면 10년 후에 다시 도전하라는 한초의 인정사정없는 경고문에 슬며시 상자를 닫는다. 능오 볼 낯이 없어 영일이 헛기침을 연신 했다. 능오 또한 눈 둘 곳이 마땅찮아 수학 대중서 원고에 시선을 고정시킨다.

"유리수가 이 세상에 없다면 얼마나 좋을까! 할아버지, 이딴 거 배우지 않으면 안 돼요?"

문장이 많이 들어간 분수 나눗셈 문제가 자꾸 틀렸기 때문인지 손녀가 잔뜩 부은 얼굴로 신문 보는 할아버지를 방해한다.

"안 될 거야 없지. 원시인만 된다면."

"싫어요, 벌레는 징그러워서……. 그런데 왜 느닷없이 원시인이에요?"

"우리 공주님 말이 현대 문명을 포기하고 원시사회로 돌아가자는 이야기와 똑같으니까. 유리수 개념과 표기법은 청동기 시대부터 쓰였지만, 실은 그 이전 시대부터 필요성을 느꼈단다. 사물의 개수가 1보다 작은 경우도 표현하고 싶은 욕구가 언젠가부터 계속 생겨나서이지. 인간이 농경 생활을 하면서 단순히 수를 세는 것으로는 무엇인가 부족함을 느껴 길이를 재고 양을 구하는 단계로 발전한 탓도 커. 예컨대 개간한 땅을 측정하고 나누고 비교할 때 필요한 게 분수라는 이름의 유리수이기 때문이야. 그래서 세상에서 가장 오래 된 이집트 수학책에서도 분수를 폭넓게 다루고 있는 거란다."

능오가 보고 있는 원고에서는 분수라는 대중적인 이름을 가지고 있기도 하고, 두 자연수 비를 뜻하기도 하는 유리수의 역사를 다루고 있다. 실제로 중학교 2학년인 영일의 외손녀를 상정하고 원고를 쓰면서 독자 눈높이에 맞추려고 노력했다. '수학 없는 수학' 혹은 '무수학의 수학'이란 가제가 암시하듯 수식과 기호를 최대한 자제하고자 한 노력도 돋보인다.

"수학을 무서워하는 중고생이라도 편하게 볼 수 있도록 쓴다고 썼습니다만, 많이 미진합니다."

능오가 보기에도 교훈적이고 교과서적이긴 한데 그 이상의 무엇, 플러스 알파가 없다. 이어지는 글에서 유리수 의미를 확장한 것까지는 좋았다. 고대인들이 분수 계산할 때 산대라는 막대기를 사용했다는 점을 밝힌 것이라든지, 약분과 통분이 어렵다고 수학머리 나쁘다며 자책하지 말라는 예[16]도 좋았다. 아울러 물리학 서적마다 등장하는, 특히 양자역학에서 중요한 역할을 하는 유리수를 통섭한 점은 높이 쳐줄 만했다. 문제는 역사 이외의 인문학적 사고였다. 분수에 대한 문학적, 철학적 접근이 없지 않은가. 가령 어떤 사람의 일생이 휘황찬란하게 비쳐졌을지라도 보통 사람을 나란히 옆에 놓고 소거식[17] 혹은 통분해서 기약분수를 구했더니 거품이 많이 나오더라는 식의 접근법 말이다.

허나 첫술에 배부를 수는 없는 법. 일단, 능오는 역작이라 치켜세운다. 미진한 부분은 개작과정에서 보완이 가능하기에 우선 힘을 실어주는 게 먼저였다.

"한초께서 마지막 상자 안에 넣은 것 중에서《한수경》을 특별히 보여주겠네. 고조선시대 한씨 성을 가진 무명씨 저작인지, 삼한시대 어떤 수학자가 쓴 책인지, 하나라는 수를 다룬 책인지는 직접 확인해보게나. 희귀한 금권전서[18]라서 보려고 해도 쉽게 볼 수도 없지만. 한초께선《한수경》을 보지 않고서도 그 내용을 다 알 정도로 선행학습을 해야 한다는 취지에서 큰 상자에 다시 작은 상자를 여럿 담으셨네."

《한수경》과 인연이 없다면서 영일이 만사 포기할지도 모른다는 불안감을 느낀 능오가 영일의 스마트폰 메모함을 띄워 이렇게 휘갈긴다. 억수종 정체 문제로 평생을 골탕 먹인 데 대한 인간적인 미안함도 작용했다.

"이 무슨 상자놀음이냐고, 애들 장난도 아니고 어쩌고 하면서 신경질 내지 말게. 사실 나이 예순이면 대부분 만사에 큰 기대를 하지 않잖아. 처사 나이에 설렘이나 호기심은 이제 가당찮지 않은가? 그런 점에서, 양부의 배려에 감사해야 할 것이야. 자고로 스스로 얻어낸 해법은 스승이 가르쳐준 만 개의 해법보다 더 가치가 있는 법일세. 이만하면 한초 55주기를 기다리며 즐겁게 보낼 수 있지 않겠나."

능오의 전자펜 대화에 영일이 어느 정도 수긍하는 눈치이다.

"참, 저번에 구 관장이 말하던 주장자는 어떻게 됐습니까? 스님께서 찾던 주장자였나요?"

영구한테까지 억수종 상징물을 거론한 건 일물파 측에서 문제의 주장자를 시장에 내놓을지도 모른다고 봐서였다. 골동품계 거상이든 재력가이든 억수종 자체에 대해선 아무것도 모를지라도 가령 신미 대사가 사용하던 주장자라고 하면 초 거액을 내놓을 공산이 높았다. 설혹 인사동이나 장안동 같은 공개 골동품시장에 안 나오더라도 그쪽 음지 큰손인 영구 장인을 통해서라도 풍문을 듣고자 미끼를 던진 것이다.

효과가 있었다. 작년 가을 단양군에 있는 방곡사에서 소장하던 주장자를 도 지정 문화재로 추진한다는 정보를 영구가 가져왔다. 영구 제자가 충북 문화재위원으로 있는데, 단양군수가 심의를 요청했으니 참고하라고 한 모양이었다.

한달음에 현장으로 달려갔다. 억수종과 관련 있는 스님이 머무는 사찰이 아닌지라 맥이 빠졌으나 그렇다고 확인하지 않을 수 없었다. 주장자가 이 손 저 손으로 넘어가 방곡사까지 흘러들어가지 말라는 법은 없으니까. 확인 결과, 아니었다. 거리가 멀었다. 방곡사 주장자는 율봉선사[19]가 사용하던 거였다.

'법통 계승도 제대로 못한 주제에 후계자로 금선과 구팔을 점찍고 있는 자체가 주제넘은 짓 아닐는지…….'

법통 자격 여부를 놓고 수시로 자문자답과 함께 이렇게 자책하곤 했다. 능오 원죄였다. 십년 전쯤 속리산 석굴에서 만나기로 해놓고 나타나지 않은 태한 스님은 그것으로 끝이었다. 다시는 볼 수 없었다. 일물파 스님들하고 최후의 담판을 짓고 오겠다며 떠난 것이 마지막이었다. 필시 어떤 식으로든 무슨 해코지를 당했을 것 같아 마음이 언제나 불편했다. 그러나 심증만 있지 딱히 물증이 있는 것도 아니어서 오늘날까지 그냥 손을 놓고 하염없이 기다리고만 있는 중이다.

능오를 보필하는 금선은 지금 황악산 정상에 올라가 있었다. 올해 들어 체력이 급격하게 떨어져서 문 밖 출입을 삼갔다. 한초 44주기에는 처음으로 정상 등정을 포기하고 금선을 대신 보냈다.

"스님, 양부님 개인적 기호를 제자 스님들이 받들어 모시는 차원에서 난을 가까이 두는 건가요? 아니면, 난의 곡선미와 억수종의 근본이 일맥상통해서 그런 건가요?"

능오가 청초한 난을 가까이 두고 그윽이 완상하자 영일이 말을 붙인다. 능오는 묵언안거에 들어가기를 잘했다는 생각이 들었다. 답하기 싫은 질의를 회피하는 수단으로 그만이다.

일찍이 능오도 의문을 가졌다. 억수종 스님들 모두 난 애호가였으니까. 너나없이 틈만 나면 난꽃 색상이 초록색, 자주색, 노란색, 오렌지색, 붉은색 순으로 가치가 높아지고 귀해진다는 난비어천가를 불러 도가 지나치다고 보았다. 이 의혹은 좀처럼 해소되지 않았다. 한초 입적 직전까지 긴 시간을 기다려야 했다. 능오를 억수종 법통 계승자로 내락한 후에야 극비 중의 극비를 들려주었다. 계곡 바위를 종이로 삼고 흐르는 물을 먹물 삼아 손가락 붓으로 내용을 밝힌 것도 비밀 유지 차원이었다.

"법통 계승자는 고아한 난을 수족처럼 끼고 사는 진정한 의미를 알아야 돼. 수천 년 전 우리 선현들도 야생란이, 요즘 식물학자들처럼 가장 진화한 고등식물임을 알았지. 주변의 모든 것을 얍체같이 이용하는 최고 선수임을 정관자득靜觀自得이란 억수종 특유의 관찰법을 통해 알아냈어. 실제로 난초과에 속하는 많은 종들이 꽃가루 매개자에게 그 어떤 꿀도, 그 어떤 보상도 주지 않는다고 해. 일부 난은 매개자의 섭식행동을 교묘하게 이용하거나 진균류를 속여서 일방적으로 훔쳐 먹기도 하고, 어떤 난은 자기를 공격하도록 유인하기 위해 흡사 침입자인 것처럼 산들바람에 춤을 추기도 해. 그밖에도 상상을 초월하는 온갖 속임수란 속임수를 동물계의 인간처럼 다 구사하지. 난이나 사람은 자연을 자기 맘대로 다 이용하면서도 동물계와 식물계에서 나란히 우아한 척은 혼자서 다하지. 그럼, 왜 억수종에서 난을 높이 쳤을까? 동물계 왕과 식물계 왕이 서로 잘 지내면 좋으니까? 물론 그런 면도 없잖아 있겠지만, 실은, 도도하게 들어오는 외래 종교인 불교를 속이려는 고도의 술책이었다네."

"무, 무슨 말씀이신지?"

"아득한 옛날부터 한반도 일대는 한씨조선이 지배했지. 《관자》에 보이는 조선이 한씨가 주도한 한씨조선이야. 그 사람들에 의해 한韓사상이 자연스럽게 생성되어 여러 형태로 발전했어. 주축은 어디까지나 선도仙道쪽 사람들이었지. 고조선 준왕이 나라 이름과 임금 이름, 민족 이름을 '한'으로 지칭한 것도 그 이전부터 내려온 한 정신을 승계했다고 보면 돼. 그 이후 진한, 마한, 변한 같은 한자字 돌림으로 나라 이름을 지은 것도 그 연장선상이고. 한씨조선부터 한씨 혹은 한이 특정 성씨를 지칭한다기보다는 한사상을 따르는 사람들이라고 보면 될 게야. 《산술신서》를 편찬한 이상설이 우리나라를 아한我韓이라고 표현한 것도 그 전통을 이은 거야."

"……."

"우리 억수종 원조는 선도야, 선도! 불교가 주지하다시피 삼국시대에 대세가 되자 선가 사람들이 살 길을 찾아 한쪽은 산림 깊숙이 숨고, 또 다른 한쪽은 불교와 일전을 치루었지. 오늘날 절에 있는 삼성각, 산신각, 칠성각 등이 바로 그들의 전리품이라고 보면 돼. 또 다른 한쪽 선파는 난의 생존법을 모방했지. 바위 사이에서도 어떻게든 고개를 내밀고 싹을 틔우듯 불교 사찰에 위장하고 들어가 한사상을 우아하게 지켜나갔지. 불교 억수종과 선가 중 선仙 대신 선線과 1을 강조하는 일파는 사실상 일란성 쌍둥이라고 보면 돼. 흡사 두 개의 사인 곡선 모양으로 긴 역사를 통해 얽히고설켜 왔단다."

"대단합니다!"

"참선參禪이 아니라 참선線이야. 억수종이 애초에는 좀 느슨한 조직으로 운영되다 현재처럼 완벽한 비밀결사체에 가깝게 된 건 나말여초에 선종이 본격으로 도입되면서이지. 화두로 표상되는 간화선은 누가 뭐래도 중국 작품이거든. 중국인들이 인도에서 수입한 불교를 자기 식으로 만든 불교 신상품이 간화선이야. 당송시대 화두 모음집인 《벽암록》과 《무문관》, 《선문염송》 등을 대략 훑어만 보아도 이를 알 수 있어. 한 불교를 천명한 원효 같은 극소수를 빼곤 역대 저명한 중들이 대부분 선의 황금시대인 당송 때의 유행가를, 철지난 옛 노래를 똑같이 부르거나 곡조만 약간 변형시켜 불렀지. 어리석게도 천년 넘게 불렀고 또 부르고 있으면서도 한국불교 대세는 여전히 간화선이야. 조계종 가풍이 중국 임제종 선풍 복제품이건만 그것도 모르고 오늘도…. 싫건 좋건 그래도 대세가 불교라, 억수종은 범이란 불교에, 표범이란 간화선한테 활猾처럼 일부러 먹혔지. 오대산 석굴 돌 책상에 또렷이 새겨놓은 전설의 동물 활 말일세. 범과 표범에게 계획적으로 먹혀 뱃속에서 간을 뜯어먹듯 억수종 역시 그렇게 생존했지.'

"말이 안 나옵니다, 스님."

"말 이전의 말, 말이 끊어진 세계가 화두라고? 언어=생각=마음이고 마음=생각=언어거늘! 인간은 언어로 생각하기 때문에 언어가 없으면 생각 자체가 불가능하건만 불립문자 운운하며 언어를 무시하자는 건 생각하지 말자는 것과 무엇이 다른가? 동물로, 식물로 인간이 돌아가서 무엇을 하겠는가?"

"……."

"한민족은 1의 민족, 선의 민족임을 어느 누구도 부인하지 못해. 우리 억수종 전용 석굴 가운데 가장 오래된 금강산 석굴 벽에 '무궁화 동산, 즉 한반도에 흐르는 한(1)의 물줄기 한반도를 영원히 흐르리'[20]라는 문구를 선현들이 새겨놓은 것은 1을, 유일唯一을 숭상했기 때문이네. 듣기로, 기원전 4~5세기경이 한사상 내지 선사상이 가장 꽃핀 시기였네. 무엇으로 증명하느냐고? 우리 황악산 토굴에 있는 청동거울이야, 바로. 얼마 전 충남 논산에서 발견된 동경[21]이 우리 억수종에서 가지고 있는 동경들과 형제들처럼 닮아서 나도 무척 놀랐다네. 논산 동경 또한 작은 접시 같은 그 좁은 공간에 새겨진 1만 3천 여 개의 직선은 현대 기술로도 복원하지 못한다고 들었네. 수많은 직선과 함께 보이는 삼각형 무늬는 또 어떻고. 1cm도 안 되는 빈 삼각형 안에 새긴 20여 개의 가느다란 선은 당시 수준이 어떠했는지 짐작할 수 있지. 일찍이 문수보살이 '진실의 세계란 말이나 글로 나타낼 수 없다'고 했어. 이는 간화선이 답이란 이야기가 아니야. 불가사의한 일을 많이 기록해놓은《미증유경》에서처럼 마음도 답이 아니란 소리지. 핵심에 접근하면 정답은 선禪이 아니라 선線이야. 내가 왜 자나 깨나 선을 강조했는지 이제 알겠는가? 선 혹은 수에서 뜻을 취할 줄 모르면 어리석음에서 벗어날 길이 영원히 없으리."

충격, 대충격이었다. 그제야 왜 억수종 토굴과 석굴에 불상이 없는지, 왜 억수종이 속인은 물론이려니와 스님들한테까지 쉬쉬하게 되었는지 이해가 되었다.

"감사합니다."

다뉴세문경 부분만 빼고 털어놓은 건 비밀 때문이 아니라 체력이 달려서다.

"그럼, 마지막으로 빗살무늬토기들을 잠시만, 단 5분만이라도 다시 보게 해주십시오. 반드시 확인할 게 있어서 그럽니다."

몸 상태가 한 달이 다르더니 어느새 일주일로, 이제는 하루가 달라 능오는 자기 명이 그다지 길지 않음을 알고 있다. 해서 자신이 보여주지 않으면 영일이 다시 보기 힘들어 눈을 감고 있으라 한 후 문을 열어주었다.

2012년의 낙엽을 볼 수 있을까. 자신 없다. 낙엽이 떨어지며 그리는 우아한 곡선을 한 번 더 보고 싶다는 욕심이 들었다. 하지만 육체는 마음과는 정반대였다. 기하급수로 기운이 떨어지는 모양새가 심상찮았다. 억수종 산중공사를 서둘러 개최할 필요가 있었다. 법맥을 주고받는 대사인 건당을 행해야 하니까.

낙엽이 떨어질 때 그리는 곡선을 연상해서일까. 남해 보리암에 있는 억수종 전용 석굴 벽을 장식하고 있는 등각와선도圖가 생각난다. 로그나선 혹은 대수나선이라고도 부르는 등각와선을 사람 키만 한 크기로 새겨놓았는데 그 밑에는 등각와선 형태를 띠는 온갖 조개를 실물로 전시해놓고 있었다.

"오래 전 억수종 어른들께서 새겨놓은 이 등각와선을 보고 또 보거라. 평면곡선, 원활곡선, 해석곡선, 정칙곡선, 타원곡선 다 좋지, 다 중요하고. 허나 곡선을 제대로 알려면 직선부터 알아야 하듯 곡선 중에서도 특히 나선에 도통해야 돼. 이 지구, 이 우주 모든 걸 나선이 지배하니라. DNA에서부터 은하에 이르기까지 나선은 생명의 기본 곡선이자 사물의 보편 곡선임을 명심하거라. 생과 사에 대한 답이 거기에 있을지도 모른다."

오래 전 어느 날 한초가 참선 중에 이렇게 일렀다. 그때 능오는 보리암 석굴에 오기만 하면 북한에서 나온《수학사전》을 보며 휴식을 취하곤 했다. 월북한 청주중학 스승 리재곤 선생이 직접 편찬에 참여한《수학사전》이라 더 각별하였다. 능오가 청주중학 다닐 때 똘똘하다고 좀 이뻐했던가. 하지만 금서여서 보리암 석굴에 남몰래 보관하며 조심스레 들여다보곤 했다.

그날 한초 가르침을 받고 석굴 밖으로 나와 상주해수욕장을 오랫동안 주시한 기억이 어렴풋하게나마 떠오른다. 언제 보아도 절경인 그곳 형태가 그때까지는 막연히 원호 같다고 여겼는데 처음으로 등각와선 한 토막을 자른 형용으로 다가왔다. 보리암 주지를 '양 주지'라고 부른 기억은 나도 법명이 가물가물하는 것과 똑같이 그날 이후로 나선, 그 중에서도 등각와선 자체를 완전히 잊고 살았지 않았는가. 정말 중요한 것이 어디 등각와선뿐이겠느냐마는 심히 후회스럽다.

"은사 스님, 며칠 곡기를 내리 끊으셨습니다. 즐기시는 맑은 장국수를 끓였으니 한술 드시지요."

시봉을 들어주는 상좌 금선의 말이 간곡하다. 허나 식욕이 도통 없으니 어쩌랴. 그러다 어쩌면 생애 마지막 국수일지 모른다 싶어 국물 조금과 함께 국수 한 가락을 입에 넣었다. 삼키기도 뱉기도 어중간해 그냥 입 안에 넣고 가만히 있는다. 그리고 천천히 이리 굴려보고 저리 굴려보았다. 그러면서 국수 그릇에 담긴 국수를 눈으로 먹었다.

슬며시 열린 방문 틈으로 눈을 주자 금선이 손수 뽑아서 건조시키고 있는 국수가 보였다. 직선이, 언제 보아도 보기 좋다. 그릇에 담겨 각자 곡선을 자연스럽게 그리고 있는 국수 가락 역시. 이 국수를 평생 만들고, 건조시키고, 삶아 먹었으면서도 여태 선 하나 정복하지 못한 스스로에게 어이가 없다. 국수가 이럴진대 언어, 수학은 두말 더해 무엇하랴. 더욱이 평생 능오 뒷배를 봐주고 손발이 되어준 태한 스님 하나 챙기지 못한 과오는 너무 컸다. 아직도 태한 스님 행방은 오리무중이었다.

도대체 무엇을 하며 살았던가.

자신이 태어나던 날을 상상해본다. 어머니의 1처럼 생긴 그 곳에서 한 구멍이 서서히 열리면서 ○처럼 생긴 둥근 머리통부터 내미는 스스로를. 그보다 더 숭고한 1과 0이 있을 수 있을까. 할머니가 신생아 능오를 받고 아버지가 탯줄을 끊는 순간을 기점으로 자신을 하나의 점으로 가정하고 검지로 선을 그려보았다. 직선과 온갖 모양의 곡선이 다 그려졌다. 능오 일생을 하늘 위에서 내려다보는 어떤 존재자 시점으로 묘사하자 헝클어진 실 꾸러미 하나가 그려지지 않는가. 원코를 찾으려고 인생 마디마디를 잇는 선 주변을 뚫어지게 주시해도 찾기가 힘들다. 실 꾸러미를 푸는 건 불가능하지 싶다.

청주 일원을 거의 벗어나지 않은 어머니의 일생도 선으로 그려보았다. 평생 고향 산골을 벗어나지 못한 할머니의 삶도. 지구의 모든 나라를 이웃집으로 안 어느 외교관 친척의 일생도 선으로 표시하자 헝클어진 실타래의 대소 차이는 날지언정 동선動線이 대동소이했다. 어차피 그 누구도 지구를 못 벗어나 살았으니 이는 예정된 결과일 수도 있다.

이번에는 사람과 사람 사이의 선을 생각해보았다. 선을 지킬 대상은 많았다. 부모자식 간, 부부 간, 친구 간, 친인척 간, 타인 간 등. 집과 집의 경계선도 새삼 떠올려본다. 울타리, 담, 벽, 골목길, 도로가 그어 놓은 선. 나아가 동洞과 동, 군郡과 군, 시와 시, 도와 도, 나라와 나라 사이의 선까지도. 범위를 넓혀 지구, 태양계, 은하계, 그 너머 우주까지도. 살면서 그토록 중시하던 사람과 사람 사이의 선, 땅과 땅, 땅과 바다, 지구와 우주 사이의 선도 죽음이 눈앞에 어른거리는 이 순간에 와서 보니 아무것도 아니지 않는가. 한 인간의 원초적 본질과는 거리가 있어 시선을 돌린다. 자신의 육체로!

오른손 검지로 다시 자기 신체 선을 그려본다. 오른손 검지 손톱 끝 정중앙에서 오른쪽으로 선을 출발시켜 한 번도 떼지 않고 이어보았다. 정면에서 볼 때는 별 느낌이 없었지만 눕혔다 가정하고 위에서 보자 우스꽝스럽다. 스님이 되기 전 잠깐 사귄 어떤 처자의 몸도 기억을 더듬어 선으로 그려본다. 잘록한 허리선과 함께 정규분포곡선 모양으로 생긴 유방이 아직도 아삼삼하긴 한데 그녀 역시 위에서 보자 별 감흥이 없다. 부지불식간에 실소가 나왔다. 그러다가 죽으면 종당에는 그 선마저 해체된다는 엄연한 사실에 울적해진다.

그럼, 한 사람의 평생을 외부 공간과 차단시키던 선은 어디로 가는 것일까.

마침 낮이 어둠으로 바뀌고 있다. 언젠가의 한초 불호령이 갑자기 귓전을 때렸다. "낮과 밤이 분명히 있을진대 낮과 밤이 바뀌는 정확한 지점이 어디인가. 그 선은 있는 것인가 없는 것인가. 있다면 그 선은 직선인가 곡선인가." 꽤 오래 고민한 주제였다. 바다와 육지의 경계를 나타내는 해안선처럼 프랙탈 차원[22]이라 선이 애매하듯 이 문제 역시? 직진하던 빛이, 즉 직선으로 달려오던 빛이 어둠과 만나면 파도처럼 산산이 부서지는지, 곡선으로 바뀌는지, 또 다른 무엇으로 바뀌는지, 빛은 사라지면 완전히 무가 되는지, 등속직선운동의 수학적 표현인 로렌츠 변환[23]하고는 관계가 있는지, 직선으로 표징되는 시간의 평행이동하고는……. 의문은 끝도 없이 이어진다.

낮과 밤의 경계선과 생과 사의 경계선, 천국과 지옥의 경계선 사이에도 모종의 함수 관계가 성립할까. 서산에 해 지면 동산에 달 솟듯. 현세의 자아我가 죽으면 영생의 자아吾에 무엇이 남고 무엇이 바뀔까. 반복할수록 함수가 매끈해지는 적분처럼 아 역시 그럴까. 사노라면 발전하는 사람도 있지만 퇴보하는 사람도 있지 않은가. 미분처럼 적분 반대 상황도 있을까. 궁금하다. 윤회를 두려워하는 일부 사람들을 보면 미분 쪽에 무게중심이 실리는 것은 사실이다. 하지만 어인 일인지 심정적으로 적분 쪽에 힘을 실어주고 싶다. 만약 이승과 저승이 대칭이면, 바뀌는 게 아무것도 없지 않는가. 항등식처럼. 변형불변성[24]이란 수학 문제가 증명했듯. 그래서 한초가 리만 가설에 나오는 여러 선들이 저승에서도 통하므로 죽는 순간까지도 그 선을 연구하라고 했을까.

"은사 스님, 묵언을 행하는 참뜻을 알고 싶습니다."

저녁으로 국수상을 차려놓고 산책을 나간 금선이 돌아와 무릎을 꿇는다. 이미 사방은 온통 먹빛이다. 능오의 생이 다함을 직감하고 하나라도 더 궁금증을 해소하고 싶어 금선이 어렵게 말을 건넨다.

능오는 한초가 자신에게 한 것처럼 그대로 따라한다. 오른손 검지 끝을 입술 한쪽 끝에 대고 조금씩 미끄러뜨리며 무엇인가 그린다. 한 일一도 되고, 선분도 되고, 직선도 되고, 곡선도 되는 선 하나를 긋는다. 반대쪽 입술 가에서 검지를 뗀 후 가만히 입술을 벌린다. 직선에 가깝던 선 하나가 입술을 씰룩거리자 묘한 곡선으로 바뀌었다. 이윽고 동그란 모양을 그렸으되 말을 오랫동안 하지 않아 소리가 좀처럼 만들어지지 않았다.

"억수종에서 묵언을 강조하고, 독학과 독참[25]에 역점을 두는 이유는 인간의 식물화가 목적이 아니니라. 문자 발명보다 숫자와 계산법 발명이 더 앞섰음을 기억하기 위해서이다. 다시 말해 인간이 생존을 위해 본능적으로 이용하기 시작한 수의 원형, 수의 실상, 수의 출발선부터 하나하나 알기 위해서다. 그리하여 수의 결승선이 있는지, 없다면 왜 없는지까지 알아보는 게 최종 목적이다. 그밖에 다른 이유도 있으나 다 부차적일 따름이다."

"……."

"38선을 물고 있는 절이나 암자가 있는지 한번 찾아 보거라. 휴전선 또한 마찬가지니라. 나의 1차 장례 장소로 38선을, 2차 장례 장소로 휴전선을 염두에 두는 연유는 단순하다. 억수종 식구들이 38선의 직선과 휴전선 곡선의 추상적, 수학적, 종교적, 또 다른 의미를 수시점검하며 수행했으면 하는 바람이다. 1을 숭상한 민족이 1이 중간에서 반으로 잘려 2분의 1이 되었으니 그것을 하나로 잇는 것도 중요하겠지? 폐곡선의 북한과 개곡선의 남한이 선 하나로 이어지려면……."

능오는 묵언을 깬 첫 발언이라고 믿었지만 금선은 전혀 못 알아들었는지 여전히 꿇어앉은 채 방바닥에 손가락으로 무엇을 쓰고 있다. 가만히 보니 0과 1이다. '비존재와 존재'도 한문으로 썼다. 그 두 가지를 의미 없이 반복해 쓰다가 어느 순간 방심하던 금선이 뭔가 심상찮은 일이 벌어지고 있음을 직감하고 방구석에 놓아둔 스마트폰의 동영상을 작동시킨다.

"스마트폰에 숨어 있는 수학이 유한체[26]임을 잘 알 테지? 오래 전 가우스가 처음 생각한. 가우스는 아마도 유한체가 이렇게 활용될 줄은 꿈에도 몰랐을 게야. 바로 여기에 답이 있느니라. 우리 억수종에서 선에, 수에, 굳이 이름짓자면 한수韓數에 연연한 것도 생사의 모든 게 결국에는……. 아니할 말로 이동통신 기술이 극도로 발전하면 저승에 있는 사람하고도 통화하지 말라는 법이 없겠지? 해서 하는 말일세. 오직 하나의 선만을 죽는 날까지 생각해야 하느니라.[27] 공간을 채우고 있는 선……."

능오가 마지막으로 준비한 유언을 하고자 안간힘을 다하였다. 금선도 능오의 최후를 오롯이 담기 위하여 입술에 초점을 맞추어 놓았다.

"두 점을 잇는 가장 짧은 경로인 직선이 중요한 또 다른 이유는 이 세상의 나와 저 세상의 나를 잇는 지름길하고도 연결되기 때문이다."

그것으로 끝나지 않았다. 멸진정 세계로 들어서기 전, 삶의 마지막 순간에 모를 듯 알 듯한 열반송을 남겼다.

지화자 좋을시고前一一樂後一一
어그야디야 어그야디야左五五與右五五
쾌지나칭칭나네上二三輿下五七
공간을 채우고 있는 선이여, 시간 자체인 선이여空線線神時線線

이로써
영원히 계속되리

평소에 쌓은 도력이 받쳐주어서일까. 하루에 국수 한두 가락을 들면서도 능오는 석 달을 강고하게 버텼다. 이승에서 저승으로 가는 반야용선般若龍船을 아주 늦게 탔다.

한초처럼 별스럽게 열반에 들지 않고 부처님처럼 누워서 그냥 어딘가로 떠났다. 2011년 11월 2일에 능오는 최대한 살아야 1년이라고 했는데 그 예언 아닌 예언을 지켰다. 왜 작년 그날을 정확히 기억하는가 하면 연월일을 빼고 숫자만 나열할 경우, 20111102가 되기에 거꾸로 읽어도 똑같은, 수학에서 말하는 대칭수이기 때문이다. 하지만 영일은 물론이려니와 법제자 금선도 능오의 예언 아닌 예언에 의미 부여를 일체 하지 않았다. 하나같이 숫자를 좋아하지만 숫자 자체는 수학이 아니므로 항상 선을 긋는 버릇이 있었다.

능오 뼛가루는 당신 희망대로 38선과 휴전선에 반반씩 나누어 뿌렸다.

38선에는 그제, 오늘 11월 11일에는 휴전선에 흩날렸다. 38선은 아무 문제가 없었으나 휴전선은 민통선을 넘어야 하는 관계로 어려움이 많았다. 통일전망대와 임진각을 이용하는 방안을 놓고 고민하는 와중에 일이 되느라고 마침 전방 사단장으로 근무하는 영일이 지인 도움을 받아 무사히 모실 수 있었다.

"이 교수가 작업을 어떻게 걸던가요?"

한때 구팔 스님이라고 불렀던 사람이 이 교수다. 그의 아내가 운전하는 승용차가 청담대교 북쪽에서 남쪽으로 진입하고 있는 중이다. 으레 그렇듯 오늘도 정체가 극심하다. 영일이 아내 승용차에는 금선을 위시한 스님 일행이 타고 있었다.

"카페에 있는데 뒷자리에 앉은 늙수그레한 아저씨가 대뜸 이러시는 거 있죠. 쌍둥이시죠? 아니라고 했죠. 그랬더니 당신과 머리카락 수가 똑같은 여자를 알고 있다 하더라구요. 그 여자는 자기가 잘 아는 레스토랑 사장인데 꼭 한번 대면했으면 좋겠다고."

이 교수가 약간 늦게 미국으로 유학을 간 데다 귀국하여 서울에 안착하고서도 연구에 빠져 혼기를 놓쳤다. 좀 걱정되어 영일도 중매를 여러 번 섰다. 그때마다 번번이 실패했다. 학력과 직업 이외에는 변변한 게 하나도 없는 탓이었다.

"수학자답네, 이 교수."

사람 머리카락 수가 대략 10만 개 안팎이고, 서울 시민은 1천만 명 내외이므로, 비둘기집 원리[28]를 적용하면 머리카락 수가 같은 사람이 반드시 두 명 이상 있다는 증명이 가능하다. 경우의 수 개념을 이해하고 있는 중고생이라면 누구라도 아는 간단한 산수놀음이었다.

“그뿐 아니랍니다. 느닷없이 하루는 과음하더니 뱀 혹은 지렁이가 기어가는 듯한 3차함수 그래프를 쏟아진 술을 이용해 손가락으로 그리다가, 돌연히 ‘사랑은 직선이다’라고 고함을 지르는 거 있죠. 사랑이 싹트려면 남녀 두 시선이 한 직선으로 이어져야 하기 때문이라나요. 사람의 시선이 왜 수학에서 이야기하는 직선인지를 수식으로 설명하는데 어이가 없어서……. 수학적으로 술주정하는 사람은 아마 이이밖에 없을 걸요.”

“실제로 눈동자의 점과 망막의 중심점이 연결되므로 시선은 곧 직선이야. 두 개의 점이 결정하는 게 직선임은 초등학생도 다 알거든.”

“하여간 자연계에 보이는 대부분의 사물은 곡선인데 그 곡선을 보는 건 직선이라면서, 나랑 같이 직선으로 세상을 보는 것은 어떠냐고 하는 바람에…….”

“두 사람, 수학적으로 놀았네. 이 교수, 혹시 ‘수학’할 때 수數의 어원이 무엇인지 아는가?”

“mathematics가 라틴어와 그리스어에서 유래하였다는 건 알지만 다른 것은 잘 모르겠는데요, 선생님.”

“한문 수가 갑골문이나 금문 형태는 없다고 해. 맬 루婁자를 보면 아래쪽은 여성 모습이고 위쪽은 머리카락에 무슨 장식 혹은 무엇을 매고 있지? 수는 상형문자 정신에 충실했다기보다 추상적 기호 관념에 따라 만들어졌어. 즉, 여자 머리카락 수를 세는 문제가 수의 어원과 밀접한 관계가 있다는 걸세. 그런 점에서 자네 부부는 천생연분이야. 시작부터 수의 근본부터 논하며 사랑을 싹틔웠으니, 안 그런가?”

영일의 강의식 언사에 이 교수 아내가 즐거워한다.

한참 담소를 나누었는데도 여전히 차는 제자리걸음이었다. 실내 공기가 답답해 약간 상체를 일으키며 운전석 뒤쪽 창문을 내리는 순간 이 교수 아내의 긴 머리카락 몇 올이 나부꼈다. 그 중에서 한 올이 코에 와 닿지 않는가. 기분 좋은 간지러움이다. 그녀가 의식하지 않도록 조심스레 머리카락을 치운다. 그 과정에서 직선에 가까운 머리카락을 무심결에 살펴보았다. 그것이 한초 주장자 속에 숨겨놓은 쇠붙이를 떠오르게 만드는 매개변수 역할을 했다.

영일이 한초 주장자 속을 들여다본 그날 얼마나 놀랐던가. 거기에 멋지면서, 우아하고 환상적인 직선 하나가, 쇠붙이 한 면에 새겨놓은 금선金線이 있었다. 처음에는 웬 직선인가 했다. 왜냐하면 현대식 좌표계로 표시해놓지 않아 한눈에 알아보기 어려웠기 때문이다. 영일이 어리둥절해 하자 능오가 고도로 계산된 진경眞景일지 모르므로 잘 살펴보라고 부추겼다.

"수학의 행렬과 같은 정규좌표 형식과 유사하네. 천 년 전쯤 중국에서 정리한 운보韻譜[29]를 연상케 하는 형식을 빌렸으니 잘 보라구, 처사. 동양식 좌표기하학 기초 위에 선현들이 펼친 모종의 세계관일지 모르니 잘 보라고."

해서 보고 또 보았다. 아닌 게 아니라 심오한 무엇이 있었다. 그래도 처음에는 리만 가설에 등장하는 직선하고 바로 연결하기는 어려웠다. 원점에서 무한대까지 뻗어나가는 로그 함수의 정의역을 나타내는 직선 등등하고 명백히 구별할 필요가 있었다. 하여 온갖 수학적 직선을 다 검토했다. 결정적 힌트는 쇠붙이 테두리를 따라 그린 제타 함수의 우아한 곡선을 보고 나서였다. 임계선[30]을 따라 동서남북으로 잘라서 들여다본 제타 함수의 모습이 그대로 재현되어 있었다. 마침내 그것이 문제의 직선임을 확인하고 얼마나 놀랐던가.

자연수 세계에서는 무질서하게 보이는 소수의 집합이 복소수의 세계에서는 완전한 질서라고 할 하나의 직선 위에 정렬한다는 것이 리만 가설이다.

"한초께서 운명 준비하시면서 필담으로, 제일 궁금한 것 하나만 물어보라 하셨어. 고민하다 '스님, 우리는 여기서 어디로 가는 것인지요?'하고 물었지. 한초께서, 사선死線 너머가 궁금한 것이더냐고 해서 그렇다고 하자 좌표를 하나 그리셨어. x축에는 100억까지의 소수 범위를, y축에는 소수 개수를 1억까지 표시한 후 소수 분포 그래프를 그리셨지. 그리하면 묘한 사선斜線 하나가 그려지는 거 알잖은가. 가우스 추측[31]을 그리기 전부터 왜 억수종 선현들이 이것을 그리고자 그토록 많은 시간을 허비했을까 하고 되묻더라고. 결국 리만 가설에 나타나는 직선이 어디까지 뻗어나갈지가 궁금해서라고 하지 않겠나. 요점을 먼저 말하면, 리만 가설에 나오는 직선이야말로 사선 너머에 존재하는, 사선 이쪽 세계의 자연수 1처럼 기본 중의 기본 같은 불멸의 법칙이기에 반드시 정통해야 그쪽 세계를 이해할 수 있다고 했지. '평면의 직선이 어떤 때는 상하를, 어떤 때는 좌우를 나누듯이'라는 비유를 시작으로 길디길게 사선死線 너머 문제를 설명하시는데, 아무리 어려운 수학 증명이라도 첫 몇 줄은 쉽듯 도입부는 그런 대로 이해가 됐지만, 좀 지나자 곧 태평양 한가운데 빠진 기분이더라고. 그때 내가 이해한 결론은, 인간이 죽으면 극락이나 천국으로 가는 게 아니라 수학적 추상공간으로 간다는 것이 답이야"

능오가 전후좌우 사정을 설명했지만 한동안은 두 눈 똑바로 보고도 믿을 수가 없었다. 무슨 거대한, 엄청난 야바위판에 놀아나는 기분이랄까. 그도 그럴 것이, 리만이 1859년 발표한 역사적인 8쪽짜리 논문이 리만 가설 출발선인데 그보다 훨씬 전부터 억수종에서 이 문제를 고민했다는 사실을 도저히 받아들일 수가 없었다. 한국수학사를 연구하는 학자들도 리만 이전에 리만 가설은 고사하고 소수 자체를 제대로 알았다는 객관적 증거가 없다고 보았다. 양부한테 위조 내지 위작 내지 조작 혐의를 둔 것도 그 때문이다. 하지만 아무리 생각해도 양부가 그 따위 짓을 할 이유가 없었다. 명성도, 경제적 이득도, 권위도, 그 무엇도 당신으로서는 얻을 게 아무것도 없지 않은가.

생각을 고쳐먹게 된 첫 계기는 벨기에 왕립자연과학연구소에 소장되어 있는 뼈를 의식하고 나서였다. 이 유물은 지금으로부터 8500년 전에 만든 것으로 1960년 적도를 지나는 중앙아프리카 산맥에서 발견됐는데 10에서 20 사이의 소수, 그러니까 11, 13, 17, 19라는 수를 금 혹은 선으로 새겨놓아서 사람들에게 주목받았다. 또 자연수와 짝수의 개수가 같음을 칸토어[32]가 처음 알아낸 것으로 많은 사람들이 알고 있으나 고증 결과, 아랍 수학자들과 갈릴레오가 벌써 알고 있었다는 사실도 여기에 일조했다. 거기에다 하다못해 19세기 와서야 확실하게 정의된 실수 개념도 플라톤의 제자였던 에우독소스가 기원전 4백 년경에 이미 알았다는 점 역시. 2천년도 훨씬 전에 벌써 소수의 무한성 등이 증명되기도 했으므로 만일 선현들이 소수를 의식하기만 했다면 옛 억수종 관계자라고 연구하지 말라는 법은 없었다. 특히 억수종과 관계 깊은 절인 속리산 법주사 스님들이 창건주부터 인도를 다녀왔고 또 인도와 관련 있는 스님들이 다수라는 점도 참고가 됐다. 12세기경의 인도 수학책《릴라바티》[33]에 사인 함수의 미분은 물론이고 미분계수, 도함수, 평균값 정리까지 나오는 것을 보고 수학사 자체의 재검토 필요성을 느낀 점도 일조했다. 게다 구영구가 신문 칼럼에 인용한 존 미첼의 '수세기에 걸쳐 많은 학자에게 인정받은 한 가지 전통은 고대인들이 세상에 대한 지식을 자신들의 신성한 기념물의 치수 속에 암호로 담아놓았다'는 글도 한몫하였다. 생각을 결정적으로 고쳐먹게 된 계기는 '억수종 사람들이 이토록 차원 높은 수리세계에서 노닐 줄은 정말 꿈에도' 라고 영일이 혼잣말하자 능오가 보인 반응이었다.

"현실적이고 구체적인 응용문제만 주로 다루는 동양수학 전통에서는 이례적인《철술》말이네. 고도로 이론적인 산학서로 유명한 수학책을《철경》으로 떠받들며 공부한 나라가 어딘 줄 아나? 우리야.《수서》'율력지'에 보면 이미 수나라 시대 때 '《철술》내용이 너무 어려워 배우는 사람이 없어졌다'고 했지. 명맥이 끊겼다는 소리야. 헌데 신라는 물론이고 고려시대까지 우리는 표준 산학 교과서로 배웠다네. 비록 조선시대에 와서 그 전통이 끊겼지만 억수종에서는 살아 있는 정도가 아니라, π의 정밀한 값密率을 억 단위까지 계산했다고 하면 믿겠나? 나는 직접 못 봤지만 금강산에 있는 모 석굴에 있는 것을 은사 스님께선 생전에 보았다고 하셨네."

전통수학, 특히 억수종 사람들의 수준이 의외로 높았음을 보여주는 증거였다. 어쩌면 소수가 억 단위까지는 비슷한 패턴이지만 조 단위가 넘어가면 완전히 판도가 바뀐다는 사실까지 옛날에 벌써 알았을지도 모르겠다는 생각이 든다.

영일의 스마트폰에 메모한 능오의 이 글은 아직도 지우지 않고 있었다. 당신 메모를 볼 때마다 어쩌면 자신은 서양수학 수입상에 불과할지도 모른다는 생각을 하곤 했다. 보관중인《철경》일부 내용을 필사해서 전문가한테 보여주었더니 내용은 수학이라 어려워 모르겠지만 당송唐宋시대 문장이라 한다. 부엇인가若爲 같은 그 시대 속어가 자주 나오는 게 추정 근거였다.

"선생님을 댁에 빨리 모셔야 하는데 어쩌죠?"

줄곧 차는 제자리이다. 정체된 차량 때문에 아직도 청담대교를 벗어나지 못했다.

"비 탓인지 도로정체가 더 심하네요?"

"선생님. 이승에 있는 우리도 강북에서 강남 건너가는 데도 이렇게 더디고 힘든데, 능오 선사님은 저승에 편히 도착했을까요?"

이 교수 아내가 천연덕스럽게 혼자 말하듯 한다.

'강남과 강북을 잇는 많은 교량처럼 이승과 저승 사이를 잇는 다리도 많을까'라는 자문을 영일이 밑도 끝도 없이 한다. 수학에서의 모티브[34]처럼. 한강이 서울을 나누지만 한강 역시 서울이라는 경계 안에 일정 부분이 들어 있듯 생과 사 사이에 놓인 선강線江 또한 혹시? 물이 물결이고 물결이 물이듯, 손이 주먹이고 주먹이 손이듯, 강북이 서울이고 강남도 서울이듯 이 세상과 저세상 사이에도 무슨 등식이든 성립했으면 좋겠다는 생각이 든다.

무슨 등식이든 성립하지 않을까. 어떤 대상과 다른 대상 사이의 관계를 간단히 표시하는 게 기호 아닌가. 비트겐슈타인[35]이 수학적 방법의 본질이라고 한 '등식들'을 그런 점에서 주목할 필요가 있다. 미래에 수학이 발달하여 이승과 저승 사이를 '='로 깔끔하게 계산할 수 있는 그날이 올 수도 있으니까. 지금으로서는 직감에 불과하나 거리, 속도, 가속도가 서로 미분과 적분 관계로 엮어져 있듯 전생, 현생, 후생 그리고 과거, 현재, 미래 역시 어쩌면 특정 수학으로 깔끔하게 설명이 가능한 날이 오지 싶다.

주자학 관련 책에서 한결같이 이理와 기氣가 하나이면서 둘이요一而二, 둘이면서 하나二而一임을 강조해서일까. 생과 사 사이에도 어떤 형태로든 이 원리가 적용될 것 같은 근거 없는 믿음이 자꾸 샘솟는다. 대수가 기하이고 기하가 대수이듯, 시간이 공간이고 공간이 시간이듯. 아닌가. 인간이 죽은 후에 다시 살아난 예가 없다는 점에서 생과 사 사이에 교환법칙이 성립하지 않을지도 모른다. 행렬에서처럼. 벡터에서처럼. 양자역학에서처럼. 헛다리를 짚어도 한참 잘못 짚었을까. 생이 사의 부분집합 아니면 진부분집합? 아니면, 치환? 그도 아니면, a=b이고 b=c이면 c=a이듯 단순한 이행? 직선이 곡선인 것처럼, 생과 사 역시? 직선이 알고 보면 곡선의 일부분이라는 것이 미분학 아닌가.

"처사, 낙엽조차 곡선을 그리면서 떨어지고 있다네. 자연 세계는 곡선이 대세 아닌가. 모든 물체는 곡선을 선호하니까. 지구 같은 행성은 물론이고 은하계조차 곡선을 그리잖은가. 그런데 허수, 아니 그보다 더 범위가 넓고 깊은 복소수 세계에 자연 반대인 타연이 있다면, 그 세계는 일찍이 유클리드와 묵자가 정의한 직선이 대세일지 모르겠다는 생각이 드는구먼."

능오가 묵언수행을 하던 어느 날 금선 소유 스마트폰을 이용해 보낸 이메일 내용이었다. 자주는 아니지만 가끔씩 문자 메시지도 주고받았다. "양부가 정말로 죽을 날을 오래 전에 미리 알았다고 믿으세요?"라고 질문하면 "은사 스님께서 소수의 임의성 문제를 완벽한지 아닌지는 잘 몰라도 어느 정도 정복했으니까 가능하다고 봐."라는 답이 오곤 했다.

"참 희한하네요, 선생님. 그렇게 막히던 길이 순식간에 뚫렸어요. 스님들이 고된 정진 끝에 깨달음을 얻을 때도 이럴까요?"

이 교수 말마따나 언제 그랬느냐는 듯 길이 뚫렸다. 길이 곧 도道니까 도 역시 그렇지 않을까.

영일을 아파트 앞에 내려다주고 그냥 가려는 제자 부부를 붙잡고 단골 카페로 데리고 갔다. 날이 날이니만큼 맨 정신으로 집에 들어가기가 싫어서 붙잡은 것이다.

"'세상의 바깥Fuori Dal Mondo'이란 곡 좀 부탁해요."

처연한 아름다움을 선사하는 곡이라 즐겨 듣곤 했는데, 오늘 분위기와 잘 어울린다. 생이 끝나는 날, 아니 할 수만 있다면 끝나기 직전에 세상의 바깥, 가능하면 우주 가장 바깥으로 나가 내가 평생을 보낸 우주를 바라보며 가장 맛있는 안주와 제일 맛있는 술로 대취한 후에 생을 마감하고 싶다는 게 요즈막의 희망사항이다.

"자기야, 이것 봐? 이것 보라고!"

이 교수 아내가 화장실에 다녀오더니 이 교수에게 무엇인가를 보이며 즐거워한다.

"붉은 선 두 개 맞지?"

"응."

"여보, 나 임신이야, 임신!"

한 사람이 갔으므로 한 사람이 오는 게 당연한 것인가. 붉은 선 두 개로 새 생명이 이 세상에 온다는 신호를 보냈기에 신기했다. 앞뒤를 맞춘 시나리오 대본 같기도 하다. 너무나 당연하지만 너무나 당연해서 의미심장한 사실 하나가 떠오른다. 두 수를 더하면 새로운 수가 나온다는 것! 취했을까?

"귀찮게 해드려서 죄송합니다."

형사가 내사를 종료하면서 시늉일망정 예의를 차렸다. 행방을 알 수 없던 태한 스님이 속리산의 절벽에서 추락사한 변사체로 발견되었다고 한다. 조사 결과, 죽은 지 10년쯤 됐다고 보았다. 그러니까 능오 스님과 영일이 석굴에서 모이자고 했을 즈음에 운명했다는 이야기였다. 경찰에서는 여러 정황상 타살에 혐의를 두고 광범위하게 수사 중이었다. 용의자는 많았다. 일물파 스님들이 다 해당하니까. 그러나 그들은 형사가 구체적으로 캐묻기 전에 영일이 먼저 말할 수는 없었다. 형사가 청주에 있는 영일을 찾은 건 그 시점에 속리산에서 상주하다시피 한 구 관장을 용의 선상에 올렸기 때문이다.

모처럼 햇살이 좋은데도 영일은 태한 스님 소식에 황망하다. 마루에서 망연하게 있다가 별안간 1초와 광속 사이에 비밀이 있는 것은 아닐까 하는 의문이 든다. 억수는 아홉 자리 수이고 양부가 좌탈입망하기 전에 낸 문제의 답이 '111111111'이었지 않은가. 친하게 지내는 물리학과 교수한테 광속을 초속으로 환산하면 정확히 어떻게 되는지 아홉 자리 수까지 필요하다는 문자 메시지를 보낸다.

영일은 요즘 빛과 광속에 호기심이 생겨 묵상하는 날이 잦다. 저승에도 빛이 있을까 류의 자문을 하는 날에는 몇날 며칠도 좋았다. 능오가 영면에 들기 전 황악산 토굴에서 빗살무늬토기를 보고 난 이후로 생긴 버릇이다.

빗살무늬토기 중간쯤에 있는 문양 ⧖와 ⧖⧖는 갑골문으로 5와 55를 의미했다. 학부시절 개설된 '한국수학사' 강의시간에 배웠지만 시간이 오래 경과한 관계로 기억에 남아 있지 않았다.

"빗살무늬토기 몸뚱이에 ⧖와 ⧖⧖ 무늬가 찍힌 거 봤어?"

흔한 토기인지 아닌지를 확인하기 위해서 어느 날 구 관장에게 넌지시 물어보았다.

"아니. 빗살무늬토기 겉면을 3등분해서 위로부터 구연부, 기복부, 저부로 나눌 때, 니 말은 기복부에 ⧖와 ⧖⧖ 가 있단 말이지?"

"있다는 게 아니라, 있냐고?"

"지금까지 우리나라에서 발굴된 1백여 점 빗살무늬토기를 다 봤지만, 보지 못했어. 아, 기복부에 ⧖가 90도 회전한 건 있어. 함경북도 나진시 초도에서 나온 옹기인데, 기원전 1500년에서 1000년경에 만들어졌지, 아마. 동경대 문학부 고고학연구실에 있는 낙랑시대 벽돌 명문에도 '⧖王'이란 것이 보이긴 해. ⧖안에 빗살무늬가 들어간 그릇 종류는 심심찮게 볼 수 있어."

영구의 자문과 영일이 지금껏 알아본 바를 종합하면 황악산 토굴의 빗살무늬토기는 저부가 뾰족한 이른바 첨저형이다. 대동강과 한강 유역에서 주로 출토되는 유형이었다. 만일 문제의 두 토기가 그쪽 계통이라면 제작 연대는 BCE[36] 4000년경부터 1000년경 사이라고 볼 수 있었다.

신석기시대를 대표하는 두 토기를 다시 보려고 능오에게 부탁한 이유는 구연부에 시문된 평행밀집단선문短線紋 수를 세어볼 필요성을 느꼈기 때문이다. 확인 결과, ⧖가 새겨진 토기의 경우 구연부와 저부에 선을 다섯 개 단위로 끊어서 새겨놓았고, ⧖⧖가 시문된 토기는 각각 55개가 있었다. 누가 봐도 수와 선을 의도적으로 일치시키려 한 흔적이 역력했다.

아마도 ⧖토기의 경우는 1에서 10 사이에 있는 중앙수로서의 5의 의미를 강조한 것 같고, ⧖⧖토기의 경우는 1에서 10까지를 단순히 합한 결과 같기는 하되, 그냥 다섯 손가락 두 개 혹은 두 손을 의미할 수도 있었다. 그도 아니면, 다섯 손가락을 가진 두 손이 토기를 이토록 아름답게 빚을 수 있음을 보여주려 했을까.

그날 재차 빗살무늬토기를 세밀히 들여다보면서 전율했다. 두 팔로 토기를 위로 든 채 밑에서부터 올려다보았을 때, 뾰족한 밑바닥에 태양을 상징하는 아름다운 그림이 있지 않은가. 아울러 거기서 나온 햇살이, 선으로 형상화된 빛이 온천지에 퍼지고 있었다. 보통 빗살무늬토기처럼 사선斜線이 아니라 직선이었다. 빗살이 아니라 햇살 무늬를 가진 토기였다. 그리고 두 토기 항아리 안에는 일화一化와 오수(⧖銖)라는 글자가 선명한 고대 동전이 상당량 들어 있었다. 두 동전 공히 토기보다는 연대가 많이 떨어지므로 고조선시대 사람들이 동전을 보관하는 용도로 토기를 사용했을 수도 있고, 옛날 억수종 관계자가 단지 금고 용도로 고대 동전을 토기에 보관했을 수도 있었다.

이 모든 것을 확인할 수 없다는 사실이 영일은 그저 아쉬웠다. 능오는 억수종 적통자에게 고스란히 그리고 무사히 넘겨주는 데만 관심이 가 있을 뿐 성역 안의 문화재에 대해서는 무슨 지침이 있는지 결코 알려고도, 활용하려 하지도 않았다.

'신석기시대 사람들이 55를, 1에서 10까지 더하면 55가 나온다는 걸 알긴 했을까?'

빗살무늬토기를 처음으로 대면한 이후, 영일이 스스로에게 던지는 질문이었다.

이집트 등에선 분수라는 이름의 유리수 개념이 그 즈음엔 다 나왔으니 만큼 근거는 충분하다. 1937년 체코에서 발견된 2만~3만 5천 년 전의 것으로 추정되는 늑대 뼈에 새겨진 55개의 선이 그 증거다. 왜 하필이면 55개였을까. 흥미로운 사실은 여기에 등장하는 5개씩 묶여 있는 30개의 선과 그 나머지 25를 더하면 55가 된다는 점이다. 재미나는 건 55를 제곱하면, 즉 $55^2=3025$가 나오는데, 30과 25를 다시 구경할 수 있다는 사실이다. 이는 카프리카 수[37]의 특징이기도 하다.

"여보, 주 서방이 통화하고 싶다는데."

아내한테 안부 전화를 한 셋째사위가 장인이 옆에 있음을 알고 예의상 통화하고 싶다는 의사를 피력한 게 뻔한데도 진짜로 알아들은 모양이다. 근자에 청주에서 보내는 날이 잦은 영일을 위해 아내가 어제 낮에 밑반찬을 챙겨 왔다. 저녁때 금선 스님과 이 교수가 공동주택에 들르기로 해서 함께 만찬을 가질 예정이었다.

"그래, 하는 일은 재미있고?"

셋째사위는 대전 소재 한국항공우주연구원에서 한국형 로켓발사체 개발에 참여하고 있었다.

"예, 발사체에 있는 페어링이라고, 포물선 모양으로 생긴 걸 연구하는 중인데 골치가 좀 아픕니다."

페어링이 갑자기 첨저형 빗살무늬토기와 형태가 유사하다는 데 생각이 미친다. 방정식 $\chi^2=4y$를 그래프로 그리면 나오는 포물선이 그 옛날에도, 오늘날에도 활용되고 있다는 점이 새삼스럽다.

사위는 익숙한 것을 싫어했다. 낯설고 새로운 것에 호기심이 많았다. 지구는 너무 좁고 답답하다고 하였다. 하여 인류가 행복해지려면 우주로 나가야한다고 믿었다. 그 때문일까. 사위의 좌우명은 '수평세계에서, 수직세계로!'였다. 한 일一처럼 평평한 수평세계가 아니라 위아래로 통할 곤丨 같은 수직세계를 꿈꾸었다. 학부에서 물리학과 천문학을 복수 전공한 후 고체물리학으로 박사학위를 받았는데, 영일이 리만 가설에 평생 매달렸음을 아는 셋째사위가 모교에 프로젝트 관련 일로 들렀다가 영일이 연구실을 찾은 게 사위가 된 인연이다.

"교수님, 소수의 불규칙성하고 3차원 우주지도에 나오는 은하 분포의 불규칙성하고 연결될지도 모르겠다는 생각이 불쑥 들어서요. 가령 소수 분포가 뒤로 가면 특정 수부터 특정 수 사이에는 거의 나타나지 않는 빈 공간이 여럿 나오듯 우주에서도 은하가 전혀 없는 거대공동空洞이 여럿 나타나거든요. 그래서 연구실에 들렀습니다. 혹시 여기에 대해 생각해보셨는지요? 그도 아니면 소수 전문가들이 이와 관련한 연구를 했는지 문의

드리고자……."

주 서방은 괴짜 기질이 다소 있었다. 리만 가설에 본격 관심을 가지게 된 것이 영일이 강의시간 때 지나가는 말로 한, 만일 불면증에 걸린 학생이 있으면 소수에 대한 들리뉴P. Deligne 증명[38]을 보라고 한 실없는 이야기를 액면 그대로 믿고 받아들였으니까. 너무 장황하고 너무 난삽하지만 정말로 중요한 논문이라 장난삼아 소개했을 뿐인데 실제로 그는 논문을 구하여 잠자리에서 봤다고 했다.

하여간 리만 가설과 연결되는 건 많았다. 그 많은 것들 중에서 셋째사위 아이디어는 과문한 탓인지는 몰라도 처음이었다. 신선했다. 은하 같은 거시세계와 정반대편에 있는 게 소립자 같은 미시세계였다. 물리학의 핵심인 소립자가 제타 함수를 고리로 소수와 연결되어 있으므로 충분히 검토해볼 만한 사안이었다. 가장 단순하고 기본적인 함수랄 수 있는 다항식만 해도 실근이 작은 틀에서 보면 대칭성이 보이지 않지만 복소수로 확장하면 보이듯 소수 분포 역시 그럴지도 모르는 일. 해서 지금도 틈틈이 한가해지면 외부은하의 3차원 분포도 등을 구해놓고 공통분모가 있는지 여부를 확인하곤 했다. 아주 큰 것과 아주 작은 것 사이에 필시 무슨 관계가 있을 성싶었다. 크기의 상대성처럼. 인간과 행성, 우주의 일생을 지배하는 임의성 혹은 우연성, 즉 불규칙성을 소수의 불규칙성하고 연결하는 문제와 함께 영일의 소일거리가 된 건 이 때문이다.

"자네는 우리의 고대 과학기술 수준이 어떻다고 보는가?"

딱히 더 할 말도 없고 해서 물어본다. ⧖와 ⧖⧖가 아로새겨진 햇살무늬토기에 몰입하고 있는 영향이 컸다.

"아버님, 한민족이 고대에 의외로 과학기술이 발달했음을 보여주는 결정적 증거가 다뉴세문경 아닌가요? 이건 청동기시대의 불가사의, 한국사의 미스터리라고 생각합니다. 각종 다뉴세문경에 보이는 온갖 선들의 조화는 예술이잖아요."

주 서방이 무심코 한 발언이 영일의 뒤통수를 강타한다. 지금까지 왜 한 번도 거기에 주목하지 못했을까. 어이가 없다. 다뉴세문경에 나오는 선이야말로 고대인들이 보여주는 선미학 결정체 아닌가.

황악산 토굴 비밀 방에 다뉴세문경이 있었던가. 아무 기억이 나지 않는다. 있었더라도 눈여겨보지 않았으니 기억에 남아 있을 턱이 없다. 선과 수를 참구하는 억수종 사람들이 다뉴세문경을 놓쳤을 리가 없었다. 신석기시대의 빗살무늬토기가 있는 마당에 청동기시대의 다뉴세문경은 없는 게 오히려 이상하다.

비밀 방에 다시 들어갈 수가 없음이 문제였다. 능오와 금선이 자리를 비운 틈을 타고 수차례 시도해보았으나 문은 열리지 않았다. 어떻게 해서든 금선을 설득할 필요가 있다. 그러나 능오를 평생 지켜봐서 알지 않는가. 억수종 적통자를 설득한다는 것이 얼마나 어려운지.

정작 중요한 걸 놓치고 사소한 일에 평생을, 목숨을 걸었을지 모른다는 불안감이 엄습했다. 조바심이 난다. 우선 급한 불을 끄느라 PC를 켜고 다뉴세문경을 검색할수록 그 같은 확신이 더 굳어졌다. 여태 출토된 백여 점 안팎의 다뉴세문경을 들여다보면서 한민족이 선의 민족, 1의 민족이라는 말이 정말로 실감났다. 확대경과 정밀 제도기구가 있는 현대에도 재현하기가 거의 불가능한 선을, 직선을, 그 옛날에 그 좁은 공간에 만수천

개를 집어넣어 놓았으므로.

헛살았을까. 다뉴세문경에 무수한 직선이 있음을 뻔히 알면서도 억수종에서 강조하는 선하고 한 번도 연결할 생각을 하지 않았다니 어이가 없다. 더욱 영일을 울적하게 만든 건 인터넷 사진에 올라온 다뉴세문경에 ⧗가 분명하게 보인다는 점이다. ⧗문양이 하나도 아니고 여러 다뉴세문경에, 그것도 많이 보였다. 이미 갑골문에 ⧗가 나타났으므로 ⧗를 5로 얼마든지 받아들여서 승화시킬 여지는 많았다.

"금선 스님하고 이 교수가 와 있을지도 몰라요."

저녁을 대접하기 위해 일찌감치 부엌으로 향하던 아내가 컴퓨터만 보고 있는 영일에게 지적한다. 차를 가지고 상좌골 공동주택으로 넘어가려다 대한불교수도원 뒤쪽으로 나 있는 오솔길을 따라 이동한다. 일단 무슨 생각이든 더는 진전시키고 싶지 않다. 머리가 복잡하다. 은근한 두통이 왔다. 최근 들어 무엇에 조금만 깊이 빠져도 머리가 아프고 현기증이 일었다.

영일이 상좌골 공동주택에 들어서자 금선과 이 교수가 벌써 도착해 담소를 나누고 있었다.

"스님, 억수종이 대체 뭡니까?"

인기척을 내려는 순간, 이 교수 질문이 영일을 우두커니 서 있게 만든다.

"억수종이라니, 그게 무슨 소리요?"

금선의 시치미 떼는 솜씨가 능오처럼 의뭉스럽다.

"사단장 관사에서 금선 스님하고 어떤 스님이 새벽에 나누는 이야기를 본의 아니게 엿들었습니다. 그런데도 이렇게 나오시면 섭섭지요."

"소승은 잘 모르겠습니다. 아마도 처사가 새벽에 잠이 덜 깨 잘못 들었는가 보오. 술기운이 남아 있어서 환청을 들었을지도. 왜 전날 과음하고 잤지 않소?"

"오리발입니까? 스님!"

그래도 금선은 끄떡도 없다. 요지부동이다. 유언도 무언도 아닌, 그것을 초월한 절대세계를 침묵[39]으로 보여주고 또 보여주었다.

반복이었고, 데자뷰였다. 두 사람은 억수종의 유구한 전통을 잇기 위해 출발선에 서 있었다. 그 길이야말로 도道이자 선線이고, 로고스이자 일자hen이고, 무한도량이자 해방이었다. 어떤 삼각형도 두 변의 합은 다른 한 변보다 크다는 사실과 두 사람의 끝없는 밀당이 겹쳐보였다. 과히 보기 싫지 않은 그림이다. 두 사람이 신경전을 더 오래, 충분히 벌일 수 있도록 영일은 슬그머니 자리를 뜬다.

상좌골 공동주택과 처가 사이에 가로놓인 벼랑새로 올라간다. '이로써 영원히 계속되리是以似之'[40]를 자꾸 되뇐다. 음력 11월 11일이 코앞이라 한겨울임에도 햇살이 좋고 바람도 없어 무념무상으로 걷기에 좋다. 벼랑새 능선을 따라 왔다 갔다 한다. 모든 것을 내려놓고 산보하다가 옛 흥덕사가 자리했던 양병산 방향을 주시한 건 태양이 거기에 있어서다. 벼랑새와 양병산이 무심천을 사이에 놓고 대칭을 이루어 저녁노을 감상하기에 좋다. 가까운 나무그루터기에 걸터앉는다. 서 있을 때는 몰랐으나 앉으니 스마트폰이 바지주머니에서 거치적거렸다. 꺼내면서 얼핏 보니 물리학과 교수한테서 문자 메시지가 와 있었다.

'299,792,458m!'

광속을 초속으로 환산한 숫자였다. 재미삼아 암산으로 더해본 것은 한초가 이승을 덧셈세상이라고 강조한 까닭이다. 한초가 돈이든 명예든 뭐든 온통 사람들이 더하기에만 정신이 팔려 있다며 혀를 차곤 해서 별 생각 없이 아라비아 숫자를 한 번 더해보았다. 그런데, 합이 55다. 행여 실수하지 않았나 싶어 거꾸로 더해 보아도 55가 떨어졌다. 스마트폰 계산기로 재확인해도 매한가지였다. 55가 세 소수의 합(5+19+31)인 것처럼 우연이겠지만 빗살무늬토기의 ⊠⊠와 겹쳤다. 우연치고는 묘하다. 더욱이 한초가, 능오가 55에 얼마나 오랫동안 매달렸던가. 차원이 4인 대각 이차형식[41] 가운데 보편형식이 정확히 55개 존재하는 것을 알았을 때 이상으로 놀라웠다.

44년 전의 월출산 향로봉은 오랜 가뭄 끝에 비가 온 뒤라 그런지 석양이 장관이었다. 오늘 역시 겨울 석양치고는 보기 드물게 미려하다. 옛 흥덕사 뒤에 걸린 석양이 영일로 하여금 '직지'처럼 똑바로 무엇을 보라고 역설하는 것일까. 전에 없이 석양이 강렬하고 눈부시다.

한초가 특정 연월일과 향로봉 · 용지봉 · 눌의산 등의 해발고도에 고차원 복선을 깔아놓았듯 한초, 아니 옛 억수종 선현들이 ⊠⊠ 에도 수많은 의미를 온축시켜 놓았을까. m법이, 1초라는 시간 단위가 모두 현대에 와서 정해졌으므로 단순 대입代入하거나, 단순 비교할 수는 없다. 그런데 엉터리 수비학에 빠지는 지름길임을 빤히 알면서도 왜 자꾸 무슨 관계가 있을 듯한 느낌에 사로잡힐까.

사람 손가락이 열 개인 것이 우연이듯 모두 우연의 일치? 필연의 결과? 조물주의 계산? 이상하고 야릇하다. 처음 수학을 배울 때 함수와 집합, 집합set과 모임class, 함수와 연산 개념을 구별하기 힘들 듯 우연과 필연 또한 유사하게 다가온다. 우연과 필연의 합집합 혹은 교집합 같은 형태로 인연이라는 비수학적 개념이 자리 잡고 있을까.

'암 발병이나 교통사고 같은 경우 한 개인한테는 우연이지만 사회 전체적으로 보면 필연이듯 ⧖⧖ 와 광속의 55 관계도 그럴까? 우연이 인간의 원초적 한계로 말미암아 인지하지 못할 뿐 필연의 또 다른 얼굴?'

우연의 일치가 잘 일어날 것 같지 않지만 실제로 계산해보면 생각보다 일어날 확률이 높다. 그럼에도 영일은 지금 일어나고 있는 일련의 모든 것을 우연과 필연보다는 인연 탓으로 돌리고 싶은 유혹이 들었다.

'소수는 우연의 법칙 외에 어떤 법칙도 안 따른다고 자기에르[42]가 말했지. 이것하고도 연결될까? 인간의 탄생과 죽음하고도? 모든 생물, 심지어 우주의 생사도 우연의 법칙에 따르잖아! 고로 인간, 우주, 소수 사이에는 무슨 수학적 관계가 필시…….'

연거푸 혼잣말을 하는 도중에 우연과 기적이 평행우주 때문이라고 보는 과학자도 있다는 데 생각이 미친다. 또 다른 주장을 펴는 사람도 많을 터. 그렇다면 억수종 고수들은 이 문제를 어떻게 볼까. 웃을까, 고심할까. 숫자 자체는 거짓말을 결코 하지 않지만 잘못 이해하는 순간 완벽한 거짓말이 된다는 억수종 특유의 격언을 상기하는 게 답일까. 아니면, 황악산 토굴의 밀실 벽에 새겨놓은 '하나의 수는 곧 만수를 두루하네'[43]가 정답일까.

석양이 눈부셔 눈을 감자 천둥 같은 한초의 음성이 귓전을 때렸다.

"1을 품은 마음은 하나의 눈부신 해와 같도다. 누가 이러한 수를 이해할꼬!"[44]

재빨리 눈을 뜨자 당신이 석양을 가슴에 안고 있지 않은가. 풍경이 낯익다. 아마도 한초가 법주사 팔상전에서 입적한 날 무릎 앞에 놓여 있던 난을 연상한 탓일 게다. 야생에서 붉은색 꽃이 피어 있는 난을 만나기란 수십 년 묵은 산삼을 수백 뿌리 캐는 것만큼이나 어렵다고 했던가.

헛것을 보았나 싶어 다시 보자 붉은색 꽃을 자랑하는 난으로 변했던 석양이 이번에는 다뉴세문경으로 둔갑해 있었다. 눈을 깜빡이고 다시 보니 다뉴세문경 대신 햇살무늬토기를 당신이 껴안고 환히 웃고 있다. 별난 방광放光삼매임이 분명하다.

환영인지 망상인지 정신부터 수습하는 게 먼저다 싶어 가벼운 맨손체조라도 하려고 일어서는 순간, 다시 주저앉고 만다. 갑자기 심한 현기증이 일어났다. 영일이 그루터기에 널브러지면서 본 것은 196883차원에 가 있는 한초 모습이었다. 우리가 아는 것 너머에 사물 자체가 존재한다 했던가.[45] 실재로서의 수학적 대상이 존재한다고 했던가.[46] 탱화의 광배처럼 한초 머리 위에 태양이 걸려 있었다. 그런데 당신 눈이 매섭다.

"얼마나 미련하고 미욱하면 아직 한초, 1초도 제대로 모르느냐? 1은 태양을 지배한다고 했거늘![47] 기하학에서 말하는 직선 개념을 물리학 세계로 변환하면 빛의 경로로 대체할 수 있거늘! 나의 변신을 아직도 제대로 이해하지 못하겠느냐?"

한초의 일침처럼 조물주가 수학 원리로 세상을 창조한 것일까?

생生을 변환 혹은 변형시킨 것이 사死일 수도 있었다. 수학에서의 핵심 개념이 변형 혹은 변환 아닌가. 누구나 아는 다항식, 분수식, 무리식, 연산

그리고 인수분해는 모두 항등변환이다. 항등변환은 중등수학 문제풀이의 시작이자 끝이라 해도 과언이 아니다. 수학뿐 아니라 자연과학과 공학에 널리 쓰이는 푸리에 변환을 위시해 변환이란 꼬리표가 붙은 수학이 좀 많은가. 이 개념은 고등수학에서도 중요한 역할을 하고 있다. 90년대에 증명된 페르마의 마지막 정리[48]와 2000년대에 증명된 푸앵카레 가설[49]은 기존 수학 이론의 변환을 통해 이루어졌으니까.

"이 주장자를 직시하여라."

당신이 196883차원에서 쥐고 있는 주장자는 정말 눈부셨다. 휘황찬란한 주장자를 자세히 들여다보자 선을 구성하는 점처럼 주장자가 수많은 태양으로 만들어져 있었다. 태양이 조밀하게 일렬로 줄지어 서 있는 게 바로 한초 주장자였다. 잘못 보았나 싶어 좀 더 세밀히 살펴보자 태양 같은 게 실은 태양이 아니라 모두 제각기 하나의 우주였다. 선형공간 혹은 벡터공간[50]이 거기에 있었다. 우리 우주는 당신의 주장자를 구성하고 있는 무한한 우주 속의 작디작은 한 점일 따름이었다.

"1이, 선이 대체 무엇이냐? 한류는 언제 대해에 닿을꼬! 불가사의한 깨달음의 경지에 들려면 필히 이것을!"

평생 지긋지긋하게 따라다닌 질문에 또 아득함을 느낀다. 분명 1과 선을 보여줬음에도 불구하고 모든 것이 아리송하다. 그래서 옛 은자가 '해가 떠올라도 바위굴은 오히려 침침하다'고 탄식했던 것일까.

| 에필로그를 위한 프롤로그 |

인간은 문제를 푸는 동물이다.

유사 이래 개인은 개인대로, 크고 작은 집단은 집단대로 끊임없이 온갖 문제에 직면했고 어떤 식으로든 이를 해결해 왔다는 점에서 이 명제는 참일 확률이 높다. 물론 때로는 풀리지 않는 문제로 인해 장기간 고통 받기도 한다. 예나 지금이나 풀린 문제보다 풀지 못한 문제들이 더 많은 것도 엄연한 사실이다. 하지만 나는 본능적으로 문제를 푸는 동물이 인간이므로 결국 풀어낼 것이라고 믿는다.

이 문제는 수학에도 그대로 적용이 가능하다.

그렇다면, 하 많은 문제는 누가 왜 냈을까? 절대자? 자연히? 우리 스스로? 또 다른 어떤? 우리는 어이하여 온갖 문제를 풀지 않으면 안 될까? 과연 모든 문제가 다 풀리는, 개인이든 집단이든, 나라든 우주든, 완벽하게 100점을 받는 그날이 올까?

해서 나는, 우리는, 살아 있는 모든 것은, 심지어 그 외 전부도 완성을 향해 나아가는 미완성 존재라고 본다.

공자가《주역》'서괘'를 마치면서 '《주역》은 언제나 미제未濟'라 했듯, 괴델의 불완전성 정리와 튜링의 멈춤 정리가 역설하듯, 수학에서의 자연수처럼 그 다음에는 그 다음이 있듯, 세상만사가 그 자체로서는 미완성 아닐까. 변수 형식 보편성이라는 삼위일체와 공리 정의 보조정리 정리 증명이라는 오경五經으로 이루어진 수학교敎는 물론이려니와 인생도, 사랑도, 예술도, 문학도, 학문도, 역사도, 종교도, 생사도, 어쩌면 우주도.

이 작품을 일단 미완성인 채로 끝내는 건 기본적으로 한초55주기가 되는 2023년이 아직 도래하지 않았기 때문이다. 그날이 온 후, 이 소설을 완결할 것임을 약속드린다.

2014년 5월 5일

김태연

| 미주 |

1장

1 해석기하학(analytic geometry, 解析幾何學) : 17세기 페르마와 데카르트에 의해 정리된 좌표기하학.

2 미분기하학(differential geometry, 微分幾何學) : 고차원 공간과 굽은 공간의 성질을 다루는 수학 분야.

3 유클리드 공간 : 평면과 공간을 일반화하여 임의 차원의 공간으로 확장한 것. 유클리드 기하의 5개 공준이 성립하는 공간.

4 정다포체 : 다포체는 4차원 이상의 세계에 존재하는 초입방체 같은 도형을 말함.

5 경허(1849~1912) : 선종을 중흥시킨 대선사. 한국 불교의 대중화에 선구자 역할을 함.

6 만공(1871~1946) : 일제의 불교정책에 정면으로 반대한 선승으로 간화선(看話禪)을 강조.

7 법랍 : 스님이 된 후부터 치는 나이.

8 은사(恩師) : 자신을 출가시키고 길러준 스승을 뜻함.

9 오도송(悟道頌) : 선승이 자신의 깨달음을 읊은 운문체의 짧은 시구.

10 이 같은 묵언 작법 의식을 간당(看党)이라고 함.

11 보조국사(1158~1210) : 고려 중기의 선종 중흥조. 1210년 3월 27일 송광사 법당에서 문답을 끝낸 뒤 주장자로 법상을 두어 번 내리치고 '일체의 모든 진리가 모두 이 속에 있다'란 말을 남기고 법상에 앉은 채 입적하였다고 한다.

12 한암(1876~1951) : 돈오점수 등이 특징인 보조선 계승자. 월정사 성보박물관에 가면 앉은 채 돌아가신 한암 사진을 볼 수 있음.

13 지권인(智拳印) : 비로자나불이 결하는 수인. 좌우 손 모양을 통해 깨달은 경지를 상징.

14 골드바흐 (Goldbach's) : 페르마 수(음이 아닌 정수 n에 대해 $Fn= 2^{2^n+1}$ 형태로 나타나는 양의 정수)가 서로 소(relatively prime)가 됨을 보이면서 소수가 무한히 많음을 증명.

15 미분적분학 : 함수들이 어떻게 변화하는지를 연구하는 분야.

16 오일러 증명 : 실수보다 작거나 같은 소수들의 개수와 소수들을 크기 순서대로 번호를 매기고, 자연로그 함수를 가정한 후 시작함.

17 위상수학 : 도형의 근본 성질을 연구하는 분야.

18 휘르스텐버그(H. Fürstenberg)의 증명법 : 1955년에 발표함. 정수의 집합 위에 신기한 위상(topology)을 정의하면서 시작하는 증명.

19 에어디쉬(1913~1996) : 소수들을 증가하는 순서대로 나타내고 그들의 조화급수가 수렴한다고 가정한 후 시작함.

20 셀버그 증명법 : 소수 정리의 초등적 증명으로 유명. 여기서 초등적 증명이란 쉬운 증명이라는 뜻이 아니라 복소수적 방법을 쓰지 않았다는 의미. 증명 그 자체는 상당히 복잡함.

21 오일러-매클로린 합 : 1740년경 오일러와 매클로린이 독립적으로 개발한 제타 함수의 근을 구하는 기본적인 계산 방법. 길고 복잡한 합을 적분으로 나타내는 공식이기도 함.

22 좌탈입망(座脫立亡) : 단정히 앉아서 열반에 듦.

23 《수학의 세계》, 강영진, 과학기술출판사, 1990, p 43.

24 선재동자(善財童子) : 《화엄경》 입법계품에 나오는 구도자. 불교에서 이상적 인간형 모델로 신봉.

2장

1 조선시대 여인들이 입은 장옷, 저고리, 치마 등에서 이러한 특징이 일부 발견된다.

2 운문 스님(? ~ 949) : 우상파괴를 일삼은 고승.

3 불교에서는 이를 근기(根機)라 표현함.

4 반니원경(般尼洹經) : 역자 미상. 5세기 초 번역. 2권으로 된 이 경은 부처님의 입멸 전후 사실들을 보여준다.

5 무기(無記) : 사치기(捨置記)라고도 하는데 '대답하지 않아도 되는 것에 대해서는 침묵하여 대답하지 않는 방법'을 말한다.

6 산승(山僧) : 승려가 자기를 낮추어 이르는 일인칭 대명사.

7 고려 1235년 비단에 그린 수묵화 오백나한도에 나오는 원상주존자는 한쪽 어깨와 우람한 가슴을 드러낸 채 바위에 걸터앉아 그림 위쪽의 용을 눈빛으로 제압하는 모습인데, 인체 데생이 역동적이다.

8 구장산경(九章算經) : 고대 중국수학을 대표하는 산학서.

9 해도산경(海島算經) : 삼국시대 위나라 수학자 유희가 쓴 산학서.

10 수술기유(數術記遺) : 후한 말 서악(徐岳)이 쓴 산학서.

11 산술신서(算術新書) : 광무 4년(1900.7.19.)에 이상설이 국한문으로 간행한 1권(134면), 2권(140면)의 수학 교과서.

12 뒤부아 레몽(1818~1896) : 동물생리학자. 물질의 본질이나 실재의 궁극적 근거는 인식할 수 없다는 불가지론자 중의 한 명.

13 산수서(算數書) : 1983년 호북성 장가산 247호 고분에서 출토된 서한시대 초기의 죽간. 유희의 《구장산술》보다 훨씬 앞서 엮어졌다는 점에서 획기적 발견임.

14 제타 함수(Zeta Function) : 수학자들이 자연수 역수의 합과 소수 역수의 곱이 같다는 오일러 곱셈을 연구하던 중에 나온 개념. 제타 함수의 정의역을 복소수로 확장한 것을 '리만 제타 함수'라고 한다. 제타 함수가 무한을 유한으로 둔갑시키는 재주가 있는 건 사실이다. 가령 자연수를 다 더하면 무한한 값이 나올 듯하지만 유한한 값($-\frac{1}{12}$)이 나올 수도 있다. 모든 자연수의 정규화 된 합(regularized sum)이 $-\frac{1}{12}$임은 오일러가 증명했다.

15 리만 가설(Riemann hypothesis) : 리만 제타 함수라는 특별한 함수의 자명하지 않은 영점에 관한 것으로 축약할 수도 있다. 불규칙한 소수 배열에서 어떤 규칙이 숨어 있는지 알기 위하여 숱한 수학 천재들이 도전했으나 실패했다. 그 결과 수학 천재들조차 자신이 바보일지 모른다고 생각하게 만든 정리로 유명하다.

16 690페이지이고 내용이 상당히 난해하다.

17 트레이스 공식 : 곡률이 -1인 리만곡면 위의 라플라스 연산자 고유값 분포에 관한 정리.

18 지수곡선(exponential curve , 指數曲線) : 지수함수 $y=e^x$의 그래프로 얻어지는 곡선.

19 포물면 : 포물선을 회전시켜 만든 면.

20 스피노자의《기하학적 방식으로 증명된 윤리학》: 스피노자에게 기하학적 방법은 필수 요소. 실제 서술 방식이 먼저 공리를 제시한 후 모든 내용이 연역 논증 절차에 따라 엄밀하게 증명되도록 짜여 있음.

21 라이프니츠《단자론》: 단자, 즉 모나드(monad)라는 무한 수가 실제로 존재한다고 라이프니츠는 봄. 각 단자는 영혼을 가리킴. 라이프니츠는 물질의 실재성을 부인하고 물질을 영혼들의 부분집합으로 대체.

22《시경》: 춘추시대 민요 모음집. 중국에서 가장 오래된 시집.

23 페아노(Peano) 업적 : 1888년 페아노가 공리계를 발표함으로써 자연수를 정의하고, 자연수의 연산과 순서를 정의하고 증명하는 문제가 일단락됨.

24 해석학 (analysis , 解析學) : 근본 원리는 극한이고 주 연구 대상은 함수.

25 김홍종,《미적분학 1》, 서울대출판부, 2000년, p 206

26 해석적 접속 : 복소함수론에서 많이 쓰는 개념. 주어진 해석함수에 대한 정의역을 확장하는 방법.

27 대수학 : 수와 집합의 연산구조를 연구. 일반적으로 방정식 형태로 나타내는 수학.

28 곡선의 길이 등을 구하는 문제는 뉴튼과 라이프니츠가 '정적분의 기본 정리' 같은 것을 창안하기 전만 해도 너무 어려워서 천재들도 해결하기 어려웠다. 현재는 미분, 즉 곡선의 접선 개념을 알면 어느 정도 접근이 가능하다.

29 완전수 : 그 수 이외 약수의 합이 원래의 수가 되는 자연수.

30 J-함수라고도 한다. 실수를 정수로 제한함으로써 얻는 쌍곡평면 대칭군의 부분군인 모듈라 군과 밀접한 관계를 맺는다.

31 모듈러 함수 : 무게 0인 모듈러 형식(modular form). 모듈러 형식은 특정한 종류의 함수방정식과 증가 조건을 만족하는, 상반 평면 위에서 정의되는 복소 해석함수를 말한다.

32 추제 조수삼(秋齋 趙秀三, 1762-1849) : 조선 후기 여항시인. 평생을 여행으로 소일. 국내 각지를 빠짐없이 다녔고, 중국만 해도 연경(베이징)을 여섯 차례나 다녀옴.

33 대연수(大衍數) : 미래를 예측하는 중요한 숫자라고 보는 주역의 기본수 50을 가리킴.

34 주비산경(周髀算經) : 저자는 미상이고 후한 무렵에 편찬되어 송대에 간본되었으며, 동양 최고의 고대 천문서이자 가장 오래된 산학서이다.

35 소옹(邵雍, 1011~1077) : 자연과 사회가 형이상의 수리(象數)에 따라 변화한다고 주장한 북송(北宋)의 학자.

36 미분방정식(Differential Equation) : 하나 이상의 도함수가 포함된 방정식. 미분의 주요 목표 중의 하나가 여러 가지 변화를 예측하는 데 있음.

37 역 괘효 : 주나라 문왕이 64괘를, 문왕의 아들 주공이 64괘에 들어 있는 384효(음효가 192, 양효가 192) 하나하나에 대해 글(효사)로 설명함으로써 주나라 때 〈역경〉이 완성되었다고 함.

3장

1 구수략(九數略) : 최석정(1646~1715)이 저술한 목판본 책으로 조선시대 사대부층의 수학사상을

엿볼 수 있음.

2 복희씨(伏犧氏) : 중국 신화에 나오는 제왕(帝王). 〈구장산술〉 서문에 의하면 복희씨가 구구(九九), 컴퍼스와 곡척(規矩)를 만들었다고 한다.

3 하도(河圖) : 하도는 1에서 9까지, 낙서는 1에서 10까지의 수를 도식화하여 배열한 것, 하도는 가로 세로 및 대각선상의 수의 합이 각각 15가 되는 방진이다. 남송시대에 두 명칭이 바뀌기도 했다.

4 라그랑주점(Lagrangian point) : 두 천체 사이의 작은 물체가 거의 정지하고 있는 것처럼 보이는 지점.

5 플레이페어 암호 (Playfair cipher) : 대표적인 다중문자식 암호.

6 루카스(Lucas) 수열 : 일반화된 피보나치 수열의 한 예. 항들의 끝자릿수가 12를 주기로 반복.

7 로저스-라마누잔 항등식 : 형식 무한곱과 급수에 관한 이론 가운데 중요한 예.

8 군(group , 群) : 집합, 원소들에 대한 이론. 현대수학의 기본 도구 같은 개념.

9 가환군(commutative group) : 아벨군이라고도 함. 연산에 대해 교환법칙이 성립하는 군.

10 유한군(finite group, 有限群) : 군의 원소 개수를 군의 위수(位數)라고 함. 이 위수가 유한하면 유한군, 무한하면 무한군이라고 한다.

11 다변수 해석학 : 우리가 사는 공간을 일반화하는 다양체를 통해 우주 이해에 밑거름이 되는 수학 분야.

12 할선 : 원의 두 점을 지나는 직선.

13 처염상정(處染常淨) : 더러운 곳에 머물더라도 항상 깨끗함을 잃지 않는다는 의미.

14 밧세바 : 구약성서에 의하면, 백성에게 사랑을 받던 유능하고 현명한 다윗왕은 유부녀 밧세바에게 빠짐으로써 잘못된 길로 들어선다.

15 1988년 한국 수학올림피아드에 출제된 문제.

16 비유클리드 기하학 : 유클리드 공간이 아닌 공간에서 다루는 모든 기하학을 총체적으로 가리키는 말.

17 유클리드의 원론 : 〈기하학 원본〉 혹은 〈기하학 원론〉이라고도 함. 기원전 300년경 유클리드가 그때까지 알고 있던 그리스 수학을 정리한 책. 성경 다음으로 많이 읽힌 책이라고 널리 회자됨.

18 헤비사이드 업적 : 어려운 미분방정식이 간단한 대수방정식으로 전환될 수 있음을 발견한 공학자이자 수학자.

19 술수(術數) : 예언의 방법을 뜻함. 형태는 다양.

20 황극경세서(皇極經世書) : 중국 북송의 학자 소옹(소강절) 철학을 엿볼 수 있는 저작. 전통적으로

역학자들한테 인기 있던 책.

21 주역의 총수 : 모두 21가지. 300이란 수를 제외한 나머지 수 20가지는 상징적인 의미가 있다고 주장하나 현대수학하고는 거리가 있음.

22 삼각법학요(三角法學要) : 매문정(1633~1721)의 저서. 5권.

23 산술가(算術家) : 여기서는 '수를 다루는 사람'이라는 의미.

24 나반존자(那畔尊者) : 불교에서 숭상하는 성자. 홀로 이치를 깨달아서 도를 이룬 성자를 통칭하나 나반존자가 '홀로 깨친 이' 라는 뜻에서 독성 또는 독성님이라고 부르기도 한다.

25 대각국사(大覺國師) : 대각국사 진영은 보물 제1044호로, 대각국사 의천(義天)의 초상화이다. 의천은 고려 천태종을 개창했고, 화엄종의 대가이다.

26 유한단순군 : 원자 대칭군. 더 단순한 군으로 분해되지 않는 유한군.

27 총석정(叢石亭) : 진경산수화라는 우리 고유의 화풍을 개척한 겸재 정선의 수묵화.

28 함흥본궁송(咸興本宮松) : 겸재 정선의 스물한 장으로 된 화첩에 실려 있음. 독일의 성 오틸리엔 수도원 소장.

29 동치 : 수학과 논리학에서 두 문장이 논리적으로 같다는 것을 의미. 또 2개의 방정식 또는 부등식의 해가 일치할 때도 각각 동치라고 함.

30 자지(自知) : 스스로 아는 것

31 보지(補知) : 누가 도와줘 아는 것

32 사이클로이드(cycloid) : 원주상의 정점이 그리는 곡선. 굴렁쇠선이라기도 함.

33 상수함수(常數函數) : 값이 변하지 않는 일정한 함수.

34 금제금강경판(金製金剛經板) : 국보 123호. 전북 익산시 왕궁면 왕궁리 5층석탑에서 1965년 발견. (17.4 × 14.8Cm). 백제 무왕 대에 제작된 것으로 확인.

35 사지신 : 젖아기 손 혹은 손가락을 비장하고 다니며 점을 치고 예언하는 무당을 태주방이라고도 했음.

36 지족대사는 황진이, 촌은대사는 계생이, 부설대사는 묘화에게 빠졌다고 한다.

37 선지식 : 온갖 고통에서 벗어나도록 도와주는 큰스님.

38 상아 주사위 산식(算式) : 실제로 경주 안압지에서 참나무로 만든 14면체 주사위가 1975년에 발굴됨. 6개의 사각형과 8개의 육각형으로 결합된 문제의 14면체 주사위는 세계적으로도 유례가 없다고 함.

39 비루니(Bīrūnī, al-. 973~1048) : 삼각함수를 이용해 지구 반지름을 현재 측정값과 오차가

16.8km밖에 나지 않는 6339.9km로 계산한 어슬람 천문학자.

40 복소함수론 : 독립변수와 종속변수가 모두 복소수인 함수를 연구하는 분야.

41 선형대수학 : 벡터와 행렬이 주 연구 대상.

42 가우스(Gauss, 1777~1855) : 당대 수학의 모든 분야에 걸쳐 1인자였던 전설 같은 독일의 수학자.

43 이가환(李家煥, 1741~1801) : 조선 후기의 문신. 천문학과 수학에 정통. 이승훈 등과 함께 순교.

4장

1 불가촉수(untouchable number) : 어떤 자연수 n의 진약수들의 합으로도 나타낼 수 없는 자연수 m을 불가촉수라고 함. 5가 유일한 홀수 불가촉수라고 생각되지만 증명되지는 않음. 만일 골드바흐 추측이 참이라면 증명이 됨.

2 이향견문록(里鄕見聞錄) : 조선 후기 유재건이 지은 인물 행적기. 10권 3책.

3 일천제 : 유식종 등에서 영원히 성불할 수 없다고 보는 중생.

4 휴정(休靜, 1520~1604) : 임진왜란 때 승병을 이끈 서산대사. 교와 선을 하나의 불교세계에 회통시켰을 뿐 아니라 유가와 도가사상도 그 진리에 있어 불교사상과 다르지 않다고 봄.

5 사원옥감(四元玉鑑) : 주세걸에 의해 1303년 쓰인, 미지수가 4개인 다항식을 나타내고 연산하는 사원술을 통해 방정식론을 발전시킨 중국 산학서. 14차방정식까지 취급.

6 유씨구고술요도해 : 남병길(1820~1869)이 지은 산학서. 직각삼각형에 관한 224개 문제를 다루고 있음.

7 묵사집산법(默思集算法) : 경선징이 지었는데, 현존하는 조선 산학서 중 가장 오래됨. 중국 산학서 〈산학계몽〉 편제와 내용을 지나치게 본받은 경우.

8 장구건산경(張邱建算經) :저자와 쓰여진 연대는 불분명. 분수 계산, 백계술 같은 부정방정식 문제가 나옴.

9 아란야처 : 숲 속 수행처.

10 쿠르트 괴델(Kurt Gödel, 1906~1978) : 일반상대성이론에 나오는 장(場)방정식을 만족하는 괴델의 매우 독창적인 해에 의할 것 같으면 시간은 순환적이다.

11 이처럼 학인이 뛰어나 오히려 스승의 기량을 간파하는 것을 객간주(客看主) 혹은 빈중주(賓中主)라고 한다.

12 손자산경(孫子算經) : 산경십서(算經十書)의 하나로 분수와 제곱근 구하기 문제 등이 나옴.

13 탄니쇼(歎異抄) : 오랫동안 알려지지 않다가 1백년 전쯤 재발견되어 현재는 일본불교와 정토진종을 대표하는 불서.

14 일일여일(一一如一) : 일일은 일, 즉 일 곱하기 일은 일($1 \times 1 = 1$)을 의미.

15 벡터 : 공간에 놓은 선분으로서 방향성을 가지고 있어 흔히 화살표로 표시한다.

16 괴델의 불완전성 정리 : '참이되 증명되지 않은 수학적 명제가 존재한다'로 요약할 수 있다. '불완전'이란 의미를 잘못 받아들이면 오독하기 쉬움. 전문 수학자가 아니면 접근하기 어려울 정도로 세세한 증명 과정이 매우 복잡하다.

17 행렬 : 원소들을 행과 열로 배열한 표. 인터넷에서 정보를 저장하고 다루는데 이용되기도 함.

18 R · H : Riemann Hypothesis 약자. 수학자들은 이렇게 영어 약자로 부르기도 한다.

19 QED : '바로 이것을 보이고자 했노라' 라는 뜻의 라틴어 quod erat demonstrandum 의 약어.

20 보조 정리(Lemma) : 도움 정리라고도 함. 어떤 정리를 증명하기 위하여 설정되는 예비 정리.

21 다변량 통계학 : 많은 변수가 포함된 복잡한 데이터를 다루는 통계학.

22 벡터해석학 : 벡터로 미분과 적분을 연구.

23 동력학계 : 미분방정식과 위상수학 등을 통해 시간에 따른 사물의 움직임 과정을 연구하는 분야.

24 호모토피(homotopy) : 연속변형함수. 주어진 위상공간에서 어떤 두 점을 잇는 수많은 경로가 연속적으로 변형되는 것을 말함.

25 초함수(distribution) : 헤비사이드, 디랙이 제안한 델타 함수를 프랑스 수학자 슈와르츠가 초함수로 엄밀하게 정의함. 순간이동을 미분하면 델타 함수가 됨.

26 산학계몽(算學啓蒙) : 원나라 산학자 주세걸이 발간한 산학서. 다항식의 중국식 표기법인 천원술 등을 다루고 있음.

27 정설은 아님. 이밖에도 한글 관련 여러 부분이 아직은 가설이다.

28 무아(無我) : 글자 그대로 해석하면 '나(自我)가 없다'는 의미. 영구불변의 실체를 부정하는 불교 개념.

29 경사대수(Incline Algebra) : 공집합이 아닌 집합 'ㄱ'으로서 그 위에 다음을 만족하는 2항연산 '+'와 '.'이 주어진 집합을 의미. 부울 대수, 퍼지 대수 등이 경사대수에 포함됨.

30 세상이 생기는 긴 기간인 성겁(成劫), 완성되어 머무는 기간인 주겁, 파괴되는 기간인 괴겁, 파괴되어 아무것도 없는 상태가 지속되는 기간인 공겁을 합해 사겁이라고 함. 겁은 무한히 긴 시간을 가리킴.

31 불변량(invariant) : 한 대수식에서 다른 대수식으로 변환할 때 변하지 않고 남아 있는 것으로 변

화 속에서 변하지 않는 것을 가리킴. 군론, 대칭성 이론과 같은 말. 점들의 무게중심, 곡선의 길이. 곡률, 접선과 접평면 등이 중요한 불변량 예.

32 등각사상(conformal map) : 각이 보존되는 함수. 해석사상, 양정칙사상이라고도 함. 합동변환, 닮음변환, 뫼비우스 변환 등이 그 예.

33 아벨 함수(Abel 函數) : 삼각함수와 로그 함수를 일반화한 매우 방대하고 다양한 함수들.

34 로바체프스키 삼각형 : 변의 길이가 커질수록 각은 작아지고 마침내 모든 변이 무한대의 길이가 되면 그 각 역시 모두 0이 되는 삼각형.

35 불변부분공간 문제 : 1930년대초 수학자 폰 노이만이 제시한 문제인데 아직까지 해결되지 않은 난제.

36 정수론 (number theory, 整數論) : 수학의 모든 분야 중에서 가장 오래된 분야. 암호학에 정수론이 응용되면서 최근 각광을 받음.

37 로저 베이컨 (Roger Bacon. 1561~1626) : 근대 귀납법의 창시자. 과학적 탐구 절차를 논리적으로 체계화 하려고 노력.

38 산술학 : 자연수 등이 지닌 무한히 풍부한 모든 속성에 관해 연구.

39 선정(禪定) : 《원각경》에서는 선나(禪那)를 닦으려면 이 같은 수문(數門)을 취하라고 한다.

40 데데킨트(Dedekind. 1831~1916) : 무리수와 실수의 본질을 깊이 추구한 수학자.

41 쌍곡기하학(hyperbolic geometry , 雙曲幾何學) : 로바체프스키 등이 구축한 기하학. 피타고라스 정리가 성립하지 않는 기하학.

42 천원술(天元術) : 송(宋) · 원대(元代)에 발달한 수학으로 숫자계수 고차방정식 해법.

43 겐쇼오 : 탁월한 계산 능력으로 유명한 13세기 일본 승려.

44 사영기하학(Projective Geometry. 射影幾何學) : 도형을 한 평면에서 다른 평면으로 사영하여 얻은 여러 가지 도형들이 공통으로 갖는 성질에 대해 연구함.

45 삼등수(三等數) : 신라와 고려 때 교과서로 쓰인 산학서.

46 할원팔선해 : 황종희(1610~1695)의 저서. 현재 전해지지 않고 책 제목만 기록에 남아 있을 뿐이다.

5장

1 왕필(王弼. 226~249) : 위나라 사상가. 위진의 현학(노장학) 시조. 〈주역주〉와 〈노자주〉가 유명.

2 코흐 곡선(Koch curve) : 정삼각형 각 변을 계속 나누고 자르면 코흐 곡선이 만들어진다. 눈송이

곡선이라고도 함.

3 프랙탈(fractal) 구조 : 부분이 전체를 닮는 단순한 구조가 끊임없이 반복되면서 복잡하고 묘한 전체 구조를 만드는 것으로, 즉 '자기 유사성(self-similarity)'과 '순환성(recursiveness)'이라는 특징을 보임. 이러한 현상을 만델브로트(Mandelbrot)가 1975년 처음으로 '프랙탈'이라 지칭

4 양휘(楊輝)가 쓴《일용산법(日用算法)》에 이 같은 표현이 나옴. 양휘는 세상 일체의 만물은 수와 분리될 수 없다고 보았다.

5 이 집합을 멱집합이라 한다.

6 생페르 레포만다(Semper Reformanda)를 옮긴 말.

7 매개변수 : 결정되지 않은 상수.

8 세본 : 한위(漢魏)총서에서 찾아볼 수 있는 매우 짧은 책. 예수가 산수를 만들었다는 내용이 나옴. 〈하후양산경〉에 의하면 예수가 '구장'을 저술했다고도 함.

9 수치해석(numerical analysis) : 연속 문제를 연구하는 수학의 응용분야. 금융수학이 요구하는 필수 지식 중의 하나. 컴퓨터를 이용하여 파생상품의 가격이나 위험을 계산한다.

10 산경십서(算徑十書) : 한에서 당초(唐初)까지 사용된 십종의 산학서,《주비산경(周髀算經)》《구장산술(九章算術)》《해도산경(海島算經)》《손자산경(孫子算經)》《오조산경(五曹算經)》《장구건산경(張邱建算經)》《하후양산경(夏侯陽算經)》《오경산술(五經算術)》《수술기유(數術記遺)》《집고산경(緝古算經)》을 말함.

11 산학원본(算學原本) : 박율(1621~?)이 생전에 썼고, 사후인 1700년에 출판됨. 5차방정식까지 취급한 책 〈산학계몽〉 수준의 방정식론 등을 소개하고 있는 것이 특징.

12 직교 라틴방진(Latin square) : 1부터 81까지의 자연수를 사용하여 큰 정사각형 전체가 마방진이면서 마방진 안에 있는 작은 정사각형도 마방진이 되는 형태.

13 주해수용(籌解需用) :《담헌서》외집 권4~권6으로, 수학의 원리 적용, 천문지리의 관측 및 측정법 등을 다루고 있다.

14 이상혁은《익산》에서 귀납적으로 접근하여 유한급수를 총체적으로 이해했다. 특히 분적법에 의해 절적을 구하는 문제는 매우 독창적이다.

15 경로적분(path integration) : 물리학의 양자장 이론을 떠받치는 기본 도구로 1948년 파인만에 의해 제안되었다. 하지만 아직 수학적 대상으로서는 잘 정의되어 있지 않음.

16 장구건산경(張邱建算經)》이란 산학서에 이 같은 내용이 나온다.

17 소거식(eliminated expression) : 주어진 한 짝의 방정식에서, 어떤 특정인 문자를 소거시킴으

로써 얻어지는 등식.

18 금권전서(金券傳書) : 책장을 함부로 뜯지 못하도록 책 메는 부위를 노끈으로 매지 않고 금으로 메였기 때문에 붙여진 이름.

19 율봉선사(栗峯禪師, 1738~1823) : 이 주장자는 금강산 마하연에서 주석했던 율봉선사가 노간주 나무로 제작하여 사용했던 것임. 법통의 맥을 잇는 상징물로 법계에 따라 전해지던 것을 현재 묘허 스님이 은사 스님으로부터 전해 받아 소유하고 있음.

20 槿域韓流 韓流無窮을 옮긴 말.

21 다뉴세문경 : 국보 141호. 청동기시대의 거울.

22 프랙탈 차원(fractal dimension) : 자기 유사성을 지닌 분수(fraction) 차원의 기하체로 만델브로트가 제시했다.

23 로렌츠 변환(Lorentz transformation) : 맥스웰 방정식에 좌표변환 공식을 적용해도 방정식의 형태가 변하지 않는 것을 1904년에 로렌츠가 발견. 우주선을 타고 있는 관측자는 자신이 우주공간에서 등속직선운동을 하고 있는지, 아니면 한 자리에 가만히 정지해 있는지를 판별할 길이 없다는 사실을 이것이 잘 설명해줌.

24 변형불변성 : 대칭성을 가진 공간이 갑자기 다른 공간으로 바뀔 수 없다는 수학 문제.

25 독참(獨參) : 선종에서 스승이 제자를 일대일로 만나 수행의 경지를 점검하고 매진할 수 있도록 이끌어주는 제도.

26 유한체(finite field, 有限體) : 유한개의 원소를 가지는 체. 갈루아 체라고도 함.

27 唯韓線可以終身思 를 옮긴 말.

28 비둘기집 원리(Pigeonhole Principle) : $n+1$개의 물건을 n개의 상자에 넣을 때 적어도 어느 한 상자에는 두 개 이상의 물건이 들어 있다는 원리.

29 운보(韻譜) : 한문의 발음을 정리한 표.

30 임계선(critical line) : 제타 함수의 자명하지 않은 근들이 실수부가 $\frac{1}{2}$인 수직선상에 놓여 있다. 이 선이 바로 임계선이다.

31 가우스 추측 : 독일의 수학자 가우스(Gauss)가 소수 분포를 알기 위하여 방대한 소수표를 고찰하다가 한 추측. 아다마르와 푸생이 각각 독립적으로 증명함으로써 소수 정리라 부름.

32 칸토어(Georg Ferdinand Ludwing Cantor, 1845~1918) : 집합론 창시자. 무한을 자유자재로 요리한 독일의 수학자.

33 릴라바티 : '아름다운 것'이란 뜻을 가지고 있는 수학책. 바스카라차리아(1114~1185)가 인도 산

술을 집대성한 책.

34 모티브(motive) : 대수기하학은 방정식의 공통 근 모임인 대수다양체가 연구 대상. 알렉산더 그로텐딕은 대수기하학의 대가. 그가 정수론과 기하학 사이에 다리 역할을 하는 '모티브'를 발견했다.

35 비트겐슈타인(Wittgenstein, 1889~1951) : 〈논리철학논고〉에서 등식 문제를 깊이 사유하고 있음.

36 BCE(Before Common Era) : 공동 연대 이전. BC가 특정 종교에 기반한 연대 표기이므로 종교색을 배제하자는 뜻에서 사용하기 시작함.

37 카프리카 수 : 제곱해서 앞뒤를 더하면 자기 자신이 되는 수.

38 들리뉴(Deligne) 증명 : 리만 가설을 유한체로 일반화시켜 3가지 웨유(weil) 예상 해결. *e*진(*e-adic*) 코홀몰로지라는 새 수학을 개발하기도 함.

39 이처럼 말하려 하면서도 말하지 않는 것을 불교에서는 양구(良久)라고 한다.

40 《시경》'소아'에 나오는 표현으로, 《잠부론》 같은 고전에서도 인용하는 구절을 의역한 것.

41 이차형식(quadratic form) : 정수 계수의 대칭행렬을 뜻함. 동차 이차 연립정수방정식의 존재 유무를 의미하는 이차형식 표현 중 모든 양의 정수를 표현하는 것을 보편형식(universal form)이라고 한다.

42 자기에르(1951~) : 리만 가설 연구의 선두주자 중 한 명.

43 一數普徧該를 옮긴 말.

44 一心一明日 有誰解此數를 옮긴 말.

45 철학자 칸트가 한 말.

46 수학자 괴델이 한 말.

47 《대대례기(大戴禮記)》: 2천 년 전에 편찬된 문제의 책 '역본명'에 '1은 태양을 지배한다(一主日)'는 표현이 나옴.

48 페르마의 마지막 정리(Fermat's Last Theorem) : 임의의 두 정수를 각각 n승(n은 3 이상의 수)하여 더한 결과는 다른 제3의 정수 n승으로 표현할 수 없다는 문제. 와일즈가 모든 타원방정식이 모듈 형태로 변환됨을 증명하면서 종지부를 찍음.

49 푸엥카레 가설(Poincare Conjecture) : 모든 폐곡선을 수축시켜 하나의 점이 된다면 그 공간의 모양이 구와 같다는 가설. 페렐만이 위상수학 문제를 기하학과 해석학 문제로 변환하여 증명.

50 벡터공간(vector space) : 덧셈과 상수 곱이 정의되는 집합. 차원, 수열 전체의 집합, 연속함수의 전체 집합, 다항식 전체 집합, 미분 가능한 함수 전체의 집합 등이 모두 벡터공간이 됨. 벡터공간을 연구하는 학문을 선형대수학이라고 함.